Das Buch

Eigentlich hatte sich Rechtsmediziner Dr. Leon Ritter auf einen entspannten Job in der Sonne gefreut. Doch kaum im Örtchen Lavandou angekommen, liegt schon sein erster Fall auf dem Tisch. Ein Mädchenmörder geht in der Provence um. Zwei kleine Mädchen sterben, und alle Spuren laufen scheinbar ins Leere. Ritter kämpft nicht nur gegen einen perfiden Mörder, sondern auch mit dem Laisser-faire der südfranzösischen Behörden. Als plötzlich die Tochter seiner Kollegin Isabelle Morell entführt wird, wird es heiß in Lavandou, sehr heiß sogar. Und Ritter merkt, dass sogar sein eigenes Urteilsvermögen getrübt ist.

Der Autor

Remy Eyssen (Jahrgang 1955), geboren in Frankfurt am Main, arbeitete zunächst als Redakteur bei der Münchner Abendzeitung, später als freier Autor für Tageszeitungen und Magazine. Anfang der Neunzigerjahre entstanden die ersten Drehbücher. Bis heute folgten zahlreiche TV-Serien und Filme für alle großen deutschen Fernsehsender im Genre Krimi und Thriller. *Tödlicher Lavendel* ist sein erster Roman.

REMY EYSSEN

TÖDLICHER LAVENDEL

Kriminalroman

Ullstein

Besuchen Sie uns im Internet:
www.ullstein-taschenbuch.de

Originalausgabe im Ullstein Taschenbuch
1. Auflage April 2015
© Ullstein Buchverlage GmbH, Berlin 2015
Umschlaggestaltung: ZERO Werbeagentur, München
Titelabbildung: © Arcangel Images/© Colin Hutchings
Satz: LVD GmbH, Berlin
Gesetzt aus der Kepler Std.
Papier: Holmen Paper Hallsta, Hallstavik, Schweden
Druck und Bindearbeiten: GGP Media GmbH, Pößneck
Printed in Germany
ISBN 978-3-548-28699-0

Meiner Frau und meiner Tochter,
für ihre Geduld und ihren Rat.

PROLOG

Eins, zwei, Papagei,
drei, vier, Offizier ...

Unter den Bäumen war es so dunkel. Dabei schien der Mond ganz hell, genau wie die Lampe bei den Duschen hinterm Wohnwagen. Die Zweige der Rosmarinsträucher waren hart und trocken und hinterließen kleine Kratzer, als sie Carlas Arme streiften. Es war auch jetzt, mitten in der Nacht, immer noch heiß draußen, und es roch nach Staub und faulem Wasser. Genauso hat es neben den Waschräumen auf dem Campingplatz gerochen, dachte Carla. Wo sie heimlich mit ihren Freundinnen durch das Loch im Zaun geschlüpft ist, rüber zum Wochenmarkt auf dem großen Parkplatz.

Ich habe alles so gemacht, wie du gesagt hast, Mami ... ich habe nichts falsch gemacht. Ich bin auch nicht mehr zu dem Mann gegangen, der den Kindern die Fahrräder aufpumpt ... er hat mir Bilder von Delphinen unter den Gepäckträger geklemmt, und zwei grüne Lollies. Ich hab's dir nicht erzählt. Weil ich die Bilder so gerne behalten wollte.

Carlas Welt stand auf dem Kopf. Die Lavendelbüsche warfen im Mondlicht lange Schatten auf den staubigen Erdboden. Blüten wie aus Watte zogen an ihr vorbei, als würden sie schweben. Jemand trug sie. Aber Carla konnte ihren Kopf nicht heben, konnte sich nicht bewegen. Alles war so schwer. Die Beine, die Arme. Warum war es so laut in der Nacht? Der Gesang der Zikaden klirrte in ihrem Kopf wie in einem Schrank voller Kristallgläser.

Hier dürfen wir nicht hingehen, nicht in die Hügel! Bitte nicht! Hier draußen sind die bösen Männer. Die, die Mädchen holen. Die Männer, vor denen Papa sie immer gewarnt hat, weil sie kleinen Mädchen schrecklich weh tun wollen. Weil sie ganz schlimme Sachen machen. Was für schlimme Sachen, Papa?

Carla hatte im Frühjahr miterlebt, wie ein Hund überfahren wurde, das war schlimm. Der Hund hatte laut geschrien, wie ein Kind. Sie wollte dem Hund helfen. Aber das Schutzblech des Lastwagens hatte dem Tier den Körper aufgerissen. Alles war voll Blut.

Nur noch Matsch, hatte der Mann in dem Laster gesagt. Da kann man nichts machen. Der Köter ist kaputt.

Ein Ginster mit hellen Blüten streifte Carlas Gesicht. Warum gibt es nur grau und schwarz im Mondlicht?

Es ging bergauf. Jemand atmete schwer. Warum konnte Carla nicht sehen, wer sie trug?

Warum bist du nicht bei mir, Mami?

Wenn man Angst hat, muss man ganz feste an einen Reim denken, einen Zauberreim. Das hatte die Frau in der Schule gesagt, zu Hause in Deutschland. Die Frau von der Polizei, die genau erklärt hat, worauf Kinder achten müssen: auf Fremde, die vor dem Schulhof warten und Fotos machen mit ihren Handys. Kinder dürfen auch nie Geschenke annehmen. Und wenn einer sagt, dass er sie mit seinem Auto nach Hause bringen will, dann müssen sie nein sagen. Sogar wenn es ein Nachbar ist. Laut schreien sollten die Kinder, wenn sie jemand anfassen will.

Aber Carla konnte nicht schreien. Sie konnte den Schrei

denken, aber er wollte nicht aus ihrem Mund kommen. Kein Ton kam aus ihrem Mund.

Und die Autonummer sollten sie sich merken. Ihr seid doch schlau, hat die Frau von der Polizei gesagt. Kinder sind schlau, und sie können der Polizei helfen. Und wenn man das Zaubergedicht sagt, dann ist auch die Angst ganz schnell weg.

Fünf, sechs, alte Hex,
sieben, acht, Kaffee gemacht ...

Aber die Angst, die wollte nicht weggehen.

Wo bist du, Mami? Die Bäume wurden immer dunkler. Warum wachte sie nicht endlich auf aus diesem schrecklichen Traum?

Es war genau wie in der ersten Nacht auf dem Campingplatz am Meer. Als sie die unheimlichen Geräusche gehört und das Licht angemacht hat. Sie hat die Lampe genau gesehen. Die brennende Glühbirne hinterm Lampenschirm. Aber es ist nicht hell geworden im Zimmer. Es war nur ein böser Traum. Da hat der Zauberspruch gewirkt.

Neun, zehn, weitergehen,
elf, zwölf, junge Wölf ...

Da ist sie wieder eingeschlafen, einfach so. Und danach war alles wie vorher. Und morgens gab es Müsli. Mit frischen Erdbeeren, direkt vom Markt, und Toast mit Nutella. Zu Hause gab es nie Nutella. Warum war ihre Hose so feucht? War das Blut?

Bitte, Mami, hilf mir. Es ist so heiß, aber mir ist so kalt.

Dreizehn, vierzehn, Haselnuss,
fünfzehn, sechzehn, dann ist Schluss ...!

1. KAPITEL

Der Airbus der Lufthansa legte sich 400 Meter über dem Mittelmeer in eine Rechtskurve. Jetzt konnte man sogar schon mit bloßem Auge die Menschen erkennen, die auf ihren weißen Motoryachten durch das tiefblaue Wasser pflügten und eine Ansicht wie auf einer Postkarte boten. Einige Passagiere zückten ihre Handys und fotografierten.

Dr. Leon Ritter hatte nicht das geringste Interesse am postkartenschönen Ausblick auf die Côte d'Azur. Er krallte sich mit beiden Händen in die Sitzlehnen und sehnte den Moment herbei, wenn die Maschine endlich landen würde. Sein Körper stand unter Hochspannung. Er spürte, wie ihm trotz Klimaanlage der Schweiß unterm Hemd ausbrach. Ritter fixierte mit starrem Blick den Griff für den Notausstieg gleich neben seinem Sitz. Er versuchte flach zu atmen, um die aufkommende Übelkeit zu bekämpfen.

Es gab Zeiten, da hatte ihm das Fliegen kaum etwas ausgemacht, aber in den letzten Jahren waren seine Ängste schlimmer geworden. Bis schließlich das geschah, was sein ganzes Leben ändern sollte. Dr. Ritter versuchte die Gedanken zu verdrängen, seinem Gehirn zu verbieten, die schrecklichen Bilder aufzurufen. Aber sie kamen, stürzten auf ihn ein, und er konnte nichts dagegen tun. Ritter atmete schneller, gegen die aufkommende Panik, bis er endlich den erlösenden Stoß spürte, der signalisierte, dass die Räder auf der Rollbahn aufgesetzt hatten.

»Herzlich willkommen in Nizza«, säuselte die Stewardess über Lautsprecher, »die Temperatur beträgt 36 Grad. Und es soll die ganze kommende Woche heiß und sonnig bleiben. Kapitän Bauer und die Besatzung wünschen Ihnen einen wunderschönen Aufenthalt an der Côte d'Azur.«

Als Leon Ritter mit den anderen Passagieren die Maschine über die Treppe verließ, traf ihn die Hitze wie ein Schlag. Es waren keine fünfzig Meter bis zum Flughafengebäude, aber der aufgeheizte Boden schien sich durch die Sohlen seiner Schuhe zu brennen.

Im Ankunftsterminal waren die automatischen Schiebetüren ausgefallen. Die Reisenden drängten sich vor dem Eingang. Die Sonne glühte vom Himmel, und es gab nirgendwo Schatten. Geschäftsleute begannen sich lautstark zu beschweren und mit ihren Handys gegen die Scheiben zu trommeln. Ein Touristenpaar in bunten Bermudas stöhnte und hielt sich die Bild-Zeitung schützend über den Kopf.

Nur Leon war glücklich – endlich wieder festen Boden unter den Füßen. Er stand einfach da, schlank und entspannt in seinen Jeans, Poloshirt und einem hellen Leinensakko, zwischen all den aufgebrachten Passagieren, und blinzelte in die Sonne. Je hektischer die Lage wurde, um so ruhiger schien Leon zu werden. Eine besondere Fähigkeit, die ihm schon oft geholfen hatte, in schwierigen Situationen einen kühlen Kopf zu bewahren. Er schätzte die Ruhe in den kühlen Kellern der Pathologie, weit weg von der Hektik des Klinikalltags. Hier konnte er sich ganz »seinen Patienten« widmen, wie er die Toten nannte. Zuhören, was die Opfer ihm zu »erzählen« hatten. Das war einer der Gründe, warum Dr. Ritter seinen Beruf als Gerichtsmediziner so liebte.

Nach endlosen Minuten erschien auf der anderen Seite der Glastür ein Techniker. Er stocherte mit einem Schraubenzieher im Schließmechanismus herum. Augenblicke später glitten die Scheiben auseinander und gaben den Eingang zum Empfangsgebäude frei.

Die Klimaanlage hatte die Ankunftshalle in eine Kühlkammer verwandelt, und Leon drängte es Richtung Ausgang, zurück in die Hitze des Sommertages. Doch das Gepäckband rührte sich nicht. Auch nach zehn Minuten war noch kein Koffer aufgetaucht. Das Paar in den Bermudas, das neben Leon Ritter stand, wandte sich an den Mann vom Bodenpersonal.

»Pardon ... luggage. Frankfurt ... wo, where is our luggage?«, sagte der Deutsche und sah verärgert zu seiner Frau, »... jetzt sag du doch auch mal was.«

»*Je ne parle que Français*«, antwortete der Mitarbeiter vom Bodenpersonal, ohne die beiden Touristen in ihren Bermudas auch nur eines Blickes zu würdigen.

Hals und Wangen des Deutschen verfärbten sich in zorniges Rot. Bevor er etwas erwidern konnte, sprach Leon den Mann vom Flughafenpersonal an.

»*Les bagages de l'avion de Francfort?*«, fragte Leon.

Der Angestellte musterte Dr. Ritter kurz und deutete dann mit dem Daumen hinter sich in die Halle, *le quatre*, die Nummer vier. »Die anderen Bänder funktionieren nicht mehr. Liegt an der Hitze, was für ein Drama.«

Der Deutsche sah dankbar zu Leon. »Der Bursche hat mich genau verstanden, da könnt ich wetten. Sagen Sie, Sie waren doch auch mit uns im Flieger?«

Leon hatte kaum hingehört. Er sah gebannt einer rothaarigen Frau im blauen Sommerkleid hinterher, die mit einer Gruppe von Passagieren zum Ausgang ging. Ihr

Gang, die Art wie sie sich die Haare aus dem Gesicht strich, das war wie ...

»Die Maschine aus Frankfurt«, insistierte der Mann. »Sie saßen genau vor uns am Gang. War doch so, Marlis«, seine Frau nickte.

Leon sah das Ehepaar an. Der Mann war eindeutig hypertonisch. Der Gesichtsfarbe nach zu urteilen lag sein Blutdruck bei 160 oder drüber. Er hatte sich eine gefährliche Jahreszeit für seinen Urlaub ausgesucht. »Ja, ja in der Zehn-Uhr-Maschine«, Ritter sah noch mal zum Ausgang, aber die rothaarige Frau war verschwunden.

»Wir müssen da lang«, Leon deutete in die Halle, »ganz nach hinten. Das Gepäck wird heute nur auf dem einen Band ausgegeben.«

»Nur ein Band für alle Flieger? – Schöne Scheiße«, meinte der Mann, und seine Frau sah ihn kurz an. »Ist doch wahr. Ist ne arrogante Bande, diese Franzosen.«

»Walter ...«, mahnte seine Frau.

Ihr Mann hob in einer übertriebenen Geste die Hände und wandte sich an Ritter. »Das nächste Mal fliegen wir wieder nach Mallorca, da verstehen sie wenigstens Deutsch. Oder nach Marokko. Waren Sie mal in Marokko? Marrakesch ist der Hammer, oder, Marlis?«

Neben dem Gepäckband stapelten sich bereits die Koffer. Es dauerte aber nur ein paar Minuten, bis Ritter seinen blauen Samsonite unter all den übrigen Gepäckstücken entdeckte. Am Griff hatte er ein Leichenerkennungsband aus der Pathologie befestigt, das schloss jede Verwechslung aus.

Wenige Augenblicke später sah sich Leon suchend in der Ankunftshalle um. Wo war der Fahrer, der ein Schild mit seinem Namen hochhalten sollte? Die Klinik hatte versprochen, einen Wagen zu schicken. Er hatte in drei Stunden einen Termin in Hyères. Was sollte das?

Als Leon mit seinem Handy im Verwaltungsbüro des Krankenhauses anrief, meldete sich nur der Anrufbeantworter. Bis 14:30 Uhr war das Sekretariat nicht besetzt – na bravo, willkommen in Südfrankreich. Wenn es etwas gab, das Leon nicht akzeptierte, dann war es Unpünktlichkeit. Er dachte gar nicht daran, zwei Stunden auf dem Flughafen von Nizza zu warten. Er würde sich einen Mietwagen nehmen, sollte doch die Klinik die Rechnung zahlen.

Der Fiat 500, den ihm der Mitarbeiter von Europcar aushändigte, war nicht mal gewaschen.

»Was erwarten Sie?«, sagte der Mann. »Es ist Hauptsaison. Sie können froh sein, dass überhaupt ein Auto frei war.«

Auf der Autobahn stellte Leon fest, dass die Tankanzeige nur auf drei Viertel stand. Idiot von einem Autovermieter! Leon würde zurückfahren und sich diesen blasierten Wichtigtuer mit seiner fetten Armbanduhr und dem falschen Grinsen vorknöpfen. Den Geschäftsführer würde er sich kommen lassen und mit Klage drohen. Einen riesen Zirkus veranstalten. Zuletzt würden sie ihm eines der hübschen Cabrios als Wiedergutmachung anbieten. In diesem Moment fuhr Leon an der letzten Ausfahrt nach Nizza vorbei. Jetzt war es zu spät, umzukehren. Leon blieb ein Gefangener des kleinen roten Fiats, der nach Schweiß, Sonnenöl und feuchter Wäsche roch.

Leon ließ sein Fester herunter. Der Fahrtwind blies ihm ins Gesicht, heiß wie ein Föhn. Aber das war immer noch besser, als den ranzigen Gestank dieser Kiste atmen zu müssen. In der Seitentasche der Fahrertür entdeckte Leon ein angebissenes Croissant, und auf dem Rücksitz lag ein verschwitztes T-Shirt. Auf dem Hemd war der pralle Hintern einer nackten Frau abgebildet, darunter der Text: »Côte d'Azur – Leben wie Gott in Frankreich«. Leon legte das Hemd auf den Beifahrersitz und faltete es mit spitzen Fingern ordentlich zusammen.

Hinter Nizza führte die Autoroute A 8 in einem weiten Bogen weg von der Küste durchs dünnbesiedelte Hinterland, mitten hinein in die Provence. Kaum hatte der Fiat die Ausfahrten nach Cannes, Fréjus und St. Tropez hinter sich gelassen, wurde es ruhiger auf der Autobahn. Die Touristen quälten sich lieber die vielbefahrene Küstenstraße mit ihren fotogenen Aussichtsplätzen entlang.

Leon fühlte sich in seinem muffigen Mietwagen plötzlich verloren wie ein Astronaut im Weltall. Vielleicht war diese ganze Frankreich-Idee Schwachsinn. Er hätte auf seine innere Stimme hören sollen. Klar, das Angebot hörte sich verlockend an: *Médecin légiste*, Gerichtsmediziner, an der Klinik von Hyères. Das klang nach Palmen, Meer und kühlem Rosé am Strand bei Sonnenuntergang. Du bist ein verdammter Träumer, dachte Leon, sei doch einmal Realist. Was ist denn so großartig hier unten? Es ist heiß, die Leute sind unzuverlässig, man bescheißt dich mit dem Mietwagen, und zum Frühstück gibt es nicht mal richtige Brötchen. Er würde bestimmt noch den Tag verfluchen, an dem er ja zu dem Job gesagt hatte.

Alles hatte damit angefangen, dass Dr. Ritter auf dem Gerichtsmedizinerkongress in Toulouse einen Vortrag über »Blutspurenmuster-Verteilungsanalyse« hielt. Sein Vortrag gefiel dem Komitee. Die deutsche Gerichtsmedizin genoss einen hervorragenden Ruf. Die Leute sahen Serien wie *Crossing Jordan* oder *CSI* im Fernsehen und glaubten deshalb, dass die Amerikaner die Nummer eins sein müssten, wenn es um die Forensik ging. Aber das war falsch, im wirklichen Leben rangierte nicht die amerikanische, sondern die deutsche Rechtsmedizin weltweit an erster Stelle.

Und weil Leon als Sohn einer französischen Lehrerin und eines deutschen Biologieprofessors zweisprachig aufgewachsen war und auch einige Semester lang in Paris an der Universität Descartes studiert hatte, sprach er außerdem ein nahezu akzentfreies Französisch. Das Angebot, das ihm die Klinik gemacht hatte, klang verlockend. Er würde es hauptsächlich mit Routineuntersuchungen zu tun haben und könnte parallel weiter an seiner Studie arbeiten, mit der er sich eines Tages habilitieren wollte.

Jeder seiner Kollegen an der Uniklinik in Frankfurt hätte sonst was gegeben für diesen Job. Aber die Franzosen wollten unbedingt ihn. Und er hatte sich auch noch geschmeichelt gefühlt, dachte Leon. Nur gut, dass es täglich drei Direktflüge von Nizza nach Frankfurt gab. Er würde sich die ganze Sache eine Woche ansehen, und dann nichts wie zurück.

Leon betrachtete die trockene Vegetation, die draußen vorbeizog. Wenn er ehrlich war, ging es ihm gar nicht um den Job. Das war nicht der wahre Grund, warum er zugesagt hatte. Er hatte unterschrieben, weil er die Schnauze voll hatte. Er wollte weg aus Frankfurt, weg von all denen, die sich ständig besorgt nach seinem Befinden erkundigten, weg von seinem kleinen Haus im Taunus, das voller Erinnerungen an Sarah steckte. Sie war nicht mehr da, sie war tot. Er musste die Vergangenheit endlich loswerden. Verdammt noch mal, er war 48 Jahre alt, da hat man das Recht, noch mal neu anzufangen. Das Jobangebot in der Provence erschien Leon wie ein Wink des Schicksals, wie ein Aufbruch in eine andere Welt. Genau das war es, was er wirklich suchte: ein neues Leben.

Aber jetzt, auf der Autobahn Nizza-Toulon fühlte sich das alles falsch an. Leon kam sich vor wie ein Ausbrecher, der feststellt, dass sein Fluchtversuch gescheitert ist. Er fühlte sich plötzlich beschissen, Schweiß rann ihm übers Gesicht, und er spürte sein Herz.

Leon fuhr auf einen Rastplatz, hielt im Schatten einiger Korkeichen, stellte den Motor ab und riss die Autotür auf. Er zwang sich, tief und regelmäßig zu atmen. Nach und nach spürte er, wie sich sein Puls wieder beruhigte. Er lehnte sich auf seinem Sitz zurück und öffnete das Schiebedach. Über sich sah er das flirrende Sonnenlicht, das durch die Blätter der Korkeichen brach. Und er hörte das Zirpen der Zikaden, das wie ein einziger rauschender Klangteppich über der Landschaft lag. Die warme Luft roch auf einmal nach Thymian und Lavendel. Und plötzlich überlief Leon ein kleiner Schauer. Es war dieses besondere Gefühl, das er schon so lange nicht mehr gespürt hatte. Dieser Duft, die Wärme, die Geräusche, das alles sorgte für Erinnerungen. An Ferien, die er als Kind jedes Jahr mit seiner Mutter in Südfrankreich verbracht hatte. Auf einmal hatte er doch das Gefühl, genau das Richtige zu tun, genau am richtigen Platz zu sein.

2. KAPITEL

Es waren die unruhigen Blicke der Mutter, die Polizistin Isabelle Morell stutzig machten. Die Augen der dunkelhaarigen Deutschen wichen ihr aus, wie bei einem Menschen, der ein schlechtes Gewissen hat und der sich davor fürchtet, dass der andere ihm in die Seele schauen könnte.

»Was versteckt sie vor mir?«, fragte sich Isabelle.

Capitaine Morell saß in einem Büro, von dem aus man gegenüber die Laderampe eines Baumarktes sehen konnte. Es war nur ein kleines Büro, aber Isabelle war stolz auf ihren Raum, ihren Schreibtisch und das Messingschild: »Capt. Morell – stellvertretende Polizeichefin«. Sie war die erste Frau in der hundertjährigen Geschichte des Küstenortes, die es bis in diese Position geschafft hatte. Und es gab eine Menge männlicher Kollegen, denen diese Tatsache immer noch Probleme bereitete. Allen voran Lieutenant Didier Masclau, der in seinem Facebook-Account seine Berufsbezeichnung schon siegessicher auf *Capitaine* geändert hatte – *quel dommage,* was für eine Blamage. Anschließend ließ er sich drei Tage krankschreiben.

Isabelle, 43 Jahre alt, hatte ihren eigenen Weg gefunden, um sich Respekt zu verschaffen. Hinter ihrem fast mädchenhaften Auftreten steckte eine Frau mit einem starken Willen und großer Ausdauer. Normalerweise überhörte sie zweideutige Anspielungen ihrer männlichen Kollegen. Aber gelegentlich konnte sie auch ruppig werden, und dann schoss sie schon mal übers Ziel hinaus, was regelmäßig für dicke Luft auf der Wache sorgte.

Der Übersetzer ließ mal wieder auf sich warten, und so radebrechten die verzweifelten Eltern mit Capitaine Morell und dem genervten Didier Masclau auf der stickigen Polizeistation von Le Lavandou, um zu erklären, wann und wo genau sie ihre achtjährige Tochter Carla zum letzten Mal gesehen hatten.

Die Eltern saßen nebeneinander auf der Holzbank, ohne sich zu berühren. Die Frau war Ende dreißig und sah aus, als würde sie seit Jahren gegen ein paar Pfunde zu viel ankämpfen, die sie unter einem weiten, auffällig gemusterten Sommerkleid verbarg. Der Mann war um die vierzig. Ein blasser Typ, in Jeans und offenem Hemd, eine teure Uhr am Handgelenk. Er stand immer wieder auf und lief zum Fenster. Zwischendurch versuchte er seine Frau zu beruhigen, versuchte die Kontrolle über die Situation zu behalten. Isabelle spürte die Spannung, die zwischen dem Paar herrschte.

»Ich dachte doch, Carla schläft bei Miriam, bei ihrer Freundin. Die Familie hat den Stellplatz gleich schräg gegenüber von uns«, sagte die Mutter unter Tränen. »Carla bleibt oft bei Miriam. Darum bin ich gar nicht mehr hin.«

Den letzten Satz hatte sie zu ihrem Mann gesagt. »Du hast doch gesagt, ich soll mir keine Sorgen machen. Carla soll ihre Ferien genießen, hast du gesagt«, die Mutter musste wieder weinen. Isabelle musterte sie. »Carla ist doch noch so klein, sie ist erst acht Jahre alt.«

»Susanne, das weiß die Polizei doch schon«, der Mann wollte seiner Frau die Hand auf die Schulter legen, doch die drehte sich demonstrativ von ihm weg.

»Und Sie sind erst heute Morgen angekommen?«, Isabelle wandte sich an den Ehemann.

»Ja, das heißt, ich hatte noch den letzten Flug nach Nizza erwischt, da hab ich im Hotel übernachtet.« Isabelle registrierte den kurzen traurigen Blick, den die Frau ihrem Mann zuwarf.

»Dann waren Sie mit Ihrer Tochter also alleine auf dem Campingplatz?«

Die Mutter nickte, wieder stiegen ihr Tränen in die Augen. Isabelle reichte ihr die Kleenex-Schachtel, die auf der Fensterbank stand. Dankbar zupfte die Frau ein Tuch aus der Box und tupfte sich damit die Tränen fort. Sie war abends von den freundlichen Platznachbarn auf einen Wein eingeladen worden, erzählte sie. Da saßen sie dann bis nach Mitternacht. Wer kann denn schon schlafen bei diesen Temperaturen?

»Geht mir genauso«, sagte Didier, »ich habe jetzt einen Ventilator im Schlafzimmer. Habe ich im *Marché Sud* gekauft. Ein *offre spéciale*: 35 Euro. Ist ziemlich laut, aber ...«

Isabelle warf Didier einen kurzen Blick zu. »Alkohol« notierte sie. Das war es also, was die Mutter verbergen wollte. Isabelle hatte schon den schwachen Geruch von Alkohol wahrgenommen, als das Ehepaar in ihr Büro gekommen war. Im ersten Moment, dachte sie, der Mann hätte vielleicht auf den Schrecken einen Pastis getrunken, aber sie hatte sich geirrt. Es war die Frau. Die Hitze ließ die Leute schwitzen, und die Haut der Frau verströmte diesen verräterischen, leicht säuerlichen Geruch einer durchzechten Nacht.

Ein Kind war verschwunden, dachte Isabelle, der Vater verbrachte die erste Nacht in Cannes, und die Mutter trank zu viel.

»Wir lassen Carla sonst nie aus den Augen«, sagte der Mann und sah kurz zu seiner Frau.

»Wir dachten, der Campingplatz ist sicher, so stand's im Prospekt. Familiengerecht und sicher.«

Isabelle kannte den Campingplatz. *Camp du Domaine*, ein mehrere Hektar großes Gelände direkt am Meer. Mit eigenem Supermarkt, Bar und Restaurant. Der Campingplatz war bei Familien sehr beliebt.

Dass Kinder gelegentlich vermisst wurden, war nicht ungewöhnlich in einem Ferienort wie Le Lavandou. Der Ort hatte knapp 6000 Einwohner, aber im Sommer kam noch ein Vielfaches an Touristen dazu. Dann platzte das Städtchen am Meer aus allen Nähten. Normalerweise tauchten vermisste Kinder nach ein paar Stunden wieder auf. Meist auf dem großen Spielplatz von Favière, gleich hinter der Segelschule, oder die Kinder kletterten über die Felsen bis zur Bucht von Saint Clair und vergaßen die Zeit an einem der kilometerlangen Sandstrände. Manchmal verliefen sie sich auch in den engen Gassen der Stadt oder den verschlungenen Pfaden des nahen Nationalparks. Da vergingen oft Stunden. Aber irgendwann konnten die weinenden Kleinen dann immer wieder auf der Gendarmerie ihren glücklichen Eltern zurückgegeben werden. Doch dieser Fall lag anders, das hatte Isabelle in dem Moment gespürt, als das Ehepaar auf der Polizeiwache auftauchte.

»Warum unternehmen Sie nichts?«, sagte der Mann, und Isabelle sah ihn an, »Sie müssen doch irgendwas tun. Straßensperren, Suchmannschaften, was weiß ich.« Dabei strich er sich immer wieder nervös mit beiden Händen durch die Haare.

»Also, was genau hat Ihre Tochter an?«, Polizistin Morell wandte sich wieder an die Mutter.

»Einen Jogginganzug. Pink mit solchen weißen Streifen an den Ärmeln und an der Hose.«

»Hat ihre Tochter sonst noch etwas mitgenommen?«, die Mutter sah Isabelle fragend an, »Geld?«

»Sie bekommt Taschengeld von uns«, sagte der Vater, »bekommt sie doch, oder?«

»Irgendetwas, woran wir sie erkennen können. Ein Rucksack, eine Tasche?«, fragte Isabelle.

»Nur ihre kleine Tasche mit dem Furby.«

»Mit was?«, fragte Didier.

»Furby, so einen kleinen Stoffvogel«, sagte Isabelle. »Alle Mädchen haben solche Anhänger. An der Tasche, am Rucksack. Haben Sie die nie gesehen?«

»Carlas Furby ist rot mit grünen Ohren. Sie hat ihn am Träger ihrer Umhängetasche befestigt«, sagte die Mutter.

»Das könnte uns schon helfen«, Isabelle machte sich ein paar Notizen. »Sie sagten, Sie hätten ein Foto?«

Die Mutter zog ein Bild aus der Handtasche. Es zeigte ein strahlendes blondes Mädchen auf einem Pony.

»Ein hübsches Mädchen, wirklich«, sagte Isabelle und drehte sich zur offenen Tür. »Moma, kommst du mal?« Ein arabisch aussehender Mann im kurzärmeligen dunkelblauen Uniformhemd der Police nationale kam aus dem Nebenzimmer. Mohamed Kadir, genannt Moma, war der Sohn algerischer Einwanderer. Er war 31 Jahre alt, in Nizza geboren und französischer als die meisten Franzosen. Aber die Leute behandelten ihn trotzdem oft wie einen Ausländer. Immerhin war er inzwischen vom Assistenten zum Sous-Lieutenant aufgestiegen. Dass er überhaupt für die Polizei arbeiten konnte, verdankte er einem Integrationsprogramm, das die Regierung vor einigen Jahren gestartet hatte. Und natürlich Isabelle, die sich dafür eingesetzt hatte, dass Monsieur Kadir in ihrer Abteilung beschäftigt wurde.

»Wir brauchen davon 25 Abzüge«, sagte Isabelle und reichte ihm das Foto des Mädchens, »die gehen an die Einsatzwagen raus.« Und fügte dann halblaut, damit die Eltern sie nicht verstehen konnten, hinzu: »Und gib auch welche an die Küstenwache.«

Moma nickte. »Der Patron will mit dir reden. Er hat gesagt, es sei dringend.«

»Du siehst doch, was los ist. Sag ihm, ich komme später. Die Kollegen sollen als Erstes die Strände überprüfen, dann die Spielplätze und den Platz um das Karussell.«

»Unsere Tochter, also Carla, ist doch nicht auf einem Spielplatz«, der Mann klang jetzt vorwurfsvoll.

»Sie hätte sich längst gemeldet«, sagte die Mutter und wischte sich die Tränen aus den Augen, »warum meldet sie sich denn nicht?«

Isabelle sah auf ihre Aufzeichnungen. »Hat Ihre Tochter ein Handy?«

»Nein, Marcus, mein Mann ...«, sie unterbrach sich.

»Eine Achtjährige braucht ja wirklich noch kein Handy«, sagte der Mann.

»Gab es irgendeinen Platz, den Ihre Tochter besonders mochte?«, fragte Isabelle.

»Was ist, wenn das Mädchen entführt wurde?« Der Vater hatte ihr gar nicht zugehört.

»Warum glauben Sie, dass Ihr Kind entführt wurde?« Isabelle sah dem Mann direkt in die Augen. Er wich ihrem Blick aus.

»Weil ... Kinder verschwinden doch nicht einfach so.«

»Ist Ihre Tochter schon mal ausgerissen?« Es war nur so eine Ahnung, die Isabelle hatte. Die Mutter protestierte sofort. Carla sei sehr glücklich zu Hause. Und außerdem sei sie sehr reif für ihr Alter. »Carla und ich, wir verstehen uns«, sagte die Mutter, »wir sind wie, wie richtige Freundinnen.«

Isabelle wünschte sich, sie könnte das auch von ihrer Tochter sagen: Freundinnen. Schön wäre es, stattdessen lieferte sie sich mit ihrer fünfzehnjährigen Lilou einen Dauerkampf. Augenblicke der Nähe zwischen Mutter und Tochter waren selten geworden. Die Pubertät forderte ihren Tribut.

»Und letztes Jahr in Hamburg, was war das?«, der Mann hatte das halblaut zu seiner Frau gesagt, und es klang bitter.

»Das war etwas völlig anderes, Marcus«, verteidigte die Mutter ihre Tochter. »Außerdem war Carla nach zwei Stunden wieder da, alles war in Ordnung.«

»Ach ja? Wer wollte denn damals zur Polizei gehen? Du warst fix und fertig«, sagte der Vater.

»Marcus, bitte …«, die Frau sah zu ihrem Mann, dann zu Isabelle. »Damals wollte Carla unbedingt zu ihrem Vater. Also Marcus ist nicht Carlas richtiger Vater, verstehen Sie?«

3. KAPITEL

»Für heute ist kein Termin eingetragen«, die Frau mit den schmalen, grellrot geschminkten Lippen sah Leon über den Rand ihrer Brille an, als wäre er irgendein lästiger Pharmavertreter und nicht der zukünftige Gerichtsmediziner an der Klinik Saint Sulpice. Das Namensschildchen an ihrer Bluse wies sie als »Schwester Monique« aus. Sie bewachte das Vorzimmer von Klinikleiter Dr. Hugo Arnaud. Und sie war gleichzeitig die persönliche Assistentin des Chefarztes, wie sie betonte, was so viel heißen sollte wie: Wer sich mit ihr anlegte, würde sich einen Haufen Probleme einhandeln.

»Dann rufen Sie bitte Doktor Arnaud an und sagen ihm, dass Doktor Leon Ritter aus Frankfurt da ist. Wieso musste Leon dieser Schwester erklären, wie sie ihren Job zu machen hatte?

Er war heute Morgen extra um 10.00 Uhr in Frankfurt abgeflogen, um pünktlich um 15.30 Uhr nachmittags in der Klinik Saint Sulpice zu sein. Genau so, wie es in dem Einladungsschreiben von Dr. Arnaud stand, das er der Schwester auf den Tisch legte, oder eher auf den Tisch warf, was sie erneut mit dem lauernden Blick einer Löwin quittierte. Das Problem war nur, dass die Klinik an diesem Montag keinen Dr. Ritter aus Deutschland erwartete. Heute nicht, und an keinem anderen Tag dieser Woche.

»Doktor Arnaud ist nicht hier«, sagte die Schwester

spitz. »Er befindet sich übers Wochenende in Reims, bei seiner Familie.«

»Und was steht hier?« Leon tippte mit dem Finger auf das Schreiben, das er von dem Klinikchef erhalten hatte. Seine Laune wurde von Minute zu Minute schlechter. »Das ist doch das heutige Datum, und es ist genau 15.30 Uhr.«

Schwester Monique und eine weitere Klinikangestellte steckten die Köpfe zusammen und beugten sich über die Dienstpläne. Es wurde hektisch telefoniert. Schließlich musste Monique zugeben, dass sich die Verwaltung um eine ganze Woche vertan hatte. Ein kleiner Irrtum. Man hatte den Médecin légiste erst am kommenden Montag erwartet. Die schlechte Nachricht war, dass man auch erst ab nächsten Montag ein Zimmer für Dr. Ritter reserviert hatte.

»Na wunderbar«, sagte Leon.

»Wir könnten Ihnen bis dahin natürlich ein Zimmer hier in der Klinik herrichten.« Der Vorschlag kam von der älteren Schwester aus dem Nebenzimmer.

»Ein Krankenzimmer?!« Leon traute seinen Ohren nicht.

»Auf Station 4 wäre was frei.« Die Schwester kam mit einer Liste, die sie Monique hinhielt. Neugierig betrachtete sie den gutaussehenden Mediziner mit dem wilden dunklen Haar, in dem sich erste graue Strähnen zeigten.

»Unsere Entbindungsstation«, erklärte die Assistentin, »da ist zu dieser Jahreszeit nicht viel los. Die meisten Frauen bekommen ihre Kinder lieber im Herbst und im Winter.«

»Sie hätten das Zimmer ganz für sich alleine. Mit eigenem Badezimmer und mit Blick Richtung Park«, versuchte die grauhaarige Schwester Leon das Angebot schmackhaft zu machen.

Leon war fassungslos. Da hatte er all seinen Mut zusammengenommen, ein Flugzeug nach Nizza bestiegen, war drei Stunden durch die Provence gefahren, und wofür? Damit er jetzt eine Woche auf der Entbindungsstation verbringen würde. Leon sagte den Schwestern, was er von der Klinik erwartete: ein Zimmer, und zwar in einem ausgezeichneten Hotel, und das sofort und auf Kosten des Krankenhauses. Die Schwestern sahen ihn an, als hätte er nach einem Zimmer im Schloss von Versailles verlangt.

»Es ist Juli, Doktor Ritter«, sagte Monique. Der mitleidige Unterton in ihrer Stimme war nicht zu überhören. »Hochsaison. Es gibt an der ganzen Küste kein einziges freies Hotelzimmer mehr. Heute nicht, und auch nicht die nächsten zwei Monate.«

»Dann bestellen Sie bitte dem geschätzten Kollegen Doktor Arnaud einen freundlichen Gruß«, sagte Leon ganz ruhig, »und sagen Sie ihm, dass Doktor Leon Ritter wieder zurück nach Deutschland geflogen ist.«

Die Schwestern sahen sich erschrocken an. Leon registrierte mit einer gewissen Genugtuung, dass er die Frauen aus dem Konzept gebracht hatte. Eine kleine Rache für das Zimmerangebot auf der Entbindungsstation. Natürlich wäre es für Leon der absolute Alptraum, sich gleich wieder in ein Flugzeug nach Deutschland setzen zu müssen, aber das brauchten Schwester Monique und ihre Kollegin ja nicht zu wissen. Irgendwo würde sich bestimmt ein Hotelzimmer auftreiben lassen. Und dann würde Leon eine Woche Urlaub am Meer machen, auf Kosten der Klinik. Es wäre sein erster Urlaub seit über zwei Jahren. Vielleicht hatte der verschlampte Termin ja auch sein Gutes.

»Die Schwester meines Schwagers vermietet manchmal das Gästezimmer in ihrem Haus«, sagte Monique. »Das ist in Le Lavandou. Nur ein paar Kilometer von hier.«

Keine Viertelstunde später saß Leon in seinem Auto und fuhr nach Le Lavandou. Das Zimmer wurde angeblich von einer Polizistin vermietet, Isabelle Morell, die Leon allerdings nicht persönlich gesprochen hatte. Dafür war ihre Tochter Lilou am Telefon. Das Mädchen hatte Leon erklärt, dass er das Haus nie alleine finden würde. Bevor sie also lange Wegbeschreibungen abgäbe, sollte Leon sie beim Kreisverkehr mit den Wasserspielen am Ortsrand treffen. Der Brunnen wäre scheußlich und nicht zu übersehen.

Kurz darauf stoppte Leon den Fiat auf dem Parkstreifen kurz vor dem Kreisverkehr. Er starrte fasziniert den Brunnen an. Die Konstruktion war tatsächlich von atemberaubender Geschmacklosigkeit. Drei eiserne Walfluken, über die sich Wasser ergoss, ragten aus einem flachen Becken. Ein Kunstwerk, wie es nur der Gemeinderat eines Ferienortes durchwinken konnte.

Es gab natürlich keine Wale vor der Küste von Lavandou, und darum hatte der Stadtrat ursprünglich auch drei springende Delphine bestellt. Schließlich hatte Lavandou vor einigen Jahren in sein Stadt-Logo den Zusatz »Stadt der Delphine« gesetzt. Aber die hatte der Künstler dem Brunnen-Komitee ausgeredet, weil Delphine angeblich out waren. Heute war alle Welt verrückt nach Walen. Wale standen für die Reinheit der Meere. Und so blieben von der Delphin-Idee zuletzt nur die drei Walfluken übrig. Wie überdimensionale Blüten, die in der Hitze vertrocknet sind, dachte Leon, während er das Kunstwerk betrachtete. In diesem Moment klopfte ein junges Mädchen an die Autotür.

»Doktor Ritter?«, sie musterte Leon durch das offene Fenster.

»Ja, und du ... Sie sind ...?«, Leon war irritiert, das Mädchen am Telefon konnte höchstens vierzehn gewesen sein, diese junge Frau hier sah aber eher wie achtzehn aus.

»Ich bin Lilou, wir haben telefoniert«, erklärte das Mädchen selbstbewusst. »Mama hat noch zu tun. Sie hat gemeint, ich soll Ihnen das Zimmer zeigen.« Lilou trug abgeschnittene Jeans, bei denen die Taschen ein Stück unter den ausgefransten Hosenbeinen hervorblitzten. Über ihr pinkfarbenes Bikinioberteil hatte sie ein weites Hemd gezogen. Lilou umrundete den Wagen und stieg ein.

»Wir müssen einmal um den Brunnen und dann bei dem blauen Zaun rechts. Sind nur ein paar Minuten bis zum Haus.« Lilou hatte ihre Flip-Flops abgestreift und stemmte ihre nackten Füße gegen das Armaturenbrett. Sie nahm das T-Shirt vom Sitz, hielt es mit spitzen Fingern hoch und betrachtete das Motiv mit dem nackten Frauenhintern.

»Sehr hübsch«, sagte sie.

»Ist nicht von mir«, Leon war die Sache peinlich. »Muss der Kerl vergessen haben, der den Wagen vor mir gemietet hat.« Leon erntete einen skeptischen Blick.

»Und Sie sind Arzt?«, Lilou warf das T-Shirt auf die Rückbank.

»Gerichtsmediziner.«

»Echt? So wie im Fernsehen?«

»Du darfst nicht alles glauben, was du im Fernsehen siehst.«

»Jetzt rechts. Rechts! Hier ... oh, Mann«, Lilou deutete auf eine schmale Lücke zwischen zwei Häusern.

Leon riss das Steuer nach rechts und schoss in die enge Gasse, die das kleine Auto zu verschlingen schien. Der Fiat stolperte über das Kopfsteinpflaster. Zwischen Außenspiegel und Wand blieben keine zehn Zentimeter. Leon hielt das Steuer fest, jetzt nur nicht anhalten. Nach fünfzig Metern stieß die Gasse auf eine Straße, die sich durch Gärten berg-auf schlängelte. Leon wischte sich mit dem Handrücken über die Stirn.

»Ist ne echte Abkürzung«, meinte Lilou. »Ich wusste, dass das Auto durchpasst.«

»Eine Expertin also.« Leon sah zu dem Mädchen, die sich ihre blonden Haare um den Finger wickelte.

»Sie hocken also im Keller und schnippeln an toten Leu-ten rum.«

»So ähnlich.«

»Wie eklig ist das denn?« Lilou schüttelte den Kopf, als müsste sie diese schreckliche Vorstellung gleich wieder loswerden. »Da vorne, das Haus mit den blauen Läden, das ist unseres.«

Leon hielt vor einem gepflegten provenzalischen Haus, das am Hang lag und dessen Straßenseite von einer Mauer eingefasst war. Lilou ging voraus. Im Inneren des Hauses war es trotz der Hitze angenehm kühl. Vom Erdgeschoss aus erreichte man eine kleine, schattige Terrasse, die von einer prächtigen Bougainvillea eingeschlossen war.

Das Gästezimmer lag im ersten Stock, der Blick aus dem Fenster ging über den Ort, und als Leon sich etwas heraus-lehnte, konnte er sogar einen Zipfel des Hafens mit den Booten sehen. Es gab einen kleinen Schreibtisch, ein brei-tes Bett, einen Schrank und einen Stuhl mit einer Sitzflä-che aus Bastgeflecht. An der Wand hing ein Werbeplakat aus den 70ern: ein Strand und am Horizont eine Segelyacht hart am Wind.

»Hier geht's zum Bad«, sagte Lilou und öffnete eine Tür. »Ist zwar nur ne Dusche, aber ein Klo gibt's natürlich auch. Ganz für Sie alleine. Manchmal läuft's nicht richtig ab. Dann müssen Sie noch mal spülen.« Leon sah das Mädchen an.

»Danke für den Tipp«, sagte Leon.

»Mama und ich haben das große Bad am Ende vom Gang. Ich lass Sie dann mal.« Lilou verschwand.

Das ganze Ambiente wirkte abgewohnt, aber es verströmte gleichzeitig einen liebenswerten, altmodischen Charme. Eine Mischung aus Rumpelkammer und Familienpension. Leon klappte den Koffer auf und stapelte seine Hemden im Schrank. Dabei achtete er darauf, dass die kurzärmeligen und langärmeligen Hemden getrennt nebeneinander lagen. Bevor er die Schranktür schloss, rückte er den Stapel noch einmal zurecht. Anschließend baute er seine Waschsachen auf der gläsernen Ablage über dem Waschbecken auf. Mit dem Handtuch wischte er durch das Zahnputzglas, dann fuhr er mit der Fingerspitze über den Spiegelschrank. Das Bad war vielleicht nicht das Neueste, aber alles war aufgeräumt und sauber. Leon betrachtete sein Gesicht im Spiegel. Mit dem Finger zog er ein Augenlid herunter und betrachtete aufmerksam seine braune Iris. Dann öffnete er eine seiner Pillendöschen und schluckte eine der kleinen, weißen Magnesiumtabletten. Er sollte eigentlich Uwe anrufen, wegen der Werte. Dr. Uwe Winterberg war sein Urologe, zu dem er regelmäßig zur Vorsorge ging. Beim letzten Test hatte es da eine kleine Auffälligkeit bei seinen Blutwerten gegeben. Nichts »Aufregendes« hatte Uwe gemeint, aber man sollte den Test lieber wiederholen, nur zur Sicherheit. Seitdem hatte Leon nichts mehr von Uwe gehört. Das war jetzt fast eine Woche her. Uwe würde sich doch melden, wenn da was wäre, oder wollte er ihm die erschreckende Diagnose ersparen?

Leon hielt sich nicht für hypochondrisch, eher für vorsichtig. War das ein Wunder? Schließlich waren die meisten Opfer, die er in der Gerichtsmedizin auf den Tisch bekam, eines natürlichen Todes gestorben: Nikotin, Alkohol, Stress und ungesunde Ernährung, das waren die wirklichen Killer unserer Zeit. Leons Vater hatte mit 82 der Prostatakrebs umgebracht, er war nie zur Vorsorge gegangen. Nein, Leon war kein Hypochonder, er achtete nur aufmerksam auf die Vorzeichen.

Als er alles eingeräumt hatte, ging Leon noch einmal zu seinem Koffer, öffnete den Reißverschluss an der Innenseite und nahm ein Foto im Holzrahmen heraus. Das Bild zeigte ihn in einem Garten. Eine auffallend attraktive Frau hatte ihm von hinten liebevoll die Arme um die Brust gelegt, sich an ihn gedrängt und schaute lächelnd über seine Schulter in die Kamera. Die widerspenstigen roten Locken fielen ihr ins Gesicht. Leon sah das Foto an und stellte es auf den Nachttisch. Er hatte Lilou nicht kommen gehört.

»Ihre Frau?«, fragte Lilou und betrachtete das Foto.

Leon fuhr herum. »Kann man das Wasser aus der Leitung trinken?«

»Zurzeit besser nicht. Ist zu heiß. Da kommen Salmonellen und so'n Zeug in die Leitungen – haben sie in der Schule gesagt. Aber wir haben Cola im Kühlschrank, wollen Sie eine?«

Einen Moment später saß Leon mit einer kalten Cola auf einem zerschlissenen, aber umso gemütlicheren Korbstuhl auf der Terrasse und sah über die Gärten und Dächer auf das Mittelmeer, das unter ihnen lag und in der Nachmittagssonne glitzerte. Zwischen den roten Blüten der Bougainvillea schwirrten die Insekten.

4. KAPITEL

Das kleine Mädchen in seinem pinkfarbenen Jogginganzug sah aus, als würde es schlafen. Es lag im Laub zwischen den Felsen, den Kopf mit den blonden Haaren auf einem Polster von Sonnenröschen. Das Kind bewegte sich nicht. Kopf und Hals wurden von wilden Lavendelsträuchern überschattet, aber die Hände und die nackten Füßen des Mädchens hatte in der glühende Sonne böse Verbrennungen abbekommen.

Der Mann beobachtete das Mädchen eine Weile aus sicherer Entfernung. Dann lief er einen weiten Bogen und nährte sich dem Kind von hinten. Dabei nutzte er die Deckung der dichten Ginsterbüsche und wilden Rosmarinsträucher. Immer wieder blieb er stehen und beobachtete seine Umgebung, wie ein Raubtier, das sicher sein will, dass ihm kein anderer die Beute streitig macht. Aber hier, in den heißen, trockenen Hügeln des Massif des Maures war der Mann ganz alleine. Er zog den Schirm seiner Baseballkappe tiefer ins Gesicht. Der Schweiß hatte den Stoffrand der Mütze dunkel gefärbt und hinterließ feuchte Spuren auf Schläfen und Nacken.

Direkt hinter dem Mädchen blieb der Mann stehen. Der Blick auf das Kind ließ ihn die Hitze und alle Anstrengungen der letzten Stunden vergessen. Er lächelte, das Schicksal meinte es gut mit ihm.

Der Mann kniete hinter dem Mädchen nieder. Ganz vorsichtig streckte er die Hand aus. Als er mit den Fingerspitzen ihren Nacken berührte, begann er heftig zu atmen. Er wusste, er sollte sich zusammennehmen, sich zurückhalten, aber er spürte, wie eine unbändige Gier ihn ergriff wie eine böse, schwarze Wolke ...

5. KAPITEL

Der Weg vom Haus der Morells in den Ortskern führte durch Gärten von Feigen- und Orangenbäumen. Leon hatte Madame Morell am Telefon nicht erreichen können, also beschloss er, die Polizistin kurz in ihrem Büro aufzusuchen, um zu sagen, dass er das Zimmer nehmen würde. Trotz der Hitze ließ Leon den kleinen Fiat beim Haus stehen und ging zu Fuß hinunter in den Ort. Der Weg überquerte die Avenue de Provence und endete am Platz mit dem Gefallenendenkmal.

Vor dem steinernen Obelisken saß ein Mann im Rollstuhl. Er war Ende sechzig, hatte den Kopf glattrasiert und trug an seiner Armeejacke die flammende Lilie, das Abzeichen der Fremdenlegion. Der Mann betrachtete stumm die Namen der Widerstandskämpfer, die mit goldenen Buchstaben in schwarzen Marmor eingraviert waren, dann rollte er aus der glühenden Sonne langsam in Richtung Schatten. An einer Steinschwelle rutschte das äußere Rad vom Weg und versank einige Zentimeter in den Rabatten, die das Denkmal umgaben. Der Rollstuhl war blockiert. Der Mann fluchte und zerrte an den Rädern, vergeblich.

Leon beobachtete ihn. Der Mann bewegte sich schnell in seinem Stuhl. Vielleicht war er mal Boxer oder Ringer gewesen, dachte Leon. Aber jetzt war er nur noch ein alter Mann, der laut fluchte, weil ihn in der glühenden Sonne die Kräfte verließen.

Mit ein paar Schritten war Leon bei ihm. »Kann ich Ihnen helfen?« Er fasste nach den Griffen des Rollstuhls.

»Nein!« fuhr ihn der Mann an. Leon zögerte. Doch dann schien der Mann es sich anders zu überlegen. »Na los, ziehen Sie schon.«

Leon kippte den Stuhl nach hinten und zog ihn dann mit einem kurzen Ruck über die scharfkantige Schwelle in den Schatten einer Platane. »Hier ist es besser«, sagte Leon.

»Schon gut, lassen Sie los«, der Mann griff zu den Radringen und richtete seinen Rollstuhl aus. »Das mach ich selber.«

»Sie waren bei der Fremdenlegion?«

Der Mann im Rollstuhl brummelte etwas, dann betrachtete er Leon. »Sie sind nicht von hier ... Deutschland?«

»Mein Akzent, ich weiß«, Leon stellte sich vor den Mann, damit der nicht den Kopf nach ihm verdrehen musste.

»Mein Vater ist im Krieg von den Deutschen abgeknallt worden«, sagte der Mann und deutete auf das Denkmal. »Da steht sein Name: Pasqual Suchon.«

»Tut mir leid, das zu hören.«

»Und den hier«, er klopfte mit beiden Händen auf die Lehnen des Rollstuhls, »verdanke ich auch einem *boche*.«

Boche war eigentlich eine Beleidigung, aber sie stammte aus einer anderen Zeit. So hatten die Franzosen die deutschen Besatzer im Zweiten Weltkrieg genannt. Leons Onkel im Elsass hatte den Ausdruck manchmal benutzt.

»Ein Arschloch von Tourist hat mich zusammengefahren, mit seinem beschissenen BMW, können Sie sich das vorstellen? Hat mich auf dem Fahrrad erwischt. Was für eine gewaltige Scheiße.«

»Welcher Wirbel?«, fragte Leon und musterte den Mann mit professionellem Blick.

»Aha, der Monsieur ist vom Fach«, der Mann sah Leon an, »nein, verdammt, nur die Beine. 21 Mal gebrochen. 21 Mal, und das Becken noch dazu. Elf Operationen. Schrauben, Platten und Nägel. In mir steckt mehr Blech als in meinem Peugeot.«

»Können Sie sie bewegen?«, Leon sah auf die Beine des Mannes.

»He, ich kann immer noch im Stehen pissen, wenn Sie das meinen. Aber wenn es so heiß ist, geht mit Laufen gar nichts mehr. Vor ein paar Jahren, da bin ich noch mit dem Rad bis St. Tropez gefahren, hin und zurück, an einem Tag. Aber heute, *bordel de cul*«.

»Ich kann Sie ein Stück schieben«, sagte Leon.

»Was soll das werden? So ne Art Wiedergutmachung?« Er sah Leon provozierend an, der lächelte nur freundlich. »Na gut. Wenn Sie einen Rosé im *Miou* spendieren, vergesse ich die Sache mit den Deutschen.« Leon hatte die Griffe des Rollstuhls gepackt. Der Veteran streckte ohne sich umzusehen die Hand nach hinten. »Jean-Claude.«

Leon ergriff die Hand. »Leon. Es lebe die deutsch-französische Freundschaft.«

»Jetzt werden Sie nicht gleich sentimental.« Der alte Mann deutete in Richtung einer kleinen Treppe. »Da runter, *allez hopp Fritz*, ist nur eine Treppe.«

Leon kippte den Rollstuhl und ließ ihn vorsichtig Stufe für Stufe nach unten rollen.

6. KAPITEL

Isabelle sah den Eltern der kleinen Carla hinterher, wie sie die Polizeiinspektion verließen und die Stufen zur Avenue Paul Valéry hinuntergingen. Der Mann griff nach der Hand seiner Frau, und diesmal zog sie sie nicht zurück. Die beiden würden schon bald wieder hier sein. Hoffentlich könnte sie ihnen dann ihr Kind unversehrt übergeben, dachte Isabelle, während sie zurück in ihr Büro ging. Nicht zu wissen, wo das eigene Kind ist, musste ein Alptraum sein.

»Isabelle.« Polizeichef Thierry Zerna war im Flur aufgetaucht und klang übellaunig. Zerna war 45 und nach einigen erfolglosen Jahren bei der Polizei in Toulon hatte man ihn nach Le Lavandou zurückversetzt. Der Polizeichef tat so, als wäre der Posten für ihn die Erfüllung seiner Träume, aber alle Kollegen wussten, dass er die Versetzung als tiefe Demütigung empfand.

Zerna bekämpfte seinen Frust mit einem knallharten Fitnessprogramm. Er war stolz auf seinen Körper. In der Umkleide achtete er darauf, dass die Kollegen seinen Body sehen konnten. Er hatte jede Menge Muskeln aufgebaut. Aber das änderte nichts an der Tatsache, dass er O-Beine hatte und nur 1,72 Meter groß war. Darüber täuschten weder die Cowboystiefel mit den extrahohen Absätzen hinweg, noch die kurzärmeligen T-Shirts, die er immer eine Nummer zu klein trug, damit sein Bizeps besser zur Geltung kam.

Seit Isabelle und ihr Mann Anthony sich vor zwei Jahren getrennt hatten, versuchte Thierry bei der attraktiven Kollegin zu landen, war aber bisher auf Granit gestoßen.

Isabelle hatte sich eine kurzärmelige Bluse über die Jeans gezogen. Es war heute einfach zu heiß für die Uniform. Bei den anderen würde Zerna einen solchen Regelverstoß nicht durchgehen lassen, aber bei Isabelle machte er eine Ausnahme. Gleichzeitig hasste er sich dafür, dass er ihr diesen Fehler durchgehen ließ, denn er ahnte, dass ihn seine Nachsicht dem Ziel seiner Begierde keinen Millimeter näher bringen würde. Aber das könnte er sich niemals eingestehen.

Thierry tat so, als musterte er seine Stellvertreterin kritisch. Isabelle wusste genau, dass er ihr dabei in Wirklichkeit auf die Brüste schielte, aber sie ignorierte den Blick.

»Haben wir irgendwas Neues über das deutsche Mädchen?«, fragte Zerna, während er sich einen Café crème aus dem Automaten laufen ließ, der in der kleinen Teeküche am Ende des Ganges stand.

Isabelle brachte ihren Chef auf den letzten Stand. Bisher gab es keinerlei Spuren, aber sie waren dabei, eine Suchmannschaft zusammenzustellen. Zerna wollte auf jeden Fall noch den Nachmittag abwarten, falls die Kleine von selber wieder aufkreuzte. Er hatte keinen Bock, seine Leute umsonst loszuschicken.

»Hör dich auf dem Campingplatz um.«

»Darum kümmert sich Moma schon.«

»Nein, geh selber hin. Die Leute reden nicht gerne mit einem ... du weißt schon«, Thierry unterbrach sich. »Irgendjemand hat immer etwas gesehen.«

»Das Mädchen ist schon seit über zwölf Stunden verschwunden!«

»Das können wir nicht mit Sicherheit sagen, oder?« Isabelle sah ihren Chef verärgert an. »Schon gut, aber was ich auf keinen Fall brauch, ist ein zweiter Fall Dupont.«

»Der Junge war immerhin unversehrt.«

»Eben, und um das rauszufinden, hast du über 30 000 Euro Steuergelder verballert.« Thierry nahm die Tasse und ging in Richtung seines Büros.

»Jetzt tu bloß nicht so, als hättest du's bezahlen müssen.« Isabelle hatte den letzten Satz ihrem Chef hinterhergerufen. Du Arsch, dachte sie.

Pascal Dupont war ein sechsjähriger Junge gewesen, der vor fünf Jahren aus einem Hotel in Le Lavandou verschwunden war. Isabelle hatte damals sofort eine aufwendige Suchaktion gestartet, an der sich Polizei, Feuerwehr und sogar ein Militärhubschrauber beteiligt hatten. Bis sich nach 24 Stunden herausstellte, dass das Kind von einer Tante im Hotel abgeholt worden war und quietschvergnügt in St. Tropez am Stand saß.

Okay, Isabelle hatte damals vielleicht etwas vorschnell reagiert, was soll's. Noch lange kein Grund für Zerna, ihr die Geschichte bei jeder Gelegenheit wieder aufs Brot zu schmieren, nur weil sie sich weigerte, mit ihm ins Bett zu gehen.

»Vorne wartet jemand auf dich.« Moma war im Gang aufgetaucht. »Der Typ ist aus Deutschland, glaub ich.«

»Jemand vom Campingplatz?«

»Hat er nicht gesagt, wollte nur mit dir sprechen.« Moma hob vielsagend die Hände.

»Für so was hab ich jetzt wirklich keine Zeit.«

Isabelle ging mit schnellem Schritt den Gang entlang, und dann sah sie ihren Besucher. Leon stand entspannt im Flur und schien neugierig das Treiben der Polizeibeamten zu beobachten, so wie ein Forscher Insekten betrachtet. Und obwohl er allen im Weg stand, beschwerte sich niemand. Als besäße er eine unaufdringliche Präsenz, die von allen sofort akzeptiert wurde.

Eine Frau von der Verkehrspolizei lächelte dem Mann im Vorbeigehen zu, wie einem alten Bekannten. Der Besucher nickte schüchtern, als wäre ihm so viel Aufmerksamkeit unangenehm, und schien sich im gleichen Moment auf die Broschüren der Polizei zu konzentrieren, die neben ihm auf einem kleinen Ständer lagen: »Sicher durch den Urlaub – Tipps Ihrer Polizei«. Er schob die Flyer zu einem akkuraten Stapel zusammen und richtete ihn so aus, dass man die Überschrift auf den ersten Blick erfassen konnte.

Der Besucher hatte für Isabelle etwas Verletzliches, wie er so dastand. Jemand dem man sich anvertrauen, aber den man gleichzeitig beschützen wollte. Er wirkte lässig in seiner hellen Leinenhose und dem sportlichen Hemd. Nicht das übliche Urlaubs-Outfit, mit dem die Touristen sonst auf der Wache auftauchten. Keine Bermudashorts oder grellgemusterten T-Shirts, in denen die meisten Männer aussahen wie zu groß geratene Schuljungen.

Isabelle sah den Besucher an. Von ihm ging eine Schwingung aus, die bei ihr ein Gefühl auslöste, das sie fast vergessen hatte. »Dir fehlt eindeutig ein Kerl, Isabelle«, dachte sie und grinste in sich hinein und war im nächsten Moment wieder ganz die routinierte Polizistin.

7. KAPITEL

Leon erkannte Isabelle sofort. Der schmale, leicht gebogene Nasenrücken, der dem Gesicht etwas orientalisches verlieh, und dazu die blauen Augen. Genau wie bei der Tochter, dachte er. Neugieriger Blick, energischer Schritt, aber kontrolliert. Koordinierte Bewegungen. Eine Frau, die gelernt hatte, sich in einer Männerwelt zu behaupten. Vielleicht ein bisschen arrogant, aber schlau. Dazu kurze, dunkle Haare, die sie strenger erscheinen lassen sollten, als sie in Wirklichkeit war – definitiv nicht sein Typ, aber interessant. Isabelle war vor ihm stehen geblieben.

»Madame Morell?«, sagte er. »Leon Ritter. Ihre Tochter war so nett und hat mir das Zimmer gezeigt.«

»Doktor Ritter, der Gerichtsmediziner aus Deutschland? Meine Tochter war ja ganz begeistert von Ihnen.«

»Weil sie denkt, dass alle Gerichtsmediziner so wären wie die, die man im Fernsehen sieht.«

»Ach, und sind sie das nicht? Enttäuschen Sie mich nicht.«

»Ich wollte Ihnen nur sagen, ich würde das Zimmer gerne nehmen.« Leon war überrascht von Isabelles spöttischer Art, »das heißt, eigentlich bin ich schon eingezogen.«

»*Voilà*, ein Monsieur, der Fakten schafft«, Isabelle lächelte frech. »Leider kann ich Ihnen keinen Kaffee anbieten. Wir haben im Moment alle Hände voll zu tun.«

»Es wäre nur für eine Woche. Danach hat die Klinik eine Wohnung für mich.«

»Isabelle«, Moma unterbrach das Gespräch, das Handy am Ohr, »ich hab den Campingplatz dran. Die wollen ihre Gäste nicht länger hinhalten.«

»Sag ihnen, wir sind in zehn Minuten da«, sagte Isabelle, »und keiner reist ab, bevor wir nicht mit ihm geredet haben.«

»Ich kann auch später noch mal vorbeikommen«, Leon sah die Polizistin an. »Ich wollte nur von Ihnen wissen, ob das mit der ganzen Woche ok ist?«

»Ja, ja. Lilou sagt Ihnen, wo Sie alles finden«, Isabelle wurde von etwas abgelenkt und sah in Richtung Eingang.

Durch die Glastür war ein großer Mann hereingekommen. Er wirkte nervös und sah sich unsicher um. Trotz des sommerlichen Outfits war sofort zu erkennen, dass er teure Markenklamotten trug. Lieutenant Didier Masclau stellte sich dem Besucher in den Weg. Das war sein Auftritt. Doch der Besucher beachtete ihn gar nicht und ging einfach weiter.

»Ich muss Commandant Zerna sprechen. Jetzt gleich.« Als der Mann sich an Didier vorbeidrängen wollte, griff der nach seinem Arm.

»Das geht aber so nicht.«

»Was soll das? Nehmen Sie auf der Stelle Ihre Hand da weg«, sagte der Besucher im empörten Ton eines Mannes, der es nicht gewohnt war, sich mit Menschen wie Polizist Masclau auseinanderzusetzen.

Leon erkannte den Besucher mit einem Blick, wenn er ihm auch älter als auf den Fotos in *Le Monde* vorkam. Leon hatte erst kürzlich einen Artikel über ihn gelesen: Jean-Baptiste Duchamp, geschätzt Anfang fünfzig. Laut Zeitung galt

Duchamp als schrullig. Er war einziger Erbe der Supermarktkette *Marché Sud* und damit letzter Spross einer der reichsten Familien des Landes. Der Multimillionär lebte angeblich zurückgezogen in der alten Familienvilla auf Cap Nègre, keine zehn Autominuten von Le Lavandou entfernt. Es hieß, er kümmerte sich dort um seine neunzigjährige Mutter. Für das Unternehmen hatte er sich angeblich nie interessiert. Eine Privatbank in Paris verwaltete sein beachtliches Vermögen, von dem er gelegentlich größere Summen an soziale Einrichtungen spendete.

Isabelle war Duchamp gelegentlich bei offiziellen Veranstaltungen in Le Lavandou begegnet, wo er sich gerne als Sponsor hervortat. Sie hatte ihm ein paarmal die Hand geschüttelt, aber er hatte es nie für nötig befunden, auch nur ein Wort mit ihr zu wechseln. Dass er jetzt bei der Polizei auftauchte, war mehr als ungewöhnlich.

»Schon gut, Didier!«, rief Isabelle dem Polizisten zu, »das ist Monsieur Duchamp.« Der Polizist ließ den Arm des Besuchers erschrocken los, als würde der unter Strom stehen. »Entschuldigen Sie, Monsieur. Ich hatte Sie nicht gleich erkannt. Was für eine Unaufmerksamkeit, absolut mein Fehler.«

»Monsieur Duchamp, Capitaine Morell«, Isabelle reichte dem Besucher die Hand. »Kann ich etwas für Sie tun?« Für einen Moment sah Duchamp die Hand an, ignorierte aber die Begrüßung.

Leon beobachtete Duchamp, der jetzt seine Hände zu Fäusten geballt an den Körper gezogen hatte, wie jemand, der darauf wartete, sich verteidigen zu müssen.

»Ich glaube, es ist ein Mädchen.« Er wirkte verstört.

»Ein Mädchen? Welches Mädchen, Monsieur?«, Isabelles Stimme klang alarmiert.

»Ich hab sie zufällig entdeckt, ganz zufällig.« Duchamp schien in sich hineinzuhorchen, als müsste er nach einer korrekten Beschreibung suchen für das, was er Capitaine Morell sagen wollte. »Wir waren unterwegs. Ich und Régine, am Col de Landon, oben, gleich bei der Route des Crêtes ... Régine ist mein Hund.«

»Was ist mit diesem Mädchen?«, wiederholte Isabelle. Duchamp schien durch sie hindurchzusehen.

»Sie ist tot«, sagte er.

8. KAPITEL

Die Wildschweine waren über die Leiche der kleinen Carla hergefallen. Ein Arm war der Länge nach aufgerissen und aus dem Gelenk gedreht. Am rechten Unterschenkel fehlte so viel Fleisch, dass man den blanken Knochen sehen konnte, und auch am Hals gab es tiefe Wunden und Risse.

Leon war neben dem toten Kind in die Hocke gegangen und betrachtete den geschundenen Körper. Das Mädchen trug einen Ohrring aus Plastik in Form eines kleinen Delphins. Leon fiel auf, dass der linke Ohrring fehlte. Ein kleines harmloses Detail, als würde sein Verstand versuchen, in all dem blutigen Schrecken etwas Normales zu finden. Neben dem Körper zwischen den Steinen lag eine vertrocknete Kröte. Isabelle, die hinter Leon stand, musste sich abwenden. Sogar den hartgesottensten älteren Polizeikollegen drehte sich beim Anblick des toten Kindes der Magen um. Leon legte ein Tuch über das Gesicht des Mädchens.

Das hier war kein Platz, an den sich ein kleines Mädchen verirren würde. Die Sandalen des Kindes waren außerdem fast neu und sauber. Einer der Schuhe war vom Fuß gerutscht, an dem auch die Socke fehlte. Von den blutigen Bissspuren abgesehen, wirkte der Jogginganzug auch nicht gerade so, als hätte das Mädchen sich damit durch das Unterholz kämpfen müssen. Leon zog sich die Latexhandschuhe an und untersuchte vorsichtig die tiefen Bisswunden am Bein der Toten.

Die Temperatur in der Senke zwischen den Hügeln des Massif des Maures lag auch jetzt noch, am späten Nachmittag, bei über 35 Grad. Den Polizeibeamten lief der Schweiß in Strömen herunter. Die Vegetation knisterte vor Trockenheit. Rotbrauner Staub, fein wie Mehl, wirbelte durch die Luft.

Über den gedämpften Unterhaltungen der Polizisten hörte Leon noch ein anderes Geräusch, das Summen der Schmeißfliegen, die die Leiche umschwirrten. Sie hatten das Blut des Opfers über viele Hundert Meter weit gerochen. Hatten sich auf den Wunden niedergelassen und bereits ihre Eier abgelegt. Bei dieser Hitze war der Todeszeitpunkt eines Opfers sehr schwer zu bestimmen, aber auf die Schmeißfliegen war Verlass. Der Eiablage nach zu urteilen, lag die Kleine mindestens seit neun Stunden hier oben.

Die Lichtung war voller Menschen. Duchamp war mit Zerna etwa zehn Meter vor der Leiche stehen geblieben. Er sah nicht zu dem Opfer, sondern starrte auf den Boden.

»Sie sind uns eine große Hilfe, Monsieur Duchamp. Wirklich eine sehr große Hilfe.« Zerna wusste, dass die neugierigen Blicke der Zuschauer auf ihn und seinen prominenten Zeugen gerichtet waren. Jetzt konnte der Polizeichef zeigen, dass er sogar mit Multimillionären umzugehen verstand.

»Die Befragung ist eine reine Formsache. Ich könnte natürlich auch zu Ihnen in die Villa kommen.«

»Nein, ich komme in Ihr Büro. Neun Uhr?«

»Wann immer Sie wollen, Monsieur Duchamp. Neun Uhr passt gut.«

»Régine, mein Hund, sie hat gebellt und ist den Pfad hinaufgelaufen. Hat gebellt und gebellt.«

»Hunde haben eine sehr feine Nase«, sagte Zerna, der Hunde nicht leiden konnte.

»Ich wäre sonst wohl nie hier raufgekommen. Wenn Sie mich jetzt entschuldigen ...«

»Natürlich, Monsieur Duchamp. Bis morgen, jemand kann Sie zu Ihrem Wagen begleiten.«

»Nein, nein, nicht nötig. Bis morgen.« Duchamp verschwand zwischen den Büschen in Richtung Straße.

Außer der Polizei war auch die Feuerwehr vor Ort. Und wie aus dem Nichts waren sogar einige Zuschauer an dem abgelegenen Platz aufgetaucht. Jeder versuchte den Eindruck zu erwecken, als wären er beschäftigt, um doch immer wieder verstohlen zu dem Opfer und dem prominenten Zeugen hinüberzusehen. Nur Tony, der Fotograf, hatte sich in die erste Reihe gedrängt. Er hielt die Kamera über den Kopf und schoss ein Bild nach dem anderen, bis Zerna ihn verscheuchte.

Tony trug einen Pferdeschwanz, der nicht verbergen konnte, dass sich die Haare an seinem Hinterkopf schon lichteten. Die Sonnenbrille hatte er auf die Stirn geschoben und das Hemd weit aufgeknöpft, damit die goldene Kette auf seiner braungebrannten Brust besser zur Geltung kam. Seine Arme waren vom Handgelenk bis zur Schulter tätowiert. Normalerweise klapperte Tony abends mit seiner Nikon die Restaurants und Bars von Lavandou ab. Er machte den ganzen Sommer die ewig gleichen Bilder von verliebten Paaren und Eis leckenden Kindern, die sich die Leute dann am nächsten Morgen für sieben Euro pro Stück in seinem Fotoladen in der Rue Charles de Gaulle abholen konnten. Die Bilder von dem toten Mädchen würde er an den *Var-Matin* verkaufen.

Menschen sind wie Hyänen, dachte Leon, sie werden angezogen vom Geruch des Todes. Er betrachtete das tote Mädchen. Es lag zwischen den Wurzeln einer niedrigen Kiefer. Ganz offensichtlich hatten die Tiere den Körper hierhergezerrt. Es gab Schleifspuren im staubigen Boden und zahllose Fährten, sofern sie nicht schon von Polizisten und Gaffern zertrampelt worden waren.

Etwa vier Meter entfernt, versteckt zwischen den Wacholderbüschen, erkannte Leon eine große, flache Steinplatte. Gleich dahinter ragte ein etwa achtzig Zentimeter hoher Fels aus dem Boden, der am oberen Ende grob behauen war.

»Ist das prähistorisch?« Leon wandte sich an Isabelle.

»Ein Menhir«, sagte die Polizistin, »davon gibt's jede Menge in den Hügeln. Es heißt, dass das Opferstätten waren, angeblich über 3000 Jahre alt.«

»Die Leute müssen hier verschwinden«, sagte Leon, »die zertrampeln alle Spuren.«

Mit ein paar scharfen Worten schickte Isabelle die neugierigen Touristen weg. Auch die Polizisten mussten für den Gerichtsmediziner den Platz um die Tote räumen.

Leon versuchte, die Hand des Kindes anzuheben. Sie war steif, genau wie der Arm, wie bei einer Statue. Voll ausgeprägte Totenstarre, das bestätigte Leons erste Einschätzung. Das Mädchen musste bereits in der Nacht gestorben sein. Vielleicht gegen vier oder fünf Uhr in der Frühe. Aber wie war sie an diesen entlegenen Platz gelangt? Vorsichtig schob Leon das Tuch zur Seite, das das Gesicht des Mädchens verdeckte. Leon musste tief durchatmen. Er hatte so viele tote Kinder gesehen, die meisten waren Opfer von Verkehrsunfällen geworden. Aber das hier? Er konnte regelrecht fühlen, dass hier etwas Dunkles, Böses geschehen war – nicht nur die Zähne der Tiere hatten dieses Mädchens zerstört. Da war noch etwas anderes.

»Scheußliche Sache.« Zerna baute sich neben Dr. Ritter auf und sah zu der Toten hinunter. »Ist knochentrocken hier oben. Die Wildschweine finden seit Wochen kaum noch was zu fressen. Jeden Herbst machen wir Jagd auf diese Viecher, aber es sind einfach zu viele.«

»Ich denke nicht, dass das nur die Wildschweine waren.«

»Doktor, ich bitte Sie. Das arme Mädchen hat sich verirrt. Bei dieser Hitze dehydriert ein Mensch in wenigen Stunden. Offensichtlich ist die Kleine gestürzt, hat den Kopf am Felsen angeschlagen, wurde bewusstlos, und dann kamen die Tiere. Eine tragische Geschichte. Ja, wirklich sehr tragisch.«

»So wie es für mich aussieht, ist sie schon in der vergangenen Nacht gestorben.«

»In der Nacht, wie können Sie das wissen? In der Nacht klettert doch kein Kind hier oben herum.«

Leon sah den Polizeichef an. »Genau das denke ich auch. Ich werde sie im Institut untersuchen.«

»Natürlich, tun Sie das. Die Sanitäter sollen sie mitnehmen. Aber ich sag Ihnen schon jetzt: Es war ein Unfall.« Zerna drehte sich zu Isabelle um. »Wie hieß noch der Kerl mit dem Herzinfarkt?«

»Der Lehrer aus Lyon? Mercier.«

»Genau, Maurice Mercier, Herzinfarkt auf dem Spaziergang, auch hier oben in den Hügeln. Üble Sache. Sie haben ihn erst nach zwei Wochen gefunden. Wir konnten ihn nur noch an seinem Ehering und den Kreditkarten identifizieren.«

Dr. Ritter war aufgestanden. Er deckte eine dünne Folie über die Tote.

»Es könnte ein paar Tage dauern, bis alle Untersuchungen abgeschlossen sind.«

»Ein Unfall, Doktor. Was kann da so lange dauern?«
Zerna klang ungehalten.

»Ich sagte doch schon: Es ist keineswegs sicher, dass es
sich um einen Unfall handelt.«

»Doktor Ritter, ich bin seit über zwanzig Jahren bei der
Polizei. Sie können mir glauben, wenn ich Ihnen sage …«
Zerna war bei den letzten Sätzen lauter geworden. Die Gespräche verstummten, und die Beamten in der Nähe sahen
zu den beiden Männern hinüber. Sofort senkte der Polizeichef seine Stimme. Er sah die Sanitäter mit der Bahre von
dem Feldweg heraufkommen.

»Machen wir den Sanitätern Platz«, sagte Zerna aufgesetzt kollegial, »gehen wir da drüben hin.«

Zerna führte Dr. Ritter zu den Steinen, außer Hörweite
der anderen.

»Ich habe gehört«, sagte Zerna mit gedämpfter Stimme,
»dass Sie viele Mordfälle gelöst haben, in Deutschland.«
Leon Ritter antwortete nicht, sondern sah den Polizeichef
ganz ruhig an.

»Aber wir sind hier nicht in Deutschland.« Zerna deutete in Richtung Meer. »Das da unten ist ein ruhiger, ge-
mütlicher Ferienort, und genau so soll es auch bleiben.«

»Was wollen Sie mir damit sagen, Commandant Zerna?«

»Was ich …?«, der Polizeichef musste zu Leon hinaufschauen, wenn er ihm in die Augen sehen wollte. »So wie es
aussieht, sind wir für diesen Unfall zuständig. Wir, die Gendarmerie nationale, erledigen das. Oder wollen Sie, dass
Toulon die Mordkommission schickt? Wollen Sie, dass ein
großes Getöse gemacht wird – wegen eines Unfalls? Natürlich, es ist schlimm, wenn ein Kind stirbt. Aber solche Dinge
passieren nun mal.«

»Ich würde jetzt gerne meine Arbeit weitermachen«,

sagte Leon, »ich möchte verhindern, dass noch mehr Spuren vernichtet werden.«

»Um die Spuren kümmern wir uns schon, Doktor Ritter. Das ist nicht Ihre Aufgabe.«

Leon sah Zerna ganz ruhig an. »Dann würde ich Ihnen empfehlen, das ganze Areal absperren zu lassen. Könnte sein, dass sich der Staatsanwalt doch noch dafür interessiert.«

Eine Viertelstunde später ging Leon alleine den staubigen Forstweg hinunter, zurück zur Straße. Es war bereits dämmrig. Im Westen über den felsigen Buchten vor Toulon ging die Sonne unter und tauchte das Land in ein intensives, warmes Licht, das das Grün der Pflanzen und das Rotbraun der Felsen zum Leuchten brachte. Draußen im letzten Abendlicht lag Port-Cros, die mittlere der drei Îles d'Or, der goldenen Inseln. Der Anblick war unvergleichlich. Leon blieb stehen und atmete tief ein. Und plötzlich war es wieder da, das Gefühl aus den Kindertagen, von Sommerferien, die bis in alle Ewigkeit dauern würden. Von heißem Sand unter den Füßen. Und von der warmen Luft, die einen einhüllte, als würde man nie wieder im Leben einen Pullover tragen müssen. Für einen Augenblick fühlte Leon sich völlig frei, zum ersten Mal seit Monaten.

Als er schließlich weiterging, sah er etwas an den Dornen eines Busches in der Abendsonne schimmern. Im ersten Moment hielt er es für ein Spinnengewebe, aber es war ein etwa fünfzehn Zentimeter langer Seidenfaden, der von kleinen farbigen Verdickungen durchzogen war. Er zupfte den Faden vorsichtig vom Busch, deponierte ihn in seiner Geldbörse, und ging weiter in Richtung Straße.

Die Route des Crêtes führte durch die Hügel und war einspurig. Und während sich sonst nur selten Autos auf die

Piste verirrten, hatte sich heute ein regelrechter Stau gebildet. Die Einsatzwagen von Polizei und Feuerwehr blockierten sich gegenseitig. Vergeblich versuchte einer der Polizisten, das Durcheinander aufzulösen. Isabelle saß entspannt in ihrem alten, offenen Citroën Méhari und betrachtete das Chaos.

»Hatten Sie Probleme mit Zerna?«, fragte sie, als Leon vorbeikam.

»Er glaubt, es war ein Unfall.«

»Aber das glauben Sie nicht?«

»Ich warte grundsätzlich die Untersuchungen ab«, sagte Leon.

»Hmmm, ein Mann mit Prinzipien.«

»Voreilige Schlüsse sind gefährlich in meinem Beruf.«

»Nehmen Sie es ihm nicht übel. Zerna ist ganz in Ordnung – solange alles nach seinen Vorstellungen läuft.«

»Hab ich gemerkt.« In diesem Moment hatte der Polizist den Stau aufgelöst, und die ersten Autos fuhren los.

»Steigen Sie ein, ich kann Sie mit zurücknehmen.«

»Danke. Aber ich muss noch in die Klinik.«

»In die Gerichtsmedizin, um diese Zeit?«

»Ihr Chef will morgen einen ersten Bericht haben«, sagte Leon.

Isabelle drehte den Schlüssel um, und der kleine Motor des Méhari sprang mit einem blechernen Scheppern an.

»Eins noch: Bei unserer Haustür klemmt das Schloss. Wenn Sie aufsperren wollen, müssen Sie die Tür fest zu sich heranziehen, bevor Sie den Schlüssel umdrehen können.«

»Heranziehen und Schlüssel drehen. Das schaff ich.«

»Ganz sicher?«, fragte Isabelle mit einem Grinsen.

»Sonst werde ich einfach klingeln.«

»Wagen Sie das bloß nicht ...«, warnte Isabelle.

Leon war sich nicht sicher, ob sie die Bemerkung ernst meinte. Er sah dem Méhari nach, der mit leichtem Schwingen über die Schlaglöcher davonfederte wie ein Korken auf dem Wasser.

9. KAPITEL

Emma hasste die Sommerferien. Und Campingplätze hasste sie ganz besonders. Warum wohnte sie mit ihren Eltern nicht in einem Hotel am Strand, wie normale Leute? Ihre Freundinnen durften in den Ferien auch in richtigen Hotels wohnen. Mit richtigen Betten und richtigen Badezimmern. Aber ihre Eltern mussten ja in die Provence, weil es da so superromantisch ist. Und weil es nichts Schöneres gibt, als in einem engen Wohnwagen zu schlafen – unter den Sternen. Behauptete jedenfalls ihre Mutter, weil es sie angeblich an ihre dämliche Studentenzeit erinnerte. Und ihr Vater, der machte sowieso alles, was ihre Mutter sagte. Wenn sie wenigstens auf einen Campingplatz bei St. Tropez gefahren wären. Aber hier war gar nichts. Dieser Campingplatz war nur heiß und staubig. Und nachts ließen einen die Mücken nicht schlafen. Emma hasste alles am Campen, aber am meisten hasste sie die Tatsache, dass es kein eigenes Badezimmer gab. Es gab auf dem Campingplatz nur eine eklige Gemeinschaftsdusche.

Emma war zehn Jahre alt und stapfte mit ihren nackten Füßen den staubigen Weg zwischen den Zelten und Wohnwagen entlang. Der Campingplatz *Les Oliviers* war einfach und lag in einem Wald aus Pinien und Gesträuch, einige Hundert Meter vom Meer entfernt. Hier gab es keine luxuriösen Wohnmobile. Die Männer saßen unter den Markisen ihrer Vorzelte auf Klappstühlen, tranken mit ihren

55

Nachbarn Wein, und die Frauen wuschen das Geschirr in Plastikwannen.

Der Mond war aufgegangen. Weit hinter den Zelten konnte Emma den glitzernden Silberstreif sehen, den das Licht des Vollmonds auf das schwarze Meer malte. Es sah schön aus, schön und irgendwie auch unheimlich.

Die Duschräume des Campingplatzes waren in einem flachen Betonbau am äußersten Rand der Anlage untergebracht. Gleich hinter dem Gebäude begann ein Dickicht aus Schilf, das sich bis zum Ufer eines kleinen ausgetrockneten Baches zog. Und auch den Rasen vor den Waschräumen hatte die Sonne braun und hart wie Draht gebrannt. Emma streifte sich ihre Flip Flops über und schlurfte in ihrem Bademantel zu den Duschen. Von den drei Lampen über dem Eingang funktionierte nur noch eine. Mit ihrem trüben Licht verwandelte sie die Holzbaracke in ein unheimliches Spukhaus. Dem blonden Mädchen war dieser Teil des Platzes schon bei Tag nicht geheuer, aber um die Zeit war's wirklich übel. Emma hatte heimlich gehofft, dass sie nicht alleine bei den Duschen wäre. Sie summte ein Lied, gerade so laut, dass sie ihre Angst dahinter verbergen konnte. Sie kam immer erst spät hierher, um sich nicht mit all den anderen vor den Duschen anstellen zu müssen, und jedes Mal fürchtete sie, ganz alleine zu sein.

Emma stieg die beiden Stufen zum Eingang hinauf. Die Tür zu den Waschräumen stand offen. Dahinter war es stockdunkel. Ein schwarzes Loch. Irgendwo plätscherte ein undichter Wasserhahn. Emma musste gut einen Meter in diese Finsternis hineingehen, um den Lichtschalter zu erreichen. In diesem Moment hörte sie ein Quietschen und dann das leise Schlagen einer der Schwingtüren, die vor jeder Duschkabine angebracht war.

»Hallo!?«, Emma wollte, dass ihre Stimme laut und erwachsen klang, aber sie brachte nur ein leises Flüstern zustande. Für einen Augenblick herrschte absolute Stille, und Emma hörte nur noch ihr Herz schlagen. In diesem Moment tat es einen Schlag, als ob etwas umgestoßen würde, und mit einem Kreischen kam eine gestreifte Katze aus der Dunkelheit geschossen, verfolgt von einem schwarzen Kater. Die Tiere jagten so nahe an Emmas nackten Beinen vorbei, dass sie deren Fell spüren konnte. Wie gelähmt stand das Mädchen da. Es dauerte Sekunden, bis sie spürte, wie die Gänsehaut an Rücken und Armen langsam wieder verebbte.

Einen Augenblick noch starrte Emma ins Halbdunkel. Hier würde sie nie wieder duschen, und wenn sich ihre Eltern auf den Kopf stellten. Emma drehte sich um und lief zurück auf den Weg. Sie sah nicht, wie die Tür an einer der Duschkabinen leise von innen aufgedrückt wurde und jemand sie regungslos aus der Dunkelheit heraus beobachtete, mit Augen so dunkel und glänzend wie das Meer in der Nacht. Emma lief zurück, zurück zu dem beleuchteten Platz, zurück zu den Wohnwagen, den Zelten und ihren Eltern.

10. KAPITEL

Um diese Zeit war es ganz still im Tiefgeschoss des neuen Anbaus auf dem Klinikgelände von Saint Sulpice. Nur das Rauschen der Klimaanlage war zu hören, die hier die Hitze der Sommernacht auf erträgliche 22 Grad reduzierte. In dem neuen, dreigeschossigen Gebäude waren die Verwaltung und die Labore untergebracht. Die Räume der Gerichtsmedizin lagen im Souterrain. Tagsüber drang etwas Sonne durch die Oberlichter des Sektionsraumes, aber jetzt lag alles im Dunkeln. Nur über dem Seziertisch, den Arbeitsplatten und Becken brannten Strahler.

Auf dem Obduktionstisch aus rostfreiem Stahl lag das tote Mädchen. Dr. Leon Ritter hatte ein grünes Tuch über die Leiche gelegt, das nur den Oberkörper frei ließ. Er stand neben dem zerstörten, kleinen Körper und sprach in ein Diktiergerät: »Verletzungen im gesamten Kopfbereich. Beschädigung der Epidermis bis tief unter die Subcutis. Tiefe Rupturen, wahrscheinlich durch Tierverbiss im Wangenbereich wie auch im Halsbereich ...« Leon stoppte die Aufnahme des digitalen Diktiergeräts. Er beugte sich über das Opfer. Mit der beleuchteten Lupe, die über eine Gelenkaufhängung an der Decke befestigt war, betrachtete er die Wunden an Hals und Gesicht. Waren das wirklich nur Bissspuren von Tierzähnen? In dem stark zerstörten Gewebe befanden sich einzelne tiefere Verletzungen, die auch von Schnitten durch ein sehr scharfes Messer stammen konnten. Die Haut an den Wundrändern sah aus wie sauber durchtrennt. Verletzungen durch Tierzähne hinterließen unregelmäßige, zerfranste Wundränder. Eine weitere Wunde verlief gerade und glatt über dem linken Jochbein. Die Haut über der Stirn war bis auf den Schädelknochen geöffnet. Ein Röntgenfoto des Schädels könnte vielleicht Aufschluss über den Auslöser dieser Wunden geben. Messer hinterließen meist feine Einkerbungen am Knochen. Leon richtete sich auf. Die Verletzungen hatten nicht geblutet. Sie waren dem Opfer also post mortem zugefügt worden. Er betrachtete das Mädchen stumm, und für einen winzigen Augenblick schien er ihre Verletzlichkeit zu spüren, die Angst und den Schmerz, den sie kurz vor ihrem Tod ertragen musste.

Als er vor siebzehn Jahren zur Gerichtsmedizin kam, hatten ihn die Kollegen gewarnt: Er sollte Abstand zu den Toten bewahren. Sie als das betrachten, was sie für die Rechtsmedizin waren: als »Beweismaterial«. Wenn er seine Empathie mit in den Sektionssaal nahm, würde er daran zerbrechen. Aber so war es nicht. Ganz im Gegenteil: Leon brauchte genau dieses Gespür für das verloschene Leben, um die Todesumstände der Opfer bestimmen zu können. Wen hatte dieses Mädchen zuletzt angesehen? Jemanden, der sie so hasste, dass er sie nicht nur töten, sondern zerstören wollte?

Das laute Klappern der Instrumente riss Leon aus seinen Gedanken. Oliver Rybaud, sein Assistent, hatte eine der Ohrenschalen in das Spülbecken fallen lassen.

»*Excusez-moi, docteur*« entschuldigte sich Rybaud kleinlaut.

»Desinfizieren Sie auch die Scheren und die Pinzetten«, sagte Leon.

»Das machen wir sonst erst am Schluss, Doktor Ritter.«

»Dann machen wir es eben ab heute immer sofort nach dem Gebrauch.«

Leon wusste, dass es in vielen Autopsieräumen etwas hemdsärmelig zuging. Da wurde schon mal eine Säge zwischen zwei Sektionen nicht vorschriftsmäßig gereinigt und desinfiziert. Für ihn kam so etwas nicht in Frage. Er verlangte maximale Hygiene und Sauberkeit, und das betraf ganz besonders die Instrumente. Leon war der Überzeugung, dass die Toten genauso viel Aufmerksamkeit und Respekt verdienten wie die lebenden Patienten, die ein Haus weiter in der Klinik lagen.

Am Anfang seiner Karriere hatte Leon als Notarzt in der Unfallchirurgie gearbeitet. Bereits nach einigen Wochen hatte er ein untrügliches Gespür dafür entwickelt, wann eines der schwerverletzten Unfallopfer nicht mehr zu retten war, egal wie viele Blutreserven die Ärzte ihm durch die Adern pumpten, egal wie viele Geräte sie anschlossen, wie viele Klammern, Nähte und Drainagen sie legen würden. Und trotzdem hatte er den Verwandten der Opfer, die draußen verzweifelt vor der Notaufnahme warteten, nie die Wahrheit sagen können. Er hatte ihnen immer diesen kleinen Funken Hoffnung gelassen, dass alles doch noch gut ausgehen könnte. Weil er ihre Tränen und ihren Schmerz nicht ertragen konnte.

Als Leon in die Pathologie wechselte, wurde alles anders. Keine Lügen mehr, kein Leid und keine zerbrochenen Hoffnungen. Die Toten sagen immer die Wahrheit. In dieser Abteilung herrschte absolute Harmonie. Seine Patienten warteten geduldig und ohne Jammern auf ihren letzten

Termin. Und er konnte sich ganz darauf konzentrieren, welche Geheimnisse sie ihm verrieten.

Leon trug hauchdünne Latexhandschuhe. Seine Kollegen vertrauten in der Regel den groben Arbeitshandschuhen mit den Stulpen, die bis hoch über die Unterarme reichten. Es gab zu viele Geschichten von Verletzungen während Obduktionen, bei denen sich Gerichtsmediziner angeblich Aids und andere gefährliche Infektionen geholt hatten. Leon hatte keine Angst vor Verletzungen, er vertraute auf seine geschickten Hände. Seinen Tastsinn wollte er sich auf keinen Fall einschränken lassen.

Vorsichtig entfernte er mit einer Pinzette Schorf und Piniennadeln vom Gesicht des Mädchens. Von der linken Wange hatten die Wildschweine ein großes Stück Haut gerissen. Die Muskeln und Sehnen des Gesichts lagen frei wie bei einem Anatomiemodell. Leon schob mit einem Wattestäbchen das rechte, noch intakte Augenlid nach oben, während er den Augapfel durch die Leuchtlupe betrachtete.

Die Symptome waren nicht zu übersehen: feine, hellrote Einblutungen in der Epidermis.

Sanft drehte Leon den Kopf des Mädchens zur Seite und schob die blonden Hare über dem Ohr zurück. Mit dem Finger drückte er die Ohrmuschel nach vorne. Da waren sie: Die Staublutungen, die dunklen Flecken dicht unter der Haut, die entstehen, wenn jemand mit Gewalt die großen Gefäße am Hals abdrückt und der Körper verzweifelt versucht, das Gehirn mit Blut und Sauerstoff zu versorgen. So wie es aussah, war das Mädchen erwürgt worden.

Allerdings befanden sich so viele Verletzungen am Hals, dass keine Würgemale mehr zu finden waren. Was immer geschehen war, das Mädchen schien sich nicht gewehrt zu haben. Die Fingernägel der linken Hand waren ordentlich geschnitten und unauffällig. Die rechte Hand hatte das Opfer zu einer Faust geschlossen, aber auch hier waren die Fingernägel ohne verräterische Spuren. Nichts, was auf einen Kampf hinwies. Unter den Nägeln befand sich Sand wie bei wahrscheinlich jedem Kind, das seine Sommerferien am Meer verbrachte.

»Fotografieren Sie das, bitte«, sagte Leon zu seinem Assistenten.

Rybaud griff zur Kamera, die auf dem Rolltisch lag. Mit einem leisen Pfeifen lud der Blitz auf. Nach Leons Anweisungen machte der Assistent Bilder der Einblutungen, Hämatome und anderen Verletzungen.

Leon hatte Olivier Rybaud erst an diesem Abend kennengelernt. Der Mann sprach mit dem leicht abgehackten Singsang der Leute aus der Provence, der für Leons Ohren immer seltsam fremd klang. Er hatte schon auf ihn gewartet und die Sektion vorbereitet, als Leon das Opfer mit den Sanitätern in die Klinik brachte.

Rybaud war höflich und zurückhaltend. Allerdings hatte er eine Art, sich vollkommen geräuschlos durch die Sektionsräume zu bewegen, die Leon vom ersten Moment an unangenehm war. Wie ein Geist, dachte er. Rybaud war Ende dreißig. Er schien kompetent, sprach aber wenig. Leon fiel auf, wie schmal sein Assistent war. Trotz des grünen Kittels und der Gummischürze konnte Leon sehen, dass ihm die Jeans um die dünnen Beine schlackerten.

Rybaud schien völlig unbeeindruckt vom zerstörten Körper des Mädchens. Über dem Mundschutz konnte Leon die Augen seines Assistenten sehen. Der Blick des Mannes war aufmerksam, aber teilnahmslos, als sie den Körper des

Kindes öffneten. Rybaud arbeitete zuverlässig und geschickt. Für die Eröffnung wählte Leon den sogenannten Y-Schnitt, von den Schlüsselbeinen schräg zum Brustbein und dann abwärts bis zum Schambein. Er entnahm die inneren Organe und legte sie in die Blechschalen, die ihm sein Assistent anreichte.

Leon hatte bei den Sektionen von erwachsenen Opfern schon die schlimmsten Deformationen von Organen gesehen, bei Kindern war das in der Regel nicht so. Auch hier schien alles unversehrt und gesund. Wie aus dem Anatomielehrbuch, dachte Leon, als er die Leber entnahm. Er versuchte sich auf seine Arbeit zu konzentrieren und sein Protokoll in das Mikrofon zu sprechen. Aber es fiel ihm sichtlich schwer. Dieses Kind hatte vor 48 Stunden noch gelebt. Leon stellte sich ein kleines Mädchen vor, das am Meer spielte, mit seinen Eltern über den Strand wanderte und lachend in die Wellen lief. Ein kleines Mädchen mit großen Träumen und Erwartungen. Aber dann war etwas geschehen, was die Kleine aus ihrer Welt gerissen hatte. Jemand hatte die Idylle der Sommerferien in einen Alptraum verwandelt. Aber wer würde einem Kind so etwas antun und warum?

Leon hatte keine Kinder. Sarah konnte keine bekommen. Darum wollten sie vor Jahren ein Mädchen adoptieren, aber genau dann ... war dieses verdammte Flugzeug abgestürzt, irgendwo in den Bergen von Thailand.

»Doktor Ritter?« Rybaud sah ihn über den Seziertisch an. »Soll ich jetzt die Leberschnitte machen?«

»Ja, sicher«, Leon konzentrierte sich wieder auf seine Arbeit, »und setzen Sie auch gleich die Proben an, ich brauche morgen früh die ersten Ergebnisse.«

Rybaud drehte sich um, griff in die Tasche seines Kittels, holte einen iPod heraus und steckte sich die Kopfhörer in die Ohren. Dann wendete er sich seiner Arbeit zu und begann ein kleinen Streifen der Leber zu zerteilen und mit einer Pinzette in eine Glasphiole zu stecken. Er beschriftete die Probe und schob sie in eine Halterung zu weiteren Phiolen. Obwohl Leon Ritter die Musik aus dem iPod seines Assistenten nicht hören konnte, irritierte ihn dessen Verhalten. Es erschien ihm unangemessen.

Später vernähte Rybaud die Hautschnitte, die die Sektion an der Toten hinterlassen hatte, dann zog er Schürze und Kittel aus und verschwand geräuschlos im dunklen Gang der Klinik. Leon war alleine.

Es war inzwischen weit nach Mitternacht. Leon würde nur noch das Protokoll fertigdiktieren und dann nach Le Lavandou zurückfahren. Alle weiteren pathologischen Bestimmungen hätten Zeit bis morgen.

Sein Assistent hatte die Leiche des Mädchens zurück auf die Bahre gelegt und wieder mit dem Tuch abgedeckt. Nur die Füße waren zu sehen. Leon würde die Tote in das Kühlfach schieben, bevor er ging. Der Tag war lang und anstrengend gewesen. Nur noch das Protokoll fertigmachen, dann würde er endlich ins Bett kommen.

Leon besaß ein hervorragendes Gedächtnis. Er diktierte das Protokoll der Obduktion in sein Aufnahmegerät, ohne sich auch nur einmal zu versprechen oder einen Satz wiederholen zu müssen. Es war eine Arbeit, die er liebte und die seine ganze Aufmerksamkeit erforderte. Darum schätzte er diese Stunden tief in der Nacht, wenn nichts seine Konzentration stören konnte. Nur noch die Lampe über seinem Arbeitsplatz brannte, der übrige Raum lag im Halbdunkel. Leon zog einen kleinen, glatten Stein aus der Hosentasche, den er in der Hand drehte, während er seinen Bericht sprach. Seine Frau Sarah hatte sich immer über diese Marotte lustig gemacht, aber Leon war fest davon überzeugt, dass er nur so die notwendige Konzentration fand.

Im ersten Moment wusste Leon nicht, was ihn gestört hatte. Aber da war es wieder, das leise Rascheln von Stoff. Leon spürte, wie plötzlich ein kalter Luftzug über seinen Rücken strich und wie sich die Haare in seinem Nacken aufstellten. Er ahnte, was geschehen würde und dass er es nicht aufhalten konnte, das konnte er nie.

Langsam drehte Leon sich auf seinem Stuhl und sah in das Halbdunkel. Da saß das Mädchen auf der Bahre und ließ die Beine baumeln, als säße es auf der Schaukel eines Spielplatzes. Die Kleine sah nach unten. Das Leichentuch war auf den Boden gerutscht, und Leon konnte die tiefen Wunden sehen, die ihren Körper überzogen. Er fühlte das Blut in seinen Ohren rauschen. Er bewegte sich nicht, sah einfach nur hin. Langsam wendete das Mädchen seinen Kopf und sah Leon mit ihren traurigen Augen an. Dann drehte sie die rechte Hand und öffnete die Faust. In ihrer Hand lag eine Blüte.

Leon schlug auf den Lichtschalter, der sich genau vor ihm an der Wand befand. Kaltes Neonlicht flammte auf und spiegelte sich in den Kacheln. Leon sah zur Bahre. Dort lag das Mädchen genau so, wie Rybaud sie vor einer Stunde abgestellt hatte, abgedeckt mit dem Tuch. Nur die rechte Hand war unter dem Stoff herausgerutscht.

Leon brauchte ein paar Sekunden, bis er wieder ruhig atmete. Dann zog er sich OP-Handschuhe über und ging zu der Toten. Vorsichtig griff er nach der kleinen Hand. Die Totenstarre hatte inzwischen nachgelassen. Er dreht die Hand und öffnete behutsam die Finger. Darunter befand sich eine Blüte mit einem Kranz schmaler Blätter, die hellblaue Staubgefäße umschlossen. Er nahm die Blüte und steckte sie in einen durchsichtigen Asservatenbeutel. Dann schob er die Hand des Opfers zurück unter das Tuch, öffnete eines der Kühlfächer an der Wand und schob die Bahre hinein. Mit einem schleifenden Geräusch und einem leisen Klicken fiel die isolierte Tür zurück in ihre Verriegelung.

11. KAPITEL

Leon hatte nur wenige Stunden geschlafen. Jetzt stand er mit einer Tasse Tee unter der blühenden Bougainvillea auf der Terrasse von Madame Morell und sah in Richtung Meer. Um diese Zeit lag ein feiner Dunst über der Küste. Der Himmel darüber war wolkenlos und von einem so hellen Blau, als hätte die Sonne der letzten Tage ihm die Farbe genommen. Keine Wolke, so weit das Auge reichte. Die Luft fühlte sich an wie Seide und war so klar, dass man meinte, die Inseln draußen auf dem Meer greifen zu können.

»Manche Leute behaupten, man könnte bei Mistral bis Korsika sehen.« Isabelle kam auf die Terrasse und deutete nach Südosten über das glitzernde Wasser.

»Und? Kann man?«

»Nein, natürlich nicht.« Sie sah Leon an. »Der Wind kommt von Norden, das Rôhne-Tal runter. Das kann ziemlich stürmisch werden. Der Mistral bläst den ganzen Dreck raus aufs Meer und putzt die Luft klar wie Glas.«

»Die Sicht ist wirklich fantastisch.«

»Der Wind macht die Leute verrückt, heißt es. Wussten Sie, dass hier die meisten Gewalttaten bei Mistral passieren?«

»Nein, das wusste ich nicht.«

»Da gab es sogar schon Untersuchungen drüber.«

Leon beobachte Isabelle aus dem Augenwinkel. Wie sie

so dastand und mit zusammengekniffenen Augen in die Sonne blinzelte, hatte diese energische Frau plötzlich etwas Verletzliches. Vielleicht war sie ja doch interessanter, als er dachte.

»Könnte ich noch einen Tee haben?«

»Na klar, kommen Sie in die Küche. Wir haben Baguette, Croissants und Marmelade.« Isabelle sah Leon an. »Ist alles im Übernachtungspreis inbegriffen.«

Auf dem Küchentisch hatte Isabelle Morell das Frühstück aufgebaut.

»Dann möchte ich aber morgen gerne das Baguette und die Croissants holen.«

»Freiwillige sind immer willkommen.«

Lilou schlurfte mit müdem Blick in die Küche. Sie trug wieder ihre abgeschnittenen Jeans, darüber ein Shirt mit einem so weiten Halsausschnitt, dass er über ihre rechte Schulter herunterhing. Die ungekämmten Haare hatte sie sich nach oben gewuschelt und mit zwei Essstäbchen zusammengesteckt, was ihrem Look etwas Japanisches gab. Lilou hatte große Kopfhörer auf, die mit einem iPhone verbunden waren, das sie in der Hand hielt. Sie bewegte sich rhythmisch zur Musik. Irgendein Hip-Hop-Stück dröhnte so laut aus ihren Headphones, dass sogar Isabelle, die Rührei anbriet, die Musik hören konnte.

»Mach das leiser, Lilou, da wirst du ja taub.«

Lilou würdigte ihre Mutter keines Blickes, sondern ging hüftschwingend zum Kühlschrank und holte sich einen Orangensaft. Isabelle trat hinter sie und hob ihrer Tochter den Kopfhörer ein Stück vom Ohr.

»Hier Bodenstation an Raumschiff. Dein Vater holt dich in einer Stunde ab. Also zieh dir was Vernünftiges an.«

»Du nervst.« Lilou machte den iPod aus, schob sich die

Kopfhörer in den Nacken und goss sich einen Orangensaft ein.

Leon beobachtete Mutter und Tochter. Und für einen Augenblick stellte er sich vor, wie es gewesen wäre, wenn er und Sarah ...? Aber daran wollte er nicht denken.

»Haben Sie Kinder?«, wandte sich Isabelle in diesem Moment an ihren Gast.

»Nein, leider nicht.«

»Seien Sie froh. Kinder werden stark überschätzt. Ich habe Lilou gestern verkauft, nach China, an Sklavenhändler.«

»Ha, ha«, sagte Lilou. »Meine Mutter findet so was komisch. Da müssen Sie sich dran gewöhnen.«

»Therry und Carole wollen mit dir nach Aix.«

»Nein«, sagte Lilou kurz und entschieden.

»Was heißt nein?«

»Nein heißt, die kommen nicht.« Lilou sah ihre Mutter an. »Mein wunderbarer Vater hat gestern angerufen. Hat mal wieder keine Zeit. Irgendein Problem mit der Bar.«

»Aber wir hatten doch fest ausgemacht, dass du das Wochenende mit ihnen verbringst.«

»Na und? Glaubst du, ich bin traurig, wenn die nicht kommen? Er und seine dämliche Carole.« Lilou traf ein mahnender Blick ihrer Mutter. »Weißt du, dass sie sich die Lippen aufspritzen lässt?«

»Wirklich?«

»Das ist so was von eklig. Jedes Mal versucht sie, mich auf den Mund zu küssen. Fühlt sich an wie eine tote Kröte.«

Isabelle versuchte, ein Grinsen zu unterdrücken, und stellte einen Teller Rührei mit frisch gebratenem Speck vor Lilou auf den Küchentisch. »Hier, mein Schatz, und zieh dir trotzdem was anderes an, bitte.«

»Eier und Speck! Voll ungesund, davon werde ich fett. Schon mal was von Jugenddiabetes gehört? So was gibt's doch, oder Doc?«

»Ich denke, du hast gute Chancen, die Rühreier zu überleben«, sagte Leon.

Mit spitzen Fingern fischte sich Lilou eine Scheibe Speck vom Teller und begann genüsslich darauf rumzukauen.

»Nicht mit den Fingern. Okay, Carole ist eine blöde Kuh.« Lilou sah ihre Mutter erstaunt an.

»Maurice macht heute übrigens seine Party«, Lilou versuchte das möglichst beiläufig klingen zu lassen, so als wäre alles längst besprochen.

»Du bist fünfzehn «, sagte Isabelle nur.

»Was ist denn das für ein Argument?«

»Das bedeutet, dass man mit fünfzehn noch nicht nachts auf eine Strandparty gehen darf.«

»Jeanne d'Arc hat mit fünfzehn schon gegen die Engländer gekämpft.«

»Sie war siebzehn, und außerdem war sie anständig angezogen.«

»Du bist so was von unfair«, Lilou schob ihren Teller weg, drehte sich um und stapfte demonstrativ aus der Küche. Isabelle wollte den Teller ihrer Tochter gerade auf die Küchenanrichte stellen, da drehte sie sich zu Leon um.

»Ich hätte frisches Rührei mit Speck. Interessiert?«

»Sieht gut aus«, sagte Leon und griff nach dem Teller. »Ich muss leider gleich wieder in die Klinik.«

»Haben Sie schon Ergebnisse?«, fragte sie. Leon sah von seinem Rührei auf. »Ich weiß, Sie müssen Ihren Bericht zuerst Zerna geben. Ich bin nur neugierig.«

»Ich denke, das Mädchen wurde getötet«, antwortete er.

»Wie kommen Sie darauf?«

»Tod durch Ersticken. Ich habe Zerna die ersten Unter-suchungsergebnisse heute Nacht schon per Mail geschickt.«

»An einem Samstag? Das wird dem Commandant aber gar nicht gefallen.«

Leon griff in seine Tasche und holte den kleinen durch-sichtigen Plastikbeutel heraus, in dem sich die Blüte be-fand, die er in der Hand des Mädchens gefunden hatte.

»Können Sie mir sagen, was das ist?«, er hielt Isabelle den Beutel hin. Sie drehte ihn vorsichtig im Licht.

»Stammt die von einem Busch? So etwa vierzig Zenti-meter hoch?«

»Das weiß ich leider nicht.«

»Ein Beweisstück?«

Leon zuckte mit der Schulter.

»Jakobskreuzkraut würde ich sagen. Davon gibt's hier jede Menge«, sagte Isabelle. In diesem Moment klingelte ihr Handy. Es war Zerna. Leon hörte nur die Hälfte der Konversation, aber Zerna schien aufgebracht. Offenbar hatte Leons Autopsiebericht bei der Gendarmerie für Wir-bel gesorgt. Zerna wollte Isabelle sofort auf der Wache se-hen. Und sie sollte Leon gleich mitbringen.

Isabelle steckte das Handy ein. Sie gab Leon das Tüt-chen mit der Blüte zurück. »Sie wissen, wie die Leute dazu sagen? Todeskraut.«

»Todeskraut.« Leons Interesse war geweckt. Er glaubte nicht an Zufälle.

12. KAPITEL

Obgleich es erst zehn Uhr vormittags war, lief die Klimaanlage auf dem Polizeirevier bereits auf Hochtouren. Leon fröstelte. Er schloss den obersten Knopf seines Hemdes. Auf dem Besprechungstisch im Büro des Polizeichefs standen eine Thermoskanne mit Kaffee und ein Korb mit Croissants. Niemand hatte sich etwas genommen, bis auf den Mann der neben Zerna saß, Bürgermeister Daniel Nortier. Leon schätzte ihn auf Anfang fünfzig. Der Mann war ungefähr 1,80 Meter groß und mindestens 35 Kilo von einem gesunden Body-Mass-Index entfernt. Nortier hatte ein großes Glas Mineralwasser vor sich stehen und warf ab und zu einen Blick darauf, als wäre es giftig. Leon fiel auf, dass Nortier schwitzte und um die Nase trockene Hautstellen hatte, die er sich mit dem Finger rieb. Vielleicht eine beginnende Diabetes, diagnostizierte er für sich. Der Mann sollte sich dringend untersuchen lassen.

»Im Augenblick wissen wir nur, dass die arme kleine Carla auf überaus tragische Weise zu Tode gekommen ist.« Zerna sah von Leons ausgedrucktem Bericht auf, der vor ihm auf dem Tisch lag.

»Genau gesagt ist sie erstickt«, sagte Leon. Zerna sah den Gerichtsmediziner an. »Vermutlich wurde sie erwürgt.«

»Aber Sie haben keine entsprechenden Druckmale am Hals feststellen können?« Zerna tat so, als würde er im Bericht nach der entsprechenden Stelle suchen.

»Weil Haut und Gewebe am Hals zu großen Teilen fehlen. Die Wildschweine haben die oberen Haut- und Muskelschichten gefressen.«

»*Mon Dieu*«, Bürgermeister Nortier fuhr sich über die blondgefärbten Haare, die er quer über den Kopf gekämmt hatte, um seine Glatze zu verbergen. Auf seinem Gesicht stand ein eingefrorenes Lächeln, das es Leon schwermachte zu erkennen, ob der Bürgermeister Mitleid mit dem Mädchen empfand oder der ganze Vorfall für ihn nur eine lästige Unterbrechung der Sommersaison war.

»Wir müssen wegen der Wildschweine dringend Schilder aufstellen«, sagte Nortier. »Das mit dem armen Kind ist natürlich schrecklich, und ausgerechnet jetzt, zwei Wochen vor dem großen Fest.«

Leon war fassungslos. Alles deutete auf einen Mord an einer Achtjährigen hin. Aber die einzigen Sorgen, die der Bürgermeister und sein Polizeichef zu haben schienen, galten dem ungestörten Ablauf der geplanten Hundert-Jahr-Feier.

»Wir müssen heute Vormittag noch eine Presseerklärung herausgeben«, meldete sich Isabelle zum ersten Mal zu Wort, »oder sollen wir das lieber den Eltern überlassen?«

»Wir erwarten 5000 zusätzliche Besucher. 5000!« Nortier hörte Isabelle gar nicht zu, sondern wendete sich an Leon. »Ich habe selber Kinder. Wenn ein kleines Mädchen stirbt, ist das schlimm, sehr schlimm. Besonders wenn es sich verlaufen hat.«

»Das Kind hat sich nicht verlaufen.« Leon sah den Bürgermeister ganz ruhig an. »Ich denke, es ist überhaupt nicht gelaufen.«

»Nicht gelaufen? Wie ist es dann dort hingekommen? Ist es vielleicht geflogen?« Zerna sah Leon herausfordernd an.

73

»Nein, ich denke, das Mädchen wurde dorthin getragen und dann getötet.«

»Doktor Ritter«, unterbrach ihn der Bürgermeister, »bei uns entscheidet immer noch die Polizei, ob es sich um ein Verbrechen handelt oder nicht.«

»Und welche ihrer gerichtsmedizinischen Untersuchungen haben Sie zur Erkenntnis gebracht, dass es sich hier um eine Gewalttat handelt, *Monsieur Médecin légiste*?« Der provozierende Unterton in der Frage des Polizeichefs war nicht zu überhören.

Leon erläuterte noch einmal die Untersuchungsergebnisse der vergangenen Nacht. Er sprach von dem Fehlen von Kampfspuren und den Verletzungen, die dem Opfer alle post mortem zugefügt worden waren. Er sprach von der ordentlichen Bekleidung, dem Sand unter den Fingernägeln und in den Sandalen des Opfers. Und er beschrieb auch den außergewöhnlichen Fundort: die Nähe zu der Steinplatte und dem Menhir. Nur die Blume und wie er sie entdeckt hatte, erwähnte er zunächst nicht.

»Das bedeutet, Sie können einen Unfall immer noch nicht ausschließen«, insistierte der Polizeichef.

»Die Untersuchungen sind noch nicht abgeschlossen. Aber unter Berücksichtigung aller bisherigen Ergebnisse haben wir es hier nicht mit einem Unfall zu tun.«

»Ich denke, wir sollten ab jetzt Toulon miteinbeziehen«, stellte Isabelle nüchtern fest.

»Natürlich, die Präfektur in Toulon. Warum rufen wir nicht gleich beim Fernsehen an?« Der Bürgermeister wäre am liebsten über den Tisch gesprungen und hätte die Polizistin zum Schweigen gebracht. »Wir erzählen denen, dass jemand ein kleines Mädchen vom Campingplatz an die Wildschweine verfüttert hat.«

»Daniel, wir müssen eine Pressemeldung herausgeben.«
Zerna setzte sich gerade hin, es war an der Zeit, dass er
wieder die Führung übernahm. »Und dann werden wir alle
Umstände noch einmal sehr genau prüfen, bevor wir weitere Schritte unternehmen.«

»Muss das mit der Presse sein? Da kommen doch sofort
Gerüchte auf.«

»Im Augenblick gehen wir immer noch von einem Unfall
aus«, Zerna warf einen verärgerten Blick auf seine Stellvertreterin und den Gerichtsmediziner, »aber unter diesen
Umständen muss ich Capitaine Morell recht geben. Wir
kommen nicht umhin, die Präfektur in den Fall einzubinden.«

»Das ist eine Katastrophe!« Der Bürgermeister war zornig aufgestanden. »Du machst einen Fehler, Thierry. Sie
machen alle einen Fehler. Und sagen Sie später nicht, ich
hätte Sie nicht gewarnt.«

Leon sah, wie dem Bürgermeister der Schweiß herunter-
lief, als er wütend aus dem Besprechungszimmer stampfte.
Alle wussten, was die Entscheidung des Polizeichefs bedeutete, die Präfektur des Departements in die Ermittlungen einzubinden. Toulon würde jemanden schicken, der
Zerna und seinen Polizisten die Leitung des Falles ab-
nahm. Ab jetzt standen die Behörden von Le Lavandou unter Beobachtung.

Leon stand mit Isabelle im Flur. Im Hintergrund begleitete Zerna den Bürgermeister zur Tür. Bevor Nortier
den Besprechungsraum verlassen hatte, appellierte er an
das patriotische Bewusstsein aller Anwesenden. Denn dieses Jahr würde man drei Tage nach dem französischen
Nationalfeiertag in Lavandou das hundertjährige Bestehen
des Ortes feiern. Mit Umzug, Kapelle und Blumenkorso.

Angeblich hatte sich sogar der französische Präsident zu der Veranstaltung angesagt.

»Sie wissen, wie man sich Feinde macht«, sagte Isabelle zu Leon, als sie wieder auf dem Gang standen. »Wundern Sie sich nicht, wenn Sie demnächst öfter mal einen Strafzettel am Auto haben.«

»Ich werde zu Fuß gehen.« Leon lächelte. »Sie wissen doch auch, dass das kein Unfall war. Das ist die Wahrheit, was soll ich denn sagen?«

»Hier im Süden braucht man Fingerspitzengefühl. Ganz besonders, wenn es um die Wahrheit geht. Und passen Sie auf, dass sie den großen Jungs ihre Party nicht vermasseln.«

»Danke für den Tipp.«

In diesem Moment sah Leon die Frau, die mit Masclau aus dem Büro kam. Die schlanke Person in dem dünnen Sommerkleid und mit den üppigen roten Locken erinnerte ihn derart an seine Frau Sarah, dass es ihm für einen Moment die Sprache verschlug. Ihr Gang, die helle, fast durchsichtige Haut, die Art, sich zu bewegen; die Erinnerungen trafen Leon schmerzhaft. Isabelle war die Reaktion des Gerichtsmediziners nicht entgangen.

»Kennen Sie sie?«, fragte sie.

»Nein. Ich denke nicht. Sie hat mich nur einen Augenblick an jemand erinnert.«

»Eine Freundin? Warten Sie.« Didier war bei Capitaine Morell stehen geblieben. »Madame Roman«, stellte Isabelle vor. »Madame ist Künstlerin. Sie hatte gerade eine großartige Vernissage im Rathaus.«

»Ach, na ja, großartig, ich weiß nicht«, sagte Madame Roman bescheiden.

»Sogar der *Var-Matin* hat darüber berichtet«, sagte Isabelle und deutete auf Leon. »Doktor Ritter, unser neuer Gerichtsmediziner aus Deutschland.«

»Oh, ich liebe Deutschland. Guten Tag, Doktor«, sagte die Frau mit einer sanften Stimme und reichte Leon die Hand. »Im Moment ist mein Atelier allerdings der Strand. Ich leite einen Workshop für Sandskulpturen, die schönsten sollen prämiert werden.«

»Sandskulpturen haben mich schon immer fasziniert.«

»Madame Roman hat möglicherweise die kleine Carla am fraglichen Tag gesehen«, sagte Didier, der sich scheinbar übergangen fühlte.

»Nein, ich habe sie definitiv gesehen, sie war unter den Kindern, die mir am Strand zugeschaut haben.«

»War das Mädchen alleine?«, wollte Isabelle wissen.

»Das hat Madame Roman bereits bei mir alles zu Protokoll gegeben.«

»Nein, nein, fragen Sie nur. Die Kleine stand etwas abseits. Ich hatte den Eindruck, dass sie alleine war. Später habe ich sie noch einmal gesehen, das war auf der Uferpromenade. In der Nähe von diesem Mann mit den gebrannten Mandeln.«

»Das kann nur Fabius gewesen sein«, sagte Didier, der sich mit dem kleinen Finger im Ohr bohrte.

»Vielen Dank, Madame Roman, wir werden das überprüfen.«

Leon sagte gar nichts. Er sah die Frau einfach nur an, bis sie ihn aus seinen Gedanken riss.

»Warum schauen Sie nicht mal am Strand vorbei«, sagte sie zu Leon, »da können Sie sehen, was wir machen. Es ist gleich bei den Boule-Plätzen, direkt hinter der Strandmauer.«

»Das mache ich ganz bestimmt, Madame.«

»Nennen Sie mich Sylvie. Ich freu mich.«

13. KAPITEL

Leon schaltete die Klimaanlage aus und ließ die Scheiben des Fiat herunter. Die Sonne brannte bereits vom Himmel, aber das Land hatte sich über Nacht abgekühlt, und so wehte ein frischer Luftstrom durch den Wagen.

Er versuchte, sich auf die Straße zu konzentrieren. Dabei musste er ununterbrochen an die Frau denken, der er bei der Polizei begegnet war. Erinnerungen stiegen in ihm auf wie giftige Blasen aus einem Sumpf. Erinnerungen, die er für immer wegsperren wollte. Sarah war nicht mehr da, warum fand er sich nicht endlich damit ab? Weil ein Teil seines Gehirns die Wahrheit nicht akzeptieren wollte. Er erinnerte sich an Sarah im gemeinsamen Haus, wie er ihr morgens den Tee ans Bett brachte, wie sie den kleinen Kräutergarten hinter der Terrasse anlegte, wie sie auf der Vespa saß, die er für sie auf dem Trip nach Rom gemietet hatte, vor einem Brunnen an der Piazza Navona, wo die flache Herbstsonne ihre roten Haare zum Leuchten brachte. Sie lachte ihn an. Sarah konnte auf eine Weise lachen, dass sich für ihn die ganze Welt leicht anfühlte. Sie war wie ein Teil von ihm. Sie konnte nicht einfach verschwinden. Schon weil ... weil das Leben für niemanden eine solche Grausamkeit bereithalten würde. Darum hatte er jahrelang nach ihr gesucht, nie aufgegeben zu glauben, dass sie doch noch lebte, irgendwo. Auch wenn die Polizei behauptete, dass sie beim Absturz verbrannt sei. Und darum war er beinahe an seinem Kummer zerbrochen. Und jetzt war diese Frau aufgetaucht, die all diese Erinnerungen in ihm wieder aufwühlte.

Ein lautes Hupen unterbrach Leon in seinen Gedanken. Er sah einen Wagen auf sich zukommen. Leon riss das Steuer nach rechts, zurück auf die richtige Spur. Er musste sich zusammenreißen, die Vergangenheit vergessen. Er lebte jetzt, hier und heute.

Auf den Straßen in Richtung Küste staute sich am Samstagvormittag bereits der Verkehr. Sämtliche Familien aus dem Hinterland schienen sich auf den Weg gemacht zu haben, um den Tag am Meer zu verbringen. Ihre Autos waren vollgestopft bis unters Dach. Sie würden ihre Sonnenschirme, Liegen und Klappstühle am Strand aufschlagen. Sie würden Berge von Essen ausbreiten, Wein trinken und über die Hitze stöhnen, während die Kinder im Meer planschten und abends über ihren Sonnenbrand jammern würden. Es war immer das gleiche Ritual.

Auf *Radio Nostalgie* erzählten sie, dass die Temperaturen in den nächsten Tagen noch mal steigen würden. Es war angeblich die größte Hitzewelle in einem Juli seit über fünfzig Jahren. Und jetzt käme auch noch der Mistral hinzu. Mit Böen von über 60 km/h. Ein Feuerwehrkommandant erklärte im Radio, dass für Besucher des Nationalparks absolutes Rauchverbot herrsche. Und ab sofort galt im Freien auch noch Grillverbot. Anschließend spielte der Radiomoderator einen Oldie aus den Sechzigern: *Natalie* von Gilbert Bécaud. Leon hatte den Song schon als Junge gehört. In dem Lied ging es um Moskau, den verschneiten Roten Platz und die Liebe zu einer russischen Reiseleiterin. Der Song klang reichlich deplatziert bei 36 Grad im Schatten, aber irgendwie passte er zu Leons Stimmung, und so drehte er das Autoradio noch etwas lauter.

Als Leon auf den Parkplatz zur Klinik einbog, wurde er bereits erwartet. Tony, der Fotograf mit dem Pferdeschwanz, kam auf ihn zu und drückte ein halbes Dutzend Mal den Auslöser seiner Nikon, bevor Leon noch richtig ausgestiegen war. In Tonys Kielwasser folgte eine dürre Frau Mitte zwanzig in Bermudashorts, knappem T-Shirt und ungewaschenen dunklen Haaren. Sie hielt ein kleines Diktiergerät in der Hand, das sie jetzt Leon entgegenstreckte.

»Doktor Ritter, was können Sie uns über den Tod des Mädchens in den Hügeln sagen?«

»Und wer sind Sie ...?«

»Brigitte Menez vom *Var-Matin*, wir möchten von Ihnen wissen ...«

»Madame Menez«, unterbrach Leon die Journalistin. »Sie wissen doch, dass ich über eine laufende Untersuchung nicht mit Ihnen sprechen darf.« Die Journalistin überhörte die Bemerkung.

»Ist es wahr, dass das Mädchen auf einem Opferstein regelrecht zerfleischt wurde?«

Leon sah zu Tony, der ihn weiter fotografierte.

»Lassen Sie das, bitte.«

»Es ist also wahr: Das Mädchen wurde ermordet«, sagte die junge Frau.

»Das habe ich nicht gesagt«, antwortete Leon eine Spur schärfer. Er hatte keine Lust, sich von dieser Frau vorführen zu lassen.

»Aber Sie widersprechen auch nicht.« Die dürre Person sah ihn an, und ihr Blick hatte etwas Tückisches.

»Die Polizei geht von einem Unfall aus. Wenn Sie mehr wissen wollen, sollten Sie sich an Kommandant Zerna von der Gendarmerie nationale in Lavandou wenden.«

»Das Kind wurde also auf bestialische Weise umgebracht.«

»Einen schönen Tag noch, Madame.« Leon verriegelte den Wagen und ging in Richtung Klinikeingang.

»Danke für das Gespräch und Ihre fabelhafte Unterstützung«, rief die Journalistin Leon nach, doch der drehte sich nicht mehr um und verschwand in der Klinik.

Als Leon die Treppe zur Gerichtsmedizin herunterging, kam ihm Rybaud entgegen. Die Eltern der kleinen Carla warteten schon seit einer halben Stunde. Sie wollten ihr Kind sehen, und nach dem Gesetz hatten sie auch ein Recht darauf. Rybaud hatte ihnen gesagt, dass sie für die Identifizierung eigentlich einen Polizeibeamten als Zeugen brauchten. Aber sie wollten nicht länger warten.

»Die Leute sprechen kaum Französisch«, sagte Rybaud, »Ich habe ihnen gesagt, dass Sie aus Deutschland sind und ihnen alles erklären könnten.«

»Schon gut. Wird die Gendarmerie jemanden schicken?«

»Die können erst am Nachmittag jemanden freistellen.«

Das Ehepaar Hafner saß auf der kleinen Couch, die im Flur vor dem Sektionsraum stand. In dem grünlichen Neonlicht wirkte die Mutter noch blasser, als sie sowieso schon war. Sie versuchte aufrecht zu sitzen, aber Leon sah, dass sie sich zwingen musste, nicht die Fassung zu verlieren. Warum hatte Rybaud die beiden nicht oben im Foyer der Klinik warten lassen?

Sie hat geweint, dachte Leon, als er auf das Ehepaar zuging, ganz im Gegensatz zu ihrem Mann. Irgendetwas stand zwischen den beiden wie eine Mauer. Die Eltern waren erleichtert, als Leon Deutsch mit ihnen sprach.

Normalerweise wurden die Angehörigen zu einer

Scheibe mit einer Jalousie geführt. Dahinter stand dann die Bahre mit dem Toten. Dann drückte ein Mitarbeiter der Gerichtsmedizin auf einen Knopf, die Jalousie fuhr hoch, und die Angehörigen konnten den Toten identifizieren. Doch Rybaud hatte Leon erklärt, dass der Elektromotor kaputt war und die nagelneue Jalousie sich nicht mehr öffnen ließ. Dr. Ritter bat das Ehepaar, ihm in den Sektionsraum zu folgen.

Als der Gerichtsmediziner die Tür zum Obduktionsraum öffnete, hielt die Frau die Hand ihres Mannes so fest, dass ihre Handknöchel hervortraten. Rybaud hatte die Bahre gleich in den Eingang gestellt, damit die Eltern nicht quer durch den Sektionsraum gehen mussten. Die Frau blieb zwei Meter vor der Bahre stehen, als wäre sie von einem unsichtbaren elektrischen Zaun umgeben. Sie klammerte sich regelrecht an ihren Mann. Auf ein Kopfnicken von Leon schlug Rybaud das Tuch über dem Kopf des Opfers zurück. Die Frau stand wie erstarrt. Als weigerte sich ihr Gehirn, die Bilder zu verarbeiten, die da auf sie einstürzten. Es dauerte ein paar Sekunden, bis die Realität sie erreichte.

Der Mann sah nur kurz hin und nickte.

»Ja, das ist unsere Tochter«, sagte er.

In diesem Moment sank die Mutter ohne ein Wort zu Boden.

Leon half dem Mann, seine Frau in den Vorraum zu tragen und auf die Couch zu legen. Der diensthabende Arzt aus der Notaufnahme kam herunter und spritzte ihr ein kreislaufstärkendes Mittel. Dr. Ritter ließ den Mann die Papiere unterschreiben und unterzeichnete ebenfalls. Carla Hafner war um 11.36 Uhr von Vater und Mutter eindeutig identifiziert worden.

Leon war froh, als das Ehepaar gegangen war und er wieder alleine mit seinem Assistenten in der ruhigen Kühle der Gerichtsmedizin stand. Es gab noch drei weitere Mitarbeiter, die in den Laboren arbeiteten, aber hier unten in der Sektionsabteilung waren er und Rybaud alleine. Als Erstes musste Leon sich um die Leiche eines 87-Jährigen kümmern. Der Tote war am frühen Morgen angeliefert worden. Ein Kastanienbauer aus der Gegend bei Pierrefeu, der alleine gelebt hatte, wie Rybaud zu berichten wusste. Die Nachbarin hatte ihn tot in seiner Scheune gefunden. Der Mann galt als Eigenbrötler, der sich in den letzten Monaten kaum noch im Ort sehen gelassen hatte.

Was die Leute so reden, meinte Rybaud.

Der Bauer war zu Lebzeiten ein großer Mann von etwa 1,90 Meter gewesen, aber jetzt wirkte sein Körper schmal und stark ausgezehrt. Leon schätzte das Gewicht des Mannes auf weniger als 70 Kilo. Aber noch etwas fiel ihm auf: die Krampfstellung der Füße. Hinweise auf einen schweren Tod, vielleicht einen Herzinfarkt.

Rybaud hatte sich Eukalyptusöl unter die Nase gerieben. Ein beliebter Trick, um sich vor den Gerüchen zu schützen, die von den Toten ausgingen. Leon hielt nichts davon. Er verließ sich auf seine Nase, und darum konnte er auch den leichten Geruch von Knoblauch wahrnehmen, als sein Assistent dem Toten den Magen entnahm. Normalerweise wäre der Geruch von Knoblauch an einem 87-jährigen toten Südfranzosen nicht ungewöhnlich, aber da war auch noch eine dünne blaue Spur, die die aus der Nase austretende Körperflüssigkeit in der Nasolabialfalte des Opfers hinterlassen hatte.

Seit Jahren wurden starke Gifte, wie sie in der Landwirtschaft verwendet wurden, zum Schutz gegen Verwechslungen mit solchen Farbzusätzen markiert. Dazu gehörte auch das Insektenvernichtungsmittel Nitrostigmin. Der Hersteller hatte dieses hochaggressive Toxin zusätzlich noch mit einem ätzenden Geruchstoff vergällt, der an Knoblauch erinnerte, damit das Gift nicht versehentlich geschluckt werden konnte. Inzwischen war es zwar nicht mehr auf dem Markt, aber in landwirtschaftlichen Betrieben gab es immer noch jede Menge alter Bestände.

Leon hatte einige Tote obduziert, die ihrem Leben mit dem Mittel ein Ende gesetzt hatten. Wahrscheinlich ahnten die Verzweifelten nicht, was sie sich da antun würden, denn das Insektenvernichtungsmittel führte zu einem grausamen Tod. Die Thiophosphorsäure löste Krämpfe und Lähmungen im Körper aus, bis die Opfer qualvoll erstickten. War der Mann vielleicht gezwungen worden, das Gift zu schlucken, wie Rybaud vermutete? Leon fand die Antwort nur wenige Minuten später. Die Bauchspeicheldrüse des Toten war stark vergrößert, es gab knotenartige Auswachsungen und Verhärtungen. Klassische Anzeichen eines Pankreastumors in fortgeschrittenem Stadium. Nach Leons Einschätzung hatte der Patient keine drei Monate mehr zu leben gehabt. Offenbar wusste er von seinem bevorstehenden qualvollen Ende und hatte den Suizid vorgezogen. Irgendwie verstand Leon den Mann. Er hatte Respekt vor so viel Entschlossenheit. Würde er genauso handeln, wenn es mal so weit wäre, hätte er die Kraft und den Mut dazu?

Rybaud sollte das Beerdigungsinstitut anrufen. Leon würde die Leiche freigeben, sobald er den Bericht geschrieben hatte.

14. KAPITEL

Emma wollte nur schnell ihr Buch holen, das sie auf dem Tisch im Wohnwagen vergessen hatte. »Mein Freund der Delphin«, die Geschichte von einem Mädchen, das in den Sommerferien mit den Eltern Urlaub auf einer Insel macht und eine Freundschaft mit einem Delphin beginnt. Emmas absolutes Lieblingsbuch, sie hatte es schon zwei Mal gelesen. Und jetzt würde sie es zum dritten Mal lesen, das war immer noch besser, als mit ihrer Mutter am Strand Muschen zu sammeln für eine Kette. Zu Hause in Lyon hatte ihre Mutter nur selten Zeit für sie. Von morgens bis abends arbeitete sie bei der Stadtverwaltung. Und ihr Vater war bei Air France und machte ständig Überstunden. Kurz, Emma sah ihre Mutter und ihren Vater so gut wie nie gemeinsam zu Hause. In den Ferien versuchten die Eltern das wiedergutzumachen und überschüttete sie mit Aufmerksamkeit. Es war kaum auszuhalten. Nur wenn Emma las, wurde sie von ihren Eltern in Ruhe gelassen.

Also schnappte sie sich jetzt ihr Buch und packte gleich noch ein zweites dazu. Nur zur Sicherheit, falls die Eltern auf dumme Gedanken kommen sollten. Sie schloss die Tür des Wohnwagens wieder sorgfältig ab und ging zum Citroën ihrer Mutter, an den sie ihr pinkfarbenes Fahrrad angelehnt hatte. Aber etwas war anders als vorher. Unter dem Gepäckträger klemmte jetzt ein roter Lutscher, groß wie eine dicke Orangenscheibe, in durchsichtige Zellophanfolie verpackt und mit einer rosa Schleife umwickelt. Und unter dem Lutscher steckte ein Klebebildchen mit einem springenden Delphin darauf. Emma war überrascht stehen geblieben. Sie hob vorsichtig den Bügel an und betrachtete die Schätze, die ihr da zugeflogen waren. Es war fast so, als könnte jemand ihre Gedanken lesen. Das Bild von dem kleinen Delphin war total süß, und der Lutscher, genauso einen hatten ihr die Eltern vor ein paar Tagen in Le Lavandou am Stand bei dem Mann mit den gebrannten Mandeln gekauft.

Sie sah sich um. Der Campingplatz war um diese Zeit wie ausgestorben. Emma war ganz alleine, im Schatten der großen Pinien mit Baumkronen wie riesige Sonnenschirme. Kein Mensch zu sehen, kein Geräusch, nur das alles überdeckende Summen und Sirren der Zikaden. Emma wusste genau, dass sie von Fremden keine Geschenke annehmen durfte. Das hatte sie ihren Eltern ganz fest versprechen müssen. Aber hier gab es keinen Fremden, hier war überhaupt niemand, nicht mal der dicke Nachbar mit dem Sonnenbrand saß vor seinem Wohnwagen.

Emma beschloss, dass sie in diesem Fall ihr Versprechen brechen durfte. Sie schnappte das Bild und den Lutscher und steckte beides zu den Büchern in ihre Umhängetasche. Sie würde ihren Eltern nichts von ihrem Fund verraten. Schließlich müssen Eltern nicht alles wissen, und schon gar nicht in den Sommerferien. Emma wurde bald elf, nächstes Jahr würde sie schon aufs *Collège* gehen. Da darf man schon mal ein Geheimnis für sich behalten. Emma hängte sich die Tasche um, schwang sich aufs Fahrrad und fuhr den staubigen Weg entlang zurück zum Meer.

15. KAPITEL

Im Labor, das durch eine Schiebetür mit dem Sektionsraum verbunden war, hatte Leon die ersten Gewebeproben von der Leiche der kleinen Carla ausgewertet, die Rybaud noch in der Nacht angesetzt hatte. Er betrachtete die Ergebnisse und verglich sie mit Farbskalen und überprüfte Grenzwerte.

Für Leon zeichnete sich langsam ein immer klareres Bild ab. Im Magen des Mädchens befanden sich so gut wie keine Speisereste, nur Spuren von Zucker, Pfefferminz und Gallium odoratum, besser bekannt als Waldmeisterkraut. Vielleicht hatte das Mädchen zuletzt ein Bonbon gelutscht, dachte Leon. Aber gegessen hatte es in den letzten sechs bis acht Stunden vor seinem Tod definitiv nichts mehr. Getrunken hatte das Kind auch nicht, zumindest nicht ausreichend. Der Körper war dehydriert, die geschwollene Zunge des toten Mädchens hatte seinen Verdacht bestätigt.

Kinder trinken, wenn sie Durst haben, und sie essen, wenn sie hungrig sind. Warum nicht auch dieses kleine Mädchen? Was, wenn ihm in den letzten Stunden vor seinem Tod Nahrung und Flüssigkeit bewusst vorenthalten wurden? Da sich aber weder an Fuß- noch an Handgelenken Spuren von Fesseln befanden, hatte das Mädchen entweder freiwillig verzichtet, was Leon für sehr unwahrscheinlich hielt, man hatte es eingesperrt, oder es war sediert worden. Der Tod des Mädchens lag jetzt über 24 Stunden zurück. Nach dieser Zeit würde es schwer sein, Betäubungsmittel nachzuweisen. Trotzdem bat Leon seinen Assistenten, einen entsprechenden Blut- und Gewebetest zu machen.

Leon stand vor der Bahre, auf der das tote Kind lag. Die Leiche der kleinen Carla war wieder mit dem grünen Tuch abgedeckt. Nur die Füße lagen frei. Rybaud hatte *le billet*, den Fahrschein, wie das Bändchen mit den Daten der Toten genannt wurde, dem Mädchen um das schmale Fußgelenk geschlungen.

Leon hatte in den Jahren als Gerichtsmediziner viele Tote gesehen. Aber der Anblick dieses kleinen Fußes mit dem Totenbändchen berührte ihn so stark, dass er für einen Moment den Blick abwenden musste. Er würde sich nicht mit fadenscheinigen Erklärungen und einem »Unfall in den Hügeln« abfinden, er würde herausfinden, was geschehen war. Warum ein achtjähriges Mädchen nicht wie andere Kinder am Strand spielte, sondern hier unten im Keller von Saint Sulpice mit zerschundenem Körper unter einem Leichentuch lag.

Leon griff zu der durchsichtigen Asservatentüte, in die Rybaud die Kleidung des Mädchens gestopft hatte. Damit würde er anfangen. Und er würde eine Spur finden, da war er ganz sicher.

Drei Stunden später hatte Leon ein Dutzend Hautzellen und mehrere Haare aus der Kleidung isoliert, die alle nicht vom Opfer stammten. Das bedeutete allerdings noch lange nicht, dass diese Spuren etwas mit dem Täter zu tun haben mussten, aber man würde ihre DNA ermitteln, um sie mit Verdächtigen abgleichen zu können. Es war an der Zeit, dass Leon sich mit Isabelle und dem Polizeichef unterhielt.

16. KAPITEL

Leon wollte den Kopf frei bekommen und beschloss, dass sein Besuch in der Gendarmerie noch etwas warten konnte. Er bog im Küstenort La Londe von der überfüllten Nationalstraße ab und folgte der schmalen Route départementale 42 A, die hier *Route du vin* genannt wurde. Die Straße war eng und in schlechtem Zustand, weshalb sie von Touristen gemieden wurde. Sie schlängelte sich durch die sanften Hügel mit ihren endlosen Reihen von Weinstöcken, durch alte Olivenhaine und Felder mit Artischocken und Lavendel. Hier, auf dem warmen, sandigen Boden, wo manche Weingüter bis zu den Stränden reichten, wurde der beste Rosé von Frankreich angebaut. Da gab es zum Beispiel die berühmten *Domaines Ott*, wo seiner Meinung nach ein sehr guter, aber stark überzahlter Wein gekeltert wurde. Leon bevorzugte die unbekannteren Lagen, und die gab es, zum Glück, noch immer. Etwa die Rotweine von *La Sanglière*, die nach Beeren und Honig schmeckten. Oder die köstlichen Weine des Château Jasson.

Leon steuerte ein anderes Ziel an, als er zum Château Brégançon abbog. Von dem provenzalischen Herrenhaus aus dem 18. Jahrhundert hatte man einen grandiosen Blick auf die Bucht und das Fort Brégançon, den Sommersitz des französischen Präsidenten. Aber die eigentliche Sensation war der *Rosé Réserve du Château* mit einer Farbe, blassrosa wie der Himmel kurz vor Sonnenaufgang. Der Wein hatte einen leichten Geschmack von Pfirsich und roch nach einer warmen Sommernacht am Meer. Leon lud gleich zwei Kartons in den Kofferraum seines Autos. Eine halbe Sunde später klopfte er an die Bürotür von Capitaine Morell.

Isabelle saß zwischen Akten und hörte Leon genau zu, als er sie über seine Untersuchungsergebnisse unterrichtete.

»Manchmal essen kleine Mädchen tagelang nichts außer Gummibärchen«, sagte Isabelle, als Leon mit seinem Bericht fertig war. »Glauben Sie mir, als Mutter einer Fünfzehnjährigen weiß ich, wovon ich rede. So was kann tausend Gründe haben: Liebeskummer, Ärger mit der besten Freundin oder weil die Mädchen irgendeine bescheuerte Fernsehshow gesehen haben und plötzlich alle Model werden wollen.«

»Einverstanden, aber die Kleine war erst zehn Jahre alt. Nichts trinken bei dieser Hitze, und das über viele Stunden? Das macht doch kein Kind freiwillig.«

»Stimmt, aber Sie sagen doch selber, dass Sie keine Spuren einer Entführung gefunden haben.«

»Zumindest keine, die auf eine gewaltsame Entführung schließen lassen.«

»Also keine gewaltsame Entführung, und das Opfer wurde auch nicht missbraucht?« Isabelle sah Leon an. Der schüttelte den Kopf.

»Es war trotzdem kein Unfall«, sagte Leon, »das spüre ich einfach. Sie glauben doch nicht, dass eine Zehnjährige alleine kilometerweit durch die Büsche marschiert, ohne sich die Sandalen oder die Klamotten schmutzig zu machen. Und dann erstickt sie. Ausgerechnet an einem Opferstein aus der Keltenzeit.«

»Woran könnte eine Zehnjährige ersticken?«, fragte Isabelle.

»Zum Beispiel, weil ihr jemand die Kehle zugedrückt hat.«

»Wofür es keine eindeutige Spur gibt«, sagte Isabelle. »Ich bin absolut auf Ihrer Seite, Doktor Ritter, aber noch haben wir keinen konkreten Hinweis für einen Mord, sagen Sie mir, wenn ich mich irre. Denn mein Chef und der Bürgermeister glauben, dass Sie mit Ihren Theorien nur für Unruhe sorgen wollen.«

»Ein Mädchen verschwindet nachts von einem Campingplatz und wird zehn Stunden später tot in den Hügeln gefunden. Es ist doch offensichtlich: Das Mädchen wurde von jemandem zu diesem Platz gebracht. Und es wurde dort erstickt. Dann hat ihr jemand eine Blume in die Hand gedrückt – die Totenblume.«

»Wenn ich das dem Patron erzähle, erteilt er Ihnen Hausarrest.« Isabelle grinste Leon an.

»Wenn meine Theorie stimmt«, sagte Leon, »haben wir es mit einem Täter zu tun, der nach einem bestimmten Ritual vorgeht.«

»Es ist Ihnen ernst, oder?« Isabelle sah Leon an.

Leon nickte: »Da bin ich mir ganz sicher.«

Es klopfte, und gleichzeitig ging die Tür auf. Lieutenant Masclau hielt ein paar Papiere in der Hand.

»Wir haben ihn«, sagte Masclau und reichte die Unterlagen an Isabelle weiter.

»Wir haben wen?« Isabelle warf einen schnellen Blick auf die Papiere.

»Fabius«, sagte Masclau, »den Mann, den die Zeugin beschrieben hat.«

»Der mit dem Süßigkeitenstand an der Promenade?«, fragte Isabelle.

»Was für Süßigkeiten?«, wollte Leon wissen.

»Was weiß ich?«, sagte Masclau, »Ist doch ganz egal, gebrannte Mandeln, Kaugummi, Lutscher, so ein Zeug eben.«

»Was wissen Sie über den Mann?«, fragte Leon.

»Anklage wegen Vergewaltigung«, Masclau deutete auf den Computerausdruck, den Isabelle studierte. »Ein Mädchen aus Hyères.«

»Das war 2001.« Isabelle sah von ihrem Text auf und reichte ihn an Leon weiter. »Hier steht, er wurde freigesprochen.«

»Weil er einen gerissenen Anwalt hatte. Jeder weiß, dass er's war. Hat ständig kleine Mädchen angequatscht. Ich habe mich erkundigt.«

»Was ist aus dem Mädchen von damals geworden?«, fragte Leon.

»Hat sich ein Jahr später umgebracht. Konnte nicht ertragen, jeden Tag ihren Vergewaltiger in Freiheit zu sehen. Hat sie jedenfalls in ihrem Abschiedsbrief geschrieben.«

»Der Patron will Fabius vernehmen«, sagte Masclau. »Wir sollen ihn abholen.«

»Ruf ihn an, er soll herkommen.«

»Hab ich schon. Er hat gemeint, wir sollen ihn am Arsch lecken.«

»Na dann viel Erfolg«, sagte Leon.

»Vielleicht liegen Sie ja doch richtig mit ihrem Gefühl.« Isabelle stand auf und nahm die Handschellen, die auf ihrem Schreibtisch lagen, und steckte sie in die Halterung am Gürtel.

17. KAPITEL

Leon hatte sich eigentlich vorgenommen, die Frau, der er auf der Polizeiwache begegnet war, nicht wiederzusehen. Er wollte sich vor sich selbst schützen. Es tat ihm nicht gut, an die Vergangenheit erinnert zu werden. Er wollte nach vorne sehen, den Kopf endlich wieder frei für Neues haben. Und trotzdem zog es ihn unaufhaltsam an die Stelle, die er sich verboten hatte, zum Strand hinter den Boule-Plätzen.

Die Figuren, die Madame Roman mit ihren Schülern aus Sand geformt hatte, waren wirklich beeindruckend. Da gab es zunächst die üblichen Seepferdchen und Krabben. Die Burgen waren mit Zinnen und Erkern ausgestattet, mit Toren und Zugbrücken, so dass sich Leon fragte, warum diese filigranen Gebilde nicht vor seinen Augen zu Staub zerfielen. Und dann war da noch der Poseidon. Ein wilder Kerl mit Bart und wallendem Haar, der sich an den Hals eines Pferdes klammerte. Die Figuren waren ineinander verschmolzen und schienen regelrecht aus dem Sand herauszuspringen. Leon betrachtete verblüfft die Sandskulptur und war sich nicht sicher, ob er sie bewundern oder nur unerträglich kitschig finden sollte. Er bemerkte Sylvie Roman erst, als sie, mit einer großen Stofftasche in der Hand, neben ihm stand.

»Ich weiß, es ist ziemlich heftig«, sagte sie mit einem Lächeln und stellte die Tasche in den Sand.

Leon drehte sich zu ihr um wie ein Schuljunge, den man

beim Abschreiben ertappt hat. Ihr Anblick brachte ihn erneut aus dem Konzept. »Es ist so, also ... ich hätte nie gedacht, dass man aus Sand so etwas machen kann.« Leon wusste, dass seine Antwort nicht besonders souverän klang.

»Sie finden es scheußlich, seien Sie ehrlich.«

»Nein, es ist, wie soll ich sagen? Es ist ein ungewöhnliches Werk.«

»Es ist Poseidon.«

»Natürlich. Der Gott des Meeres. Das erkennt man sofort.«

»Ich dachte, der würde sich gut am Strand machen. Am liebsten würde ich den ganzen Strand voller Nymphen und Faune machen. Von hier bis hinunter zum Wasser.«

Leon fragte sich einen Moment, ob die Frau, die mit ausholenden Gesten ihre Vision vom Strandkunstwerk beschrieb, es ernst meinte. Sylvie sah ihn an. »Aber ich schätze, da würde die Stadtverwaltung nicht mitspielen.«

Eine Mutter mit zwei Kindern hatte sich vor dem Poseidon aufgebaut, und der Vater machte ein Foto mit seinem Handy.

»Den Leuten genügt schon ein Poseidon, denke ich«, sagte Leon, als die Familie weiterzog. »Ich begreife nicht, wie man aus Sand so feine Kanten formen kann.«

»Soll ich Ihnen ein Geheimnis verraten?« Sylvie sah Leon mit einem verschwörerischen Lächeln an. »Ich helfe manchmal mit Tapetenkleister nach. Enttäuscht?«

»Vielleicht ein wenig desillusioniert.« Leon lächelte, bückte sich und hob einen kleinen Stein auf, den er in seiner Hand drehte. Das Meer hatte den Kiesel rund geschliffen, und die Oberfläche schimmerte wie schwarzer Marmor. Der ideale Stein zum Konzentrieren, dachte Leon. Er drehte den Kiesel ein paarmal in der Hand und steckte ihn in die Tasche.

»Vorsicht. Im Sand sind Glasscherben.« Leon sah zu Sylvie. »Es gibt Leute, die sie am Strand verteilen, damit sich Kinder daran schneiden.«

Sylvie schnickte mit der Sandale Sand zur Seite, aber auch darunter kam nur neuer Sand zum Vorschein.

»Im Ernst ...?«, fragte Leon skeptisch. Er betrachtete die Frau in ihrem bunten Sommerkleid. »Wo sind Ihre Schüler?«

»Heute ist es zu heiß zum Arbeiten. Wir haben den Kurs verschoben. Ich wollte gerade gehen.«

Leon bückte sich zu der Stofftasche. »Lassen Sie mich das nehmen.«

»Danke. Das ist nett von Ihnen.« Sylvie deutete zu einem alten Toyota-Geländewagen, der nur ein paar Meter entfernt an der Promenade parkte. »Der Blaue da vorne.«

»Schönes Auto. Die Dinger sind wirklich unverwüstlich. Wie alt ist der – 25 Jahre?« Leon öffnete die hintere Tür und hob die Tasche auf den Rücksitz.

»Bald dreißig. Wenn Sie auf dem Land wohnen, brauchen Sie ein Auto, das nicht so leicht schlappmacht.«

»Hätten Sie noch Zeit für einen Kaffee?«, fragte Leon.

»Das ist sehr lieb von Ihnen, aber ich muss los.« Sylvie rutschte auf den Fahrersitz und startete den Motor. »Warum besuchen Sie uns nicht mal, meine Tochter und mich? Wir wohnen hinter Bormes, auf dem Weg nach Collobrières. Es ist schön bei uns, mitten in der Provence.«

»Das mache ich gerne. Wie finde ich Sie?«

Die Wegbeschreibung klang etwas kompliziert. Aber Sylvie meinte, Leon könne das Haus gar nicht verfehlen, jeder in der Gegend wüsste, wo sie wohnte. Dann fuhr sie davon. Leon sah dem Wagen noch einen Moment nach, der sich in die endlose Reihe von Autos einfädelte, die im Schritttempo durch Lavandou rollten – auf der erfolglosen Suche nach Parkplätzen.

18. KAPITEL

Das Haus von Süßwarenhändler René Fabius lag am Ortsrand von Lavandou. Dort, zwischen dem Umspannwerk und einem Supermarkt, gab es einige Grundstücke mit heruntergekommene Häusern, die in den Sechzigerjahren gebaut worden waren. Diese Gegend war die Kehrseite des Ferienparadieses. Kein Blick aufs Meer, sondern auf den Hof eines Matratzen-Discounters, Garagen und ein paar Autowracks mit eingeschlagenen Scheiben.

Der Bungalow, in dem Fabius wohnte, hatte seinen Namen kaum verdient. Es war ein verrotteter Flachbau. Sonne und Regen hatten die Farbe von den Backsteinwänden geschält. Vor den Fenstern hingen abgerissene Jalousien. Die Oleanderbüsche waren schon seit Jahren nicht mehr geschnitten worden und hatten das Grundstück in einen Urwald verwandelt. Dornbüsche, Jakobskreuzkraut und wilde Lilien säumten einen schmalen Pfad zum Haus. Das Gestrüpp hatte ein altes Küchenregal, einen verrosteten Gartengrill und eine ausrangierte Waschmaschine verschlungen.

Isabelle und Lieutenant Masclau mussten sich an dem Lieferwagen vorbeidrücken, der die Einfahrt verstellte. Der Wagen war ein uralter umgebauter Citroën-Transporter Typ H. Eine unverwüstliche Konstruktion aus den Sechzigern. Der Aufbau bestand aus verzinktem Wellblech und ließ sich mit wenigen Handgriffen zu einem fahrbaren Verkaufsstand umbauen. Von diesem Transporter aus verkaufte Monsieur Fabius auf den Wochenmärkten seine Süßigkeiten. An den Seiten des Wagens stand in großen, pinkfarbenen Buchstaben: *La Petite Confiserie Mobile*, der kleine fahrbare Süßwarenstand.

Masclau schlug mit der Faust gegen die Haustür und rief nach Fabius, aber nichts rührte sich. Auf dem Fensterbrett neben dem Eingang stand eine angebrochene Flasche Bier, tropfnass, als wäre sie eben erst aus dem Kühlschrank geholt worden. Masclau schlug noch einmal gegen die Tür, diesmal energischer.

Isabelle überprüfte den Lieferwagen. Die Fahrertür war nicht verschlossen. In der Kabine herrsche ein wildes Durcheinander aus Lappen, Werkzeug und leeren Kartons. Offensichtlich war Fabius gerade dabei, den Schalter für den Scheibenwischer zu reparieren – Isabelle wollte die Tür schon wieder schließen, als ihr Blick auf ein kleines Plüschtier fiel, das am Boden lag, eine Art Anhänger. Die quietschbunte Figur sah aus wie eine Mischung aus Eule und Pinguin. Isabelle nahm das flauschig rote Stofftier in die Hand. – Ein billiges Massenprodukt *made in China*, etwas, das in Supermärkten an den Kassen lag, zwischen den Süßigkeiten und den Wegwerffeuerzeugen.

Oben, am Kopf des Vogels, war eine Schlaufe eingenäht, mit der das Spielzeug an einem Rucksack oder Schulranzen befestigt werden konnte. Das Bändchen war durchgerissen. Auf der Rückseite der Figur gab es einen Reißverschluss. Isabelle zog ihn auf. In dem Fach steckten sechs einzelne Euromünzen. Ein kleiner Schatz für ein Kind. Isabelle wollte die Tasche schon wieder verschließen, als sie das Etikett entdeckte, das in das Fach eingenäht war. Es ließ sich wie eine kleine Fahne herausklappen und hatte zwei vorgedruckte Linien unter denen *name* und *age* stand. Ein Kind hatte mit krakeliger Schrift die Zeilen ausgefüllt: Carla Hafner, 10 Jahre.

Isabelle war wie elektrisiert. »Didier! Ich hab hier was gefunden!«, rief sie in Richtung Haus.

Im gleichen Moment war ein Klirren im Inneren des Bungalows zu hören. Dann ein dumpfes Poltern, etwas stürzte um, Flaschen fielen zu Boden.

»Er will abhauen«, rief Didier, »durch die Hintertür! Ich schnapp ihn mir.« Der Polizeilieutenant sprang über das niedrige Geländer des Terrassenvorbaus in den Garten und stand bis zu den Hüften im Gestrüpp.

»*Putain de merde!*«, fluchte Didier, als er sich mit rudernden Armbewegungen durch die Vegetation kämpfte und um die Hausecke verschwand.

Nur einen Augenblick später tauchte Fabius hinter der gegenüberliegenden Hausecke auf. Als er Isabelle sah, stürzte er sich in die Oleanderbüsche und war im nächsten Augenblick zwischen Ästen und Blüten verschwunden.

»Bleiben Sie stehen, Fabius!«, rief Isabelle und zwängte sich ebenfalls zwischen dem Oleander hindurch.

Hinter den Büschen führte ein Weg steil bergauf. Isabelle sah den Flüchtigen, der nur ein paar Dutzend Meter vor ihr den Hügel hinaufkeuchte. Es war glühend heiß, und Fabius hatte die miserable Kondition eines 47-jährigen Rauchers mit Übergewicht. Sein kurzärmeliges Hawaiihemd stand offen und flatterte um seinen teigigen Oberkörper. Sein Bauch hing über den Gummizug der fleckigen Jogginghose und schwabbelte bei jedem Schritt auf und ab. Fabius stolperte in seinen Gummilatschen den steinigen Weg hinauf. Er würde nicht weit kommen, nur die Verzweiflung trieb ihn noch an.

99

Isabelle folgte dem Flüchtenden in entspanntem Jogging-Tempo. Der Weg lag in der prallen Sonne, und die Hitze brütete regelrecht über der Landschaft. Der Pfad führte zwischen alten Olivenbäumen hindurch, vorbei an Ginsterbüschen und wildem Jasmin. Vor Isabelle erhob sich eine kleine Wolke gelber Zitronenfalter, die für ein paar Schritte neben ihr herschwebte, um sich dann auf einem Lavendelbusch niederzulassen. Isabelle holte schnell auf. Plötzlich stolperte Fabius und fiel hin. Mit wenigen Schritten stand die Polizistin vor ihm.

»Los, Fabius, stehen Sie auf!«, sagte Isabelle.

Der Mann hatte sich auf seiner kurzen Flucht völlig verausgabt. Er kroch auf allen vieren, keuchte und spuckte in den Staub. Mühsam richtete er sich auf. Didier kam den Weg hinauf.

»Alles klar bei dir?«, rief er. Isabelle winkte ab, sie hätte Fabius auch ohne Hilfe zurückgebracht.

»Ich habe nichts getan!«, stieß Fabius zwischen zwei Atemzügen hervor. »Gar nichts.«

»Hände auf den Rücken«, sagte Didier, der die Handschellen bereithielt.

»Ich denke gar nicht daran. Ich bin französischer Bürger, ich zahl keinen *Sou* für eure Scheißgenehmigung.«

»Was soll der Quatsch, los, leg die Hände auf den Rücken.«

»Monsieur Fabius, Sie werden uns jetzt auf die Gendarmerie begleiten«, versuchte es Isabelle etwas freundlicher.

»2500 Francs für einen beschissenen Gewerbeschein!« Fabius war richtig sauer, und wie viele Franzosen rechnete er auch heute noch in Francs und nicht in Euro. »Wer bin ich denn, ein Millionär?«

»Was quatscht du da? Hände nach hinten!« Didier wurde ungeduldig.

»Ich scheiß auf den Gewerbeschein«, schrie Fabius. »Was ist? Wollt ihr mich jetzt erschießen?«

»Sie wissen, warum wir hier sind, Monsieur Fabius.« Isabelle sah ihn an.

»Ich weiß gar nichts«, sagte Fabius.

»Woher kennen Sie das kleine Mädchen? Carla. Wann haben Sie sich mit ihr getroffen?«, fragte Isabelle.

»*Baise-toi!*«, Fabius spuckte das Schimpfwort voller Verachtung aus. Im gleichen Moment schlug Didier dem Mann mit der flachen Hand ins Gesicht.

»Didier, bist du verrückt geworden, was soll das?«

»Der Arsch hat »Fick dich« gesagt.«

»Das weiß ich auch. Na und? Deswegen kannst du ihm doch nicht gleich eine reinhauen! Ich brauche wirklich keinen Beschützer. Sehen wir zu, dass wir aus der Sonne kommen.«

»Ich verklage euch!« Fabius zeterte ohne Unterbrechung, während Didier ihn unsanft den steilen Pfad hinunterschubste.

»Ja klar, Fabius.«

»Mein Anwalt verklagt euch alle, die Polizei, die ganze Gendarmerie nationale und den Innenminister.«

»Halt's Maul«, sagte Didier, »oder du fängst dir gleich noch eine.«

19. KAPITEL

Leon ging ein Stück den Strand entlang. Er zog seine Schuhe aus und krempelte Ärmel und Hose hoch. Der Mistral wehte vom Land her aufs Meer und drückte die Wasseroberfläche glatt wie einen Bergsee. Das Meer schwappte müde und fast ohne Wellen an den Strand. Aber Leon konnte trotzdem das Zischen hören, mit dem das Wasser seit Jahrmillionen Kiesel und Muscheln am Ufer zerrieb. Hier, an der Grenze zwischen Strand und Meer, war der Sand noch grob und massierte beim Laufen angenehm die Fußsohlen. Aber es war ein mühsames Vorankommen, weil man bei jedem Schritt bis über die Knöchel einsank.

Leon blieb stehen. Das Fährboot verließ die Hafenmole in Richtung Inseln. Dichtgedrängt standen die Touristen an Deck und machten Selfies mit ihren Handys vor der Postkartenkulisse von Le Lavandou. Knapp 45 Minuten würde die Überfahrt zu den Inseln Levant, Port Cros und Porquerolle dauern.

Am Strand gab es kein freies Plätzchen mehr. Die Menschen lagen so dicht nebeneinander, dass sich die Handtücher berührten. Frauen hatten ihre Bikinioberteile geöffnet und ließen sich den Rücken von ihren Begleitern einschmieren. Viele Männer verzichteten dagegen auf Sonnencreme. Bei einigen hatte die Haut bereits einen beunruhigenden dunkelroten Farbton angenommen.

Leon hatte Hautkrebs in den unterschiedlichsten Stadien gesehen. Von kleinen Pickeln und Pusteln zu Beginn der Krankheit, bis zum Ende, wenn die Haut wie altes Pergament aufriss und das austretende Blut durch nichts mehr zu stoppen war. Ein grässlicher Tod, dachte Leon und krempelte seine Ärmel und Hosenbeine herunter. Im Slalom umrundete er Babys, Sandeimer und Klappstühle und ließ den Strand so schnell wie möglich hinter sich. Der Sand war glühend heiß, und Leon war froh, als er ein paar Minuten später wieder Strümpfe und Schuhe anhatte. Erleichtert erreichte er den Schatten der Platanen, wo die Boule-Spieler trotz afrikanischer Temperaturen unermüdlich ihre Kugeln warfen.

Leon sah einen Moment zu. Seine französische Mutter hatte ihm das Spiel beigebracht, das hier im Süden *Petanque* genannt wurde. Kein noch so kleiner Ort zwischen Nizza und Marseille, der nicht mindestens einen Boul-Platz besaß, auf dem von morgens bis abends die Kugeln rollten. Einer der Spieler, den Muskelshirt, Badehose und Sandalen eindeutig als Touristen auswiesen, hatte unter der drückenden Hitze schlappgemacht. Er ließ sich erschöpft auf einer Bank nieder, wo er sein Bier deponiert hatte, und winkte ab, als die Mitspieler ihn zum Weitermachen aufforderten.

»Ah, der *Docteur* aus Deutschland.« Jean-Claude hatte Leon entdeckt. Der ehemalige Fremdenlegionär saß in seinem Rollstuhl am Rand des Platzes, der von dicken Holzbohlen eingerahmt war.

»Hier wird dringend ein Spieler gebraucht. Wie sieht's aus, *Docteur*?«

Jean-Claude machte eine einladende Geste in Richtung der kleinen Gruppe am Spielfeldrand, die vom Besitzer der Bar *Chez Miou* gerade eine Runde Rosé spendiert bekam.

Leon hatte schon lange keine Kugel mehr in der Hand gehalten, aber er hatte Lust es zu probieren. Als Student hatte
er so manche Gegner bezwungen. Aber das war viele Jahre
her. Gut möglich, dass er sich überschätzte. Die Spieler unter den Platanen hatten wahrscheinlich ihr halbes Leben
auf dem Boul-Platz verbracht. Sie sahen Leon freundlich
an. Aber ihr Blick hatte auch etwas Prüfendes. Sie schienen
nur darauf zu warten, dass sich der Doktor aus Deutschland blamierte.

Es wurde *Doublette* gespielt, also zwei gegen zwei. Leons
Partnerin hieß Veronique und war 83 Jahre alt, wie Jean-
Claude uncharmant betonte. Veronique war eine dürre Person, deren ledrige Haut Leon an einen alten Apfel erinnerte.
Und sie war Kettenraucherin, die ihre Gauloise Caporal
auch beim Spielen nicht aus dem Mund nahm. Ihre Stimme
hatte einen rauen Ton, aber ihre Augen leuchteten herzlich,
als Leon ihr die Hand reichte.

Ihre beiden Gegner waren der Rechtsanwalt Gérard Le
Blanc und Michel, der Kioskbesitzer. Maître Le Blanc warf
das *Conchonnet*, das Schweinchen, wie die kleine Holzku-
gel genannt wurde. Sie blieb zwischen mehreren Kieseln
liegen, was die Chance, eine Kugel in unmittelbarer Nähe
zu platzieren, verminderte.

»Was soll das, Gérard?«, fragte Veronique. »Willst du,
dass ich früh sterbe?« Sie hatte bis zum Tod ihres Mannes
vor zehn Jahren am Ruder des gemeinsamen Langusten-
fängers gestanden. Inzwischen hatte sie den kleinen Kutter umgebaut und vermietete ihn gelegentlich an Touristen. Die Fischerei lohnte sich nicht mehr, seit der Markt mit
Krustentieren aus Indonesien überschwemmt wurde. Die
Leute jammerten zwar den guten alten Zeiten nach, aber
sie wollten Langusten nur noch zu Billigpreisen kaufen.

Le Blanc ließ seine erste Kugel mit einem *Roulet* folgen, sie blieb in der Nähe des *Conchonnet* liegen. Ein mäßiger Wurf.

Leon hielt sich zurück und ließ seiner Partnerin den Vortritt. Veronique nahm noch einen kräftigen Zug aus ihrer Gauloise, dann ging sie tief in die Hocke und rollte die Kugel, wobei sie ihr einen *Effet* mit auf den Weg gab. Die Kugel beschrieb einen eleganten Bogen und legte sich knapp vor den Anwalt. Sie ist gut, dachte Leon. Veroniques Wurf hatte sie wieder nach vorne gebracht.

Der Kioskbesitzer war am Zug. Michel probierte einen *Raffel*, einen flachen Wurf, der die Kugel des Gegners aus dem Weg schlagen sollte. Aber Michel war unkonzentriert und traf genau zwischen die Kugeln von Veronique und dem Anwalt. Damit hatte er seine Mannschaft zwar wieder nach vorne gebracht, aber gleichzeitig einen Punkt verschenkt.

»Trink lieber Wasser!«, brummte Veronique. Leon staunte, wie sie es schaffte zu sprechen, ohne die Zigarette aus dem Mundwinkel zu verlieren. »Wie sieht's aus, *Docteur*, schaffen Sie das?« Sie gab Leon eine ihrer Kugeln.

»Ich geb' mir Mühe, Madame«, meinte Leon.

»Sie haben doch das tote Mädchen untersucht?« Michel nahm einen Schluck Rosé und wandte sich an Leon. »Die Kleine aus Deutschland, die sie im Massif des Maures gefunden haben.«

Leon antwortete nicht. Er konzentrierte sich ganz auf das Spiel. Er wog die Kugel in der Hand, um sich an ihr Gewicht zu gewöhnen. Er fixierte sein Ziel und spürte, wie sein Unterbewusstsein Maß nahm. Sein Gefühl für das Spiel kam zurück, als hätte er einen Schalter umgelegt.

»Ich hab gehört, es war gar kein Unfall?«

»Lass ihn in Ruhe, Michel«, Veronique wandte sich an Leon, »er soll sich konzentrieren.«

»Was ist, *Docteur*, haben Sie die Kleine untersucht oder nicht?«

»Pass auf, dass der *Docteur* dich nicht mal untersucht«, rief Jean-Claude von seinem Rollstuhl aus, »dann bist du nämlich schon tot.«

Veronique lachte dreckig. »Der war gut!«

»Ich kann Jean-Claude verklagen, wenn du willst«, sagte Le Blanc und hob sein Glas in Richtung Michel.

Leon beugte sich nach vorn, schwang den ausgestreckten Arm zweimal vor und zurück, dann schleuderte er die Kugel aus dem Handgelenk. Sie beschrieb einen steilen Bogen durch die Luft, blitzte kurz in der Sonne und kam fast senkrecht herunter. Es tat einen hellen Schlag, als Metall auf Metall stieß. Im gleichen Moment sprang die Kugel von Michel meterweit davon, während Leons Kugel wie einzementiert liegen blieb.

Der Anwalt klatsche in die Hände. »Kompliment, *Docteur*«, sagte er.

»Ja, ja, nicht übel«, meinte Michel. Leon spürte mit Genugtuung, dass er den Mann überrascht hatte.

»Was heißt: nicht übel. Das war der beste *Kanter*, den ich hier seit Monaten gesehen habe.« Veronique drehte sich zu Leon und gab ihm einen Kuss auf die Wange.

»Vorsicht, *Docteur*«, rief Jan-Claude, »Veronique lässt nichts anbrennen.«

»Machen wir sie fertig!« Leon zwinkerte seiner Mitstreiterin zu. Sie gewannen das Spiel ohne Probleme. Leon gelang noch ein weiterer Wurf, der den Gegner degradierte. Dafür musste er die nächste Runde Rosé ausgeben. Der Fremdenlegionär hob sein Glas in Richtung des Spenders.

»Das mit dem kleinen Mädchen ist wirklich eine Tragödie«, sagte Veronique

»So was hat es hier noch nie gegeben, nicht, solange ich mich erinnern kann«, meinte Michel.

»Und was war mit dem Kind bei Le Muy?«, fragte Jean-Luc.

Michel winkte ab. »Das war doch was anderes, das war ein Unfall.«

Leon wurde hellhörig. »Was für ein Unfall?«

»Ein Junge, ist auch von einem Campingplatz verschwunden«, Veronique winkte ab, »das müsste so um die sechs Jahre her sein.«

»Vier Jahre«, meinte der Anwalt, »Sie haben überall gesucht. Der Junge war in einen Brunnen gefallen.«

»Es war ein Mädchen«, sagte Jean-Claude, »und außerdem war es gar kein richtiger Brunnen.«

»Richtiger Brunnen, falscher Brunnen. Ist doch egal«, meinte Michel. »Spielen wir jetzt noch eine Runde, oder was?«

Leon war wie elektrisiert von der Nachricht. War es möglich, dass es Parallelen zwischen den beiden Fällen gab?

»Der *Var-Matin* hat damals groß berichtet«, sagte Le Blanc.

»Wie alt war das Mädchen?«, fragte Leon

Le Blanc sah Leon an. »Ich glaube acht oder neun. Warum fragen Sie?«

»Nur so, berufliche Neugier.« Leon merkte, dass seine Stimme aufgeregter klang, als es seine Absicht war. Le Blanc sah ihn interessiert an. Dieser Mann glaubte ihm kein Wort.

20. KAPITEL

Auf der Wache der Gendarmerie von Lavandou gab es eigentlich keinen richtigen Verhörraum. Normalerweise stellte die Gendarmerie nur die Personalien eines Verdächtigen fest. Sollte sich herausstellen, dass er Beteiligter an einer Straftat war, wurde er nach Toulon überstellt, und die entsprechende Abteilung der Kriminalpolizei kümmerte sich um ihn. Bei René Fabius war das etwas anderes. Schließlich hatten sie den Kerl erwischt, der sich die Kleine vom Campingplatz geschnappt hatte. Diese einmalige Chance würde sich Lieutenant Didier Masclau nicht entgehen lassen. Er würde alles aus Fabius herausquetschen, was der wusste, am besten gleich ein volles Geständnis. Dann würde er Fabius persönlich den Kollegen von der Kripo in Toulon übergeben. Sie sollten wissen, wer ihnen die Drecksau serviert hatte.

Verdächtige wurden für eine erste Befragung in einen Abstellraum am Ende des Ganges gebracht, der gleichzeitig als Archiv diente. Hier standen Regale mit Aktenordnern, ein Schrank mit Putzmitteln und ein verstaubter Heimtrainer. Eine Spende des Supermarkts für »die tapferen Männer der Polizei«. Aber unter den tapferen Männern hatte sich bis heute niemand gefunden, der sich in der stickigen Kammer auf einem Heimtrainer abstrampeln wollte.

René Fabius saß auf einem harten Plastikstuhl. Es war

heiß in dem fensterlosen Raum. Fabius schwitzte. Vor ihm auf dem Tisch lag ein Diktiergerät. Daneben standen eine Flasche Mineralwasser und ein Plastikbecher. Masclau hatte sich hinter Fabius aufgebaut. Er stützte die Hände auf dessen Stuhllehne, und Fabius musste seinen Kopf verdrehen, um den Polizisten sehen zu können, wenn er mit ihm sprach. Fabius trug immer noch Handschellen.

Laut Vorschrift durfte Masclau gar nicht alleine mit dem Verdächtigen reden. Aber Zerna war zu einer Besprechung beim Bürgermeister, und Isabelle musste in ihrem Büro noch die Aussage eines Campingplatzbesuchers aufnehmen. Also war Masclau im Augenblick ganz alleine mit Fabius.

»Was du mit ihr gemacht hast, will ich wissen!« Masclau versetzte dem Gefangenen einen Schlag ins Genick.

»Ich weiß nicht, wovon Sie sprechen. Was wollen Sie von mir?«

Hier, in der tristen Atmosphäre des Vernehmungszimmers klang Fabius längst nicht mehr so selbstbewusst wie bei seiner Festnahme.

»Du weißt genau, was ich von dir hören will. Du sollst mir erzählen, was du mit der Kleinen angestellt hast!«

»Nichts, gar nichts. Ich kenn sie doch gar nicht.«

Masclau verlor die Geduld. Er würde diesen Kinderficker zum Reden bringen, und zwar jetzt gleich. Er wollte Zerna einen Täter präsentieren, wenn der zurück auf die Wache kam.

»Rede keinen Scheiß. Du hast die Kleine in dein Auto gezerrt, und dann? Was hast du dann gemacht? Na los, Fabius, ich warte, red schon!«

»Nichts war dann, es war nichts. Ich schwör's.«

Masclau hatte die Nase voll. Er bearbeitete den Kerl jetzt

über eine Stunde, und was war dabei herausgekommen? Nichts. Fabius redete die ganze Zeit um den heißen Brei herum. Masclau brauchte Antworten. Warum sagte der Scheißkerl ihm nicht, was er wusste? Masclau riss Fabius an seinem Hemd auf die Füße und zog ihn dicht an sich heran. Die Gesichter der beiden Männer waren nur Zentimeter voneinander entfernt.

»Du hast sie angelangt, Fabius. Gib's zu. Hast sie befummelt. Wir wissen genau Bescheid über dich.«

»Lass mich los. Ich will einen Anwalt sprechen.«

»Den kannst du später sprechen. Wichser«, sagte Masclau. »Wenn du mir gesagt hast, was du mit ihr gemacht hast.«

»*Je t'emmerde*«, sagte Fabius dem Polizisten direkt ins Gesicht.

Damit hatte er bei Masclau den roten Knopf erwischt. Das Gesicht des Polizisten erstarrte, und die kleine Ader auf seiner rechten Schläfe schwoll an. Dann stieß Masclau Fabius mit aller Wucht gegen die Wand. So redete keiner mit Masclau, und schon gar nicht so ein verdammtes Stück Scheiße wie dieser Fabius.

»Was hast du gesagt?«, schrie Masclau ihn an. »Was hast du eben gesagt? Ich soll dich am Arsch lecken? Was glaubst du eigentlich, wer du bist?«

Immer wieder stieß Masclau den Verdächtigen nach hinten. Immer wieder schlug Fabius mit dem Kopf gegen die Wand.

In diesem Moment ging die Tür auf, und Isabelle kam in den Raum.

»Hör auf, Didier! Laß ihn los, sofort!« Isabelle griff nach Masclaus Arm, und der ließ zu ihrer Überraschung sofort den Gefangenen los.

»Besser du gehst jetzt. Ich kümmere mich um ihn«, sagte Isabelle.

»Dieser unverschämte Idiot ist frech geworden.«

»Versteh schon. Geh«, sagte sie, und zu Fabius: »Und Sie setzen sich auf den Stuhl.«

Fabius sagte gar nichts. Ihm dröhnte der Kopf. Für einen Moment hatte ihm dieser Bulle wirklich eine Scheißangst eingejagt.

Isabelle hielt ihrem Kollegen die geöffnete Hand hin, und Didier gab ihr den Schlüssel für die Handschellen. Dann verließ er schweigend den Raum. Isabelle befreite René Fabius von den Handfesseln. Er rieb sich die Handgelenke.

»Könnte ich vielleicht einen Schluck Wasser bekommen?«

Isabelle schenkte etwas aus der Flasche in den Plastikbecher und reichte ihn Fabius. Der trank in gierigen Schlucken.

»Der wollte mich umbringen«, sagte Fabius.

»Das kann ich mir nicht vorstellen.« Isabelle sah Fabius ganz ruhig an. »Wenn Sie mir jetzt helfen, kann das hier alles ganz schnell für Sie vorbei sein.«

Fabius hasste die *Flics*. Er hatte oft genug mit ihnen zu tun, und Sie machten einem nur das Leben schwer. In der Regel ging es um irgendeine Genehmigung: für sein Auto, sein Haus, seinen Laden, die Steuern. Oder weil er mal wieder zu viel getrunken hatte beim Fahren. Die Bullen machten sich immer wichtig, als wüssten sie alles. Dabei wussten sie einen Scheißdreck und versteckten sich hinter ihren Vorschriften.

»Reden wir jetzt miteinander?« Isabelle wartete.

»Über was denn?« Er kratzte sich mit den Fingern über seine behaarte Brust, die schweißnass glänzte.

111

»Wie ist das Spielzeug von Carla Hafner in Ihren Wagen gekommen?«

»Hab ich doch schon gesagt. Ich hab sie mitgenommen.«

»Wann und wo genau?«.

»So genau weiß ich das nicht mehr. Das war so gegen zehn, denk ich. Ich hab mit dem Wagen am Strand gestanden, in La Favière. Die hatten da ne Veranstaltung. Und ich bin mit dem Bauchladen rum und hab gebrannte Mandeln verkauft. Die Leute lieben gebrannte Mandeln.«

»Und da haben Sie das Mädchen getroffen und haben sie mitgenommen.«

»Nein, da war kein Mädchen. Ich bin zurück zu meinem Wagen, hab eingepackt und bin los. Als ich den Weg entlang zur Straße fahr, seh ich die Kleine. Da hab ich sie gefragt, ob sie mitfahren will.«

»Und, wollte sie?«

»Klar, warum nicht. Besser als Laufen.«

»Eine Zehnjährige läuft nachts alleine vom Strand zurück?«

»Genau so war's aber. Hab mich ja auch gewundert.«

»Hat sie was gesagt?«

»Ich sprech ja kein Deutsch.«

»Und was war dann?«

»Nichts war. Ich hab sie am Tor zum Campingplatz abgesetzt, und sie ist rein. Den Anhänger hab ich erst am nächsten Tag im Auto gefunden.«

»Sie haben gewusst, dass wir nach dem Mädchen suchen.«

Fabius sah nach unten zu seinen fleischigen Füßen, die in den verdreckten grünen Gummilatschen steckten, die im vergangenen Jahr einen Sommer lang in Mode waren.

»Warum haben Sie sich nicht bei uns gemeldet?«, fragte Isabelle.

»Warum, warum? Weil Sie mir doch sowieso nicht glauben.« Fabius hatte seinen ungewaschenen Fuß aus dem Schuh gezogen.

»Warum sollten wir Ihnen nicht glauben?«

»Wegen meinem Prozess. Aber da war nichts, gar nichts.« Jetzt sah er Isabelle an. »Sogar die Psychologen haben damals gesagt, dass die blöde Kuh alles nur erfunden hat.«

»Darum geht es aber jetzt gar nicht.«

»Doch, genau darum geht es, weil einem so was immer anhängt. Das vergessen die Leute nie, und die *Flics* schon gar nicht.«

21. KAPITEL

Leon musste im *Chez Miou* noch drei weitere Runden Wein über sich ergehen lassen. Mit der Ausrede, dass er noch einmal in die Klinik müsste, gelang es ihm, nach dem ersten Rosé bei Mineralwasser zu bleiben.

Leon wusste sofort, dass das *Chez Miou* sein Café werden würde. Es besaß all die charmanten Eigenheiten, die ein gutes französisches Café ausmachten. Die Stühle an den kleinen Blechtischen unter der Markise waren durchgesessen und darum äußerst bequem. An der Wand hingen kitschige Bilder eines lokalen Malers, der sich an Stürmen und Segelschiffen versucht hatte. Und am Spiegel hinter dem Tresen klemmten die üblichen Postkarten der Stammgäste.

Jérémy, der Patron, bediente die Gäste persönlich. Hinter der Theke stand seine Frau Yolande an der Espressomaschine und behielt gleichzeitig Kasse, Kellner und Küche im Auge. Madame war der Motor und das Herz des Lokals. Wenn ein Gast beim Kellner seine Bestellung aufgab, wurde die durch lautes Rufen quer durchs Lokal an Madame weitergeleitet. Die füllte dann Tassen, zapfte Bier oder schenkte Wein aus, und Augenblicke später schwebten die Bestellungen auf den geschickten Händen von Jérémy und seinen Kellnern zu den Gästen.

Das Ganze funktionierte wie eine gut geschmierte Maschine, die nur gelegentlich ins Stocken geriet. Zum Beispiel, wenn ein Tourist unbedingt einen Cappuccino haben wollte statt des ortsüblichen Café crème. Oder wenn sich jemand beschwerte, dass man die Klotür nicht abschließen konnte.

Yolande war etwas üppiger, als sie es sich eingestehen wollte, und darum spannten ihre kurzen Röcke abenteuerlich eng über ihren Rundungen. Ihre Lippen schminkte sie knallrot, wie Frauen es gerne tun, die ihr Alter verbergen wollen. Yolande war aber nicht nur die Seele des Bistros, sie war auch die Nachrichtenbörse des Ortes. Jeder, der für einen schnellen *Express*, einen *Noisette* oder einen Pastis ins *Miou* kam, stellte sich zu Yolande an den Tresen, um Informationen auszutauschen. Gelegentlich flirtete sie auch mit den Gästen, was Jérémy nur unter dem Aspekt der Umsatzförderung akzeptierte. Auch Leon hatte sie an diesem Nachmittag schon mehrfach einen tiefen Blick zugeworfen.

Leons Handy brummte. Er sah aufs Display. Es war Uwe, sein Urologe aus Frankfurt. Was würde er ihm erzählen? Schreckensszenarien tödlicher Krankheiten tauchten vor seinem inneren Auge auf. Das Handy in seiner Hand klingelte erneut, schon zum dritten Mal. Seine neuen Boule-Freunde sahen zu ihm herüber. Leon atmete tief durch, dann meldete er sich. Er sei gerade in einem Bistro, und darum könnte er nicht richtig reden.

»Wie, du bist im Café?«, fragte Uwe. »Dein Leben möchte ich haben. Warum bin ich nicht Gerichtsmediziner geworden?«

Es ging um Leons Blutwerte, Tumormarker PSA. Der Computer hatte erneut eine Unregelmäßigkeit angezeigt. Leon spürte, wie ihn plötzlich fröstelte, trotz der drückenden Hitze. Dabei klang Uwes Ton so unbeschwert. Natürlich, damit wollte er ihn beruhigen, damit er nicht zusammenklappte, wenn ihn jetzt gleich die volle Wucht der schlimmen Nachricht traf.

»Was soll ich dir sagen, der Computer in meinem Labor ist einfach Kacke«, sagte Uwe in diesem Moment, »irgend so ein Mist mit der Hardware, hat der Techniker gemeint, verfälscht die Werte. Ich sag dir: Wenn du dich in meinem Job auf die Technik verlässt, bist du voll am Arsch.«

»Du meinst also, die Werte sind in Ordnung?«, fragte Leon vorsichtig.

»Sag ich doch, Alter. Alles okay bei dir, voll funktionstüchtig die ganze Maschine. Ich muss aufhören, da wartet ein Patient. Wollt dir nur kurz Bescheid sagen, damit du dich nicht unnötig aufregst. Ich kenn dich doch.«

Leon legte auf. Er fühlte sich plötzlich wie neugeboren, als hätte jemand schwere Gewichte von seinen Schultern genommen. Alles schien so leicht, und Lavandou kam ihm für den Moment vor wie das Paradies. Leon winkte seinen Boule-Freunden im *Miou* zu und machte sich auf den Heimweg.

Zu Hause duschte er lange. Anschließend zog er sich um und ging nach unten. Isabelle war noch in der Gendarmerie und würde erst später kommen. Vielleicht könnte er sie überreden, mit ihm essen zu gehen. Bisher hatten Isabelle und er nur über Berufliches gesprochen, und Leon fand es an der Zeit, sich auch persönlich besser kennenzulernen. Er stand auf der Terrasse und genoss den Sonnenuntergang.

Lilou kam aus der Küche. Sie hatte sich geschminkt, trug ein T-Shirt und darüber eine ausgewaschene Jeansjacke mit Glitzersternen. Auf der linken Seite war ein Patch aufgenäht: »Bad Girls have more fun«. Dazu hatte sie sich einen ultrakurzen Rock angezogen. In der Hand hielt sie eine

Flasche Wein. Eine seiner »Brégançon Rosé«, die sie offenbar aus dem Kühlschrank stibitzt hatte. Als Lilou ihn sah, blieb sie erschrocken stehen.

»Guten Abend, Lilou«, sagte Leon.

»Oh, ich …«, Leon konnte zusehen, wie sie nach einer Ausrede suchte, »ich wollte nur rüber zu Inès, wir machen Hausaufgaben zusammen. Mama weiß Bescheid.«

»Hausaufgaben?« Leon musterte Lilou, die nervös an ihrem Shirt zupfte. »Oder war es nicht vielleicht doch eine Party?«

»Ich habe mit Mama telefoniert. Sie hat es erlaubt. Sie …«, Lilou unterbrach sich. Sie wusste offenbar nicht so recht, wie sie aus der Sache herauskommen sollte.

»Ist das zufällig eine von meinen Flaschen?«, fragte Leon.

»Ist ja gut, ich hab nicht drauf geachtet.« Sie sah ihn trotzig an. »Und, was machen Sie jetzt, wollen Sie meine Mutter anrufen und mich verpetzen?«

»Nein, ich will dir ein Geschäft vorschlagen.« Er sah Lilou an, die unruhig von einem Fuß auf den anderen trat. »Du gehst jetzt auf die Party«. Lilou sah ihn mit einem Blick an, als hätte er ihr gerade erklärt, dass sie im Lotto gewonnen hatte, »aber du bist vor Mitternacht wieder hier. Und ich sag deiner Mutter, wenn sie kommt, dass alles in Ordnung ist.«

»Echt, das würden Sie machen?«

»Klar. Ist die Party bei Inès?« Lilou nickte. Er streckte die Hand aus. »Trink Cola, okay?«

Lilou verdrehte die Augen und gab Leon die Flasche zurück. »Ich werde bald sechzehn. Und Sie sagen echt nichts?«

»Solange du dich an unseren Deal hältst. Ich heiß übrigens Leon.« Lilou ergriff seine Hand.

»Danke«, sagte sie. Dann lief sie die Terrassentreppe hinunter und verschwand durch die Gärten.

Wenig später kam Isabelle nach Hause. Leon erzählte ihr, dass Lilou noch bei ihrer Freundin sei. Er habe mit ihr ausgemacht, dass sie vor Mitternacht wieder zu Hause sein solle.

»Und darauf hat sie sich eingelassen, einfach so?«

»Ich habe ein wenig Druck gemacht.«

Isabelle nickte. »Ich glaube, sie mag Sie. Manchmal komm ich bei ihr einfach nicht weiter.«

»Ich finde, sie ist ziemlich clever und ausgesprochen sympathisch dazu.«

»Wirklich, da sind Sie aber der Einzige hier im Haus.«

Leon lächelte. Isabelle wollte nicht essen gehen. Sie hatte Oliven, Käse und etwas Pastete im Kühlschrank. Außerdem noch frisches Baguette. Leon steuerte eine Flasche Rosé bei. Wenig später saß er mit seiner Gastgeberin auf der Terrasse. Die Zikaden sorgten für die Musik, und zwischen den Zypressen flatterten die Fledermäuse hin und her.

Isabelle hatte eine Akte mitgebracht, die sie Leon reichte. »René Fabius. Ich dachte, dass Sie das interessieren könnte.«

»Der Mann mit dem Süßwarenstand.« Leon drehte die Akte in der Hand. »Weiß Ihr Chef, dass Sie mir das zeigen?«

»Der muss nicht alles wissen.«

Leon sah seine Gastgeberin an. Offensichtlich gab sie mehr auf seine Meinung als ihr Chef.

»Wir haben in Fabius' Lieferwagen eine eindeutige Spur von Carla Hafner gefunden. Einen Anhänger, der muss sich von ihrer Tasche gelöst haben.«

»Was sagt Fabius dazu?«, fragte Leon.

»Er hätte das Mädchen am Abend vor seinem Verschwinden auf der Straße getroffen und in seinem Lieferwagen mit zum Campingplatz genommen.« Leon sah sie an. »Sie ist ausgestiegen, und er ist weitergefahren.«

Zumindest war das die Version, die Fabius der Polizei erzählt hatte. Darum hatte er sich angeblich auch nicht als Zeuge gemeldet. Seine Überlebensstrategie bestand darin, jeden Kontakt mit der Polizei zu vermeiden. Er besaß nichts außer dem wertlosen Grundstück mit dem baufälligen Bungalow, das er von seinem Vater geerbt hatte. Nach einem Autounfall vor zehn Jahren zahlte die Versicherung ihm ein Schmerzensgeld. Das war das einzige Mal in seinem Leben, dass er etwas Geld übrig hatte, und so hatte er sich den alten Lieferwagen gekauft.

Leon blätterte durch die Akte. Ein trostloser Lebenslauf. Mutter früh gestorben. Aufgewachsen war Fabius im Heim und bei Pflegefamilien. Kleinere Jugendvergehen. Kein Schulabschluss, und schließlich die Anklage wegen Missbrauchs einer Zwölfjährigen.

»Und jetzt denken alle, Fabius hätte es wieder getan.« Es war keine Frage von Leon, sondern eine Feststellung.

»Sie wissen, wie die Leute sind. Was denken Sie?«

Leon schüttelte den Kopf und gab Isabelle die Akte zurück.

»Wir suchen keinen Schulversager, der sich an Minderjährige herangemacht hat. Wer das getan hat, ist planvoll vorgegangen. Er ist intelligent, und er ist kreativ. Alleine der Platz in den Hügeln, ich bitte Sie. Ein okkulter Ort mit einem Menhir, das ist großes Theater.«

»Vielleicht befindet sich der Menhir nur zufällig in der Nähe des Fundorts. Sie glauben wohl nicht an Zufälle?«

»Ich glaube an das, was ich jeden Tag sehe: menschliche

Schwächen und seelische Abgründe«, sagte Leon. »Dieser Täter hat seine Tat zelebriert. Dafür braucht es düstere Visionen und viel Fantasie.«

»Ein Psychopath? Und der begeht einen Ritualmord?«, sagte Isabelle.

»Vielleicht nicht sein erster …«

Isabelle musterte ihren Gast. »Was wissen Sie, Doktor Ritter?«

»Geben Sie mir ein paar Tage Zeit«, sagte Leon. »Ich möchte etwas überprüfen.«

»Seien Sie vorsichtig. Zerna beobachtet Sie.«

»Wenn ich etwas finde, sind Sie die Erste, die es erfahren wird.«

Leon ging zeitig schlafen, er brauchte Ruhe, wenn er seine Gedanken ordnen wollte. In dieser Nacht träumte er den Traum, den er schon hundert Mal geträumt hatte: Er war auf einem Flughafen, aber ihm fiel nicht mehr ein, welchen Flug er gebucht hatte. Er wollte zu Sarah, er wusste, dass sie schon im Flugzeug saß. Die Zeit lief ab. Als Leon zur Anzeigetafel sah, wurden alle Flüge gelöscht, einer nach dem anderen. Er rannte zum Gate, aber da war keine Menschenseele, und dann wachte er auf, schweißgebadet. Leon ging zum weit geöffneten Fenster. Draußen am Horizont über dem Meer war bereits ein blasser Lichtstreif zu sehen, bald würde die Sonne aufgehen.

22. KAPITEL

Leon war nicht mehr eingeschlafen, sondern früh aufgestanden, um frisches Baguette zu holen. Er ging zu Fuß. In der Ferienzeit gab es sowieso keine Parkplätze in Le Lavandou, und außerdem konnte er so die Abkürzung nehmen. Der kleine Pfad durch die Gärten führte steil nach unten. Das bedeutete zwar, dass man sich hinterher wieder in der Hitze den Hügel hinaufquälen musste, aber die Mühe war es wert. Der Weg wurde von Lavendel und wildem Jasmin gesäumt. Über die Mauern rankten sich Bougainvilleasträucher, deren Blüten zwischen tiefem Lila und hellem Rot changierten. Und in diesem Meer von Blumen summten und brummten Schwärme von Bienen, Käfern und Taubenschwänzen, die alle mit ihren Rüsseln Nektar aus den Blüten saugten.

Schade, dachte Leon, schon bald würde all das vertrocknet sein. Der Wetterbericht hatte eine weitere Hitzewelle vorausgesagt, mit noch höheren Temperaturen. Darum hatte die Stadtverwaltung das Wasser rationiert. Autowaschen, das Nachfüllen von Schwimmbädern und das Wässern von Gärten waren ab sofort verboten.

Die Boulangerie Lou in der Avenue Général de Gaulle hatte nicht nur das beste Brot im ganzen Ort, sondern auch eine besonders charmante Bäckerin. Leon schätzte inzwischen besonders das knackige *Rustique*. Die meisten französischen Brote wurden zwar immer noch in der typischen

Baguette-Form gebacken. Aber das traditionell langweilige Weißbrot war in vielen Bäckereinen längst durch schmackhaftes Sauerteigbrot ersetzt worden. Leon nahm zwei *Rustique* und eines der unvergleichlichen *Fougasse* mit den eingebackenen, schwarzen Oliven.

Als Leon am Schreibwarenladen vorbeikam, kaufte er sich den *Var-Matin*. Die Zeitung brachte den Tod des Mädchens auf der ersten Seite: MORD AM BLUTALTAR – Mädchen (10) am Druidenstein hingerichtet!

Unter der Titelgeschichte befand sich ein Foto von Dr. Ritter, der sich über die Leiche beugte. Die Bildunterschrift lautete: »Gerichtsmediziner aus Deutschland soll das blutige Rätsel lösen«.

Es war kein besonders vorteilhaftes Bild von ihm, fand Leon. Da nur er und das tote Kind auf dem Foto zu sehen waren, konnte für einen Moment der Eindruck entstehen, hier wären der Täter und sein Opfer vom Fotograf überrascht worden, dachte Leon. Er blätterte den Artikel auf. Neben einer kleinen Karte, die den Tatort verzeichnete, gab es noch ein weiteres Foto von ihm. Diesmal auf dem Parkplatz von Saint Sulpice vor seinem Auto zusammen mit Madame Menez, der Journalistin.

Mit den Aufnahmen konnte er leben, aber der Artikel war eine Unverschämtheit. Die Journalistin zitierte Leon, obgleich er keinen Satz mit ihr gesprochen hatte:

... Der leitende Gerichtsmediziner Dr. Leon Ritter bestätigte gegenüber dem Var-Matin, *dass die kleine Carla H., 10 Jahre, brutal ermordet wurde. Sie soll auf einem heidnischen Opferstein, am Fuß eines uralten Menhirs auf entsetzliche Weise zerstückelt worden sein. Das Mädchen aus Deutschland verbrachte die Ferien mit seinen Eltern auf einem Campingplatz in Le Lavandou. Doch was als unbe-*

schwerter Familienurlaub geplant war, endete jetzt in einem blutigen Alptraum ...

In diesem Stil lief die Story weiter. Die Autorin hatte so formuliert, dass der Leser annehmen musste, alle Informationen stammten direkt vom Gerichtsmediziner. Leon war sauer. Das war nicht nur eine ausgemachte Frechheit, er würde sich auch noch dafür rechtfertigen müssen. Was bildete sich diese Journalistin überhaupt ein? Sie war ihm vom ersten Augenblick an unsympathisch gewesen und jetzt wusste er, dass er mit seiner Einschätzung richtig gelegen hatte. In diesem Moment läutete sein Handy. Es war Isabelle.

Sie klang beunruhigt und fragte ihn, ob er den *Var-Matin* schon gesehen hatte. Polizeichef Zerna wollte mit ihm reden, und zwar jetzt gleich.

Keine fünfzehn Minuten später betrat Leon das Polizeirevier in der Avenue Paul Valéry. Isabelle erwartete ihn bereits. Heute trug sie Uniform. Offenbar wollte sie ihrem Chef keinen Anlass zur Kritik geben. Zerna war so schon ärgerlich genug. Die Kriminalpolizei in Toulon hatte sich gemeldet, sie würden jemanden schicken, der den Beamten in Lavandou auf die Finger sehen sollte.

Leon verspürte wenig Lust, mit Zerna zu reden. Er liebte seinen Job, und er wusste, dass er ihn gut machte. Er hielt sich für einen ruhigen Menschen, der sehr gut mit Stresssituationen umgehen konnte, das hatte er oft genug bewiesen. Was ihn aber auf die Palme brachte, war, sich von einem kleinstädtischen Polizeibeamten belehren zu lassen. Er war schließlich kein Student mehr. Leon hatte in den bekanntesten rechtsmedizinischen Instituten Deutschlands gearbeitet. Er hatte Vorträge in ganz Europa gehalten, und einige seiner Artikel waren in renommierten Fachmagazinen erschienen. Leon musste sich nicht von einem Provinzpolizisten erklären lassen, wie er seinen Job zu machen hatte. Kurz, Leon rechnete mit Ärger, als Isabelle an die Tür von Zernas Büro klopfte. Von innen ertönte sofort das *Entrez!* im Befehlston.

Zerna saß hinter seinem Schreibtisch und tat so, als müsste er wichtige E-Mails überprüfen. Er sah nicht auf, als seine Stellvertreterin und der Gerichtsmediziner den Raum betraten, sondern winkte nur in Richtung des Besprechungstischs. Diesmal standen kein Kaffee und keine Croissants bereit.

Erst nachdem sich die Besucher gesetzt hatten, stand Zerna auf, griff nach dem *Var-Matin* und kam schweigend hinter seinem großen Eichenschreibtisch hervor. Leon beschloss, dieses entwürdigende Spiel nicht mitzumachen. Er würde sich vom Polizeichef nicht wie ein Schüler vorführen lassen.

»Sie wollten etwas mit mir besprechen?«, übernahm Leon die Eröffnung des Gesprächs.

»Sie haben die Zeitung gelesen?«

»Die Geschichte über das tote Mädchen, das war zu erwarten.«

»Aber es war nicht zu erwarten, dass mein Gerichtsmediziner der Presse Interviews gibt.«

Zerna warf die Zeitung auf den Tisch. Er war gegenüber von Leon und Isabelle stehen geblieben. Leon merkte, dass der Polizeichef nervös war. Offenbar hatte die Präfektur in Toulon ordentlich Druck gemacht. Während er sprach, wippte Zerna auf den Zehenspitzen, um größer zu erscheinen. Leon musste lächeln, er verstand plötzlich, warum Zerna bei seinen Mitarbeitern den Spitznamen »Napoleon« hatte.

»*Mon Commandant*«, Leon benutzte ganz bewusst die

124

steife Höflichkeitsfloskel, »ich gebe der Presse niemals Interviews.«

»Sie werden aber zitiert«, Zerna klopfte auf die Zeitung, »da ist ein Foto von Ihnen, hier!« Er drehte die Zeitung, so, dass Leon das Bild von ihm und dieser Menez sehen konnte. »Das ist doch der Parkplatz der Klinik. Das sind Sie und diese Journalistin.«

»Richtig. In diesem Moment habe ich ihr gesagt, dass ich zu keiner Stellungnahme bereit bin und dass sie sich mit allen Fragen an die Polizei in Le Lavandou wenden soll.«

»*Monsieur Médecin légiste*, Ihre Aufgabe ist es ausschließlich, rechtsmedizinische Untersuchungen und …«

»Ich unterbreche Sie nur ungerne«, sagte Leon, »aber ich kenne meine Aufgaben, denn ich mache diesen Job seit fast zwanzig Jahren. Und meine Arbeitgeber sind die Klinik Saint Sulpice und die Staatsanwaltschaft von Toulon.«

»Thierry, Doktor Ritter hat bestimmt nicht mit der Presse gesprochen. Die haben sich den Mist ausgedacht«, mischte sich Isabelle ein.

»Na, wenn du das sagst. Du kennst unseren neuen Medizinmann ja am besten. Voilà, dann haben die im *Var-Matin* das bestimmt alles nur erfunden.«

Leon sah, dass Zernas Mundwinkel zuckten. Ein kleiner, aber verräterischer Tic, den der Polizeichef nicht kontrollieren konnte, ein typisches Stresssymptom. Zernas Sarkasmus klang hilflos, eher wie das Eingeständnis einer Niederlage. Es war Zeit für ein Friedensangebot. Leon hatte keine Lust, seinen Vormittag an einen beleidigten Polizeichef zu verschwenden, er musste zusehen, dass er in dem Fall weiterkam.

»Du kennst doch diese Menez«, sagte Isabelle. »Die

schreibt, was sie will, und Tony der Schwachkopf trottet hinter ihr her und fotografiert.«

»Gibt es schon eine DNA-Probe von Fabius?« Leon stellte die Frage in Richtung Isabelle, dann wendete er sich an Zerna. »Wir haben sieben verwertbare Spuren am Körper des Mädchens isoliert, mit denen wir die DNA abgleichen könnten. Wenn das für Sie in Ordnung ist?«

»Kümmern Sie sich darum, Capitaine Morell«, sagte Zerna.

»Ich kann Sie wegen der Probe gleich zu dem Untersuchungsgefangenen bringen, Doktor Ritter.«

»Was ist mit der DNA der anderen Zeugen?« Leon sah Zerna an. »Zum Beispiel von dem Mann, der das Opfer gefunden hat?«

»Duchamp? Sind Sie verrückt?« Zerna sah Leon an, als hätte der ihn gerade gefragt, ob er seinen Job haben könnte.

»Da könnten Sie auch gleich versuchen, den Präsidenten der Republik vorzuladen«, sagte Isabelle.

»Ich möchte ja nur falsche Spuren ausschließen.«

»Danke, aber wir haben den Täter. Die Bestätigung seiner DNA ist nur noch eine Formalität.« Zerna machte eine kleine dramatische Pause und genoss für einen Moment Leons erstaunten Blickwechsel mit Isabelle. »Fabius hatte in der fraglichen Nacht Kontakt zum Opfer, in seinem Auto wurden Spuren des Kindes gefunden, und er stand bereits wegen Vergewaltigung einer Zwölfjährigen vor Gericht.«

»Von der er allerdings freigesprochen wurde.« Leon sah, wie der Polizeichef kurz zu Isabelle sah.

»Doktor Ritter, das hier ist nicht Frankfurt. Le Lavandou lebt von seinem exzellenten Ruf als Urlaubsort. Da kann man als Fremder schnell Porzellan zerschlagen.«

126

»Für mich steht einzig die Aufklärung eines Verbrechens im Vordergrund.«

»Nun, dann sind wir uns ja einig.« Zernas Worte klangen kalt und gefährlich. »Dann warte ich gespannt auf das Ergebnis Ihrer rechtsmedizinischen Untersuchungen.«

»Es gibt da noch ein paar ergänzende Untersuchungen, die ich außerhalb der Räume der Rechtsmedizin durchführen muss.«

Zerna betrachtete Leon mit einem genervten Blick. »Wenn es sich dabei um ermittlungsrelevante Untersuchungen handeln sollte, wird Sie Capitaine Morell begleiten.«

»Danke, aber ob sie ermittlungsrelevant sind, wird sich erst noch herausstellen. Bis dahin komme ich gut alleine zurecht.«

Leon tauschte mit Zerna noch ein paar Höflichkeiten aus. Aber die Atmosphäre zwischen den beiden Männern war angeschlagen. Leon war sich nicht sicher, ob es sich dabei nur um Machtspielchen eines verunsicherten Polizeichefs handelte, oder spürte er da so etwas wie Eifersucht? Wenn Zerna wirklich glaubte, dass Leon sich für Capitaine Morell interessierte, lag er gründlich daneben.

Auf dem Weg zur Arrestzelle verriet Isabelle, dass Zerna vor allem deshalb so sauer war, weil Fabius bereits seinen Anwalt Gérard Le Blanc kontaktiert hatte. Den Mann, der ihn damals bei der Vergewaltigungsanklage so erfolgreich verteidigt hatte. Le Blanc machte bereits heftig Druck. Am Nachmittag sollte Fabius in die U-Haft nach Toulon überstellt werden. Aber Le Blanc hatte schon eine Haftprüfung bei Gericht arrangiert und beantragt, dass Fabius freikam. Und seine Chancen dafür standen nicht schlecht. Jetzt hoffte Zerna auf eine positive DNA-Probe.

Kurze Zeit später hatte Leon sich eine Speichelprobe

von Fabius geben lassen. Dabei war ihm aufgefallen, dass Fabius ein kräftiges Hämatom unterm rechten Auge und am Jochbein hatte. Auf Leons Fragen hatte Fabius nur ausweichend geantwortet, aber für den Rechtsmediziner war es offensichtlich, dass der Gefangene geschlagen worden war. Leon hatte schon viele Gutachten über Verletzungen nach Schlägereien erstellt, er kannte die Symptome genau. Als er die Zelle verließ, beschwor Fabius ihn, dass er unschuldig sei.

Von der Gendarmerie aus war Leon direkt in die Gerichtsmedizin gefahren. Die Bestimmung der DNA von Fabius würde 24 Stunden in Anspruch nehmen. Leon überflog die Listen der genetischen Proben, die sie an der Leiche des Mädchens gefunden hatten. Die Angaben über die Blutgruppen machten ihn stutzig.

Aus den Unterlagen, die ihm die Gendarmerie über Fabius gegeben hatte, ging eindeutig hervor, dass der Verdächtige die Blutgruppe AB Rhesus negativ hatte. Eine der seltensten Blutgruppen überhaupt, die in Frankreich nur bei einem Prozent der Bevölkerung vorkam. Bei den vier unterschiedlichen DNA-Spuren der Haar- und Hautschuppen, die Leon am Körper und in der Kleidung des Opfers sichergestellt hatte, kam die Blutgruppe AB nicht vor. Das musste noch nicht bedeuten, das Fabius nichts mit der Tat zu tun hatte, aber Spuren hatte er am Opfer nicht hinterlassen. Natürlich konnte ein Täter verhindern, dass die Polizei sein genetisches Material an Tatort und Opfer fand, aber dafür müsste er mit großer Sorgfalt vorgehen. Das konnte sich Leon bei René Fabius nur schwer vorstellen.

Leon musste Isabelle anrufen. Unter diesen Umständen musste Fabius umgehend auf freien Fuß gesetzt werden. Zerna würde einen Tobsuchtsanfall bekommen.

23. KAPITEL

Leons Gespräch mit Zerna war kurz gewesen. Der Polizeichef wollte den Verdächtigen gerade nach Toulon bringen, als Leon anrief.

»Ihnen ist klar, was Ihr Anruf bedeutet?«, hatte Zerna gefragt. »Sie wissen, was ich jetzt tun muss? Und Sie sind sich hoffentlich auch der Konsequenzen bewusst, die das für Le Lavandou und seine Bewohner haben könnte?«

Was meinte Zerna? Dass in Folge von Leons Untersuchungen ein Mörder auf freien Fuß gesetzt werden musste, der das Leben der ganzen Bevölkerung bedrohte? Das war lächerlich, Leon hatte nichts weiter getan, als der Polizeibehörde die Ergebnisse seiner DNA-Tests mitzuteilen. Und so wie es aussah, saß mit Fabius der falsche Verdächtige in Haft. Dass Zerna das Ganze als persönliche Niederlage empfand, war nun wirklich nicht sein Problem. Eine halbe Stunde später musste Fabius seine Aussage unterschreiben und durfte die Polizeistation verlassen.

Jetzt befand sich Leon mit dem Auto auf dem Weg nach Draguignan. Die Kleinstadt war eine Unterpräfektur des Departements Var. Sie lag in den Hügeln, rund 10 Kilometer von der Küste entfernt, mitten im Herzen der Provence.

Noch am Vormittag hatte er sich ein paar Informationen besorgt. In der Avenue du General Bouvet unterhielt die Stadtverwaltung von Le Lavandou eine kleine Bibliothek mit Archiv und Mediathek. Hier wurde auch der

Var-Matin gesammelt und abgelegt. Leon musste seinen ganzen Charme spielen lassen und noch einen Café crème, aus dem nahegelegenen Bistro holen, um die ehrenamtliche Leiterin Madame Debussy davon zu überzeugen, dass sie ihm die gesammelten Zeitungen aus den Jahren 2008 bis 2010 im Archiv zusammensuchte.

In der Ausgabe vom 2. Juni 2009 wurde Leon schließlich fündig. Die Zeitung berichtete in einer Meldung über das Verschwinden eines siebenjährigen Mädchens in der Nähe von Draguignan, einer gewissen Inès Bayet, gleich unter der Topstory über den Absturz einer Air-France-Maschine vor der Küste von Brasilien. Der Meldung zufolge hatte die Polizei eine großangelegte Suche nach der kleinen Inès gestartet, zunächst erfolglos. Gefunden wurde das Mädchen erst sechs Tage später von einer Frau, die laut *Var-Matin* in den Hügeln bei Draguignan Ziegenkäse herstellte. Der Tod der kleinen Inès war von der Polizei als Unfall behandelt worden. Die Journalisten des *Var-Matin* hatten der Geschichte keinen großen Platz eingeräumt. Die Berichterstattung über den Absturz der französischen Passagiermaschine mit 228 Opfern vor Südamerika beanspruchte in jenen Tagen den größten Teil der Zeitung. Zumal einige der Passagiere aus der Provence stammten und der *Var-Matin* jede Menge Hintergrundberichte über die Familien der Opfer druckte. Wenn Leon mehr über den Tod des Mädchens erfahren wollte, dann musste er nach Draguignan.

Leon mied die Autobahn. Er bevorzugte die ruhigen Landstraßen. Über Gonfaron und Vidoban erreichte Leon die Bezirkshauptstadt Draguignan. Er parkte im historischen Zentrum auf dem Platz unter dem Uhrenturm. Es war kurz nach 13 Uhr, und die meisten Geschäfte wurden um diese Zeit geschlossen. Leon suchte nach einem Bistro, als er an einem Delikatessengeschäft vorbeikam. Im Fenster stand eine Tafel mit dem Hinweis auf frischen Ziegenkäse. In diesem Moment kam der Besitzer aus dem Laden, der die Tür abschloss.

»Entschuldigen Sie, Monsieur«, sagte Leon.

»Ja?«, der Mann vor dem Laden drehte sich um.

»Ich suche einen ganz bestimmten Ziegenkäse. Er wird angeblich von einer Dame hergestellt, die hier in den Hügeln wohnen soll.«

»Odette?« Leon sah ihn unsicher an. »Sie müssen Odette meinen. Leider habe ich im Moment keinen von Odettes Chèvre mehr da. Aber ich habe einige hervorragende andere Sorten. Wenn Sie in zwei Stunden noch einmal vorbeikommen möchten?«

»Sehr freundlich, aber eigentlich wollte ich mich mit dieser Odette nur unterhalten. Können Sie mir sagen, wie ich sie finden kann?«

»Sie wollen also keinen Chèvre kaufen?«, die Frage des Ladenbesitzers klang vorwurfsvoll.

»Mein Name ist Doktor Ritter, ich bin Gerichtsmediziner in Toulon. Es geht um die kleine Inès, vielleicht erinnern Sie sich.«

Der Mann reichte Leon die Hand. »Maurice Charrier. Ich erinnere mich sogar sehr genau.« Der Mann rüttelte kurz an der Eingangstür und überzeugte sich, dass er gut abgeschlossen hatte. »Ich bin im Stadtrat von Draguignan. Wir haben damals die Suche nach dem Mädchen organisiert.«

»Vielleicht könnten Sie mir ein paar Fragen beantworten«, sagte Leon höflich.

»Ich wollte gerade zum Mittagessen. Wie wär's, wollen Sie mich begleiten, *Docteur*?«

»Sehr gerne«, sagte Leon.

Charrier führte Leon durch eine schattige Gasse, bis sie vor einem Restaurant standen, dessen Fassade ein Teil der ehemaligen Stadtmauer war. Das *Lou Galoubet* war ein kleines, gemütliches Lokal in einem historischen Gebäude. Zu Leons Erleichterung lief in dem Restaurant keine Klimaanlage. Die dicken Steinwände sorgten dafür, dass es trotz der Hitze innen angenehm kühl blieb. Wie sich schnell herausstellte, wusste Charrier nicht nur alles über den Fall Inès Bayet, sondern war auch ein Connaisseur der lokalen Küche. Leon überließ die Auswahl des Menus Monsieur Charrier. Als Vorspeise gab es Jakobsmuscheln auf Salat und danach Rindfleischröllchen mit Champignons und Petersiliencreme, ein Gedicht.

Charrier konnte sich genau an den Fall der Zehnjährigen Inès vor vier Jahren erinnern.

Das Mädchen hatte mit ihren Eltern den Urlaub auf einem Campingplatz in der Nähe des kleinen Ortes Le Muy verbracht, etwa 6 Kilometer südlich von Draguignan. Eines Morgens war das Kind verschwunden. Die Polizei startete noch am selben Nachmittag eine große Suche, aber das Gelände in dieser Gegend war schroff und extrem unzugänglich. Von dem Mädchen fand sich keine Spur. Der Unterpräfekt forderte sogar Hubschrauber an, und die Armee schickte in den folgenden Tagen mehr als achtzig Mann zur Verstärkung – alles ohne Erfolg. Das Mädchen blieb verschwunden. Es gab in den Tagen wilde Gerüchte, erinnerte sich Charrier. Von Entführung war die Rede, von Kinderhandel, sogar die Eltern selber wurden verdächtigt, aber nichts brachte die Polizei weiter. Bis die Kleine nach sechs Tagen gefunden wurde. Das Kind lag tot zwischen altem Gemäuer und Dornengestrüpp irgendwo in den Hügeln. Madame Odette, die mit ihren Ziegen einen kleinen Hof in den Hügeln bewirtschaftete, hatte sie entdeckt.

»Wissen Sie zufällig, ob es damals eine gerichtsmedizinische Untersuchung gegeben hat?«, wollte Leon wissen.

»Da musste nicht viel untersucht werden«, sagte Charrier. »Das Mädchen war schon öfter zu Hause ausgerissen. Sie war Allergikerin, und ein Insekt hatte sie gestochen. Sie bekam so einen Krampf, Sie wissen schon.«

»Einen anaphylaktischen Schock?«

»Genau. Die Polizei sagte, sie wäre erstickt. Warum interessiert Sie das eigentlich alles?«

»Ich untersuche zurzeit einen ganz ähnlichen Fall, der sich bei Lavandou ereignet hat.«

»Das Mädchen aus Deutschland? Ich habe darüber gelesen. Aber was hat das mit der kleinen Inès zu tun?«

»Genau das versuche ich herauszufinden«, sagte Leon. »Hatte die Untersuchung der Polizei sonst noch was ergeben?«

»Ich erinnere mich nur, dass sich das Mädchen verlaufen hatte. Das kann da oben in den Hügeln leicht passieren, wenn man sich nicht auskennt.«

»Hatte das Mädchen etwas zu trinken mitgenommen?«

»Nein, alles, was sie dabei hatte, war ihre Sonnenbrille und ein Lutscher.«

»Was für einen Lutscher?« Leon wurde hellhörig.

Der Feinkosthändler zuckte mit den Schultern, Süßigkeiten waren nun wirklich nicht sein Fachgebiet. »So ein buntes Zuckerding eben, Sie wissen schon. Das hat mir einer der Polizisten erzählt«, sagte Charrier.

Leon unterhielt sich noch eine Viertelstunde mit Monsieur Charrier, der ihn gar nicht mehr gehen lassen wollte. Nach einem weiteren Espresso und der Versicherung, dass er jetzt dringend zurück in die Rechtsmedizin müsse, schaffte Leon es endlich, sich von Charrier zu verabschieden. Allerdings musste er versprechen, in den nächsten Tagen in Charriers Geschäft vorbeizukommen, um einige seiner exquisiten Käsesorten zu probieren.

Schließlich saß Leon wieder in seinem kleinen Fiat, dessen Innenraum sich in der Sonne auf Backofentemperatur aufgeheizt hatte. Er ließ alle Fenster runter, aber der Luftstrom, der von außen durch den kleinen Wagen wehte, sorgte kaum für Abkühlung.

24. KAPITEL

Der Weg zu Odette war abenteuerlich. Der Pfad war ausgewaschen und von tiefe Spurrillen durchzogen.

»Sind höchstens drei Kilometer«, hatte der Mann auf dem Roller behauptet und dann in die Richtung der Hügel gedeutet. Das war der einzige Mensch, dem Leon in den letzten dreißig Minuten begegnet war. Tatsächlich war Leon an mehreren handgemalten Schildern vorbeigekommen, auf denen in schnörkeliger Schrift das Wort »Chèvre« stand. Aber jetzt schien sich der Weg irgendwo im Unterholz aufgelöst zu haben, und eine steile Steinplatte lag vor Leon.

Leon beschloss, den Fiat stehen zu lassen und zu Fuß weiterzugehen. Er erklomm einen kleinen Pfad neben den Steinen, und schon nach wenigen Metern sah er die Ziegenfarm. Es war ein einstöckiges, schmuckloses Haus. Die weiße Farbe war abgeblättert, die Eingangstür stand offen. Vor dem Haus gab es einen gemauerten Brunnen. Auf der steinernen Einfassung stand ein an einem Seil befestigter Eimer. Offenbar die Wasserversorgung des Grundstücks. Gleich neben dem Haus befand sich ein flacher Stall, der mit einem Pferch verbunden war, in dem sich etwa zwanzig Ziegen tummelten. Der säuerliche Geruch von Ziegenkot lag über dem Gelände. Vor dem Haus standen mächtige Kastanien und spendeten Schatten. Den Ziegen schien die Hitze allerdings nichts auszumachen. Statt im Schatten der Bäume zu bleiben, liefen sie in der prallen Sonne herum, meckerten und zupften an Ästen, die ihnen eine Frau ins Gehege warf. Als Leon näher kam, drehte sie sich zu ihm um.

Das musste Odette sein. Ihr Alter war schwer zu bestimmen. Irgendwo zwischen achtzig und neunzig Jahren schätzte Leon. Sie trug Strohhut, Rock und Bluse. Die Kleidung erschien grau und farblos, als wäre sie schon tausendmal gewaschen worden. Vielleicht lag es aber auch am Staub, der alles mit einer grauen Schicht überzogen hatte. Odette hatte einen leichten Buckel, und es fiel ihr schwer, sich aufzurichten, um Leon in die Augen zu sehen.

»Sie sind falsch abgebogen«, sagte Odette zur Begrüßung.

»*Bonjour, Madame*«, antwortete Leon und reichte ihr die Hand. Odettes Hände waren ungewöhnlich groß und durch Sonne und Mistral dunkel und rissig geworden. Aber die Handfläche war zu Leons Verwunderung weich und zart wie die Haut eines Babys.

»Sie hätten am Bachbett links fahren müssen, dann kommen Sie direkt hier rauf«, sagte sie. Jetzt erkannte Leon, dass weiter hinten unter den Bäumen ein Renault R4 stand. Der Wagen musste mindestens vierzig Jahre alt sein, und er hatte kaum noch Lack auf dem glänzenden Blech. Während Leon mit Odette sprach, waren ein paar Ziegen herangekommen und stießen Leon mit ihren feuchten, schwarzen Nasen an.

»Sie wollen wissen, ob Sie Salz dabeihaben.« Odette griff in die Tasche ihrer Schürze und holte ein paar grobe weiße Salzkristalle hervor, die ihr die Ziegen sofort gierig aus der Handfläche leckten.

Es war schwierig für Leon, der alten Bäuerin klarzumachen, was er von ihr wollte. Zunächst war sie mürrisch und hatte keine Zeit für ihn, aber als Leon sie bat, ihm vier Stücke ihres Ziegenkäses zu verkaufen, wurde sie gesprächig. Und schließlich war sie sogar bereit, Leon die Stelle zu zeigen, wo sie damals das tote Mädchen gefunden hatte. Aber dorthin müsse man zu Fuß gehen, meinte sie. Odette nahm einen zerfetzten Strohhut vom Haken neben der Tür und reichte ihn Leon.

»Setzen Sie den lieber auf«, sagte die Frau, »in den Hügeln ist es so heiß wie beim Teufel in der Pfanne.« Sie griff sich den Stock, der neben der Tür lehnte, und lief los. Eine der Ziegen, die ein Glöckchen trug, sprang neben ihr her wie ein junger Hund. Leon setzte sich den Strohhut auf und folgte dem ungleichen Paar.

Odette hatte recht gehabt, die Hitze zwischen den Sträuchern und Bäumen war unglaublich. Die kleine Senke, die sie durchschritten, bündelte die Sonnenstrahlen wie ein Brennspiegel. Der alten Frau schien die Hitze nichts auszumachen. Sie lief voraus, leichtfüßig wie ein junges Mädchen. Gelegentlich drehte sie sich zu Leon, um zu sehen, ob er Schritt halten konnte. Leon war heiß, das Atmen fiel ihm schwer und er war froh, dass er den verdreckten Strohhut nicht abgelehnt hatte. Sie kamen über eine steinerne Brücke, die hier im Nirgendwo stand und über ein namenloses Bachbett führte. Danach stieg der Pfad wieder an. Die Sonne brannte erbarmungslos, und die Luft war jetzt stickig und dick. Manchmal wehte Leon eine kleine Böe an und brachte ihn dazu, den Atem anzuhalten, weil er das Gefühl hatte, die glühende Luft könnte ihm sonst die Lunge verbrennen.

Odette bog plötzlich vom Pfad ab und schien einem unsichtbaren Weg mitten durch Sträucher und Steine zu folgen. Leon musste sich beeilen, damit er sie nicht aus den Augen verlor. Die Hitze der letzten Tage hatte dafür gesorgt, dass viele Pflanzen ihre ätherischen Öle verdampften. An manchen Stellen roch die Luft so intensiv nach Lavendel und Eukalyptus, dass einem schwindlig werden konnte.

Die eigenartige Steinkuppel war ganz plötzlich vor ihnen aufgetaucht. Ihre Höhe betrug etwa drei Meter, und sie war aus einer doppelt verputzten Ziegelwand gebaut. Die Konstruktion war allerdings von Dornensträuchern und Pflanzen überwuchert, so dass man ihre Ausmaße nur ahnen konnte und sie für einen Erdhügel halten musste, wenn man nicht unmittelbar davorstand. Am Boden hatte die Kuppel eine Öffnung von etwa anderthalb Metern Höhe, durch die man gebückt ins Innere gelangte. Odette ging in die Knie und verschwand in dem Bau. Leon folgte ihr.

»Hat ein Belgier gebaut«, sagte Odette, »das war im Jahr 1930.«

Leon und Odette standen jetzt im Inneren des Gebildes. Die Kuppel hatte einen Durchmesser von knapp drei Metern, und es roch muffig, aber die Luft war deutlich kühler als draußen. Durch einige kleine Schächte fiel etwas Licht. Wurzeln hingen von der Decke.

»Was ist das?«, fragte Leon.

»Wollte Wasser aus der Luft sammeln, der verrückte Kerl«, sagte Odette. »War ein Spinner, wie alle Belgier. Hat das Ding ›Luftbrunnen‹ genannt. Nicht ein einziges Glas voll Wasser hat er hier rausgeholt.«

Leon sah sich um. Mit der Hand berührte er die glatte Steinwand. Sie schien tatsächlich feucht zu sein.

»Vorsicht, gibt hier ne Menge Kreuzottern. Wenn die Sie erwischen, war's das. Verdammte Schlangenbrut.«

»Und hier haben Sie das Mädchen gefunden?«

»Genau da, wo Sie jetzt stehen«, sagte die alte Frau, und Leon ging einen kleinen Schritt zur Seite. »Bin ja nur rein, weil eine von meinen Ziegen weggelaufen war. Hab sie gesucht. Die gehen gerne hier rauf. Fressen die Rinde von den Bäumen.«

»Wie lag das Mädchen da? Können Sie sich erinnern?«

»Wie sie dalag?« Odette wunderte sich über Leons Frage. »Natürlich kann ich mich erinnern. Sie lag da, als ob sie schläft, wie ein kleiner Engel. Sah nicht aus, als ob sie schon lange tot gewesen wär.«

»Wie kommen Sie darauf?«

»Mir ist mal eine Ziege abgestürzt. War gleich hinüber, aber ich hab sie erst nach einer Woche gefunden, da hatten die Maden sie schon halb aufgefressen.«

»Und wie war das bei dem Mädchen?«

»Die Käfer waren dran und natürlich die Wildschweine, aber Maden ...«, sie schüttelte energisch den Kopf. »Warum interessiert Sie so was?«

»Aber sie war doch fast eine Woche verschwunden?!«

»Sie war eben ein Engel, ist über uns geflogen.« Odette sah Leon mit einem entrückten Blick an. »Und irgendwann ist sie hier gelandet, mit ihren Totenblumen.«

»Totenblumen? Was für Totenblumen?« Leon spürte plötzlich ein leichtes Frösteln über den Rücken kriechen.

»Jakobskraut eben, gibt's hier überall. Der kleine Engel hatte einen ganzen Strauß mitgebracht. Lag neben ihm, das schöne blaue Todeskraut.« Einen Moment sah Odette versunken nach oben. Dann drehte sie sich abrupt zu Leon um. »Ich muss zurück.«

Odette bückte sich wieder durch die Öffnung nach draußen, und Leon folgte ihr. Im grellen Licht der Julisonne taten ihm für einen Moment die Augen weh. Odette und er liefen stumm nebeneinander her, und zwanzig Minuten später standen sie wieder auf dem Hof im Schatten der Kastanien. Odette gab Leon ein Glas Wasser, das ganz offensichtlich aus dem Brunnen stammte. Skeptisch betrachtete er die trübe Flüssigkeit, während seine Gastgeberin ihr Glas mit einem Zug herunterkippte.

Welche Infektion würde er sich einfangen, wenn er diese Brühe trank?

»Wenn Sie nichts trinken, machen Sie sich die Nieren kaputt«, sagte Odette. »Das müssten Sie doch wissen. Sie sind doch ein *Docteur.*«

Leon wollte seine Gastgeberin nicht enttäuschen. Er nahm mutig einen Schluck und konnte förmlich spüren, wie sich die Brühe in seinem Körper ausbreitete und ihm die Eingeweide vergiftete.

»Hat Angst vor nem Glas Wasser. Männer ...! Ich trinke das jeden Tag, und wissen Sie, wie alt ich bin?« Odette winkte ab. Leon würde es nicht erfahren.

Odette wickelte die frischen Ziegenkäse in nasses Zeitungspapier. Anschließend steckte sie alles in einen Stoffbeutel. Die Feuchtigkeit würde den Käse bis heute Abend kühl halten, meinte sie. Und sie sollte recht behalten.

25. KAPITEL

Leon war nach Saint Sulpice zurückgefahren. Er wollte noch ein paar Testreihen in der Gerichtmedizin überprüfen, aber er konnte sich nicht konzentrieren. Ständig musste er an das tote Mädchen aus Le Muy denken. Warum dieser ungewöhnliche Platz? Und warum war der Körper nach einer Woche noch so relativ gut erhalten? Bei den Temperaturen, die dort in den Hügeln herrschten, hätten die Fliegen spätestens nach ein, zwei Stunden ihre Eier an der Leiche ablegen müssen. Und nach 48 Stunden wären die Maden da gewesen. Nach 6 Tagen hätten sie sich satt gefressen und bereits angefangen, sich zu verpuppen. Aber so war es offenbar nicht. Die alte Odette kannte die Natur, und sie war eine gute Beobachterin. Leon war sich sicher, dass auf ihre Aussage Verlass war. Wenn das Mädchen tatsächlich erst zwei oder drei Tage in dem Luftbrunnen lag, wo hatte es sich die übrigen Tage aufgehalten? Hatte jemand das Kind versteckt?

Es gab so viele Parallelen zwischen dem Fall des toten Mädchens von Le Lavandou und dem von Le Muy: Beide Kinder hatten etwa das gleiche Alter. Beide waren blond, beide hatten mit ihren Eltern die Ferien auf einem Campingplatz verbracht, beide wurden an ungewöhnlichen Orten aufgefunden. Orten, die nur jemand aussuchen konnte, der sich in der Gegend sehr genau auskannte. Beide Mädchen hatten bestimmte Süßigkeiten bei sich, und bei bei-

141

den wurde eine ganz besondere Pflanzenart gefunden – das Jakobskraut. Das konnte kein Zufall sein, dachte Leon. Und das waren auch definitiv keine Unfälle.

Das Problem für Leon war, dass es im Fall der kleinen Inès keinen ordnungsgemäßen Obduktionsbericht gab. Und ohne Bericht konnte Leon nur spekulieren. Charrier hatte erzählt, dass die Eltern des Mädchens streng religiös waren und eine Obduktion abgelehnt hatten. Nur ein Gericht hätte in diesem Fall die Öffnung der Leiche beschließen können, aber da alle von einem Unfall ausgingen, schien es keinen Anlass für eine Autopsie zu geben. Aus Sicht von Polizei und Notarzt war die Todesursache eindeutig: Inès war Asthmatikerin. Der Arzt hatte noch am Fundort den Tod infolge von Insektenstichen bestätigt, und die Polizei hatte seine Aussage ins Protokoll aufgenommen. Auch das hatte der Ladenbesitzer in Draguignan erzählt. Leon hielt auch Charrier für zuverlässig. Er war sicher, dass der Mann als Mitglied des Stadtrates gut vernetzt war und alle Polizeiberichte kannte.

Der Tod der kleinen Inès ließ Leon keine Ruhe. Schließlich bat er Rybaud, die Testreihen zu Ende zu führen. Dann setzte er sich in seinen Wagen und fuhr zurück nach Le Lavandou. Er musste seine Recherchen mit Isabelle besprechen, aber nicht auf dem Revier. Dort gab es zu viele neugierige Ohren, und Leon wusste, Zerna würde seine Theorien in der Luft zerreißen. Zumal es nicht die Aufgabe des Médecin légiste war, Schlussfolgerungen zu ziehen. Das sollte eigentlich Sache der Polizei sein. Allerdings hatte Leon Zweifel, dass Beamte wie Masclau oder Zerna sich ernsthaft den Kopf über einen möglichen Zusammenhang zwischen dem Tod zweier kleiner Mädchen in der Provence zerbrachen.

Leon hatte sein Auto vor Isabelles Haus abgestellt und ging wie üblich zu Fuß in den Ort. Der Weg durch die Gärten versetzte ihn immer wieder in gute Laune. Es war die dichte Vegetation mit ihren verschwenderischen Blüten und Blättern, die ihm das Gefühl gab, tatsächlich in einer anderen Welt zu sein.

Als Leon durch die Avenue Général de Gaulle ging, drängten sich an ihm Horden von Touristen vorbei. Schwitzende Männer und Frauen in Freizeitkleidung, die jede Menge wenig attraktives Fleisch unbedeckt ließ. Leon konnte nie verstehen, warum Menschen die zu Hause in ihren Jobs penibel auf ihr Äußeres achteten, sich im Urlaub so gehen ließen. Ein Paar mit einem kleinen blonden Mädchen kam ihm entgegen. Gedankenverloren sah er der Familie hinterher. Was war, wenn er sich irrte? Was, wenn alles doch nur Zufall war? Wenn es Unfälle waren, wenn es gar keine Verbindung zwischen den beiden toten Mädchen gab? Wenn er sich nur in eine verrückte Idee verrannte? Weil er ein Grübler war und ein ewiger Schwarzseher? Das hatte ihm seine Frau Sarah oft genug vorgehalten.

In diesem Moment entdeckte er Isabelle, die vor dem Lebensmittelmarkt stand und Pfirsiche in eine Papiertüte steckte, und ging zu ihr hinüber.

»Die kommen aus La Londe«, sagte Isabelle, »die gibt's morgen zum Frühstück.« Sie nahm noch ein Schälchen mit Brombeeren, dazu Feigen aus dem Luberon und eine Honigmelone. Schließlich saßen sie nebeneinander auf der Mauer am Yachthafen, aßen die Brombeeren, und Isabelle hörte Leon zu. Nachdem er ihr von seinem Tag erzählt hatte, beobachteten die beiden schweigend eine Segelyacht, die vom Steg ablegte und in der drückenden Nachmittagshitze in Richtung der Îles d'Or davonglitt.

143

»Da gibt es für mich eigentlich nur zwei Möglichkeiten«, sagte Isabelle nach einer Weile. »Entweder Sie haben zu viel Phantasie und das alles ist nichts weiter als ein Zufall, oder ...«, zögerte sie ihre Schlussfolgerung auszusprechen.

»Oder es gibt einen Mörder, der bereits zwei kleine Mädchen getötet hat«, vervollständigte Leon Isabelles Gedanken. »Und dieser Mörder läuft frei herum und kann sich jederzeit das nächste Kind holen.«

»Jetzt hören Sie aber auf.«

»War es nicht das, was Sie eben sagen wollten?«

»Über den Fall bei Le Muy wissen wir doch überhaupt nichts. Wer würde ein Kind von einem Campingplatz entführen und es dann in einem alten Brunnen ablegen?«

»Jemand, der besessen ist. Jemand, der einem festen Ritual folgt. Denken Sie nur an die Blumen.«

»Das sind keine Blumen, das ist ein Kraut.«

»Richtig, das ›Todeskraut‹, Isabelle sah ihn an. »So haben Sie es genannt. Der Täter hat das alles genau geplant. Er sucht sie sich aus, die Mädchen. Er ist ein Sammler.«

»Aber warum, wenn er sie nicht missbraucht?«

»Es genügt ihm, die Mädchen zu besitzen.«

»Aber wenn einer ein Mädchen besitzen will, dann hat er doch ein sexuelles Motiv«, sagte Isabelle. »Sie haben gesagt, der Täter hätte Carla nicht missbraucht.«

»Es gibt viele Formen des Begehrens. Vielleicht jemand, der sein Leben lang zu kurz gekommen ist. Er entführt die Kinder und hütet sie wie einen kostbaren Schatz.«

»Und warum tötet er sie dann?«

»Das ist die große Frage. Vielleicht damit sie kein anderer haben kann. Vielleicht ist er impotent.«

»Fabius«, sagte Isabelle. Leon sah sie an und steckte sich

noch eine Brombeere in den Mund, »Sie haben gesagt, es könnte jemand sein, der sein Leben lang zu kurz gekommen ist.«

»Ich möchte mir noch einmal den Platz ansehen, wo Carla Hafner gefunden wurde«, sagte Leon. »Begleiten Sie mich?«

»Was haben Sie vor?«

»Ich will einen Tatort besuchen. Ich dachte, das darf ich nur in Begleitung der Polizei.«

»Als ob Sie das bisher gestört hätte.« Diesmal lächelte Isabelle.

Leon und Isabelle fuhren bis nach Bormes-les-Mimosas und folgten dann der schmalen Departement-Straße durch die Hügel. Wie beim letzten Mal mussten sie den Wagen hinter einer Kurve stehen lassen und noch rund 300 Meter zu Fuß gehen. Und wie beim letzten Mal war der Weg steil, heiß und staubig. Trotzdem fühlte Leon Jagdfieber in sich aufsteigen, je näher sie dem Tatort kamen.

Die kleine Lichtung in den Hügeln war noch mit dem rotweißen Absperrband der Polizei gesichert, allerdings bezweifelte Leon, dass das Band Neugierige davon abhalten würde, den Fundort der Leiche zu betreten.

»Wonach suchen wir eigentlich?«, fragte Isabelle etwas außer Atem.

»Ich möchte, dass wir uns vor Augen führen, wie sich alles abgespielt hat«, sagte Leon.

Nach den Spuren, die er bisher ausgewertet hatte, war das Mädchen nicht gelaufen, sondern getragen und vor dem Menhir abgelegt worden. Leon zwängte sich durch die Estragonbüsche, dann stand er auf der etwa drei Quadratmeter großen Steinfläche, die Menschen hier vor über 3000 Jahren in den Fels geschlagen hatten.

»Hier muss er sie abgelegt haben.« Leon ging in die Knie und betrachtete den Boden.

»Als sie gefunden wurde, lag sie aber da vorne.« Isabelle deutete zu der Stelle unter dem Baum, gut vier Meter entfernt, wo Leon die Leiche der kleinen Carla zum ersten Mal untersucht hatte.

Leon war in die Knie gegangen. Er beugte sich ein wenig nach vorne und inspizierte die raue Oberfläche des behauenen Steins. Sie war von Laub und Fichtennadeln bedeckt und an manchen Stellen wuchs Moos. Dann sah er die dunklen Flecken auf einer grünlichen Flechte. Er beugte sich noch tiefer hinab und zog ein kleines Taschenmesser aus der Tasche.

»Haben Sie was gefunden?«

»Blut ...«, sagte Leon.

»Sicher?« Isabelle kam einen Schritt näher.

Leon war nicht überrascht. Eigentlich hatte er fest damit gerechnet, dass er hier Blut finden würde. Ein Stein aus keltischer Zeit. Wenn sich der Täter tatsächlich rituelle Orte für seine blutigen Taten aussuchte, dann würde er genau diesen Stein auswählen. Isabelle sah zu, wie Leon mit der Schneide seines Messers ein Stück Flechte vom Stein hebelte und dann in einen durchsichtigen Asservatenbeutel schob.

»Blut des Opfers?«

»Da bin ich sicher. Der Mörder hat das Mädchen hier abgelegt. Auf die Steinplatte, genau unter den Menhir.«

»Manche Archäologen behaupten, dass das mal so eine Art Opferstein war.«

»Vielleicht lag der *Var-Matin* gar nicht so falsch mit seiner Story.« Leon sah Isabelle an. »Vielleicht hat er sie genau hier ermordet.«

»Und dann kamen die Wildschweine und haben sie weg-gezerrt.«

»Richtig, aber da war sie bereits tot«, sagte Leon und be-trachtete den Felsen. »Der Mörder hat die Leiche nicht ein-fach irgendwo im Dickicht entsorgt, er hat den Tod des Mädchens zelebriert, sie regelrecht aufgebahrt an einem ganz besonderen Platz.«

»Sie denken, wenn er das hier getan hat, dann hatte er sich auch den Brunnen bei Le Muy ausgesucht?« Isabelle zögerte. Sie schien etwas gesehen zu haben. »Augenblick mal. Haben Sie Handschuhe dabei?«

Leon griff in seine Tasche und hielt Isabelle ein Paar La-texhandschuhe hin. Isabelle nahm sich einen und streifte ihn über die rechte Hand. Dann verschwand sie einige Me-ter im Unterholz und bückte sich, um etwas unter den Ginsterbüschen aufzusammeln. Einen Moment später kam sie zurück. In der Hand hielt sie eine verdreckte Kin-dersocke.

»Ist das die fehlende Socke?«

Leon nickte. »Wie gut, dass Sie mitgekommen sind.«

Isabelle steckte die Socke ebenfalls in einen Asservaten-beutel, den sie verschloss und Leon reichte.

»Vielleicht sollten Sie jetzt doch mal mit Zerna reden.«

»Das werde ich auch. Ich möchte aber erst noch die Blut-spuren analysieren. Morgen früh können Sie mit dem Er-gebnis rechnen.«

Sie fuhren zurück nach Lavandou. Isabelle setzte Leon bei seinem Auto ab, und er fuhr noch einmal nach Hyères in die Gerichtsmedizin. Um die Socke zuzuordnen, ge-nügte eigentlich schon ein Blick auf die übrige Kleidung des Opfers. Das gleiche Muster mit den Katzen und Mäu-sen. Es handelte sich ganz offensichtlich um die fehlende

Socke des Mädchens. Zur Sicherheit hatte Leon seinen schlechtgelaunten Assistenten Rybaud angewiesen, ein paar Hautschuppen aus dem Gewebe zu isolieren. Vor Gericht würde nur ein DNA-Beweis Bestand haben.

Inzwischen versuchte Leon, die Blutspur aus der Flechte zu isolieren, was einige Probleme mit sich brachte, da das Blut tief in die Poren der Pflanze eingedrungen war. Aber nach einer Stunde hatte er eine brauchbare Probe, die man in den Analysecomputer geben konnte. Die Molekularbiologie hatte in letzter Zeit große Fortschritte gemacht. Noch vor zehn Jahren hatte es Tage gedauert, bis man einen genetischen Fingerabdruck ausbelichten konnte. Die neuesten Geräte erledigten den gleichen Job in knapp acht Stunden. Und das Beste daran war, dass die Apparatur völlig selbständig arbeitete.

Leon hatte alles erledigt. Die Tests liefen, und Rybaud bereitete noch ein paar Untersuchungen für den nächsten Tag vor. Mehr konnte er nicht tun. Und trotzdem mahnte Leon eine innere Stimme, dass er noch nicht am Ende war mit seinen Untersuchungen. Dass es irgendwo ein Geheimnis gab, das er übersehen hatte. Er fühlte sich wie der Goldgräber, der spürte, dass sich irgendwo am Ende des Stollens ein Schatz verbarg. Er musste nur an der richtigen Stelle graben.

Leon nahm den Socken und drehte ihn vorsichtig in den Händen. Das Gewebe war voller Schmutz und getrocknetem Schleim, der wahrscheinlich von den Tieren stammte. Außerdem gab es kleine Spuren von Blut, die zu den Bissspuren am Fuß des Opfers passten. Das Blut war langsam in den Stoff der Kleidung gesickert und schnell geronnen. Die Verletzungen waren also nach dem Tod des Mädchens entstanden. Leon nahm eine Sprayflasche mit DAPI, einem

Fluoreszenzfarbstoff, der mit biologischen Spuren reagierte, und sprühte den Socken ein. Dann schaltete er die Beleuchtung aus und die Handlampe mit dem Schwarzlicht an. Die Lampe strahlte ein starkes UV-Licht ab. Für das menschliche Auge war das Licht unsichtbar, aber traf es auf ein aktives biologisches Medium, begann es zu fluoreszieren. Der Stoff erschien zunächst grau und farblos unter dem Licht, nur die Blutflecken hoben sich deutlich ab. Sie zeigten eine grünliche und gelbgraue Tönung, je nachdem wie viel Hämoglobin die einzelnen Spuren enthielten. Leon wollte gerade die Lampe ausschalten, als er einen hellgrünen Punkt entdeckte. Der Fleck war nicht größer als ein Zwei-Cent-Stück und wurde zum Teil von einem Blutfleck überdeckt. Aber er reagierte deutlich heller auf das Licht als die anderen Verunreinigungen. Leon war plötzlich wie elektrisiert. Dieser Fleck könnte menschliches Sperma sein. War das möglich? War der Täter leichtsinnig geworden? Du glaubst, du bist besonders schlau, dachte Leon, du glaubst, du könntest dich unsichtbar machen, aber da irrst du dich. Du kannst deinen Trieb nicht kontrollieren, und dann machst du Fehler.

Leon stürzte sich in die Arbeit. Er konzentrierte sich auf jeden Handgriff, als würde sein Leben davon abhängen. Jetzt war er wie abgeschottet von der Außenwelt. Er versuchte sich ein Bild von dem Menschen zu machen, der die Mädchen getötet hatte. Wer war dieser Mann, und warum suchte er sich Mädchen aus, die noch Kinder waren? Hatte er Angst vor erwachsenen Frauen? Vielleicht lebte er alleine, in einem Haus. Ein unauffälliger Mensch, der kaum Kontakt zu Nachbarn hatte. Er suchte sich Mädchen, die er zunächst beobachtete. Er entführte sie, versteckte sie, aber er behielt sie nicht, sondern tötete sie.

»Warum zelebrierst du ihren Tod?« Leon merkte nicht, dass er jetzt laut zu sich selber sprach. »Das passt nicht zusammen.«

»Doktor Ritter?« Rybaud stand mit einem Träger Glasphiolen neben ihm und sah ihn irritiert an.

»Ich habe nur laut gedacht«, sagte Leon. »Danke, Sie können die Proben jetzt in den PCR stellen.«

Leon arbeitete noch zwei Stunden im Labor. Er bereitete die Testreihen für den nächsten Tag vor und ließ den Sequenzierer laufen. Mal sehen, ob die Spur an dem Kindersocken tatsächlich das war, für was er sie hielt? Er löschte das Licht und verließ das Labor. Als er über den Parkplatz lief, war es bereits dunkel. Die Luft hatte sich kaum abgekühlt, aber der Mistral war zusammengebrochen, und jetzt wehte vom Meer eine leichte Briese herüber, die nach feuchtem Salz roch. Leon spürte plötzlich, wie sehr ihn dieser Tag angestrengt hatte. Er wollte nur noch schlafen. Er setzte sich in sein Auto, ließ die Fenster herunter und fuhr zurück nach Lavandou. Im Radio sang der ewige Charles Aznavour »La Bohème«.

26. KAPITEL

Das blonde Mädchen rannte die Promenade entlang. Die warme Luft war so schön, zum Verrücktwerden. Es fühlte sich an, als würden Hände sie streicheln, als würde sie die Nacht einhüllen, wie eine warme Decke. Emma lief, und die Tasche, die der Vater ihr in dem Souvenirgeschäft gekauft hatte, schaukelte an ihrer Schulter. Sie hatte alles dabei, was sie brauchte. Das Kinderhandy, das sie natürlich nur im Notfall benutzen durfte, einige gesparte Euro, einen Kamm, den kleinen Block, auf den sie mit dem Tintenstift ihre heimlichsten Gedanken schrieb, und natürlich das Bild von dem Delphin, ihr größtes Geheimnis überhaupt. Emma kam sich richtig erwachsen vor.

Boote mit Lichtern fuhren in den Hafen. Und das Riesenrad, das wunderbare Riesenrad hatte die Beleuchtung angeschaltet und drehte sich durch die Nacht wie eine Raumstation. Emma blieb vor dem Stand von René Fabius stehen. In der Auslage standen genau die gleichen Lutscher wie der, den sie vor zwei Tagen auf dem Gepäckträger ihres Fahrrads gefunden hatte.

»Hallo, junge Dame«, sagte René Fabius, »Lust auf einen Lutscher?«

Emma sah Fabius an und zögerte. Was hatten die Eltern immer gesagt? Nichts von Fremden annehmen. Aber diese Regel galt nur für die bösen Männer, vor denen ihr Papa sie gewarnt hat. Die, die nachts die Kinder wegschleppten und schlimme Sachen mit ihnen machten. Die Regel galt bestimmt nicht für den netten Mann mit dem Süßigkeitenstand auf der Promenade von Le Lavandou, wo sich die Touristen drängten.

»Oder möchte das hübsche Mädchen lieber eine Marshmallow-Maus?«

Emma sah zu der Marshmallow-Maus hinüber. Sie hatte sich zu Hause mal eine mit einer Freundin geteilt. Ein Rausch aus weichem Zuckerschaum, überzogen von knackiger Schokolade.

»Ich darf abends nichts Süßes essen. Wegen meiner Zahnspange.« Emma lächelte, damit der freundliche Mann ihre Zahnspange sehen konnte. Emma sollte hier eigentlich gar nicht stehen bleiben. Ihre Eltern warteten am Brunnen auf sie. Sie wollte nur schnell bis zur Promenade laufen, einen Blick auf den nächtlichen Hafen werfen und dann gleich wieder zurück zu den Eltern. So hatten sie es verabredet.

»Ich verstehe«, sagte Fabius, »ein Gummibärchen ist aber immer erlaubt.« Er hielt ihr auffordernd das Glas mit den Gummibärchen hin. »Na?«

Emma griff in das Glas. Dabei spürte sie, wie der Mann sie musterte. Er sah ihr nicht in die Augen, sondern betrachtete ihren Körper. Der Blick war ihr ein wenig peinlich. Warum sah er sie so an? Auf seinem Unterarm ringelte sich eine tätowierte Schlange.

»Du hast aber wirklich ein schönes T-Shirt.«

»Ist ein Hello-Kitty-Shirt.«

»Na klar. Und wo sind denn deine Eltern?« Fabius sah nach rechts und links.

»Da vorne irgendwo.« Sie war schon groß, sie brauchte nicht ständig die Eltern in der Nähe.

»Donnerstag bin ich auf dem Markt, besuchst du mich? Dann schenke ich dir einen Lutscher. Das ist aber unser Geheimnis.«

In diesem Moment entdeckte Emma ihren Vater, der zur Promenade gelaufen kam, um zu schauen, wo sie blieb. Als er zu ihr herübersah, winkte sie ihm zu.

»Ich muss los«, rief Emma und rannte davon. Fabius sah dem braungebrannten Mädchen hinterher. Ihr Vater schien Emma etwas zu fragen und deutete zu Fabius herüber. Aber die Kleine schüttelte nur energisch den Kopf, nahm die Hand des Vaters und ging mit ihm davon. Bevor die beiden zwischen den Touristen verschwanden, sah sich das Mädchen noch einmal kurz zu Fabius um. Da wusste er: Die Kleine würde wiederkommen.

27. KAPITEL

Da war der graue Himmel mit den tiefhängenden Wolken, aus dem der Regen wie eine Wand aus Wasser fiel. Er war warm, und alles war tropfnass. Es wollte einfach nicht aufhören zu regnen. Menschen liefen an Leon vorüber. Er wollte sie warnen, ihnen sagen, was gleich geschehen würde, aber sie schienen ihn gar nicht wahrzunehmen. Hörten sie nicht das Brüllen der Turbinen? Das Flugzeug kam direkt aus den Wolken. Es flog tief, viel zu tief. Es raste genau auf den Berg zu. Warum unternahm der Pilot nichts? Und Leon stand unten auf der Straße im strömenden Regen und konnte nichts tun als zuzuschauen, wie sich die Katastrophe vollzog. Warum zog der Pilot die Maschine nicht hoch? Jetzt, jetzt, jetzt! Das Flugzeug schoss in den dichten Dschungel. Mitten hinein in das grüne Meer der Bäume. Und dann war da der Feuerball, das Krachen und Splittern, und um ihn herum schrien die Menschen.

In diesem Moment wachte Leon auf. Er sah zu seinem Wecker. Die digitale Anzeige zeigte 02.14 Uhr. Etwas hatte ihn geweckt. Ein Geräusch. Da war es wieder: das Poltern und die Stimmen, die stritten. Sie kamen von unten. Leon stand auf, zog sich die Jeans über und lief die Treppe hinunter. In der Küche stand ein Mann und schwang eine Flasche Olivenöl in der Hand. Auf dem Boden lagen Scherben. Ein Stuhl war umgestoßen. Der Mann hob drohend die Flasche, seine dunklen Haare hingen ihm in die Stirn, und Schweiß glänzte auf seinem Gesicht. Nur einen Meter von ihm entfernt stand Isabelle. Ihre Haltung zeigte, dass sie keine Angst hatte, aber sie hielt trotzdem Abstand zu dem Betrunkenen. Gleichzeitig stellte sie sich schützend vor ihre Tochter.

»Verschwinde, Tony. Verschwinde auf der Stelle!«

»Du willst mir mein Haus verbieten?«

»Das ist nicht dein Haus, und jetzt geh endlich.«

»Du willst mich erniedrigen, vor meiner Tochter!« Anthony schmetterte die Flasche auf die Arbeitsplatte, wo sie abprallte, gegen die Wand knallte und schließlich auf den Terrakotta-Bodenfliesen zerschellte. Splitter und Olivenöl verteilten sich über die Wand und auf dem Küchenboden.

»Siehst du, was du anrichtest, siehst du das?« Isabelle versuchte ruhig zu bleiben, aber ihrer Stimme vibrierte jetzt vor Anspannung. »Jetzt geh, Tony. Bitte, lass uns morgen reden.«

»Du fickst mit ihm. Gib es doch zu! Wo ist er? Wo ist das Schwein, in unserem Bett, ja? Wartet er schon auf dich?«

»Bitte Papa, hör auf«, Lilou war den Tränen nahe.

»Du hältst dich da raus. Sag ihr, dass sie ins Bett gehen soll.«

In diesem Moment erschien Leon in der Küche. Er blieb in der Tür stehen und betrachtete einen Augenblick das Familiendrama.

»Guten Abend«, sagte er betont ruhig. »Kann ich irgendwie helfen?«

»Nein, alles in Ordnung, Doktor Ritter. Es ist nichts, nur ein kleiner Streit. Tony will gerade gehen.«

Anthony drehte sich um. Leon stand nur zwei Meter von ihm entfernt. Er war einen guten Kopf größer als der betrunkene Eindringling, der ihn mit wütendem Blick musterte.

»Doktor!? Bis du das verdammte Arschloch, das meine Frau vögelt?«

»Ich denke, Sie sollten jetzt wirklich gehen, Monsieur.«

»Monsieur? Was bist du denn für ein Arsch? Wichst mich von der Seite an, in meinem Haus.«

»Das ist nicht dein Haus«, wurde Isabelle jetzt wütend, »wir haben uns getrennt, schon vergessen, Tony?! Das war vor über einem Jahr, jetzt akzeptiere das endlich.«

»Bitte, Papa, geh nach Hause, lass uns alleine.«

»Dich mach ich fertig!« Mit diesen Worten stürzte sich Anthony auf den vermeintlichen Nebenbuhler. Anthony war ziemlich übel drauf, denn er hatte einen schlechten Tag gehabt. Seine derzeitige Freundin wollte nichts mehr von ihm wissen, und sein Vermieter hatte ihm mit Kündigung gedroht, wenn er nicht endlich die drei ausstehenden Mieten für die Bar zahlen würde, die Anthony in der Rue Grignan in Marseille betrieb. Aber was sollte Anthony machen? Der Laden lief nun mal nicht. Eigentlich wollte Anthony sich bei seiner Ex nur etwas Geld leihen. 3000 Euro würden ihn schon retten. Nur für zwei, drei Wochen, bis das Geschäft wieder anlief. Aber statt ihm zu helfen, statt ihrem Mann zu helfen, wollte die blöde Kuh ihn rausschmeißen.

Tonys Rechte erwischte Leon knapp unterm Auge. Der Schlag traf ihn völlig unvorbereitet, und er hätte auch nicht gewusst, wie er sich wehren sollte. Leon konnte mit Worten kämpfen, aber nicht mit Fäusten. Instinktiv hatte er sich weggedreht, und so erwischte ihn nicht die volle Wucht des Schlages.

Tony hingegen war ein Kämpfer. Aufgewachsen im Norden von Marseille, wo die Menschen aus dem Maghreb wohnen und wo Kämpfe mit Fäusten und Messern selbstverständlicher Teil einer gepflegten Auseinandersetzung waren. Eine gebrochene Nase und eine Narbe über der Wange waren Erinnerungen an die Kämpfe seiner Jugend. Tony konnte früher hart zuschlagen, aber das war über zwanzig Jahre her. Heute war er untrainiert, hatte kräftig zugenommen, und er war schwer betrunken.

»Hör auf Tony!«, rief Isabelle. »Hör sofort auf!«

Den nächsten Schlag sah Leon kommen. Und er war nicht so dumm, dem wütenden Tony noch einmal sein Gesicht hinzuhalten. Leon machte einen kleinen Schritt zur Seite. Tonys Faust ging ins Leere, und der Schwung brachte ihn ins Straucheln. Seine Füße suchten Halt, aber da war überall das Olivenöl. Tony rutschte, taumelte, versuchte sich am Stuhl festzuhalten, verfehlte ihn, schlug mit der Stirn gegen die Kante der Tischplatte und krachte mit einem Schrei auf den Boden. Hilflos lag er auf dem Rücken. Blut strömte aus der Platzwunde an der Stirn und färbte in Sekunden Gesicht und T-Shirt rot und vermischte sich mit dem Olivenöl am Boden zu einer unheilvollen Melange.

»Papa!«, rief Lilou entsetzt.

Anthony presste die Hand auf die Stirn, und Blut quoll zwischen den Fingern hervor.

»Du musst in die Klinik, Tony«, sagte Isabelle beunruhigt.

»Ich geh in keine Scheißklinik.« Anthony saß auf dem Boden und betrachtete erstaunt sein Blut und die Scherben.

»Das muss genäht werden.« Isabelle war in die Knie gegangen, um die Verletzung in Augenschein zu nehmen. Sie wandte sich an Leon. »Sagen Sie ihm, dass das genäht werden muss.«

»Ich sag doch, ich will in keine Klinik!« Der Sturz schien

Anthony schlagartig ernüchtert zu haben. Seine Stimme klang jetzt müde und schwach.

»Darf ich mal sehen?«, fragte Leon.

Anthony sah Leon an, der sich zu ihm hinunterbeugte, dann nahm er die Hand von der Wunde. Wo die Stirn auf die scharfe Tischkante geschlagen war, klaffte jetzt ein drei Zentimeter langer Riss. Leon erkannte gleich, dass es sich nur um eine oberflächliche Verletzung handelte. Trotzdem musste die Wunde versorgt werden. Leon hatte in seinem Zimmer eine Notfalltasche, die er auf jeder Reise dabeihatte.

»Der Schnitt ist nicht tief. Ich könnte das versorgen, wenn Sie wollen.«

»Bitte, Papa. Lass Leon dir helfen.«

»Von mir aus. Wenn's schnell geht.« Anthony richtete sich vom Boden auf und versuchte in seinem von Blut und Olivenöl verschmierten T-Shirt Haltung zu bewahren.

Wenig später saß Anthony am Küchentisch. Isabelle hatte ihm mit feuchten Handtüchern das Gesicht abgewaschen. Leon reinigte die Wunde mit Desinfektionsspray. Dann griff er eine gebogene OP-Nadel mit Faden, die er auf einem Teller bereitgelegt hatte.

»Das Spray nimmt etwas vom Schmerz. Aber Sie werden die Stiche trotzdem spüren.«

»Machen Sie schon«, sagte Anthony.

Mit Daumen und Zeigefinger der linken Hand drückte Leon die Wundränder zusammen. Dann stach er mit der Nadel in die Haut, zog sie unter dem Schnitt hindurch, schnitt das Ende des Fadens ab und verknotete es. Dann machte er den nächsten Stich. Er wiederholte die Prozedur vier Mal. Aus medizinischer Sicht hätten auch zwei Knoten gereicht. Aber schließlich hatte dieser Mann ihn geschlagen, und ein bisschen Strafe musste sein. Anthony ließ die schmerzhafte Prozedur ohne zu klagen über sich ergehen. Aber er bedankte sich auch nicht bei Leon. Ein paar Minuten später war Anthony verschwunden.

Lilou ging ins Bett, und Leon packte seine Instrumente zusammen. Isabelle bedankte sich bei Leon und entschuldigte sich für ihren Exmann. Er sei kein schlechter Kerl, meinte sie. Aber wenn er trank, und das tat er in letzter Zeit leider immer öfter, war er unerträglich. Zum Glück wohnte Anthony im 150 Kilometer entfernten Marseille. Aber gelegentlich verschlug es ihn trotzdem noch nach Le Lavandou.

Leon ging in sein Zimmer. Im Spiegel stellte er fest, dass Anthonys Schlag auf seiner Wange einen ordentlichen Bluterguss hinterlassen hatte. Er drückte sich einen feuchten Waschlappen aufs Gesicht und legte sich ins Bett. Es gefiel ihm, dass Isabelle noch ein paar freundliche Worte über ihren Exmann fand, obwohl er ihr gerade das Geschirr zerschlagen und den Küchenboden eingesaut hatte. Sie war eine sehr sympathische Person.

Den Rest der Nacht schlief Leon tief und traumlos.

28. KAPITEL

Es war Leon noch nie schwergefallen, früh aufzustehen. Nicht mal nach einer so turbulenten Nacht wie der vergangenen. Es würde erneut ein glühend heißer Tag werden. Leon genoss den frühen Morgen in den Straßen von Le Lavandou, wenn es noch kühl war und der übliche Touristentrubel noch nicht eingesetzt hatte. Die Restaurantbesitzer stellten die Tische auf, die Verkäuferinnen in den Boutiquen zogen die eisernen Rollläden nach oben und schoben Ständer mit T-Shirts und Bikinis vor die Türen. Der Mann von der Straßenreinigung fuhr mit seinem Putzfahrzeug durch die enge Gasse, saugte den Dreck der vergangenen Nacht auf und hinterließ eine Wolke aus Staub und Wasserdunst. Und wie jeden Tag beschwerte sich die Besitzerin vom Brillenladen, dass er ihr die Auslage verdreckte.

Das Leben in Le Lavandou lief langsam an. Kein Vergleich mit so mondänen Plätzen wie Fréjus oder St. Tropez, das kaum dreißig Kilometer entfernt lag. Wo die Schicken und Reichen auf ihren Superyachten rund um die Uhr Party machten. Le Lavandou hatte sich den Charme der Siebzigerjahre erhalten. An manchen Ecken wirkte es wie aus der Zeit gefallen. Es gab Campingplätze und Pensionen statt Luxushotels. Bäcker und Metzger statt teurer Marken-Boutiquen. Die ersten Familien breiteten am Strand ihre Handtücher aus und steckten die Sonnenschirme in den Sand. Alte Männer, die schon lange nicht mehr richtig schlafen konnten, führten ihre *Toutous,* ihre Hündchen spazieren. Und in den Cafés saßen um diese Zeit nur Einheimische, die bei einem Café crème und einem Croissant darüber klagten, dass sie jede Saison weniger Geld einnahmen – was natürlich gelogen war.

Wenn Leon sich die Frankfurter Allgemeine besorgte, musste er bis zum *Magasin de presse* von Michel in der Avenue des Martyres de la Résistance gehen. Allerdings gab es dort nur im August die Ausgabe vom gleichen Tag, in den übrigen Monaten musste man sich mit der Ausgabe vom Vortag zufriedengeben. Leon mochte den Laden seines Petanque-Freundes. Neben Zeitungen und Zeitschriften gab es hier ein Dutzend Postkartenständer, in denen eine Vielfalt grauenhafter geschmacklicher Verirrungen angeboten wurde. Das Programm reichte von Hunden im Bikini und mit Sonnenbrille bis zu diversen Kompositionen nackter Frauenhintern am Strand.

Aber da gab es auch noch die beiden Regale mit Büchern. Besonders die Werke lokaler Autoren hatten es Leon angetan. An diesem Morgen entdeckte er einen schmalen broschierten Band mit dem vielversprechenden Titel: »Les Secrets de la Provence«, die Geheimnisse der Provence. Das Buch beschrieb ungewöhnliche Plätze und Orte in der Umgebung. Dazu gab es jede Menge Fotos von Sonnenauf- und untergängen. Eine Mischung aus Heimatgeschichte und Legenden. Leon wurde sofort neugierig, als er den Namen des Autors las: Jean-Baptiste Honoré Duchamp der Millionär mit der Villa auf dem Cap Nègre.

Leon wollte gerade Buch und Zeitung bezahlen, als eine etwa fünfzigjährige Frau das Geschäft betrat und sofort auf ihn zuging. Sie trug eine helle Bluse und einen etwas zu engen Rock. An ihrem Handgelenk blitzten ein halbes Dutzend goldener Kettchen. Auf dem Arm hielt die Frau einen Zwergpudel mit rosé gefärbtem Fell.

»Sie sind doch der neue Médecin légiste?«, fragte die Frau mit einem drohenden Unterton in der Stimme, und der kleine Pudel gab ein leises Knurren von sich.

»Das ist richtig, Madame.«

Die Frau musterte Leon abschätzend.

»Sie haben diesen Fabius freigelassen.«

»Nein, das hat die Polizei getan.«

»Kommen Sie mir bloß nicht oberschlau. Ich weiß Bescheid. Sie haben gesagt, dass er's nicht war. Sie haben Schuld, wenn wieder etwas passiert.«

»Madame. Ich bin nicht von der Polizei. Ich mache nur die gerichtsmedizinischen Untersuchungen.«

»Ausgerechnet Fabius, dieses Tier!« Die Dame spuckte vor Leon auf den Boden. »Sie sollten sich was schämen.«

Die übrigen Kunden im Geschäft hatten ihre Unterhaltung eingestellt. Sie wollten auf keinen Fall etwas verpassen.

»Joséphine, der *Docteur* kann ja nun wirklich nichts dafür.«

»Du nimmst ihn also auch noch in Schutz?«, sagte sie laut, so dass die anderen auch ja alles mitbekamen, und sofort begann ihr Pudel zu bellen. Genauer gesagt stieß er nur kurze Japslaute aus, und Leon fragte sich, ob das Tier die Aufregung überstehen würde. Die Frau sah Leon mit hasserfülltem Blick an.

»Sehen Sie, was Sie angerichtet haben?« Die Frau beugte sich über ihren Hund und küsste ihn auf die feuchte Nase. »Ganz ruhig, *mon petit*, der böse Mann tut uns nichts. Ganz ruhig, mein kleiner Liebling.« Dann sah sie Michel an.

»Wenn du den Deutschen weiter bedienst, komme ich nicht mehr in deinen Laden.«

Mit diesen Worten stürmte Joséphine aus dem Zeitschriftenladen. Michel machte eine entschuldigende Geste, aber Leon war eher amüsiert als beleidigt.

»Was war denn mit der los?«

»Joséphine ist die Mutter von Emilie. Das Mädchen, das damals René Fabius angezeigt hat. Sie wissen schon, der Prozess.«

»Fabius hat doch den Prozess gewonnen.«

»Und Emilie hat sich umgebracht. Seitdem betrachtet Joséphine Fabius als den Mörder ihrer Tochter.«

Leon ging ins *Miou*, bestellte sich einen Café crème und blätterte in dem Buch über die Geheimnisse der Provence. Ihm fiel sofort das Kapitel über den Luftbrunnen bei Le Muy auf, und der Menhir mit dem alten Opferstein wurde ebenfalls genau beschrieben. Darüber hinaus gab es noch achtzehn weitere geheimnisvolle Orte, die der Autor besucht hatte. Leon war fasziniert. Der Mann, der behauptete, das tote Mädchen im Nationalpark gefunden zu haben, hatte einige Jahre zuvor die Fundorte der beiden Kinderleichen in einem Buch beschrieben. Leon spürte die vertraute Gänsehaut auf dem Rücken.

Leons Handy klingelte. Es war Isabelle. Sie war bereits auf der Wache. Zerna wollte ihn sehen. Die Kommissarin aus Toulon war da. Der Polizeichef meinte, es sei dringend. Leon erklärte, er sei in einer halben Stunde da, wenn er seinen Kaffee ausgetrunken hätte. Dann steckte er das Telefon ein und lehnte sich in dem Korbstuhl zurück. Das Meer war spiegelglatt, und die Fähre zog mit ihrer Bugwelle eine einsame Spur, die aussah wie ein Sprung in einem Spiegel.

Leon ließ sich Zeit. Er nippte an seinem Café. Sollten der Polizeichef und die Kommissarin aus Toulon ruhig ein wenig warten.

29. KAPITEL

Als Leon eine halbe Stunde später die Gendarmerie in der Avenue Valéry betrat, spürte er sofort eine ungewohnte Hektik. Polizisten, die sich sonst gemütlich in ihren Büros verkrochen, um Anzeigen wegen Überschreitung der Öffnungszeiten auszustellen, liefen plötzlich geschäftig durch die Gänge. Die Pantry mit dem Kaffeeautomaten glänzte wie neu, und der Mülleimer mit den benutzten Plastikbechern war zum ersten Mal geleert und gereinigt worden. Noch im Eingang kam Leon der aufgeregte Didier Masclau entgegen.

»Doktor Ritter, wo bleiben Sie denn? Kommissarin Lapierre hat schon drei Mal nach Ihnen gefragt.«

»Na, dann sollten wir Madame Lapierre auf gar keinen Fall länger warten lassen. Wo ist sie denn?«

»Ich habe der Kommissarin selbstverständlich mein Büro zur Verfügung gestellt.«

»Selbstverständlich. Passen Sie bloß auf, dass Sie es wiederbekommen«, sagte Leon, und Didier sah ihn irritiert an.

»Jetzt warten alle beim Patron.«

Lieutenant Masclau klopfte an Zernas Tür, und sie traten ein. Am großen Besprechungstisch saßen bereits der Polizeichef und neben ihm Capitaine Morell. Am Kopfende des Tisches, wo gewöhnlich Zernas Platz war, hatte sich Kommissarin Patricia Lapierre niedergelassen. Die Kommissarin trug trotz der Hitze einen Hosenanzug. Leon schätzte sie auf Anfang vierzig. Sie war schmal, fast zu dünn. Sie saß aufrecht mit durchgedrücktem Rücken. Der Inbegriff von Disziplin. Die Papiere vor ihr auf dem Tisch waren auf Kante gestapelt. Daneben lagen ihr Handy, ein großer Schreibblock und ein Kugelschreiber. Ihre dunklen Haare, zu einem straffen Knoten gebunden, sollten ihren strengen Auftritt unterstreichen. Sie ist verunsichert, dachte Leon. Die Provinz ist offensichtlich nicht ihr Fall.

»Guten Morgen«, sagt Zerna, »das ist Commissaire Lapierre aus Toulon. Doktor Ritter.«

Leon reichte der Frau die Hand. Ihr Händedruck war kraftlos und ihre Hand kalt und trocken. Als wolle sie jeden Kontakt mit Fremden auf ein Minimum beschränken.

»Guten Morgen, Doktor«, sagte die Kommissarin und dann mit kurzem Blick in die Runde, »dann können wir ja endlich unsere Besprechung beginnen.«

»Aber gerne«, sagte Leon charmant. Die Kommissarin sah ihn kurz an. Sie war sich wohl nicht sicher, ob Leon sich über sie lustig machte. Sie griff nach den Papieren, wog sie einen Moment in der Hand und legte sie wieder ab.

»Monsieur Zerna, wir haben uns die Berichte Ihrer Dienststelle angesehen«, sie sah Zerna an, »und ich muss Ihnen gleich sagen, dass Toulon alles andere als zufrieden damit ist.«

»Wir stehen ganz am Anfang eines möglicherweise sehr umfangreichen Falls«, verteidigte sich Zerna.

»Erst sah es so aus, als hätten Sie gar keinen Fall, und jetzt ist er schon umfangreich, möglicherweise?«, fügte Lapierre provozierend hinzu.

»Es gibt inzwischen neue Erkenntnisse«, sagte Isabelle.

»Vielen Dank, aber ich würde es bevorzugen, vom Leiter

dieser Inspektion auf den neuesten Stand gebracht zu werden.«

Leon konnte beobachten, dass Isabelle noch etwas erwidern wollte, sich aber dann eines Besseren besann und schwieg. Zerna bemühte sich die Ereignisse der letzten 24 Stunden in möglichst professionellen Formulierungen zusammenzufassen.

Kommissarin Lapierre machte ein gequältes Gesicht, dem zu entnehmen war, dass sie mit Zerna keineswegs einer Meinung war. Genauer gesagt war man in Toulon der Ansicht, dass die Gendarmerie von Lavandou weit über das Ziel hinausgeschossen war. Schließlich bestand die Aufgabe der Gendarmerie nationale ausschließlich darin, Fakten zusammenzutragen und sie an die Kriminalpolizei im vierzig Kilometer entfernten Toulon weiterzuleiten. Lapierre und ihre Kollegen würden dann ihre Schlussfolgerungen ziehen. Aber natürlich wollte sich dieser Provinzkommandeur wichtigmachen. Und die Zentrale hatte ausgerechnet sie geschickt, um diese Hinterwäldler auf Trab zu bringen. Kommissarin Lapierre unterbrach den Polizeichef.

»Danke, Monsieur Zerna, den Rest lese ich dann sicher in Ihrem Bericht. Aber bis dahin erwarte ich Ermittlungsergebnisse. Ich möchte eine Liste aller vorbestraften Sexualstraftäter in der Gegend. Toulon und Hyères übernehmen wir. Reden Sie mit den Betroffenen hier im Arrondissement?«

»Jawohl, *Madame Commissaire*«, Zerna hielt den Kopf schief und sah Lapierre mit devotem Blick an. Am liebsten wäre er dieser verkniffenen Kommissarin ins Gesicht gesprungen. Aber das wäre seinem Traum von einer Rückkehr ins Polizeipräsidium von Toulon sicher nicht förderlich gewesen.

»Wir haben einen Verdächtigen.« Didier versuchte Punkte zu machen.

»Den Sie wieder auf freien Fuß gesetzt haben. Danke, das habe ich schon gehört.« Madame Lapierre zeigte kein Interesse an Didiers Einwänden.

»Nicht, wenn es nach mir gegangen wäre, *Madame Commissaire.*«

»Na gut, dann übernehmen Sie und Capitaine Morell die Befragung der Verdächtigen.«

»Das halte ich für Zeitverschwendung«, meldete sich Leon.

Lapierre zuckte regelrecht zusammen. Sie sah Leon an, und ihre Stimme bekam einen aufgesetzt freundlichen Unterton, der umso bedrohlicher klang.

»Mit Ihnen würde ich mich gerne im Anschluss an diese Besprechung unterhalten, Doktor Ritter.«

Leon hatte keine Lust, bei diesem Theater länger mitzumachen. Er hatte es in seinem Beruf mit Dutzenden von oberschlauen Kommissaren zu tun gehabt. Dazu kamen noch jede Menge Richter, Staatsanwälte und Gutachter, die versucht hatten, ihm das Leben schwerzumachen. Aber das Schöne an seinem Job war die Unabhängigkeit. Verantwortlich war er nur gegenüber seinem Arbeitgeber, und das war zurzeit die Klinik Saint Sulpice in Hyères.

»Das würde ich nur allzu gerne tun, Madame«, sagte Leon, »bedauerlicherweise muss ich gleich zurück in die Gerichtsmedizin. Aber wenn Sie mich in der Klinik treffen wollen? Auf dem Weg nach Toulon kommen sie ja gewissermaßen bei mir vorbei.«

»Was wollten Sie sagen, Doktor?«, fragte Lapierre genervt und hatte dabei ihre blutleeren Hände zu Fäusten geballt, an denen die Handknöchel weiß hervortraten.

»Nach allen bisherigen Erkenntnissen habe ich den Eindruck, dass wir es nicht mit einem der üblichen Sexualstraftäter zu tun haben.«

»Ich wusste gar nicht, dass Sie auch Gutachten in forensischer Psychiatrie erstellen.«

Leon überhörte die Bemerkung und plauderte in freundlichstem Ton weiter, als würde er mit einer Kollegin Ermittlungsergebnisse austauschen.

»Der Mörder, den wir suchen, könnte ein Wiederholungstäter sein.« Lapierre sah Leon an. »Es gibt auffallende Übereinstimmungen zwischen dem Tod eines Mädchens vor vier Jahren in der Nähe von Le Muy und dem jüngsten Opfer bei Le Lavandou. Das betrifft sowohl die Todesumstände als auch den Fundort der Leiche.«

»Nur damit ich Sie richtig verstehe: Sie reden von einem Serientäter.«

»Ja, einiges weist darauf hin.«

»Das ist reine Spekulation.« Zerna meldete sich. »Das wird durch unsere Ermittlungsergebnisse in keiner Weise gestützt.«

»Das sollten Sie vielleicht erst einmal untereinander klären.« Lapierre sah zu Zerna und Leon. »Und darf ich Sie daran erinnern, *Monsieur Médecin légiste*, dass sich Ihr Kompetenzbereich ausschließlich auf die Rechtsmedizin beschränkt.«

Leon reagierte wieder nicht auf die Bemerkung der Kommissarin. Es war wichtig, dass jetzt alle Dinge auf den Tisch kamen.

»Weil Sie es gerade erwähnen: Ich habe einwandfreie DNA an der Leiche von Carla Hafner gefunden. Wir sollten diese Spuren mit allen in Frage kommenden Personen abgleichen.« Den Fleck auf der Kindersocke erwähnte Leon allerdings nicht. Diese Spur wollte er für sich behalten, bis er Gewissheit hatte.

»Einverstanden«, sagte Lapierre zu Leons Überraschung. »Sonst noch etwas?«

»Das gilt auch für den Zeugen, der das Mädchen gefunden hat«, sagte Leon. Lapierre sah auf.

»Duchamp?«, fragte Lapierre.

»Es wäre hilfreich, wenn wir seine Spuren ausschließen könnten.«

»Nein, und es wäre noch hilfreicher, wenn Sie die Polizeiarbeit uns überlassen würden.«

»Monsieur Duchamp ist über jeden Zweifel erhaben«, ergänzte Zerna. »Der Mann ist Mitglied der *Légion d'honneur*. Außerdem hat er genug durchgemacht. Ein totes Mädchen zu finden, in diesem Zustand, *mon Dieu*!«

Leon wusste, dass die Mitglieder der *Légion d'honneur*, der Ehrenlegion, in Frankreich höchstes Ansehen genossen. Ein elitärer Zirkel, dessen Mitglieder enge Kontakte zu Regierungskreisen pflegten.

»Aber der Vorschlag von Doktor Ritter klingt vernünftig«, mischte sich Isabelle ein.

»Paris hat abgelehnt«, sagte Kommissarin Lapierre.

»Wie bitte?«

»Es steht Monsieur Duchamp frei, zu einem DNA-Test zu erscheinen«, sagte Zerna, »und er hat sich dagegen entschieden, was wir zu respektieren haben.«

»Die Presse hat heute Morgen schon zweimal angerufen«, kam von Didier, »was sag ich denen?«

»Dass es nichts Neues gibt.«

»Wenn wir es wirklich mit einem Serientäter zu tun haben, müssen wir die Öffentlichkeit informieren.« Isabelle ließ nicht locker.

»Und die ganze Küste in Angst und Schrecken versetzen? Warum? Aufgrund von vagen Vermutungen?«, ergänzte Zerna. »Muss ich Sie daran erinnern, dass wir mitten in der Hochsaison stecken?«

Während die anderen sprachen, blätterte Kommissarin Lapierre geschäftig durch die Unterlagen. Sie wirkte längst nicht mehr so selbstsicher wie zu Anfang des Gesprächs. Sie war nach Le Lavandou gekommen, um einem Haufen von Provinzpolizisten ihre Grenzen aufzuzeigen. Eine Routineangelegenheit. Aber inzwischen spürte sie, dass dieser Fall erheblich größer werden könnte, als sie angenommen hatte. Ja, mehr noch, dass er ihr über den Kopf wachsen könnte. Das wäre übel, denn im Präsidium in Toulon war man zurzeit dabei, Stellen zu streichen, und ihr Name stand auf der Liste. Sie konnte sich keine Fehler leisten. Sie musste zeigen, dass sie mit Problemen alleine fertig wurde.

»In den bisherigen Berichten lese ich nichts, was die Theorie von einem Serientäter belegen würde«, sagte Lapierre.

»Das ist richtig.« Leon stand auf. »Wir werden wohl erst dann Gewissheit haben, wenn das nächste Mädchen verschwindet.«

30. KAPITEL

Leon hatte Lapierre belogen. Es gab keine dringenden Termine in der Gerichtsmedizin. Und um die Routineuntersuchungen würde sich Rybaud kümmern. Leon hatte andere Pläne. Wie oft hatte er in den letzten Tagen an die Frau vom Strand denken müssen? Sylvie hatte ihn eingeladen, und er wusste, dass er der Einladung früher oder später folgen würde. Eine Weile hatte er versucht, die Gedanken an Sylvie zur Seite zu schieben. Vielleicht würde man sich ja ganz zufällig wieder über den Weg laufen. Dann war er doch zum Strand gegangen, aber da war niemand mehr. Nur Poseidon, der in Wind und Sonne zerfiel. Jetzt saß Leon in seinem Auto und fuhr auf der D41 nach Norden.

Die Straße schlängelte sich hinter Bormes in endlosen Kurven durch die Hügel. Nachdem Leon die Route du Dôme gekreuzt hatte, war er mit der grandiosen Landschaft alleine. Gemütlich schraubte sich der kleine Fiat zum Col de Babaou hinauf. Die Straße war so eng, dass zwei Fahrzeuge nur mit Mühe aneinander vorbeikamen. Aber es schien außer Leon niemand auf der kleinen Straße nach Collobrières unterwegs zu sein. Leon hatte Fenster und Schiebedach geöffnet und hörte dem Konzert der Zikaden zu. Nachdem er die Höhe erreicht hatte, von der aus man kilometerweit über die dichtbewaldeten Hügel des Forêt du Dôme sehen konnte, führte die Straße wieder steil bergab. Nach etwa einem Kilometer, in einem Hain mächtiger Esskastanien, die

Marron genannt wurden, zweigte ein Feldweg ab. An der Weggabelung stand eine große Skulptur aus verrosteten Eisenstangen, an denen ein Schild aufgehängt war, darauf war zu lesen: *Le Refuge*, die Zuflucht. Leon war sich sicher, dass er auf dem richtigen Weg war.

Der feine Staub in den Schlaglöchern spritzte auf wie Wasser, als sich der kleine Fiat tiefer und tiefer in die Hügel vorarbeitete. Der Wagen zog eine dichte Staubwolke hinter sich her, und Leon musste Fenster und Schiebedach schließen, um wenigstens den Innenraum einigermaßen staubfrei zu halten. Der Wald wurde dichter, bis der Weg plötzlich ein sonniges Tal erreichte. Im Schatten einiger Kastanienbäume erkannte Leon den blauen Toyota von Sylvie, und nur einen Steinwurf davon entfernt lag das Haus der Künstlerin im Schutz dichter Pinien und Korkeichen.

Le Refuge sah genauso aus, wie sich Leon ein Haus in der Provence vorgestellt hatte. Das Gebäude war aus Naturstein gemauert. Es handelte sich um eine ehemalige *ferme*, einen Bauernhof mit zwei Geschossen und blassblauen Fensterläden. Die Türen standen offen, und in den Durchgängen bewegten sich Perlenschnüre im Wind. Neben dem Eingang hatte die Besitzerin eine Terrasse angelegt, die von einer Pergola aus wildem Wein überdacht wurde. Von hier hatte man einen weiten Blick in das Tal. Auf der gegenüberliegenden Talseite gab es einen weiteren Hof, der offensichtlich noch bewirtschaftet wurde.

»*Bonjour*!«, rief Leon, aber nichts rührte sich. Auf einem Holztisch stand eine Schale mit Feigen. Um den Tisch gab es eiserne Klappstühle, von denen die blaue Farbe abblätterte. Am Zweig einer alten Kastanie hing eine Schaukel, und an den Feigenbaum in der Auffahrt hatte jemand sein altes Fahrrad gelehnt.

»Wie wäre es mit einem Eistee?«

Leon drehte sich um. Sylvie stand in der Tür, in der Hand hielt sie eine gefüllte Glaskaraffe. Sie trug eine ausgewaschene Jeans und eine weite japanische Seidenbluse mit einem Blumenmotiv. Dazu hatte sie sich einen Strohhut aufgesetzt. Ihre Füße steckten in einfachen Ledersandalen. Leon musste sich zwingen, Sylvie nicht unentwegt anzustarren. Sie lächelte ihn an, aber Leon erkannte sofort, dass es hinter diesem Lächeln noch etwas anderes gab – einen Schmerz. Wir sind Seelenverwandte, dachte er überrascht.

»Hallo«, sagte er, »ich hatte schon gefürchtet, es wäre niemand zu Hause.«

»Ich habe Sie längst kommen gehört. Bestimmt haben Sie Durst.«

»Eistee ist genau das Richtige.«

Silvie griff zu einem der Keramikbecher auf dem Tisch, füllte ihn mit kaltem Tee und reichte ihn Leon.

»Danke. Das hier ist wirklich ein unglaublicher Platz.«

»Wir haben auch lange gesucht, meine Tochter und ich.« Sylvie drehte sich um und schaute zu einem der Fenster im ersten Stock, aus dem Hip-Hop-Musik zu hören war.

»Eva! Komm runter, wir haben Besuch!«, rief sie. Es erfolgte keine Reaktion, aber es war Kichern zu hören. »Sie ist elf Jahre alt und hat ihren eigenen Kopf.«

»Ich muss mich entschuldigen, dass ich Sie so überfalle, aber ich hatte keine Telefonnummer von Ihnen.«

»Das macht nichts. Hier oben funktionieren Handys so wieso nicht – zum Glück. Auf diese Weise habe ich Ruhe beim Arbeiten. Wenn ich telefonieren will, muss ich ein Stück den Hügel hinauflaufen.«

»Ist das ein ehemaliger Bauernhof?« Leon sah sich um.

Sylvie nickte. »Über hundert Jahre alt. Die Leute haben

hier früher Wein angebaut.« Sie deutete auf eine Scheune, die ein Stück den Weg hinunter lag: »Es gibt sogar noch Teile von der alten Presse in der Scheune. Ich benutze die Räume als Atelier. Haben Sie Lust, das Haus anzuschauen? Kommen Sie.«

Drinnen herrschte ein sympathisches Chaos. Das Haus war mit großen und kleinen Kunstwerken vollgestopft. Figuren aus Holz, bemalte Steine, geschnitzte Rinde, Geflechte aus Draht. Ein Mobile aus silbernen Blechschmetterlingen, das an der Decke über dem Kamin hing, gefiel Leon besonders gut.

»Eva liebt Schmetterlinge – und ich auch«, sagte Sylvie. »Diese habe ich aus alten Getränkedosen geschnitten. Wir werfen so viel weg. Dabei lässt sich aus dem alten Kram immer irgendetwas Neues machen.«

Es gab selbstgebrannte Keramiken, bemalte Teller und Schalen, und dazwischen immer wieder Fotos von einem etwas melancholisch dreinblickenden kleinen Mädchen mit blonden Haaren. Leon musste aufpassen, dass er nichts umstieß, als er Sylvie durch dieses Labyrinth folgte. Trotzdem wirkte das Haus mit seinen weißgetünchten Wänden und den bunten Stoffen, die statt Türen in den Durchgängen hingen, ungeheuer gemütlich. Es war ein exotischer Platz wie aus einer anderen Welt. *Le Refuge* – der Name für das Haus war wirklich treffend gewählt, dachte Leon.

In der Küche stellte Sylvie einen Korb mit einem halben Baguette auf ein Tablett, dazu eine kleine Schale mit Oliven, ein Schälchen mit Olivenöl und etwas Salz. Sie drückte Leon zwei Teller in die Hand.

»Können Sie die mit nach draußen nehmen? Sie essen doch eine Kleinigkeit mit?«

»Ja, gerne.« Leon betrachtete die Fenster über der Spüle.

Jemand hatte sie zugenagelt und die Ritzen sorgfältig mit Klebeband abgedichtet. Sylvie war sein Blick nicht entgangen.

»Ist gegen den Elektrosmog«, sagte sie. Leon sah sie fragend an. »Ich hab die Fenster dichtgemacht. Wegen der Stromleitung da drüben.«

Sylvie deutete auf eine Hochspannungsleitung, die etwa einen halben Kilometer entfernt über die Hügel schwebte.

»Wussten Sie, dass Hochspannungsleitungen Krebs verursachen?«

»Ich dachte, die Theorie wäre längst wiederlegt«, sagte Leon.

»*Oh, la, la*, noch einer, der der Stromlobby auf den Leim gegangen ist. Kommen Sie, auf der Terrasse sind wir sicher, die geht nach Süden.«

Kurz darauf saßen sie auf der Terrasse im Schatten des wilden Weins. Leon sah in den federleichten Himmel, und das Schweigen fühlte sich für einen Moment an wie ein intimes Gespräch.

»Das Mädchen auf den Fotos, ist das Ihre Tochter?«

»Ja, ich muss sie immerzu fotografieren. Eva kann das nicht leiden.«

»Ein hübsches Mädchen.«

»Danke.«

»Sie scheint ziemlich eigenwillig zu sein.«

»Ja, das kann man wohl sagen. Zurzeit ist es etwas schwierig mit ihr, weil sie nächste Woche zurück nach Nantes muss.«

»Ich dachte, die Ferien gehen bis in den September?«

»Ihr Vater will, dass sie noch zwei Wochen nach England geht, auf eine Sprachschule. Sie ist nur während der Ferien hier bei mir.«

»Sie leben getrennt.« Es war mehr eine Feststellung. Sylvie sah ihn an. »Entschuldigen Sie, Madame, es geht mich nichts an.«

»Doch, doch, fragen Sie nur. Ja, wir leben schon lange nicht mehr zusammen. Mein Mann lebt in Nantes und arbeitet als Chirurg an der Uniklinik, und ich lebe hier in der Provence. Und nennen sie mich bitte nicht Madame. Ich heiße Sylvie.«

»Ich bin Leon«, sagte er, und sie stießen mit Eistee an.

In diesem Moment kam ein Junge aus dem Haus. Er hatte dichtes schwarzes Haar und war fast so groß wie Leon, aber er schien sich bewusst kleiner zu machen. Er war schmal, sein Blick war rastlos und schien sich auf nichts konzentrieren zu können. Der Junge hatte ausgetretene Espadrilles an den Füßen, trug eine weite Latzhose und ein schmutziges Unterhemd. Seine Haut war von der Sonne gebräunt. In der Hand hielt er einen abgewetzten Tennisball, den er auf den Boden warf und geschickt wieder auffing. Dabei schien er nicht mal hinzusehen. Er blieb vor der Tür stehen und starrte in die Landschaft. Leon erkannte sofort, dass der Junge geistig behindert war.

»Musst du schon nach Hause, Patrik?«, fragte Sylvie. Patrik brummelte eine Antwort, die Leon nicht verstand. »Komm her, ich habe einen Eistee gemacht. Den magst du doch so gerne.«

Patrik kam an den Tisch. Dabei mied er jeden Blickkontakt. Er nahm den Becher, den Sylvie ihm reichte, und trank gierig einige Schlucke.

»Patrik ... will spielen«, sagte der Junge und sah zur Seite.

»Das geht nicht. Wir haben Besuch. Morgen spielen wir wieder«, sie wandte sich an Leon. »Patrik ist nämlich ein phantastischer Mühle-Spieler. Gegen ihn haben wir alle kein Chance.«

»Patrik ... will spielen«, wiederholte der Junge.

Leon griff in die Tasche seiner Jeans und holte den glatten Stein hervor, den er kürzlich am Strand gefunden hatte.

»Ich hab was für dich«, sagte er und hielt dem Jungen den dunklen Stein auf der offenen Hand hin.

Patrik schnappte den Stein und ließ ihn blitzschnell in der Tasche verschwinden. Dann drehte er sich um und lief zum Parkplatz unter den Kastanien. Dort stieg er in den Toyota, ließ ihn an und fuhr den Weg hinunter.

»Er nimmt das Auto?« Leon klang eher besorgt als vorwurfsvoll.

»Sei nicht so spießig. Sag nur, du bist mit siebzehn nicht auch mal heimlich Auto gefahren.« Sie lächelte Leon an. »Er bringt nur die Obstkisten rüber zum Hof. Weiter darf er nicht.«

»Er ist autistisch«, sagte Leon. Sylvie nickte, während sie dem Jungen hinterhersahen. Auf der anderen Seite der Senke stand ein Mann. Sylvie winkte ihm zu, aber der Mann winkte nicht zurück.

»Patrik lebt da drüben«, sie deutete zu dem Nachbarhof, »bei seinem Onkel und seiner Tante. Sie mögen nicht, wenn Patrik uns besucht.«

»Warum?«

»Keine Ahnung. Sie können mich nicht leiden. Es sind merkwürdige Leute. Ich glaube, sie würden den Jungen am liebsten den ganzen Tag einsperren.«

»Gibt es denn Probleme mit Patrik?«

»Nein, überhaupt nicht. Er kommt gerne zu uns, und er versteht sich wunderbar mit Eva. Sie ist die geborene Psychologin. Die beiden können stundenlang miteinander spielen. Ich weiß nicht, ob sie miteinander reden, aber sie lachen zusammen.«

»Das ist ein gutes Zeichen. Er ist schon fast erwachsen.«

»Er wird im Dezember achtzehn, aber in seiner Seele ist er wie ein kleines Kind. Ich glaube, sein Onkel schlägt ihn manchmal.«

»Wie kommst du darauf?«

»Einmal hatte er Striemen am Rücken und ein anderes Mal einen Bluterguss am Arm.«

»Vielleicht solltest du mal mit Madame Morell sprechen.«

»Ich denke, das wäre keine gute Idee. Wenn hier die Polizei auftaucht, darf Patrik gar nicht mehr zu uns kommen.«

Sylvie führte Leon über das Grundstück. Die Tür zur Scheune war nur angelehnt. Hier befand sich ihr Atelier, hierher zog sie sich zurück, wenn ihr der Trubel mit ihrer Tochter und Patrik zu viel wurde, erzählte sie. Der Raum war vollgestopft mit allen Materialien, die Sylvie für ihre Arbeit brauchte: Steine, Wurzeln, Rinde von Korkeichen, ein altes Bienenhaus, Zweige und getrocknete Blumen. Es war ein phantastisches Sammelsurium. Es gab einen Brennofen für Keramiken und eine Drehscheibe, um Vasen und Schüsseln zu töpfern. Am Ende des Raumes standen noch Reste einer alten Weinpresse. An der Decke schwebten weitere Mobiles aus Blechschmetterlingen. Und auf dem Bord, das sich über die ganze Länge des Raumes hinzog, standen Dutzende von Skulpturen. In die Tür und in die Wand, die nach Norden zeigte, hatte Sylvie Fenster einbauen lassen, so dass es in dem großen Raum immer ausreichend Tageslicht gab, um zu arbeiten.

Leon und Sylvie gingen zur Terrasse zurück. Sie sprach

über ihre Arbeit, und er erzählte ihr von seinem Beruf. Erst zwei Stunden später verabschiedete er sich. Eva hatte sich immer noch nicht gezeigt. Sylvie versuchte ihren Gast zu überreden, länger zu bleiben. Sie hatten hier schließlich selten Besuch. Aber Leon hatte das Gefühl, dass es besser wäre, wenn er jetzt zurückfahren würde.

Sylvie begleitete ihn zum Auto, und ihre Haare leuchteten rot im Gegenlicht. Als sie vor dem Auto standen, um sich zu verabschieden, legte Sylvie plötzlich die Arme um Leons Hals und küsste ihn auf den Mund. Im ersten Moment hatte der Kuss etwas Ungelenkes, wie bei einem Teenager, aber dann spürte Leon die Lippen und die Wärme dieser Frau, und sie nahmen ihn gefangen. Aber als er seine Hand in ihren Nacken legte, drehte Sylvie sich weg. Und ohne noch einmal zurückzusehen, verschwand sie im Haus.

Leon stieg in seinen Wagen und fuhr davon. Er war aufgewühlt. Was war los mit dieser Frau? Warum schaffte sie es, ihn so durcheinanderzubringen? Auf *Radio Nostalgie* sang Jaques Brel »Ne me quitte pas«.

31. KAPITEL

Am nächsten Morgen in aller Frühe bekam Thierry Zerna einen Anruf. Zwei Minuten später wusste er, dass sich ein Unwetter über seiner Stadt zusammenbraute, das all die schönen Pläne für eine erfolgreiche Sommersaison endgültig zunichtemachen würde. Eine Katastrophe bahnte sich an.

Das Telefon neben Zernas Bett hatte um genau 07.04 Uhr geklingelt. Es war Carole Perez vom Campingplatz *Camping Les Oliviers*. Zerna hatte mal ein kurzes Verhältnis mit Carole gehabt, aber das lag schon mehr als zehn Jahre zurück. Seitdem hatte er nur noch gelegentlich mit ihr gesprochen, wenn sie sich im Ort zufällig über den Weg gelaufen waren. Wenn sie ihn also um sieben Uhr in der Früh anrief, konnte das nur eines bedeuten: Es gab ein großes Problem.

»Tut mir leid, wenn ich dich wecke, Thierry«, hatte Carole am Telefon gesagt, »aber vor mir stehen zwei Eltern und behaupten, dass ihre zehnjährige Tochter verschwunden ist.«

Fünfzehn Minuten später saß der Polizeichef in seinem Auto. Er hatte sein Blaulicht eingeschaltet. Noch während er sich angezogen hatte und seine Frau schon in der Küche mit einem heißen Kaffee wartete, hatte Zerna per Handy sein Team zusammengetrommelt. Alle sollten sofort zum Campingplatz kommen. Zerna wollte nicht den gleichen

Fehler noch einmal machen und kostbare Zeit verlieren. Falls diese Nervensäge von einem Gerichtsmediziner richtig lag und wirklich jemand Mädchen entführte, gab es vielleicht noch Spuren, die seine Leute sichern konnten. Aber der Polizeichef hoffte, dass er sich irrte und dass es für das Verschwinden des Kindes eine harmlose Erklärung gab.

Zerna hatte die Straße an der Bucht von Le Lavandou entlang in Richtung Osten genommen. Kurz hinter Favière wurde die Bebauung spärlicher. Und gleich danach stießen die Olivenplantagen und Weingüter an den Rand des Naturschutzgebietes, des Forêt National. Viele Quadratkilometer wilder Provence, so wie sie sich früher einmal von Marseille aus die ganze Küste entlang bis nach Cannes erstreckt hatte. Undurchdringliches Buschwerk, unterbrochen von Kiefern, Pinien, Korkeichen und Zypressen. In den Achtzigerjahren war dieser letzte unverfälschte Küstenabschnitt zum Nationalpark erklärt worden. Gerade noch rechtzeitig, bevor große Baukonzerne hier ihre Ferienappartements hochziehen konnten.

Der Campingplatz *Les Oliviers* lag an der Route de Bénat, einer Stichstraße, die im Nirgendwo endete. Auf dem Platz gab es zwar nicht einen einzigen Olivenbaum, aber das störte niemanden. Schließlich lag das Gelände nur fünfzehn Minuten Fußweg vom Strand entfernt. Zelte und Wohnwagen standen unter dürren Korkeichen, aber das Wichtigste war: Die Standplätze waren erschwinglich. Ganz im Gegensatz zu den doppelt so teuren Plätzen, die sich direkt hinter dem Strand befanden. Dort zahlten die Camper mit ihren Wohnmobilen inzwischen so viel wie im Hotel. Daher war Caroles Campingplatz sehr beliebt.

Die Einfahrt zum *Camping Les Oliviers* war nicht zu übersehen. Einsatzfahrzeuge von Gendarmerie und Police municipale stauten sich bis auf die Straße hinaus. Sogar die Feuerwehr war mit einem Geländefahrzeug und einem Notarztwagen vor Ort. Menschen liefen hin und her, telefonierten mit ihren Handys oder standen in Gruppen zusammen und diskutierten. Eine Spannung wie vor einem aufziehenden Gewitter lag in der Luft.

Natürlich war auch Tony bereits vor Ort, der wie aufgedreht mit seiner Kamera herumlief und Fotos schoss. Dabei wich ihm Brigitte Menez nicht von der Seite, die den Leuten ihr Diktiergerät unter die Nase hielt und Fragen zu dem verschwundenen Mädchen stellte. Besonders abgesehen hatten es Tony und Menez auf das Ehepaar Talbot, das etwas abseits auf einer Bank saß und sich in den Armen hielt. Die Frau weinte. Brigitte bedrängte die beiden mit Fragen. Der Vater winkte erschöpft ab, aber das schien die Journalistin nicht im Geringsten zu beeindrucken.

»Wie fühlt man sich als Eltern, wenn das Kind, das man liebt, plötzlich verschwunden ist?«, fragte sie.

Tony drückt unentwegt auf den Auslöser. Wie die Schmeißfliegen, dachte Zerna, als könnten sie Kummer und Leid auf Kilometer riechen.

»Bitte, lassen Sie uns in Ruhe, gehen Sie«, sagte der Vater leise, während seine Frau schluchzte.

Aber für jemanden wie Brigitte Menez war Empathie ein Fremdwort, und die Tränen von Opfern brachten sie erst so richtig in Fahrt. Sie hakte erbarmungslos nach.

»Sie wissen, dass kürzlich schon mal ein Mädchen verschwunden ist? Es wurde tot in den Hügeln gefunden. Haben Sie Angst, dass ihrer Tochter das Gleiche passiert ...?«

Zerna hatte genug gehört. Er stürmte zu den beiden Journalisten und stellte sich vor das Ehepaar.

»Es ist genug, verdammt! Verschwinden Sie, Tony«, sagte Zerna, »und nehmen Sie die da gleich mit!« Er deutete auf die Journalistin.

»Das können Sie nicht machen«, sagte Brigitte. »Oder wollen Sie uns vielleicht an der Ausübung unseres Berufs hindern?«

»Schon mal was von Pressefreiheit gehört, Monsieur Zerna?«, fragte Tony.

Zerna deutete zum Tor, das den Platz von der Straße trennte.

»Ihre Pressefreiheit endet genau vor diesem Tor. Ich will Sie nicht mehr auf dem Gelände sehen, es sei denn Sie haben eine persönliche Einladung der Besitzerin.«

Tony und die Journalistin zogen sich zurück. Zerna wusste genau, was Tony als Nächstes tun würde. Er würde alle Zeitungen und Fernsehstationen anrufen, die er kannte, und ihnen exklusiv die Fotos der verzweifelten Eltern verkaufen. Was die Medien aus dieser Geschichte machen würden, wollte sich Zerna gar nicht erst vorstellen.

Der Polizeichef hatte Masclau zusammen mit Moma und einem weiteren Polizisten zum Wohnwagen der Familie geschickt. Sie sollten das Gelände abriegeln, nach Spuren suchen und die Nachbarn befragen. Er selbst würde mit den Eltern reden. Zu Unterstützung hatte er Capitaine Morell an seiner Seite.

Carole hatte der Polizei ihr Büro im Empfangsgebäude zur Verfügung gestellt. Die Talbots saßen nun dort dicht nebeneinander und hielten sich an den Händen. Dominique Talbot brach immer wieder in Tränen aus und musste von ihrem Mann beruhigt werden. Es war nicht einfach für Zerna, an präzise Informationen zu kommen, aber die Zeit drängte. Wenn das Mädchen wirklich entführt worden war, zählten nur die ersten Stunden. Er war froh, dass Isabelle die Befragung der Mutter übernommen hatte.

»Es war gegen halb sieben, da bin ich aufgewacht. Ich bin gleich nach vorne, wo Emma schläft, aber sie war nicht mehr da.« Während sie sprach, hielt die Mutter einen kleinen Plüschbären in der Hand, der ihrer Tochter gehörte. »Erst dachte ich, sie wäre vielleicht auf Toilette. Wir haben sie überall gesucht. Aber sie war weg.«

»Kann Ihre Tochter den Wohnwagen so einfach verlassen?«, fragte Isabelle.

»Natürlich. Sie muss nur den Riegel zur Seite schieben und den Griff drehen. Glauben Sie, jemand hat sie mitgenommen?« Die Mutter begann wieder zu weinen.

»Genau das wollen wir herausfinden. Deshalb sind wir hier.«

»Emma steht oft früh auf, sie holt dann das Baguette. Im Supermarkt, gleich nebenan.« Marcel Talbot legte den Arm um seine Frau.

»Aber doch nicht so früh, Marcel. So früh nicht. Die im Supermarkt machen erst um halb acht auf.«

»Vielleicht wollte Emma ja auch nur eine Weile für sich sein. Ganz alleine …« Er sah Isabelle an. »Kinder machen doch so was?«

»Was redest du da? Wo ist sie denn jetzt, wo?«

»Bitte, Dominique, sie kommt bestimmt zurück.«

»Na klar.« Sie schob seinen Arm weg. »Wenn es nach dir gegangen wäre, lägen wir noch im Bett, und die Polizei wäre immer noch nicht hier.«

»Das stimmt doch gar nicht, mein Schatz.«

Die Atmosphäre zwischen den beiden Eheleuten hatte sich plötzlich abgekühlt. Isabelle ahnte, dass das nicht der erste Streit darüber war, wie viele Freiheiten man dem Kind lässt. Sie versuchte, die Wogen zu glätten.

»Hat Ihre Tochter irgendwas mitgenommen?«

»Nur ihre kleine Umhängetasche, die ich, die wir ihr gekauft haben«, sagte der Vater.

»Da hat sie immer ihr Buch drin, ein bisschen Geld und ...«, die Mutter begann wieder zu weinen, »und ihren ganzen Krimskrams.«

»Das kenn ich«, sagte Isabelle, »meine Tochter ist fünfzehn.«

»Und ihr Handy«, sagte der Vater.

»Sie hat ihr Handy dabei?« Isabelle und Zerna konnten es nicht fassen. »Warum haben Sie das nicht gleich gesagt? Wie ist die Nummer?«

»Sie geht nicht dran. Wir rufen sie alle fünf Minuten an.«

Marcel Talbot gab Isabelle die Nummer. Als sie das Handy von Emma anrief, schaltete sich sofort der Anrufbeantworter ein. Isabelle informierte die Zentrale. Die sollten sich vom Anbieter sofort die jüngsten Einlogdaten für die Nummer geben lassen.

»Ihr Fahrrad ist auch weg«, sagte der Vater.

»Sie ist mit ihrem Fahrrad unterwegs?«, fragte Zerna. Er und Isabelle sahen sich mit einem stummen Blick an. War die ganze Aufregung umsonst gewesen?

»Vielleicht macht sie ja wirklich nur einen Ausflug«, sagte Zerna.

»Sie ist noch nie mit dem Fahrrad alleine weggefahren.«

»Sie ist seit Stunden verschwunden. Seit Stunden, verstehen Sie?«, sagte die Mutter verzweifelt.

In diesem Moment öffnete sich die Tür, und Moma schaute herein.

»Entschuldigung, Chef. Wir haben den ganzen Platz

durchsucht. Keine Spur. Wir nehmen uns jetzt noch den Weg zum Meer und die Seitenstraßen vor.«

»Da ist sie nicht. Da haben wir doch schon überall gesucht.« Die Stimme der Mutter klang jetzt schrill. »Marcel, sag ihnen, dass wir überall gesucht haben!«

»Die Polizei muss das alles noch mal prüfen, chérie.«

»Das Mädchen ist mit seinem Fahrrad unterwegs«, sagte Zerna.

»Mit dem Fahrrad?«, fragte Moma erstaunt. »Wie sieht das aus?«

»Ein Kinderfahrrad. Es ist rosa und hat weiße Griffe«, sagte der Vater.

»Du hast es gehört«, sagte Zerna. »Wir checken alles von hier bis nach Cavalière. Fahrradwege, Nebenstraßen, Strände. Gibst du das gleich über Funk weiter?«

»Geht klar, Chef.«

Moma verschwand. Vor der großen Scheibe des Empfangsgebäudes tauchten immer wieder Gäste auf und schauten verstohlen in den Raum.

Zerna betrachtete das Foto von Emma, das der Vater ihm gegeben hatte. Für den Polizeichef sah das Ganze inzwischen immer weniger nach einer Entführung aus. Eher nach einer abenteuerlustigen zehnjährigen Ausreißerin, die sich mit ihrem Fahrrad verfahren hatte. Wahrscheinlich saß die Kleine irgendwo weinend an einer Straßenecke. Wenn es einen Unfall gegeben hätte, wäre die Polizei schon längst informiert worden.

Es klopfte, und Carole Perez kam in ihr Büro. Die Gäste wollten zum Strand, erklärte sie. Zerna war einverstanden. Die Polizei hatte bereits die Zeltnachbarn der Talbots befragt. Der Polizeichef ließ sich von Carole das vollständige Gästeverzeichnis mit allen Namen und Telefonnummern geben. Wenn das Mädchen in den nächsten zwei Stunden nicht auftauchte, würde die Polizei die Befragung der Gäste fortsetzen. Carole ging an ihren Computer und druckte die geforderte Liste aus.

»Zwei Stunden?!«, fragte die Mutter erschrocken. »Was sollen wir denn so lange hier machen?«

»Wir kommen natürlich mit und helfen Ihnen«, meinte der Vater.

»Das Beste ist, Sie bleiben hier. Dann wissen wir, wo wir Sie notfalls erreichen können.«

»Überlegen Sie inzwischen, wen ihre Tochter in den letzten Tagen getroffen hat«, schlug Isabelle vor. »Vielleicht hatte sie ja Kontakt mit Fremden. Alles, woran Sie sich erinnern, könnte helfen.«

»Was meinen Sie mit *getroffen*? Emma trifft sich mit niemandem. Sie ist erst zehn Jahre alt«, sagte der Vater und sah Zerna empört an.

»Sie war immer mit uns zusammen. Und am Strand hat sie nur mit anderen Kindern gespielt. Aber die waren alle in ihrem Alter«, sagte die Mutter, »auf so was achten wir. Wir wissen immer genau, was sie tut.«

Isabelle sah die Mutter mit einem prüfenden Bick an. »Mütter wissen nie alles über ihre Töchter«, sagte sie, »glauben Sie mir, ich spreche aus Erfahrung.«

»Da war dieser Mann am Strand, dieser«, der Vater schnipste ungeduldig mit den Fingern. Dann fiel es ihm ein, »dieser ›Monsieur Joujou‹.«

Isabelle sah den Vater an.

»So nennt Emma den Typ, der die gebrannten Mandeln verkauft«, meinte der Vater. »Weil er immer *Joujou* ruft, wenn er am Strand entlangläuft. Mit ihm hat Emma öfter mal geredet.«

»Monsieur Joujou, jetzt hör aber auf, Marcel«, sagte die Mutter.

»Vorgestern Abend, als wir in der Stadt waren, da hab ich ihn wieder gesehen. Da stand er an der Promenade und hat mit Emma gesprochen.«

»Davon hast du mir gar nicht erzählt.« Die Mutter klang vorwurfsvoll.

Isabelle und Zerna wechselten einen Blick.

»Sie meinen den Mann mit dem Lieferwagen: *La Petite Confiserie mobile.*«

»Ja, genau der. Emma redet gerne mit den Leuten.«

Carole nahm einen Stapel Blätter aus dem Drucker, die sie Zerna reichte.

»Hier hast du die Liste«, sagte sie zu Zerna. Dann wendete sie sich an die Eltern. »Ihre Tochter ist wirklich ein sehr liebes Mädchen. Und so freundlich. Wir quatschen immer miteinander, wenn sie hier vorbeikommt. Hat Sie Ihnen auch von den Delphinen erzählt?«

»Das ist ihr absolutes Lieblingsthema. Sie liest zurzeit ein Buch über Delphine«, sagte die Mutter.

»›Die Delphin-Insel.‹ Sie hat das Buch mindestens schon drei Mal gelesen«, sagte Marcel und sah zu seiner Frau hinüber.

»Man kann die Delphine nur bei Morgengrauen sehen, bevor die Sonne aufgeht. Hat sie mir erzählt«, sagte Carole.

»Klingt ganz nach Emma«, sagte der Vater.

»Gibt es denn hier überhaupt Delphine?«, fragte Dominique Talbot.

»Weit draußen bei den Inseln«, sagte Isabelle. »Hier an den Stränden kann man keine sehen.«

Die Campingplatzbesitzerin schien einen Moment nachzudenken.

»Emma hat mit erzählt, dass sie jemanden kennt, der ihr die Delphine zeigen würde.«

»Wer könnte das sein?« Zernas Stimme klang alarmiert.

»Das habe ich sie auch gefragt. Das sei ihr Geheimnis, hat sie gesagt. Ich hab das nicht so ernst genommen.«

»Ruf noch mal die Zentrale wegen der Handy-Ortung an«, drängte Zerna seine Stellvertreterin, »jetzt gleich.«

Zerna klang plötzlich gar nicht mehr entspannt, aber er wollte die Eltern nicht unnötig beunruhigen.

32. KAPITEL

Leon hatte an diesem Morgen mit Isabelle nur wenige Worte wechseln können, bevor sie zu ihrem Einsatz aufgebrochen war. Das Verschwinden von Emma Talbot war beunruhigend. Es gab einfach zu viele Parallelen zu den beiden anderen Opfern, dachte Leon, auch wenn er noch nicht alle Details kannte. Das Alter passte genau ins Raster. Auch diesmal war das Mädchen ein Einzelkind, wieder war es blond und von einem Campingplatz verschwunden. Campingplätze waren das ideale Jagdrevier für einen Triebtäter. Hier durften sich die Kinder frei bewegen, und wer wusste schon, ob der freundliche Mann am Strand ein gefährlicher Sexualstraftäter oder nur ein netter Familienvater von nebenan war. Der Täter konnte ein kleines Mädchen ansprechen, ohne dass Umstehende Notiz von ihm nahmen. Leon hatte auf einmal das sichere Gefühl, dass das Mädchen nicht mehr lebend zurückkommen würde. Als er zur Klinik fuhr, berichtete man im Radio in den Acht-Uhr-Nachrichten bereits von dem verschwundenen Kind. Der Himmel war blassblau, es würde wieder ein heißer Tag werden.

Leon war früh in der Klinik eingetroffen. An der Rezeption hatte er ein paar Scherze mit Schwester Monique gemacht, der er gelegentlich ein frisches *Pain au Chocolat* mitbrachte. Die Schwester stieß dann jedes Mal kleine Entzückensrufe aus und betonte, dass sie so etwas leider überhaupt nicht essen dürfe. Sie müsse schließlich auf ihre

Figur achten. Danach überlebte das Gebäck keine fünfzehn Minuten mehr.

In der Gerichtsmedizin war eine außerplanmäßige Obduktion angesetzt worden, und Leon war froh, dass er für
eine Weile nicht mehr an das Mädchen vom Campingplatz
denken musste. Der Tote, den Leon begutachten sollte, war
ein vierzigjähriger Mann, der bei einem Unfall ums Leben
gekommen war, wie es im polizeilichen Protokoll hieß. Das
Opfer war Inhaber einer Schreinerei, die Fenster baute.
Laut ärztlichem Befund war der Mann bis zu seinem Tod
kerngesund gewesen, aber nach einer tödlichen Schussverletzung fehlte ihm ein Teil seines Kopfes. Das Opfer war
passionierter Jäger. Da die Jagdsaison aber erst Mitte September begann, fuhr der Mann während der Sommermonate regelmäßig auf eine Schießanlage bei Le Luc, um im
Training zu bleiben. Nur hatte sich diesmal beim Hantie-
ren mit seiner Waffe im Umkleideraum ein Schuss gelöst.
Der Unternehmer hinterließ eine Familie und eine beacht-
liche Lebensversicherung. Die Versicherungsgesellschaft
hatte vor der Auszahlung eine Obduktion zur Bedingung
gemacht.

Leon betrachtete den Mann, der vor ihm auf dem Seziertisch lag. Größe: 1,85 Meter, Gewicht: 82 Kilo. Die deutlich
ausgebildeten Muskeln von Bizeps und Trizeps hatte er
sich wahrscheinlich im Fitnessstudio antrainiert. Auch
sonst schien der Mann zum Zeitpunkt seines Todes gut in
Form gewesen zu sein. Die Öffnung des Brustraumes zeigte
eine starke Lunge und das kräftige Herz eines Sportlers.
Alle Organe waren ohne Befund. Der Blinddarm war vor
Jahren entfernt worden. In der linken Leiste war in den
letzten Jahren eine Hernie, ein Leistenbruch, chirurgisch
versorgt worden, ein Routineeingriff. Bei der Magenöff-

nung erkannte Leon an der Magenwand eine leichte Blutung. Vielleicht ein beginnendes Geschwür. Oft eine Folge von Stress. Nicht ungewöhnlich für einem selbständigen Handwerker mit zehn Angestellten.

Die Untersuchung des Kopfes war schwieriger. Die Schrottladung hatte den Mann von unten erwischt und die rechte Gesichtshälfte oberhalb des Jochbeins weggerissen. Es sah übel aus, auch für Leon, der schon viele Kopfverletzungen begutachtet hatte. Die Schrotkugeln hatten die Augenhöhle und das Stirnbein zertrümmert und dabei einen Teil des Gehirns zerstört.

»Gelitten hat er jedenfalls nicht«, meinte Rybaud nüchtern.

Das war zwar zynisch, aber Leon musste seinem Assistenten recht geben. Der Unternehmer war mit Sicherheit auf der Stelle tot gewesen. Es war allerdings erstaunlich, dass ein Jäger mit Erfahrung einen solchen Anfängerfehler machte und seine Waffe nicht vorschriftsmäßig entlud, bevor er sie in ihr Futteral zurückschob. Leon und Rybaud entnahmen den Rest des Gehirns.

»Er hat auch die Dachfenster vom neuen Klinikanbau montiert«, Rybaud wog das Gehirn und nahm eine Gewebeprobe. »Er war verheiratet. Hübsche Frau, sie haben drei Kinder. Zwei gehen noch in die Grundschule.«

»Sie sind ja mal wieder bestens informiert.«

»Bei uns kennt man sich. Da lebt man nicht so anonym wie in Paris oder Frankfurt.«

»Anonymität kann auch sehr entspannend sein.«

»Jedenfalls, seine Firma liegt an der Straße nach Pierrefeu. Ich habe gehört, dass sie finanzielle Probleme hatte. Die großen Baumärkte machen alle kleinen Handwerksbetriebe in der Gegend platt.«

»Schon gut, Olivier, verschonen Sie mich. Haben Sie die Blutwerte?«

»Alles im Normbereich. Bis auf den INR-Wert.«

»Was ist damit?«

»Wenn die Messung stimmt, ist er deutlich erhöht.«

Der INR-Wert war ein international gültiger Parameter zur Bestimmung der Blutgerinnung. War er auffällig erhöht, konnte das auf Leberschäden oder die Einnahme von bestimmten Medikamenten hinweisen.

»Hat er vielleicht Blutverdünner genommen?«

Rybaud blätterte in der Akte, die sie zusammen mit dem Toten bekommen hatten. »Im Bericht seines Hausarztes ist nichts verzeichnet. Kein Blutverdünner und auch keine anderen Tabletten.«

Leon betrachtete den Mann. Der Körper des Toten zeigte keine Anzeichen einer Krankheit. Warum hätte ein gesunder Mann von vierzig Jahren auch blutverdünnende Mittel nehmen sollen?

»Acetylsalicylsäure«, überlegte Leon laut.

»Was meinen Sie?«, fragte Rybaud.

»Die Blutungen im Magen und der hohe INR-Wert, das könnten auch Nebenwirkungen von Acetylsalicylsäure sein. Kennen Sie vielleicht unter dem Kürzel ASS.«

»Ja, hab ich schon gehört.«

»ASS kommt in Schmerzmitteln vor. Gegen welche Schmerzen könnte dieser Mann Tabletten geschluckt haben?«

»Keine Ahnung. Mit seinem Hausarzt hat er jedenfalls nicht darüber gesprochen.«

Leon betrachtete die Leiche. Das war für ihn nicht nur ein toter Körper, den man aufschnitt, dessen Organe man vermessen, wiegen und analysieren musste. Dieser Körper hatte einmal gelebt. War ein Mensch mit Gefühlen, mit Hoffnungen und Sorgen gewesen. Und er hatte offensichtlich Schmerzen gehabt.

»Ein selbständiger Handwerker, Besitzer eines kleinen Betriebs, verheimlicht seinem Hausarzt und seiner Frau eine Krankheit, die ihm Schmerzen verursacht. Warum?«

»Die Organe waren alle unauffällig, die haben Sie selber untersucht.«

»Hab ich, bis auf das Gehirn.«

Eine Viertelstunde später lag die Lösung des Problems in Form einer hauchdünnen Gewebeprobe bei 200facher Vergrößerung unter dem Mikroskop des Labors. Leon betrachtete den Schnitt auf dem Bild, das vom Mikroskop auf den Computerbildschirm übertragen wurde. An den Schnittflächen waren rötliche Einblutungen und gelbliche Veränderungen durch Nekrose zu erkennen. Keine Frage: Der Mann hatte ein Glioblastom in fortgeschrittenem Stadium. Die extrem aggressive Form eines Gehirntumors. Ein Tumor in diesem Stadium war unheilbar. Den Patienten erwartete ein bitteres Ende. Ein Glioblastom verursachte nicht nur massive Schmerzen, er führte im Endstadium auch zu einer völligen Veränderung der Persönlichkeit und irgendwann zu einem Zusammenbruch aller Körperfunktionen.

Dieser Mann musste unter massiven Kopfschmerzen gelitten haben, die auch mit starken Medikamenten kaum noch zu kontrollieren waren. Wahrscheinlich hatte er irgendwo eine MRT seines Gehirns machen lassen, die er seinem Arzt und der Familie verschwiegen hatte. Nach Leons Einschätzung hätte er keine drei Monate mehr gehabt.

»Dann war's wohl doch ein Selbstmord. Würde ich genauso machen, wenn ich so ein Ding im Kopf hätte«, meinte Rybaud.

»Steht etwas in den Unterlagen darüber, wann die Versicherung abgeschlossen wurde?«

Der Mann hatte die Lebensversicherung vor drei Jahren zu Gunsten seiner Frau abgeschlossen. Jetzt begriff Leon die ganze Tragödie. Es war unwahrscheinlich, dass der Mann bei Abschluss der Police bereits etwas von seiner Krankheit geahnt hatte. Drei Jahre später erfuhr er, dass er unheilbar krank war, und wollte seinem Leben ein Ende setzen. Aber er wusste auch, dass Versicherungen für eine Auszahlung bei Suizid üblicherweise eine vierjährige Sperrklausel haben. Würde er sich vorher umbringen, würde die Versicherung gar nichts zahlen, und seine Familie bliebe unversorgt. Also erschoss er sich und ließ es wie einen Unfall aussehen.

Leon saß vor dem Computer und betrachtete schweigend die Vergrößerung der Gewebeprobe. Dieses Bild würde das Leben einer jungen Witwe mit drei Kindern für immer verändern.

»Heißt das, dass die Versicherung jetzt nicht zahlen muss?«, fragte Rybaud.

»Der Mann hat sich ein Jahr zu früh erschossen.«

»Die Frau wird alles verlieren.«

»Es sei denn ...« Leon unterbrach sich. Er schaltete den Bildschirm aus und zog unter dem Mikroskop den Objektträger mit der Gewebeprobe hervor und warf ihn in den Plastikeimer mit dem organischen Müll. »Es sei denn, es gibt keinen Befund. Warum sollte sich ein gesunder Mann auch in der Blüte seines Lebens umbringen?«

Rybaud lächelte, während er die Gewebeproben entsorgte und die Metallschalen ausspülte. Leon kreuzte auf dem Obduktionsprotokoll das Käschen mit den Worten »ohne Befund« an. Er sagte sich, dass er eigentlich nichts falsch gemacht hatte. Schließlich hatte sich der Mann wegen einer schweren Krankheit das Leben genommen, die ihn drei Monate später sowieso dahingerafft hätte. Und dann hätte die Versicherung auf jeden Fall zahlen müssen.

Leon fühlte sich gut. Er fand, dass er sich einen Café verdient hatte.

33. KAPITEL

Der Anruf des Sicherheitsbeauftragten des Handyproviders ging bei der Gendarmerie von Le Lavandou am späten Vormittag ein und wurde von Kommandant Zerna persönlich entgegengenommen. Es gab eine gute und eine schlechte Nachricht. Der letzte Einloggpunkt von Emma Talbots Handy war ein Sendemast nahe dem *Chemin du Train des Pignes*, der ehemaligen Strecke der Côte d'Azur-Eisenbahn. Die Schienen der berühmten Linie waren schon vor Jahrzehnten demontiert worden. Und aus der ehemaligen Bahntrasse hatte man einen idyllischen Fahrradweg gemacht. Hier hatte sich das Handy um 06.13 eingeloggt. Der Signalstärke nach zu urteilen, befand sich das Funktelefon dabei in einer Entfernung zwischen 40 und 300 Metern vom Sendemast. Allerdings war das Signal knapp vier Minuten später wieder verschwunden. Danach gab es keinen Kontakt mehr zwischen dem Handy und einem französischen Funknetz. Der Techniker von Orange erklärte, dass das Gerät aller Wahrscheinlichkeit nach abgeschaltet worden sei. Zerna bedankte sich und sah zur Wand seines Büros, an der eine große Karte von Lavandou und Umgebung hing. Dann riss er die Tür auf und rief nach seinen Mitarbeitern.

Wenige Minuten später standen Isabelle, Masclau und Moma im Büro des Polizeichefs. Die Suche nach Emma Talbot hatte bisher keinerlei Ergebnisse gebracht. Niemand in

Lavandou und Umgebung schien das kleine blonde Mädchen auf seinem pinkfarbenen Fahrrad mit den weißen Griffen gesehen zu haben. Sie war verschwunden, als hätte sie nie existiert. Zerna klärte sein Team über die Handy-Ortung auf.

»Wir müssen davon ausgehen, dass die kleine Emma entführt wurde«, sagte Zerna.

»Vielleicht ist auch nur der Akku von ihrem Handy leer? Ist doch immer noch möglich, dass sie nur spazieren gefahren ist. Einfach so«, meinte Masclau.

»Einfach so? Das Mädchen ist zehn Jahre alt und seit Stunden verschwunden. Man merkt wirklich, dass du keine Kinder hast«, sagte Isabelle.

Sie ärgerte sich über ihre patzige Reaktion, aber dieser Didier konnte sie immer wieder auf die Palme bringen. Sie hielt ihren Kollegen für unsensibel und sozial inkompetent. Er war nur Polizist geworden, weil sein Vater mit Zernas Vorgänger befreundet war. Für Didier, der aus Carpentras kam, war der Job in Le Lavandou ein Traum. Wenig Arbeit, Sonne, Strand, und mit 58 würde er in Frühpension gehen und Rente kassieren.

»Sie hätte einfach nur spazieren gehen können. Warum hat sie ihr Fahrrad mitgenommen?«, fragte Didier.

»Weil sie verabredet war. Wie wäre es damit, Didier? Jemand hatte ihr versprochen, bei Sonnenaufgang Delphine zu beobachten«, sagte Isabelle.

»Es gibt aber keine Delphine hier an der Küste.«

»Oh Mann, natürlich nicht«, Moma war ebenfalls von Didier genervt, »aber das weiß die Kleine doch nicht.«

»Danke, Moma.«

»Könnten Sie zum Punkt kommen, Capitaine?« Zerna schnipste ungeduldig mit seinem Kugelschreiber.

»Ich stelle mir das so vor: Emma fährt heimlich und in aller Frühe zu einem vereinbarten Treffpunkt. Irgendwo in der Nähe vom Strand und nicht zu weit weg vom Campingplatz. Dort trifft sie sich mit ihrem Entführer.«

»Einverstanden. Aber dann muss sie noch zu ihm ins Auto steigen«, sagt Moma.

»Und sie weiß, dass sie zu niemandem ins Auto steigen darf.«

»Sie tut es aber trotzdem. Weil sie den Entführer kennt und weil sie Vertrauen zu ihm hat«, meinte Isabelle.

»Das sehe ich genauso.« Zerna stand jetzt vor der Karte, die mit einer durchsichtigen Folie abgedeckt war. In der Hand hielt er einen dicken schwarzen Filzstift. Er malte einen Punkt östlich des großen Kreisverkehrs am Ortseingang von Lavandou.

»Hier steht der Sendemast, mit dem das Handy des Mädchens zuletzt verbunden war«, sagte Zerna. Dann zog er einen Kreis um den Punkt. »350 Meter. Innerhalb von diesem Kreis muss sich das Handy zu diesem Zeitpunkt befunden haben.«

Die Polizisten hatten sich um ihren Chef gruppiert und betrachteten die Karte. Der Kreis deckte nach Westen und Süden einen großen Teil des Ortes ab. Richtung Hyères und Bormes reichte die Begrenzungslinie über zwei Supermärkte und das Umspannwerk hinaus. Isabelle deutete auf einen Punkt innerhalb des westlichen Segments.

»Da liegt das Haus von René Fabius.«

»Warum überrascht mich das nicht?« Masclau sah Isabelle an.

»Die kleine Emma ist Fabius ein paarmal am Strand begegnet«, meinte Isabelle.

»Ganz genau. Und sie vertraut ihm. Genau wie du gesagt

hast, Isabelle.« Masclau ballte die rechte Faust in einer triumphierenden Siegergeste.

»Wir sollten ihn auf jeden Fall befragen.« Zerna ging zurück zu seinem Schreibtisch. »Das übernehmen am besten Sie, Capitaine Morell. Masclau und Kadir, Sie beide fahren noch einmal zum Campingplatz. Wenn der Täter mit der kleinen Emma gesprochen hat, muss das doch irgendjemand beobachtet haben.«

Eine Viertelstunde später parkte Isabelle den weißblauen Renault Mégane der Gendarmerie vor dem verwilderten Grundstück von Fabius. Wie üblich stand der Lieferwagen in der Einfahrt. Am Tor gab es eine Klingel, daneben hatte jemand den Namen FABIUS auf ein Stück Klebeband gekritzelt. Die Polizistin läutete, aber nichts rührte sich.

Isabelle ging die Zufahrt entlang und die drei Stufen zur Veranda hinauf. Hier gab es nur eine rostige Hollywoodschaukel mit aufgerissen Kissen. Auf dem hölzernen Terrassenboden lagen ein paar platt getretene Bierdosen. Isabelle beugte sich dicht an die Scheibe und versuchte etwas im Inneren des Hauses zu erkennen, indem sie mit den Händen ihre Augen gegen das grelle Sonnenlicht abschirmte. Doch das Wohnzimmer war leer. Fabius war offensichtlich nicht zu Hause.

Als Isabelle die Veranda wieder verlassen wollte, sah sie etwas im hohen Gras blitzen. Sie ging nach unten und zwängte sich zwischen den Oleanderbüschen durch. Einen Augenblick später stand sie vor einem pinkfarbenen Kinderfahrrad mit weißen Griffen. Keine Frage: Es war das Rad der kleinen Emma. Isabelle zog ihr Funkgerät vom Gürtel und gab Alarm.

Es dauerte keine vier Minuten, bis das erste Polizeiauto

mit Blaulicht und Sirene um die Ecke schoss. Kurze Zeit später tauchten weitere Einsatzfahrzeuge auf. Als Zerna schließlich eintraf, war die Straße vor dem Anwesen von Fabius von einem halben Dutzend Polizeiautos blockiert.

Dass die Beamten nicht alle Spuren zertrampelt hatten, war nur der Initiative von Isabelle zu verdanken. Sie und Moma hatten das Grundstück abgesperrt und niemanden durch das Tor gelassen. Zerna teilte seine Leute ein. Endlich konnte er mal wieder zeigen, wer der Polizeichef von Le Lavandou war. Drei Männer durchsuchten den Lieferwagen. Weitere drei Beamte wurden losgeschickt, die angrenzenden Grundstücke zu inspizieren und mit den Nachbarn zu reden. Zerna selbst ließ es sich nicht nehmen, die Gruppe anzuführen, die »die Höhle des Löwen« betrat, wie er das Haus von Fabius nannte.

Masclau warf sich gegen die Haustür, die mit einem Splittern aufschwang. Es gab zwar keine richterliche Anordnung für eine Hausdurchsuchung, aber Zerna erklärte, dass Gefahr in Verzug war. Immerhin bestand ja die Möglichkeit, dass sich ein Kindsentführer mit seinem Opfer in dem Haus versteckte. Doch das Gebäude war leer. Im Wohnzimmer, das Fabius offenbar auch als Lager benutzte, türmten sich Kartons mit unterschiedlichsten Süßigkeiten. Der Kühlschrank war mit Bierdosen gefüllt. Im Spülbecken stapelte sich benutztes Geschirr. Die Bettwäsche im Schlafzimmer war offensichtlich seit Wochen nicht mehr gewechselt worden, und im Flur lag ein Haufen aus schmutzigen T-Shirts und gebrauchten Männerunterhosen. Es war das Zuhause eines einsamen Menschen, dachte Isabelle, die zusammen mit Masclau die Räume inspizierte. Die Kollegen durchforsteten jeden Schrank und sahen unter den Betten nach, aber irgendwie war sich Isabelle sicher, dass sie nichts finden würden. Sie war froh, als sie wieder draußen im Sonnenlicht stand. Hier war es zwar heiß, aber immer noch angenehmer als in der muffigen und düsteren Bude von Fabius.

Zerna befahl die Suche abzubrechen und das Haus zu versiegeln. Ein Team von zwei Beamten wurde abgestellt, um das Anwesen zu bewachen. Nur für den unwahrscheinlichen Fall, dass Fabius zurückkommen sollte.

Als Isabelle in Richtung Tor ging, fiel ihr eine schwarze Plastikmülltonne auf, die zwischen dem Lieferwagen und den Büschen eingeklemmt war. Sie drängte sich hinter dem alten Citroën vorbei und hob den Deckel hoch. Ein Schwarm Fliegen kam ihr entgegen. Die Tonne war voller vergorenem Küchenmüll, und ganz oben drauf lag ein sauberes, pinkfarbenes Handy, auf dessen Rückseite sich ein Klebebildchen mit einem springenden Delphin befand. Isabelle spürte, dass ihr die Tränen in die Augen stiegen.

34. KAPITEL

»Den verdammten Kinderficker hätten die *Flics* nie laufen lassen dürfen.« Michel vom *Magasin de presse* hatte sich in der letzten halben Stunde bereits drei kühle Rosé gegen die Hitze genehmigt und redete sich in Rage. Er stand mit ein paar Bekannten an der Bar im *Miou*. An diesem Nachmittag kannten alle nur ein Thema: das Verschwinden von Emma Talbot. Und der Täter war auch schon ausgemacht: René Fabius.

Lavandou war ein kleiner Ort, in dem jeder jeden kannte. Und jeder war mit jemandem verwandt oder verschwägert, der bei der Stadtverwaltung, der Polizei oder Feuerwehr arbeitete. Also hatte so ziemlich jedes Detail über den Fall Emma Talbot zumindest gerüchteweise bereits die Runde gemacht.

Leon saß bei einem Café crème im Inneren des Lokals und versuchte sich auf seine zwei Tage alte FAZ zu konzentrieren. Es war heiß und stickig. Der Ventilator hatte den Geist aufgegeben, aber in den Elektrogeschäften und Supermärkten war jedes Gerät, das kühlte oder für Wind sorgte, seit Tagen ausverkauft. Trotzdem war es im *Miou* immer noch besser als draußen. Nur Touristen saßen an einem Tag wie diesem vor der Bar, wo es auch unter den Sonnenschirmen heiß war wie in einem Backofen. Die beiden Kellner schafften unermüdlich kaltes Bier und abenteuerlich aufgetürmte Eisbecher nach draußen,

die im *Miou* »Passion sur la plage« oder »Nostalgie d'été«
hießen.

Zu den Gästen an der Bar gehörten auch zwei Fahrer der
Spedition ›Transports VAR‹, die gegenüber ihren Lastwa-
gen abgestellt hatten. Einer der beiden, Eric, war angeblich
ein entfernter Cousin von Masclau und galt darum als Insi-
der für alles, was die Polizei betraf. Er machte sich gerne
wichtig und hatte selten Geld bei sich, um seine Zeche zu
zahlen.

»Sie sagen, im Haus von Fabius stapelt sich der Dreck bis
zur Decke. Und überall Pornos. So richtig versautes Zeug.
Aber das habt ihr nicht von mir.« Eric genoss die neugierigen Blicke der Umstehenden, die natürlich nur zu gerne gewusst hätten, um welche Art von »versautem Zeug« es sich
handelte.

»Mach mir noch einen Weißen, Jérémy!«, rief Eric. Der
Wirt zögerte.

»Der geht auf mich«, sagte Michel, und Jérémy goss seinem Gast einen weiteren Pastis ins Glas und schüttete Eis-
wasser nach.

»Ich versteh nicht, warum manche Leute sich so gehen
lassen.« David, der Kollege von Eric, rührte Zucker in seinen Espresso und nahm einen Schluck.

»Weil die Menschen keine Regeln mehr kennen«, meinte
Jérémy, während er ein paar Gläser abspülte. »Sie lernen
keinen Respekt mehr. Nicht vor den Eltern, nicht vor der
Polizei, vor niemandem. Das ist das große Problem – die
Leute verkommen.«

»Du bist ja ein richtiger Philosoph, Jérémy.« Die alte
Véronique stand ebenfalls an der Bar und zog an ihrer
Gauloise, was natürlich im Bistro verboten war, aber hier
niemanden störte. Schließlich konnte man Véronique

nicht nach draußen schicken. Und zum Petanque spielen war es heute entschieden zu heiß.

»He, Véronique, du müsstest eigentlich längst tot sein, bei dem Zeug, das du da rauchst«, rief Michel über den Tresen.

»Halt den Mund, Michel«, sagte Jérémy, »so redet man nicht mit einer Dame.«

Eric hielt sich das Glas vors Gesicht und beobachte, wie der Pastis im Wasser weiße Schlieren zog. Dann wandte er sich wieder dem Gespräch zu.

»Ich sag euch: So einer wie dieser Fabius dürfte überhaupt nicht draußen rumlaufen. Ich frag mich, warum die Polizei den Wichser überhaupt wieder raus gelassen hat?« Eric sah die Runde an und erntete zustimmendes Gemurmel.

»Dieser Fabius ist ein verdammter Vergewaltiger«, sagte David. »Wie hieß die Kleine noch, die er gevögelt hat? Die aus Toulon?«

»Emilie, die war erst fünfzehn. Er hat sie trotzdem gepackt. Ich sag euch was: Wer so was macht, der tut's immer wieder. Ist wie ne Sucht bei diesen Typen.«

»Da hilft nur eins: In den Knast mit diesen Schweinen und den Schlüssel wegwerfen.« Michel sah sich in der Runde um, und ein paar der Männer nickten. Jérémy wischte die Theke ab und blieb bei Michel stehen.

»Was den Fall Emilie angeht, da haben sie Fabius freigesprochen. Das solltest du nicht vergessen. Und bei dem Mädchen aus Deutschland haben sie auch nichts gegen ihn gefunden.«

»Weil die blöden *Flics* nicht richtig gesucht haben. Nur wer suchet, der findet. Steht schon in der Bibel«, sagte Eric.

»Jetzt seht euch Jérémy an: Verteidigt er die Sau auch

noch.« Michel sah sich um. »Einen Kinderficker und Mörder.«

»Und warum haben ihn die *Flics* dann laufen lassen, wenn er so ein Verbrecher ist?« Jérémy hatte eigentlich keine Lust, sich mit angetrunkenen Gästen zu unterhalten, aber manche Dinge konnte man einfach nicht so stehen lassen.

»Da musst du ihn fragen«, Michel deutete über seine Schulter in Richtung Leon, »unseren Médecin légiste. Der hat Zerna doch geflüstert, dass er die Drecksau laufen lassen soll.«

»He, Doktor, ist das wahr? Du hast die Sau laufen lassen?«, rief Eric quer durchs Lokal.

Leon hatte Teile der Unterhaltung mitbekommen. Es war nur eine Frage der Zeit gewesen, dass sich das Gespräch an ihn richten würde. Eric rutschte von seinem Barhocker, ging zu Leons Tisch und baute sich vor ihm auf. Leon ließ die Zeitung sinken und sah den Truckfahrer ganz ruhig an.

»Über die Freilassung von Verdächtigen entscheidet die Polizei«, sagte Leon, »ich beurteile Spuren und erstelle gerichtsmedizinische Gutachten.«

»Gutachten, *oh, là là*. Und was sagen diese Gutachten?«

»Es wurden am Opfer keine Spuren festgestellt, die auf eine Verbindung zu Monsieur Fabius hingewiesen hätten.«

»Da hast du's«, rief Jérémy von der Bar.

»Na und, der Kinderficker hat's trotzdem getan.« Eric drehte sich um. »Da kann der Doktor aus Deutschland mit seinen Gutachten winken, so lange er will.«

Die anderen Gäste sahen gespannt zu Leon hinüber und warteten nur darauf, dass die Auseinandersetzung eskalierte. Aber Leon blieb ganz entspannt sitzen und faltete die Zeitung zusammen. Eric schob sich wieder auf seinen Barhocker. »Noch einen kleinen Weißen, Jérémy, diese Hitze macht einen fertig.«

Jérémy schüttelte den Kopf. »Du hast genug, Eric, entschuldige dich erst mal beim *Docteur*.«

Im hinteren Teil des Bistros war Gérard Le Blanc aufgestanden, hatte einen Zehn-Euro-Schein auf den kleinen schwarzen Plastikteller mit der Rechnung gelegt und kam nach vorne.

Eric hielt dem Wirt sein Glas hin. »Was ist los mit dir, Jérémy? Verstehst du keinen Spaß mehr?« Aber sogar Michel wendete sich ab und begann mit Véronique ein Gespräch über die Hitze und die Gefahr von Waldbränden.

Der Anwalt war neben Leon stehen geblieben, der gerade aufstand. *»Bonjour, Monsieur.«*

»Monsieur Le Blanc, ich hatte Sie gar nicht gesehen.«

»Hätten Sie Lust, mich zu meinem Boot zu begleiten? Da kann man sich wenigstens in Ruhe unterhalten.«

»Mit Vergnügen.«

»Der Café crème vom Doktor geht auf mich«, rief Le Blanc Jérémy zu, der nickte. Leon stand auf, und die beiden Männer verließen das Bistro.

35. KAPITEL

Als Emma die Augen aufschlug, war es um sie herum stockfinster. Ihr war schlecht, Arme und Beine taten ihr weh, so wie zu Hause in Lyon, wenn sie manchmal zu Fuß bis in ihre Wohnung im achten Stock hinauflief, statt den Lift zu nehmen.

Es war dunkel. So dunkel, dass sich die Finsternis wie ein dicker, weicher Brei anfühlte. Wo war sie? Wo waren ihre Eltern, wo? Alles schien ganz langsam um sie herum abzulaufen. Sie hatte Schmerzen, aber gleichzeitig spürte sie ihren Körper nicht. Bewegte sie ihre Arme, oder bildete sie sich das nur ein? Lag sie auf dem Boden, oder schwebte sie durch diese Finsternis? Warum wurde es nicht hell? Bitte, mach, dass dieser böse Traum aufhört, dachte Emma. Sie müsste nur die Augen aufmachen, aber das konnte sie nicht. Nur einmal kurz blinzeln, und der Alptraum wäre vorbei. Bitte. Emma wollte schreien, so laut sie konnte: Mama?! Papa! Aber es kam kein Ton aus ihrem Hals, nicht mal ein Krächzen.

Warum machte keiner das Licht an? Sie versuchte sich zu rühren, ihr wurde schlecht, alles drehte sich. Sie spürte plötzlich, wie Tränen aus ihren Augen quollen und an der Haut eine feuchte Spur hinterließen. Das fühlte sich so echt an. Das war kein Traum. Emma spürte ihr Herz schlagen. Es ging schnell, pochte und pumpte. Zappelte in ihrer Brust wie ein gefangener Vogel. Jagte die Angst durch ihren

Körper. Emma musste immer schneller atmen. Du darfst keine Angst haben, sagte sie sich, denk an etwas anderes, irgendwas Schönes. Wenn sie zu Hause nicht einschlafen konnte, dachte sie an etwas Schönes. Das war ihr ganz geheimer Zaubertrick. In letzter Zeit dachte sie immer an die Insel. Die Insel aus ihrem Buch und an den kleinen Christo, der mit seinem Großvater auf dem Fischerboot hinaus aufs Meer fuhr. Und wenn die beiden in die Zauberbucht kamen, tauchte plötzlich der Delphin auf. Er sprang aus dem Wasser, und die Tropfen, die er dabei verspritzte, glitzerten im Licht der Sonne wie Diamanten. Genau so stand es in ihrem Lieblingsbuch, und genau so versuchte sie es sich vorzustellen. Aber so sehr sie sich auch konzentrierte, die Bilder vom Delphin wollten nicht auftauchen in ihrem Kopf. Stattdessen hörte sie nur ihr Herz schlagen.

Emma atmete ein. Die Luft war staubig und roch nach faulem Obst. Und plötzlich erinnerte sie sich. Wie sie sich am Morgen leise angezogen hatte. Wie sie den kleinen Riegel an der Tür des Wohnwagens zurückgeschoben hatte und wie sie barfuß auf Zehenspitzen nach draußen gegangen war. Vor dem Wohnwagen hatte sie ihre Sandalen angezogen. Es war noch kühl, und die Nachtluft hatte alles mit einem feinen, feuchten Nebel überzogen. Sogar der Sattel ihres Fahrrads war feucht von der Nacht. Sie war ganz leise gewesen. Hatte das Rad vorsichtig an der Schranke des Campingplatzes vorbeigeschoben. Dann erst war sie losgefahren, so schnell sie konnte. Zum größten Abenteuer ihres Lebens. Sie würde echte Delphine sehen. Und wenn sie aus dem Wasser sprangen, würden die Tropfen in der Sonne glitzern wie Diamanten. Es wäre alles genauso wie in ihrem Buch, aber nur, wenn sie es rechtzeitig zu ihrer Verabredung schaffte. Das alte Auto würde am Parkplatz stehen, gleich am Meer. Doch dann gab es plötzlich keine Bilder mehr in ihrer Erinnerung. Nur dieser süßlichen Geruch und das Dröhnen in ihren Ohren, und dann war alles dunkel, so wie jetzt.

Gab es da nicht einen kleinen Streifen Licht? Emma bewegte die Hände und spürte den harten, rauen Boden unter den Fingern. Das hier war kein Traum. Jetzt, nachdem sich ihre Augen an die Dunkelheit gewöhnt hatten, erkannte sie den Boden und eine Wand. Es war nicht viel zu sehen, nur schwarz und grau. Aber der dünne helle Streifen, das war Licht von außen, Sonnenlicht. Auf allen vieren kroch Emma auf dieses Licht zu. Sie erreichte eine Tür. Sie fühlte sich kalt an. Die Oberfläche war rostig. Ganz oben am Rahmen drang ein wenig Licht durch einen Spalt. Warum war sie hier eingesperrt, was war am Meer passiert?

In diesem Augenblick hörte sie Schritte. Wie von jemandem, der eine Treppe herunterkommt. Jemand, der sie holen wollte. Jemand der schlimme Dinge tun wollte. Emmas Herz raste. Sie wollte sich verstecken. Aber wohin? Sie wollte einfach verschwinden, sich wegzaubern. Zurück in die Dunkelheit, wo sie niemand sehen konnte. So schnell sie konnte, kroch sie zurück in die hinterste Ecke und drückte sich auf den Boden. Sie wollte klein sein wie eine Maus, und niemand würde sie finden. Emma hörte, wie ein Riegel zurückgeschoben wurde, und dann ging die Tür auf. Sie rührte sich nicht, lag da wie tot in der Ecke und machte die Augen fest zu. Jemand kam in den Raum. Ihr Herz schlug so laut, jeder könnte es hören. Die Schritte kamen näher. Die Person blieb vor ihr stehen. Emma hörte ein schabendes Geräusch, dann entfernten sich die Schritte wieder. Sie wagte zu blinzeln, nur ganz kurz, nur für einen Wimpernschlag. Da stand eine Flasche mit Wasser vor ihrem Gesicht. Und sie sah die Stiefel. Dann schloss sich die Tür, und der Riegel wurde zurückgeschoben. Die Dunkelheit und die Stille kehrten zurück, und Emma fühlte sich plötzlich unendlich einsam, noch einsamer als der letzte Mensch auf der Welt.

36. KAPITEL

Leon ging mit Le Blanc zum Yachthafen. Die Anlage war in den Siebzigerjahren gebaut worden, an einer Stelle, wo vorher noch die Fischerboote auf den Strand gezogen wurden. Als die Fischer aufgaben und immer mehr Touristen nach Le Lavandou kamen, versuchte die Gemeinde, den kleinen Ort mit einem neuen Hafen aufzumöbeln, um die großen Yachten und ihre wohlhabenden Besitzer anzulocken. Doch zum Glück hatten die Multimillionäre Le Lavandou trotzdem links liegen gelassen und waren lieber in St. Tropez und Monaco vor Anker gegangen. Auf diese Weise blieb der Yachthafen von Lavandou ruhig und übersichtlich.

Direkt am Kai drängten sich Charterfirmen und Bootsausrüster neben Boutiquen, Bars und Fischrestaurants. Le Blanc war der Meinung, dass die Touristen mit ihrem Wunsch nach Fastfood das Ende der Esskultur an der Côte d'Azur auf dem Gewissen hätten. Schließlich wurden hier früher noch fangfrische Doraden direkt aus dem Meer serviert, inzwischen bestellten die Besucher lieber panierten Kabeljau aus der Nordsee. Und statt frisch gefangener Langusten wurden billige Shrimps aus Vietnam im Pappschälchen bestellt. Leon war der Meinung, dass der kulinarische Niedergang weniger mit dem Desinteresse der Touristen, als mit der Geldgier der Restaurantbesitzer zu tun hatte. Wenn man heute noch wirklich gute Küche erleben wollte, musste man eben ein paar Kilometer von der Küste weg in die Provence fahren.

Le Blancs Boot lag direkt vor den Restaurants. Die *Orca* war eine prächtige 15-Meter-Yacht mit allen Schikanen. Es gab eine geräumige Messe, mehrere komfortable Kabinen, ein breites Achterdeck und einen zweiten Steuerstand über dem Sonnendach des Freidecks. Der 63-jährige Anwalt hatte vor einigen Jahren seine Kanzlei in Toulon verkauft und sich in Le Lavandou zur Ruhe gesetzt. Jetzt wohnte er mit seiner Frau in einem Appartement in den Hügeln, oder er fuhr mit Freunden auf seiner Motoryacht zum Thunfischangeln aufs Meer.

Der Anwalt hatte es sich zur Gewohnheit gemacht, die ereignislosen Tage als Pensionär jeden Abend pünktlich um 18 Uhr mit einem Glas Rosé zu beschließen. Heute hatte er diesen Termin ein gutes Stück vorverlegt, denn es war erst vier Uhr nachmittags. Und wenn man von Le Blanc auf die *Orca* eingeladen wurde, bedeutete das automatisch, dass man etwas trinken musste. Alles andere hätte er als unhöflich empfunden. So saß Leon mit einem Glas in der Hand in einem bequemen Korbsessel im Heck des Schiffes und betrachtete das Treiben am Pier. Leon, dem eigentlich als Kind schon im Paddelboot auf dem Baggersee schlecht geworden war und der darum Boote bis heute ablehnte, gefiel es auf der Yacht. Das Schiff lag ruhig im Hafenbecken und bewegte sich nur sanft, wenn es von der Bugwelle eines vorbeifahrenden Bootes gestreift wurde.

»Da haben Sie sich ja gleich die richtigen Freunde gemacht«, sagte Le Blanc und hob sein Glas, und Leon erwiderte den Gruß.

»Danke, dass Sie mich gerettet haben«, sagte er.

»Oh, ich konnte doch nicht zulassen, dass ein so begabter Boule-Spieler wie Sie am Ende noch Prügel bezieht.«

»So gut bin ich auch nicht.«

»Nur keine falsche Bescheidenheit. Ich heiße übrigens Gérard.«

»Leon.« Er stieß mit seinem Gastgeber an. »Die Leute mögen nicht, wenn man sie mit ihren Vorurteilen konfrontiert.«

»Wem sagst du das, ich habe Fabius damals in Toulon verteidigt.«

»Ach, du warst das ... Ich habe von dem Prozess gehört. Ich kann mir nicht vorstellen, dass das allen Leuten gefallen hat.«

»Nach dem Freispruch bekamen meine Frau und ich nachts Telefonanrufe mit Morddrohungen. Und sie haben mir den Wagen angezündet. Was soll's, hat die Versicherung bezahlt.«

»Bist du deshalb hierhergezogen?«

»Nein, nach über 35 Jahren als Jurist hatte ich einfach genug von Prozessen.«

»Einige Leute glauben bis heute, dass Fabius schuldig ist.«

»Ist das eine Frage? Ich bin Anwalt. Ich glaube grundsätzlich an die Unschuld meiner Mandanten.« Gérard Le Blanc beobachtete seinen Gast, und Leon war sich nicht ganz sicher, ob der Anwalt meinte, was er sagte, oder ob er ihn nur testen wollte.

»Wenn man als Gerichtsmediziner an einem Fall arbeitet, macht man sich sein eigenes Bild vom Täter«, sagte Leon.

»Ungefähr 42 Jahre alt, alleine lebend, begrenzte Intelligenz, Verkäufer von gebrannten Mandeln? So etwas in der Art?«

»Zumindest scheint das die Überzeugung der Bewohner von Lavandou zu sein.«

»Ich wette, du bist anderer Meinung.«

»Dass Fabius untergetaucht ist, spricht nicht gerade für ihn«, sagte Leon.

»Das war das Vernünftigste, was er tun konnte. Du hast die Meute erlebt. Die halten sich nicht lange mit Rechtsfragen auf. Und wer möchte schon mit Schädelbruch in der Klinik landen?«

»Du hast von dem Mädchen in Le Muy gehört?«

»Lektion Nummer eins: In dieser Stadt gibt es keine Geheimnisse. Also, mit was für einem Täter haben wir es deiner Meinung nach zu tun, *Docteur*?« Gérard hatte inzwischen Käse und Oliven aus dem Kühlschrank geholt und sie vor Leon auf den kleinen Tisch gestellt. Leon kaute genüsslich auf einer Olive, bevor er antwortete.

»Ich denke, der Täter kennt sich sehr gut in der Gegend aus. Die Plätze, an denen er seine Opfer abgelegt hat, haben beide eine besondere Geschichte, es sind geradezu mythische Orte. Der Täter ist wahrscheinlich belesen, gebildet, vielleicht hat er sogar studiert. Er hat außerdem eine enge Beziehung zur Natur. Und er hat ein problematisches Verhältnis zu Frauen.«

»*Oh, là là*, und ich dachte immer, die Gerichtsmediziner schneiden nur Leute auf und sehen nach, was sie zu Mittag gegessen haben.«

»Zumindest ist es das, wofür sie bezahlt werden.«

Gérard schenkte sich Rosé nach. Leon konnte ihn nur mit Mühe davon abhalten, auch sein Glas zu füllen. Aber er musste seinem Gastgeber versprechen, an einem der nächsten Abende vorbeizukommen, um mit ihm gemütlich eine ganze Flasche zu leeren.

»Der DNA-Test hat nichts gebracht?«

»Ich dachte, es gibt keine Geheimnisse in Lavandou.«

Gérard schmunzelte. »Ich habe nur gehört, dass die Polizei bei ganz bestimmten Personen auf einen DNA-Test verzichtet hat?«

»Duchamp? Zerna und diese Lapierre haben sich aufgeführt, als wollte ich den Papst vorladen.«

»Der Papst beim Gentest, das hätte hier niemanden gestört, aber Duchamp ist ein Comte.«

»Habt ihr während der Revolution nicht alle Adligen unter die Guillotine gelegt?«

»Das denken alle Touristen. Aber sie vergessen, dass Napoleon die Hälfte seiner Verwaltung mit Adelstiteln belohnt hat. Die Titel wurden im 19. Jahrhundert zwar wieder abgeschafft, aber nur auf dem Papier.«

»Das klingt für mich aber gar nicht nach Gleichheit und Brüderlichkeit.«

»Vergiss es. Die Präfekten halten sich für Fürsten, und die Präsidenten denken, sie wären die direkten Nachfolger von Ludwig dem XIV. Die Bevölkerung bewundert ihre Adeligen. Dabei ist das eine verschworene Clique mit allerbesten Drähten in Politik und Wirtschaft. Und dieser Duchamp sitzt mittendrin.«

»Ich habe gelesen, die Familie Duchamp hätte ihre Unternehmensanteile längst verkauft?«

»Duchamp hat nicht das Zeug zum Geschäftsmann. Er hält sich für einen Künstler, hat Literatur studiert. Aber durchgezogen hat er es nicht und den Abschluss gab es nur, weil sein Vater der Uni eine neue Bibliothek gestiftet hat. Duchamp ist der Letzte seines Geschlechts und der einzige Erbe. Heute sitzt er mit seiner alten Mutter und dem Hauspersonal in dem Familiensitz auf dem Cap Nègre und schreibt Bücher über die heimische Pflanzenwelt, die keiner lesen will.«

»Und ich dachte immer, Millionäre fahren den ganzen Tag Wasserski und feiern Partys auf ihren Yachten.«

»Nicht Duchamp. Gelegentlich stiftet er Geld für die Gemeinde von Lavandou. Ansonsten marschiert er alleine durch den Nationalpark, fotografiert Pflanzen und hofft, dass ihm keiner begegnet, der ihn erkennt. Er soll auch mal am Nacktstrand von Cavalière Kinder fotografiert haben, bis er verscheucht wurde. Aber das ist vielleicht auch nur ein böses Gerücht.«

»Wo genau ist dieses Cap Nègre?«

»Was hast du vor? Willst du ihn zum Tee besuchen?«

»Vielleicht gar keine schlechte Idee.«

»Vorsicht, Leon, so wie es aussieht, ist der Mann Zeuge in einem Mordfall.«

»Und ich bin nur ein an Naturkunde interessierter Mediziner, der für eine städtische Klinik arbeitet.«

»Das klingt nach Problemen. Als Anwalt muss ich dir dringend abraten, dich mit Duchamp zu treffen.« Die beiden Männer sahen sich einen Moment an. »Ansonsten finde ich die Idee gar nicht schlecht.«

Leon stand auf und hielt Gérard die Hand hin. »Ich muss los. Und danke für den Rosé.«

»Du hältst mich doch auf dem Laufenden? Ich weiß zwar nicht genau, was du vorhast, aber ich möchte auf keinen Fall irgendwas verpassen.«

Leon drehte sich nicht mehr um, als er mit zwei Schritten über die kurze Gangway auf den Pier sprang.

37. KAPITEL

Seit die Medien begonnen hatten, über das verschwundene Mädchen zu berichten, standen die Telefone im Büro von Isabelle nicht mehr still. Zusammen mit Moma nahm sie Zeugenanrufe entgegen. Etwa die Hälfte der Anrufer waren Wichtigtuer, die nichts Konkretes beobachtet hatten. Andere wollten nur ihre Nachbarn oder missliebigen Bekannten denunzieren oder sich bei der Polizei darüber aufregen, dass die Welt im Allgemeinen immer gefährlicher und verdorbener wurde. Viele hängten auf, wenn sie ihre Beobachtung präzisieren oder Name und Telefonnummer nennen sollten. Dann gab es da noch Dutzende beunruhigter Eltern, die alle in der letzten Zeit eine oder mehrere finstere Gestalten am Strand, am Karussell oder sonst wo gesehen haben wollten, die sich »irgendwie verdächtig« verhielten. Kurz gesagt, auch nach vielen Stunden hatte die Polizei nicht eine konkrete Spur.

Am frühen Nachmittag hatte sich ein Freizeitskipper gemeldet, der von seinem Segelboot aus anrief, das in der Bucht von Lavandou lag. Angeblich hatte er gerade das gesuchte Mädchen mit einem etwa 40-jährigen Mann auf einem offenen Motorboot mit Kurs auf die Insel gesehen. Die Angaben waren präzise und klangen glaubwürdig. Isabelle leitete den Anruf weiter an Kommissarin Lapierre, die bereits seit dem Morgen das Kommando über die verschiedenen Polizeieinheiten übernommen hatte.

Jetzt sah Madame Lapierre ihre Chance gekommen, den Einfaltspinseln aus der Provinz zu zeigen, wie man einen erfolgreichen Polizeieinsatz koordinierte und eine Entführung effizient beendete. Hatte das Mädchen nicht vor seinem Verschwinden erzählt, dass ihr jemand Delphine zeigen wollte? Diese Spur war heiß. Jetzt musste es schnell gehen. Helikopter und Küstenwache wurden alarmiert. Die Kommissarin legte sich ins Zeug. Sie unterrichtete ihren Vorgesetzten in Toulon, der wiederum den zuständigen Staatsanwalt Julien Orlandy informierte. Genau zwanzig Minuten nach dem ersten Anruf hatte Kommissarin Lapierre das Okay für ihren Großeinsatz.

Zerna meldete Bedenken an. Seiner Meinung nach sollten sie besser erst mal das Polizeiboot auf die Position des Schiffes mit dem angeblich entführten Mädchen schicken. Danach könnten sie immer noch den Helikopter zu Hilfe rufen. Kommissarin Lapierre reagierte verärgert, als der Polizeichef ihre Kompetenz in Gegenwart von Mitarbeitern in Frage stellte. Die Sache würde für den Polizeichef ein Nachspiel haben – nach der Befreiung der Geisel. Jetzt ging es erst mal darum, das Leben eines unschuldigen Kindes zu retten. Von diesem Moment an hielt sich Zerna zurück. Sollte sich die Kommissarin aus Toulon doch die Finger verbrennen.

Eine Stunde später entdeckte die Küstenwache das gesuchte Motorboot etwa zehn Seemeilen nordöstlich der Insel Port-Cros. Der 48 Meter lange Küstenkreuzer nahm Kurs auf das Boot. Luftunterstützung erhielt das Schiff von einem Armeehelikopter, der vom Stützpunkt auf der Île du Levant aufgestiegen war. An Bord fünf Elitesoldaten der schnellen Eingreiftruppe *Force d'action rapide* und Kommissarin Lapierre, die den Einsatz koordinierte. Die

Küstenwache forderte das Motorboot zum Beidrehen auf. Anschließend ging der Küstenkreuzer längsseits, und Soldaten mit automatischen Waffen sicherten das Motorboot. Doch zur allgemeinen Überraschung befanden sich an Bord des verdächtigen Motorbootes nur ein Biologielehrer aus Avignon mit seiner zu Tode erschrockenen zehnjährigen Tochter. Die beiden waren gerade dabei, ihre Schleppangeln auszulegen, als sie von der französischen Marine aufgebracht wurden. Nachdem der Lehrer sich ausweisen konnte, durfte er mit seiner Tochter den Angelausflug fortsetzen.

Seit diesem Fehlschlag hatte sich Kommissarin Lapierre in ihr Büro zurückgezogen.

Um 16 Uhr rief Zerna zu einer Lagebesprechung. Kommissarin Lapierre setzte sich ans Ende des Besprechungstisches und versuchte den Eindruck zu erwecken, als müsste sie wichtige Unterlagen studieren. Neben Zerna saß Bürgermeister Daniel Nortier. Der erste Mann der Stadtverwaltung sah heute blass aus und schwitzte heftig, obwohl die Klimaanlage auf der höchsten Stufe lief. Stumm lauschte er den Berichten der Polizeibeamten.

Isabelle erklärte, dass man seit dem frühen Morgen jedem einigermaßen zuverlässigen Hinweis nachgegangen sei, jedoch ohne Erfolg. Bisher habe man bei den verschiedenen Einsätzen nur den gestohlenen BMW eines deutschen Touristen sichergestellt und zwei Jugendliche geschnappt, die vor drei Tagen aus der Erziehungsanstalt von Draguignan abgehauen waren. Damit war die Liste der Erfolge auch schon zu Ende.

Didier Masclau berichtete, dass sie sieben Sexualstraftäter überprüft hätten. Aber alle hätten ein wasserfestes Alibi. Drei weitere wären in andere Departements verzogen und würden vor Ort von Kollegen überprüft. Blieben noch drei potentielle Sexualstraftäter auf der Liste, die sich aber bereits seit Wochen wieder in Haft befänden.

Zerna konnte seinen Ärger nur schwer verbergen. Inzwischen suchten fast hundert Beamte der Gendarmerie und der Police municipale nach dem Mädchen. Unterstützt wurden sie von den Männern der Feuerwehr, die die Wege des Nationalparks absuchten. Hinzu kamen noch jede Menge freiwillige Helfer. Zerna hielt es für ausgeschlossen, dass ein zehnjähriges Mädchen in Le Lavandou von der Bildfläche verschwinden konnte, ohne irgendeine Spur zu hinterlassen.

Isabelle fasste den Stand der Erkenntnisse kurz zusammen: Emma Talbot hatte sich offenbar am Morgen zwischen sechs und sieben Uhr mit einem Unbekannten getroffen. Zu diesem Treffen war sie, so wie es aussah, mit ihrem Fahrrad gefahren.

»Moment«, unterbrach Didier seine Kollegin, »das war kein Unbekannter, das war René Fabius.«

»Das wissen wir nicht, Didier«, sagte Isabelle, aber ihr Kollege war anderer Meinung. Zerna unterbrach ihn nicht. Masclau sprach nur aus, was alle im Raum dachten.

»Wir haben doch das Fahrrad und das Handy von Emma Talbot gefunden. Beides lag auf dem Gelände von Fabius«, sagte Masclau.

»Die Sachen könnten dort auch von einer anderen Person abgelegt worden sein.«

»Klar, der große Unbekannte – ich bitte dich, Isabelle.«

»Wäre Fabius tatsächlich so leichtsinnig, Beweismaterial in seinem Garten zu deponieren?«

»Wer weiß«, sagte Didier, »vielleicht hatte er ja keine Zeit mehr, die Sachen zu verstecken.«

»Bleiben wir doch bitte bei den Fakten«, mischte Zerna sich ein. »Masclau hat recht, es gibt im Augenblick keinen Grund, nach einem anderen Täter als Fabius zu fahnden. Kadir?« Zerna sah Moma an.

»Wir haben Bekannte und Verwandte von Fabius abgeklappert. Unsere Kollegen haben auch seine Schwester befragt, die in Arles wohnt – nichts. Sein Handy ist abgeschaltet. Da sich sein Lieferwagen auf seinem Grundstück befindet, ist er entweder noch in der Gegend, oder er muss die Kleine in einem anderen Auto entführt haben.«

»Und wenn ihr euch irrt? Wenn das Mädchen gar nicht entführt wurde?«, fragte der Bürgermeister, und alle Blicke richteten sich auf ihn. Natürlich wäre es möglich, dass das Kind einfach abgehauen, ertrunken oder sonst wie verschwunden war. Aber jeder der anwesenden Polizeibeamten rechnete damit, dass man die kleine Emma Talbot früher oder später tot auffinden würde – wenn sich im Augenblick auch keiner traute, diesen Gedanken laut auszusprechen.

Aus dem Fernsehapparat kam die Erkennungsmelodie der Nachrichtensendung. Zerna stellte mit der Fernbedienung den Ton lauter. Alle sahen zu dem Flachbildschirm, der an der Wand hing. Dort war ein Reporter zu sehen, der am Strand von Le Lavandou stand und die Apokalypse heraufbeschwor.

»Die Angst geht um in Le Lavandou, einem der beliebtesten Ferienorte des Var. Die Angst vor einem Killer, der kleine Mädchen von Campingplätzen entführt, um sie irgendwo in den Hügeln hinter mir bestialisch zu ermorden. Zwei kleine Mädchen sollen auf diese Weise bereits ums Leben gekommen sein. Jetzt ist ein drittes Mädchen verschwunden. Noch immer gibt es keine eindeutige Stellungnahme der Polizei zu diesen unfassbaren Vorfällen.«

»Das ist unverantwortlich, was der Kerl da erzählt«, rief Zerna. Alle starrten auf den Fernsehjournalisten, der jetzt auf dem Platz vor dem Rathaus stand.

»Warum haben die Behörden die Besucher nicht früher informiert? Wurde das Ausmaß des Verbrechens nicht rechtzeitig erkannt, oder wurde es bewusst verschwiegen?« Jetzt blendete die Regie ein Foto von Fabius ein.

»Mit Hochdruck fahndet die Polizei inzwischen nach einem Verdächtigen: René Fabius ist bereits mehrfach wegen Sexualdelikten aufgefallen. Auch in diesem Fall weisen alle Spuren zu ihm. Doch der Verdächtige ist verschwunden. Jetzt quält die Eltern im einstigen Ferienparadies nur noch eine Frage: Wird mein Kind das nächste Opfer sein?«

Zerna schaltete den Fernseher ab.

»Das ist eine Katastrophe, die absolute Katastrophe.« Nortier wischte sich mit einem Stofftaschentuch den Schweiß von der Stirn. »Wissen Sie, wie viel der Stadtrat von Le Lavandou in den letzten drei Jahren in Imagekampagnen investiert hat? Über 350 000 Euro. Und jetzt!? Alles umsonst.«

»Wir haben jetzt wirklich andere Probleme als verlorene Imagekampagnen. Es geht schließlich um das Leben eines Kindes«, sagte Masclau.

»Ach ja? Dann finden Sie mal lieber schnell diesen Scheißkerl Fabius. Das muss doch möglich sein«, blaffte Nortier den Polizisten an.

»Ganz ruhig, Daniel«, sagte Zerna, »wir tun, was wir können. Es ist nur eine Frage der Zeit, bis wir ihn erwischen.«

»Wir haben aber keine Zeit. Wir haben Stornierungen bei den Hotelreservierungen, und wir haben Stornierungen bei den Campingplätzen. Die Leute ziehen inzwischen sogar schon ihre Buchungen für den September zurück.«

In diesem Moment brummte das Handy, das neben Nortier auf dem Tisch lag. Der Bürgermeister drückte die Annahmetaste und wendete sich ab.

»Nortier. Ja, ich verstehe. Das ist aber sehr bedauerlich. Aber, aber ich bin sicher, dass wir bis dahin ... verstehe. Da kann man nichts machen. Auf Wiederhören.« Nortier legte auf und starrte es an, als könnte er rückgängig machen, was er da eben gehört hatte. »Das war die Protokollabteilung des Elisée-Palastes. Sie haben abgesagt. Der Präsident wird nicht zu unserer Hundert-Jahr-Feier kommen.«

38. KAPITEL

Die Hitze wollte einfach nicht weichen. Das Hoch reichte inzwischen von der Biskaya bis zu den Alpes-Maritimes und es schien so, als hätte es sich für immer über Frankreich festgekrallt. Die Temperaturen waren tropisch, und sogar nachts sank das Thermometer kaum unter dreißig Grad.

Das war oben am Col de Babaou ganz anders. In knapp 400 Metern Höhe ging immer eine leichte Briese. Leon hatte den Fiat angehalten und war ausgestiegen. Hier oben war die Luft mindestens um 7 Grad kühler als in den engen Gassen von Le Lavandou.

Eigentlich hatte Leon sich eine kleine Auszeit geben wollen, bevor er wieder hierherkommen würde. Er wollte sich Zeit lassen, eine Woche vielleicht, oder zwei. Wahrscheinlich würde ihm Sylvie bis dahin sowieso über den Weg laufen. Aber dann war er doch in sein Auto gestiegen und hatte die Straße nach Collobrières genommen. Warum ließ ihn der Gedanke an diese Frau nicht in Ruhe? War es nur die Erinnerung an Sarah, die diese Frau bei ihm wachrief, oder gab es da noch etwas anderes? Etwas, dass er nicht beschreiben konnte, dass ihn verunsicherte, aber auch herausforderte. Noch war es nicht zu spät. Er konnte noch immer umkehren. Leon setzte sich in sein Auto und fuhr weiter. Einen Kilometer später bog er in den Feldweg mit dem Schild *Le Refuge* ein.

Als Leon seinen Wagen unter dem Kastanienbaum abstellte und auf das Haus zuging, stand Sylvie auf der Terrasse. Sie trug eine blaue Latzhose voller Farbflecken und hielt einen Pinsel in der Hand. Sie strich die Haustür in hellem Gelb.

»Hallo«, sagte Leon.

»Wie findest du es?«, fragte Sylvie. »Gelb und Blau sind die Farben des Lichts.«

»Es sieht gut aus.«

»Warte, bis die Sonne untergeht, dann fängt die Farbe erst richtig an zu leuchten.«

Leon stand vor Sylvie. »Schön, dich zu sehen«, sagte er und legte ihr sanft die rechte Hand auf die Schulter. Aber als er ihr zur Begrüßung die Wange küssen wollte, wich sie ihm aus.

»Bist du wieder über die D41 gekommen?«, fragte sie und sah zum Leons Fiat herüber.

»Wieso, gibt es denn noch einen anderen Weg?«

»Du nimmst die Schnellstraße nach La Londe und biegst bei der alten Glaserei ab. Nach einem Kilometer geht rechts ein unbefestigter Weg in den Park. Der ist eigentlich für die Feuerwehr, aber du brauchst nur die Schranke hochzuheben, ist nie abgeschlossen. Dann bist du in zehn Minuten hier oben.«

»Danke für den Tipp«, sagte Leon. Er sah Sylvie an. »Ich freu mich, dich zu sehen.«

»Ich mach mir nur die Hände sauber und zieh mir etwas anderes an«, sagte Sylvie schnell. »Da ist Eistee auf dem Tisch. Du magst doch Eistee. Ich bin gleich wieder da.« Damit packte sie Pinsel und Farbdose zusammen und verschwand im Haus.

Leon ging zum Tisch unter der Pergola und goss sich aus der Karaffe ein Glas voll. Diesmal erschien es ihm merkwürdig einsam, das Haus in der Provence. Es war ruhig hier draußen, nicht mal die Zikaden waren zu hören, als müsste sich das Land von der Hitze des Tages erholen. Es gab nur das Geräusch der Weinblätter, durch die die Abendbrise raschelte und dabei die Blechstreifen eines Windspiels aneinanderstoßen ließ.

Sylvie kam aus der Tür und trug jetzt ein weites helles Sommerkleid. »Hast du Lust auf einen Spaziergang?«, fragte sie.

»Gerne, wo ist deine Tochter? Es ist so still.«

»Sie übernachtet bei einer Freundin in Collobrières. Morgen hole ich sie wieder ab. Du bist also ganz alleine mit mir.«

»Das klingt aufregend«, sagte er, aber sie ging nicht auf seine Bemerkung ein.

»Lass uns auf den Hügel gehen, von da oben hat man einen phantastischen Blick.«

Leon folgte Sylvie einen steilen Pfad entlang. Er erwischte sich dabei, dass er enttäuscht war. Hatte er sich nach dem letzten Treffen mehr erwartet? Mehr Nähe? Eine Berührung vielleicht, ein intimes Wort. Stattdessen kam er sich vor wie ein Fremder. Er beobachtete Sylvie, wie sie vor ihm herlief. Die Abendsonne schien durch ihr dünnes Sommerkleid, und er konnte die Konturen ihres Körpers sehen. Sie wirkte schmal, fast zerbrechlich. Aber auch verheißungsvoll und aufregend.

Der Blick von der Spitze des Hügels war atemberaubend. Man konnte die Küste bis nach Toulon erkennen. Und dahinter im Dunst die Konturen des Mont Faron, des Coudon und des Mont Caume. Die Bergkämme sahen aus wie mit Aquarellfarben gemalt. Und bald würde dahinter die Sonne versinken.

Auf der Kuppe des Hügels gab es einen Felsen, in den Besucher ihre Namen geritzt hatten. Silvie hatte sich gegen den rauen Stein gelehnt, der noch warm vom Tag war. Sie schloss die Augen und genoss die letzten Sonnenstrahlen. Leon lehnte sich dicht neben ihr an den Stein. Er musste sie immer wieder ansehen. Ihre Brüste unter dem Stoff des Kleides waren flach wie bei einem jungen Mädchen. Er strich ihr mit dem Handrücken sanft über die Wange, als sie sein Handgelenk griff und seine Hand nach unten drückte. Mit der anderen Hand schob sie gleichzeitig ihr Kleid nach oben. Leon berührte die warme, nackte Haut auf der Innenseite ihrer Schenkel, und als sie seine Hand weiterführte, fühlte er, dass sie keine Unterwäsche trug. Sie presste seine Hand mit Kraft gegen ihre Scham, und er spürte, dass sie feucht war. Leon beugte sich über Sylvie und wollte sie küssen, aber sie drehte den Kopf weg. Sie griff nach seinem Gürtel und zerrte ihn auf. Dann öffnete sie die Knöpfe seiner Jeans. Leon dachte, dass jetzt Erinnerungen in ihm aufsteigen müssten, Erinnerungen an Sarah, aber da war nichts. Da waren nur er und diese fremde Frau auf einem Hügel, mitten in der Provence. Sie sah ihn nicht an, sondern hatte die Augen geschlossen. Er spürte ihre Hände, so fordernd und verzweifelt. Irgendetwas war nicht richtig. Er wollte das alles stoppen. Jetzt gleich. Aber er wusste, dass er die Kontrolle über die Situation verloren hatte. Sylvie schob ihre Hand in seine Hose und umfasste seinen Penis.

»Komm«, sagte sie, »komm zu mir.«

Er wollte zärtlich sein, aber sie zog ihn zu sich, und als er schließlich ihre warme Nässe spürte, wusste er, dass sie die Macht über ihn hatte, und er ließ sie machen, wie es ihr gefiel.

»Stoß mich«, sagte sie, »los, stoß mich fest!«

Leon hatte Sylvie an den Felsen gepresst, und die Kanten der Steine drückten sich in ihren Rücken. Sie muss Schmerzen haben, dachte Leon. Aber er hörte nur ihr schnelles Atmen und spürte ihre Hände, die ihn an Hals und Rücken gepackt hatten und hielten, spürte ihre heftigen Bewegungen.

Als Leon merkte, dass er sich nicht mehr zurückhalten konnte, war es ihm egal. Sylvie stieß einen kleinen Schrei aus, wie ein Tier. Dann lehnten sie beide wie erstarrt an dem Felsen, bis Sylvie ihn in die Wirklichkeit zurückholte.

»Was hast du mit mir gemacht?«, sagte Sylvie, und es klang verärgert und ein wenig vorwurfsvoll, während sie ihn zur Seite schob und ihr Kleid glatt strich.

»Was meinst du?« Leon war einen Augenblick lang verblüfft. Er knöpfte seine Hose zu. Am Horizont ging die Sonne so glutrot unter, als könnte sie die ganze Welt in Brand setzen.

»Das ist wirklich eine unglaubliche Aussicht«, sagte Leon, während er sie ansah. Er legte seinen Arm um Sylvie, aber sie entwand sich ihm.

»Lass das, okay?«, sagte sie kühl. »Lass uns gehen!«

»Aber natürlich. Ich folge Ihnen, Madame.«

Sylvie reagierte nicht auf Leons Scherz. Für die nächsten fünfzehn Minuten sprach sie kein Wort. Leon versuchte ein paarmal, eine Unterhaltung in Gang zu bringen, aber dann gab er auf. Hatte er sie gekränkt?

Als die beiden vor Sylvies Haus ankamen, war es bereits dunkel. In der Küche brannte Licht. Sylvie war vor der Terrasse stehen geblieben. Leon legte ihr die Hand auf die Schulter.

»Alles okay?«, fragte er, und seine Stimme klang besorgt.

»Kannst du mich nicht einfach in Ruhe lassen?« Sie schüttelte seine Hand ab.

»Dann geh ich jetzt wohl besser ...« Leon wusste nicht, wie er reagieren sollte. Sylvie hatte ihn völlig aus dem Konzept gebracht. Als von ihr keine Reaktion kam, drehte er sich um und ging zu seinem Auto.

»*Au revoir*«, versuchte sie gleichgültig zu sagen, aber es klang traurig.

Leon hob die Hand, aber er drehte sich nicht mehr um. Er stieg in seinen Wagen, schaltete das Licht an und fuhr davon. Ein paar Augenblicke später hatte ihn der Wald verschluckt.

39. KAPITEL

Leon hatte sich auf der Heimfahrt Zeit gelassen. Er musste seine Gedanken ordnen. Was war los mit dieser Frau? Wieso konnte er sie so wenig begreifen? Wieso überraschte sie ihn ständig, tat Dinge, die er nicht erwartete? Warum gelang es ihr, ihn so zu verunsichern? Er verstand sie nicht, verstand nicht, was sie dachte oder fühlte. Lag es daran, dass er keine Frau mehr angerührt hatte, seit Sarah verschwunden war? Vielleicht waren seine Erwartungen zu hoch. Vielleicht wusste er nicht mehr, wie man Frauen richtig behandelte.

»Bei Frauen musst du immer in der Übung bleiben«, hatte sein Freund Uwe gesagt, »ist genau wie im Fußball. Wer das Training schwänzt, kann auch kein Tor schießen, wenn's drauf ankommt.« Seit Leon alleine lebte, hatten sich Uwe und seine Frau Anna in den Kopf gesetzt, ihn mit einer ihrer zahllosen Freundinnen zu verkuppeln. Ständig luden die beiden ihn zum Essen ein, und immer wieder war ganz zufällig eine liebe Freundin vorbeigekommen, die Leon »unbedingt kennenlernen wollte«.

Am Anfang war er mit der einen oder anderen Frau ausgegangen. Aber meist gingen ihnen schon beim ersten Date die Gespräche aus. Gelegentlich hatte es flüchtige Zärtlichkeiten gegeben – Küsse und ungeschickte Fummeleien im Taxi oder vor der Haustür, wenn er die diversen Kandidatinnen nach Hause gebracht hatte. Und wenn er ehrlich war, hatte er die wenigen Chancen, mit einer seiner Verabredungen ins Bett zu gehen, bewusst verstreichen lassen. Dabei hatte er sich nach Sex gesehnt, aber es war der Moment danach, vor dem er immer zurückgeschreckt war. Wenn sich entschied, ob man schon bereit war, die Nähe des anderen zu ertragen, oder ob die Ernüchterung einen nur noch an Flucht denken ließ.

»Du grübelst zu viel über die Vergangenheit«, hatte Uwe gesagt, »Frauen wollen lachen. Wer ficken will, muss fröhlich sein, weiß doch jeder.« Uwe hatte recht. Er hatte sie alle mit Sarah verglichen, und keine hatte bestehen können – bis jetzt.

Leon hatte nach der Ankunft in Isabelles Haus geduscht und sich umgezogen. Jetzt saß er auf der Terrasse unter der Bougainvillea und genoss ein Glas Rosé und die Ruhe. Unten im Ort konnte er die blauen Blinklichter der Polizeiautos sehen, und er konnte das Geräusch des Hubschraubers hören, der mit seinen Suchscheinwerfern im Tiefflug die Küste entlangschwirrte und die Stände kontrollierte.

Leon hatte auf der Rückfahrt mit Isabelle telefoniert. Sie hatten die kleine Emma noch immer nicht gefunden. Inzwischen suchten fast 200 Polizisten nach dem Kind. Die Fahndung wurde weiter ins Hinterland ausgedehnt. Jede Scheune, jedes leerstehende Haus, jeder Schuppen wurde überprüft. Die Küstenwache hatte auch nichts gefunden. Aber eigentlich konnte sich sowieso niemand vorstellen, dass das Mädchen ertrunken war. Es war eine Entführung, genau wie die Medien berichteten, und insgeheim rechnete jeder damit, dass man früher oder später die Leiche des Kindes finden würde.

Der Verdacht gegen René Fabius hatte sich erhärtet. Eine Touristin hatte sich bei der Polizei mit einem Handyvideo gemeldet. Es zeigte ihre Tochter beim Spielen am Strand. Im Hintergrund war die kleine Emma Talbot zu erkennen, die sich mit Fabius unterhielt, während er gebrannte Mandeln verkaufte. Nach Fabius wurde inzwischen in ganz Frankreich gefahndet. Außerdem war Interpol eingeschaltet worden, falls der Verdächtige versuchen sollte, sich ins Ausland abzusetzen. Trotzdem fehlte von Fabius jede Spur. Seine Kreditkarte hatte er in den vergangenen 48 Stunden genauso wenig eingesetzt wie seine EC-Karte. Sein Handy blieb abgeschaltet. Er war nirgends gesehen worden. Zum ersten Mal seit vielen Jahren hatte er nicht seinen Süßigkeitenstand auf dem Wochenmarkt aufgebaut. Sein bezahlter Standplatz zwischen dem Olivenstand und dem Stand mit den Küchengeräten blieb leer.

Die Suche ging weiter, und Isabelle war inzwischen seit mehr als dreizehn Stunden ohne Unterbrechung im Einsatz. Es würde spät werden, hatte sie Leon am Telefon gesagt. Falls Monsieur Ritter Hunger hätte, könnte er für sich und Lilou die Lasagne warm machen, die im Kühlschrank stand.

Aber Leon war alleine im Haus, und er genoss die Ruhe. Er hatte sich das Buch über die Geheimnisse der Provence aus dem Zimmer geholt und zu lesen begonnen, als plötzlich Lilou auf der Treppe zur Veranda auftauchte. Leon sah sofort, dass etwas passiert war. Lilou war in Tränen aufgelöst. An der Wange hatte sie eine kleine Schürfwunde, das T-Shirt war im Ausschnitt aufgerissen und am Rücken verdreckt. Als sie Leon sah, blieb Lilou stehen.

Leon stand sofort auf. »Lilou, was ist passiert?« Aber Lilou antwortete nicht. Sie schluchzte nur.

»So schlimm?«, fragte Leon und strich ihr mit der Hand die Haarsträhne aus dem Gesicht, die die Schürfwunde verdeckte.

»Darf ich mir das mal ansehen?« Lilou nickte. Er ging mit dem Mädchen ins Bad, reinigte die Verletzung und desinfizierte sie mit einem Wundspray.

»Am schnellsten heilt das, wenn man Luft dranlässt«, sagte er. Leon holte eine Cola aus dem Kühlschrank, und schließlich erzählte Lilou, was geschehen war.

Vor ein paar Tagen hatte sie auf der Party bei Inès einen Jungen namens Nicolas kennengelernt. Seitdem hatten sich die beiden zweimal gesehen. Bisher nur am Nachmittag, denn Isabelle achtete streng darauf, dass Lilou während der Woche bis spätestens um 19 Uhr zu Hause war.

Lilou fand Nicolas zuerst »total süß«. Er arbeitete beim Supermarkt *Carrefour* im Lager, ausladen und so was. Er verdiente echt Geld, erzählte Lilou, und hatte sie zum Eis ins *Bora Bora* eingeladen. Heute Abend hatten sie sich am Strand verabredet. Die Jungs hatten ein Feuer gemacht, und einer hatte seine Gitarre dabei. Dann ist sie mit Nicolas am Ufer ein Stück spazieren gegangen, und sie hatten Sternschnuppen beobachtet. Bei den Felsen hatte er sie geküsst und angefangen sie zu befummeln. Und dann hatte er gesagt, dass er Sex haben wollte. Am Strand, einfach so. Und als sie nein gesagt hatte, war er wütend geworden. Er hatte sie beschimpft und festgehalten, aber sie hatte sich gewehrt. Er hatte nur gelacht und versucht, ihr das T-Shirt runterzureißen. Sie schlug nach ihm, und da hatte er ihr einen Stoß versetzt, dass sie zwischen die Felsen knallte. Dann rannte sie nach Hause. Er hatte sie noch ein Stück verfolgt, aber sie war schneller. Wieder musste Lilou weinen.

»Bitte, du darfst Mama nichts erzählen«, schluchzte Isabelle, »die lässt mich abends nie mehr weg.«

Leon nahm sie in den Arm. »Wieso denn? Du hast alles

richtig gemacht. Deine Mutter wird bestimmt nicht sauer auf dich sein.«

»Du kennst sie nicht«, sagte Lilou, »die flippt aus, wenn sie's erfährt. Versprichst du's mir?«

Leon nickte. »Ich habe dich gar nicht kommen hören. Wo ist der Roller?«

»Der steht noch unten auf dem Parkplatz am Hafen. Ich hab mich nicht getraut, ihn zu holen, weil Nicolas und die anderen da immer abhängen.«

»Na los, holen wir den Motorroller.«

Leon ging mit Lilou den kleinen dunklen Weg zwischen den Gärten hinunter. Der Jasmin roch so intensiv, dass es einem den Atem verschlagen konnte. Sie redeten nicht viel, aber als sie in die Straßen des Ortes einbogen, spürte Leon, dass Lilou nach seiner Hand griff.

Im Ortskern drängten sich die Touristen, die in einer der unzähligen Kneipen zu Abend gegessen hatten und jetzt zurück in ihre Ferienwohnungen oder auf die Campingplätze wollten. Leon und Lilou liefen die Strandpromenade entlang. Als sie sich dem Parkplatz am Hafen näherten, ließ Lilou Leons Hand los. Sie blieb stehen und deutete zum Parkplatz von dem jetzt immer mehr Autos wegfuhren.

»Es ist der blaue Roller bei den Bänken«, sagte sie.

»Alles klar, ich hol ihn«, meine Leon. Im Schatten sah er drei halbwüchsige Jungs, die rauchend zusammenstanden und lachten. Einer von ihnen hatte sein Skateboard dabei.

»Nein, ich geh schon«, sagte Lilou. Leon lächelte. Er würde dicht hinter ihr bleiben. Er konnte sich nicht vorstellen, dass die Jungs Lilou hier belästigen würden. Nicht vor all den Touristen, die um diese Zeit noch unterwegs waren. Leon ließ Lilou einige Meter Vorsprung und beobachtete, wie das Mädchen zu ihrem Roller ging und sich bückte, um das Schloss zu öffnen. Im gleichen Moment hatte der größte der drei Jungs das Mädchen entdeckt. Dem Flaum in seinem Gesicht nach zu urteilen, war er ungefähr siebzehn und hoffte offenbar auf mehr Bartwuchs. Er trug ein Muskelshirt und eine weite Jeans, die ihm lässig auf den Hüften hing und den Bund seiner gestreiften Unterhose sehen ließ.

»Schau mal, wer da kommt«, sagte er und schlenderte zu Lilou. Er baute sich neben ihr auf und griff nach dem Lenker des Rollers. »Die Heulsuse ist wieder da.«

»Lass los«, sagte Lilou.

»Na, doch Lust auf einen kleinen Ritt?« Der Junge griff sich in den Schritt und lachte schmutzig in Richtung seiner Freunde. Die beiden anderen Jungs kamen dazu.

»Lass sie gehen, Nicolas«, sagte der Junge mit dem Skateboard.

»Wer zu mir kommt, will Spaß haben«, sagte Nicolas und hielt Lilou fest, als sie sich auf ihren Roller setzen wollte, »da will ich sie doch nicht enttäuschen.«

»Nimm sofort die Finger weg!«, Leon hatte die Gruppe erreicht.

»Was will der denn hier?« Nicolas drehte sich zu Leon um und musterte ihn. »Bist du ihr Opa, oder was?« Er drehte sich beifallheischend zu seinen beiden Begleitern um. Die Jungs sahen Leon mit provozierendem Grinsen an. »Verpiss dich, Alter, geh heim zu Oma.«

Leon spürte die Spannung. Ihm war klar, dass die Situation jeden Moment eskalieren konnte. Er war zwar einen halben Kopf größer als dieser Nicolas, aber der machte den Eindruck, als wüsste er, wie man auf der Straße kämpft, und davon hatte Leon keine Ahnung. Vielleicht könnte er sich gegen einen der Jungs wehren, aber gegen drei war er chancenlos. Leon blieb trotzdem ganz ruhig.

»Die Sache ist ganz einfach«, sagte Leon zu Nicolas. »Du rührst sie noch einmal an, und du hast ne Anzeige wegen versuchter Vergewaltigung an der Backe. Du weißt, was das bedeutet. Da marschierst du nicht mehr ins Erziehungscamp, sondern direkt in den Knast nach Toulon. Da warten sie nur auf so junge Burschen wie dich.«

Nicolas war irritiert. Er ließ Lilou los und sah Leon an. Eigentlich wollte er diesem alten Sack sofort eine reinballern, aber irgendetwas hielt ihn davon ab. Wusste der Arsch vielleicht, dass er schon mal im *Centre éducatif fermé* gewesen war? Was, wenn das einer von den *Flics* war, die seit gestern hier überall rumschwirrten, oder noch schlimmer, ein Richter auf Urlaub oder so was in der Art?

Leon registrierte Nicolas Verunsicherung und hakte sofort nach. »Mit der Anzeige wegen Körperverletzung, das überlegen wir uns noch.«

»Was denn für ne Körperverletzung? Mann, ich hab die Kuh doch gar nicht angefasst.«

»Vorsicht, Nicolas! Das wird das Gutachten der Gerichtsmedizin entscheiden.«

In diesem Moment kam ein Streifenwagen in Schrittgeschwindigkeit an der Zufahrt zum Parkplatz vorbei. Auf dem Dach das blinkende Blaulicht. Am Steuer saß Lieutenant Masclau. Auf Leons Höhe verlangsamte er den Wagen und sah zu ihm und den Jugendlichen herüber. Leon winkte Masclau zu, und der Polizist erwiderte den Gruß. Das Polizeiauto rollte langsam weiter.

»Ach, fick dich doch«, sagte Nicolas wütend und verschwand mit seinen beiden Freunden in der Dunkelheit.

Lilou startete den Roller und setzte sich den Helm auf, der an einem Haken neben dem Sattel hing.

»Kannst du Karate oder so was?«, fragte sie.

»Nein«, sagte Leon.

»Hab ich mir schon gedacht«, meinte Lilou. »Dann sollten wir jetzt besser verschwinden.« Leon betrachtete Lilou auf ihrem kleinen tuckernden Motorroller. Das Mädchen spürte den kritischen Blick und rutschte noch ein paar Zentimeter nach vorne. »Ich fahr, ich kenn die Strecke. Komm schon.«

Leon setzte sich hinter Lilou und legte ihr die Hände auf die Schultern. »Aber du fährst langsam, okay?«, sagte er.

»Wenn uns die *Flics* erwischen, bist du sowieso dran«, sagte Lilou. »Du hast keinen Helm auf.«

Lilou gab Gas, schlängelte sich mit ihrem Roller geschickt durch den Verkehr und nahm dann eine verbotene Abkürzung durch die Fußgängerzone. Zum Glück hatte die Polizei in dieser Nacht andere Sorgen.

40. KAPITEL

Seit der Entführung waren drei Tage vergangen. Die Such-
trupps der Gendarmerie nationale, der Police municipale
und der Feuerwehr waren rund um die Uhr im Einsatz –
ohne Erfolg. Inzwischen hatte es die Story in die Nachrichten der meisten französischen TV-Sender geschafft. Gerüchte von Kinderhändlern, Zigeunern und Kidnappern
machten die Runde. Die Polizei hatte inzwischen sogar das
Privatleben der Eltern durchleuchtet. Aber außer der Tatsache, dass die Talbots in soliden finanziellen Verhältnis-
sen lebten und Ehemann Marcel offenbar eine Affäre mit
einer Stewardess der Air France hatte, waren die Behörden
auch hier nicht weitergekommen.

Leon hatte fest und traumlos geschlafen. Ein Blick am
frühen Morgen aus dem Fenster, und er wusste, es würde
wieder ein heißer Tag werden. Der Himmel war wolkenlos, und die Sonne vertrieb den feinen Frühnebel, der über
der Bucht lag. In der Küche traf Leon auf Isabelle. Man sah
ihr die Anstrengung der letzten 48 Stunden an. Sie hatte
ihm einen Kaffee gemacht, trank aber selber einen Orangensaft. Auf dem Küchentisch wartete schon ein Frühstück.

»Was war mit Lilou?«, fragte sie. Leon sah sie mit harm-
loser Mine an. Wusste sie irgendetwas über gestern Abend?
»Sie hat mir erzählt, sie hätte sich das Gesicht angeschlagen.«

»Das war nur ein Kratzer. Ich hab die Wunde sauber gemacht und versorgt. Machen Sie sich keine Sorgen.«

»Danke, das war sehr nett von Ihnen«, sagte Isabelle. Sie setzte sich Leon gegenüber an den Küchentisch. »Ich habe im Moment so wenig Zeit für Lilou. Ich mache mir ständig Sorgen, dass ihr etwas passieren könnte.«

»Ich denke, Ihre Tochter kann sich schon ganz gut selber helfen. Sie ist ziemlich erwachsen für ihr Alter.«

»Das täuscht. In ihrer Seele ist sie ein kleines Mädchen.«

»Muss ein schönes Gefühl sein, wenn man erlebt, wie die Kinder erwachsen werden.«

»Glauben Sie nicht, was die Leute sagen. In Wirklichkeit sind Kinder vor allem anstrengend und undankbar«, sagte Isabelle so laut, dass Lilou, die in die Küche kam, es auch hören konnte.

»Danke, Mama, sehr lustig.« Lilou hatte ihren Kopfhörer um den Hals gehängt. Sie trug ein T-Shirt und Bermuda-Jeans. Die Schramme an der Stirn war noch immer zu erkennen, obwohl sie sie überschminkt hatte. Unter dem Arm hielt sie einen abgewetzten Hockeyschläger.

»Ich muss los.«, sagte Lilou nervös, »Ich hab gleich Hockey.«

»Nicht ohne, dass du etwas gefrühstückt hast.«

»Du nervst echt, Mama.«

»Ich habe mich gerade bei Monsieur Ritter dafür bedankt, dass er dir geholfen hat.« Lilou sah nervös zu Leon. »Die Schramme.« Isabelle deutete auf ihre Stirn.

»Ach so, das.« Lilou klang irritiert.

»Wie wäre es, wenn wir mal zusammen zum Essen gehen?«, versuchte Leon abzulenken, »ich würde Sie und Ihre Tochter gerne einladen.«

»Ja, super Idee«, sagte Lilou.

»Im Moment habe ich leider überhaupt keine Zeit, aber ich danke Ihnen«, sagte Isabelle.

»Sei doch nicht so langweilig, Mama.«

»Ich bin nicht langweilig.« Isabelle sah Leon an. »Finden Sie mich langweilig?«

»Ich finde deine Mutter gar nicht langweilig«, sagte Leon zu Lilou.

»Wie lange wollt ihr euch eigentlich noch siezen?«, fragte Lilou. Leon und Isabelle sahen sich an.

»Wir ...«, begann Isabelle, »das ist eine Frage von Respekt. In unserer Generation ist man eben höflicher.«

»*Mon Dieu*, Mama, du bist doch noch nicht Sechzig.«

»Na ja, ist noch ein bisschen hin, würde ich sagen.«

»Mama, das ist Leon«, stellte Lilou vor, »er wohnt seit beinahe zwei Wochen bei uns im Haus. Und das ist meine Mutter Isabelle.«

Leon musste grinsen. Er hob seine Kaffeetasse und prostete Isabelle zu. Diese stieß mit ihrem Becher frisch gepresstem Orangensaft an.

»*Enchantée*, Isabelle.«

»*Enchantée*, Leon.«

Lilou schmierte sich ein Stück Baguette mit Butter und Marmelade, während sie bereits halb aus der Tür war. Isabelle sah ihrer Tochter hinterher, wie sie mit ihrem kleinen Rucksack über der Schulter und ihrem Hockeyschläger unterm Arm die Treppenstufen der Veranda hinunterlief und durch den Garten verschwand.

»Vielleicht haben Sie, ich meine hast du ja recht.« Sie sah ihren Gast an. »Vielleicht ist sie wirklich erwachsener, als ich wahrhaben will.«

»Sie ist ein bemerkenswertes Mädchen.«

»Danke«, sagte Isabelle. »Noch einen Kaffee?«

»Ja, bitte.« Leon hielt seine Tasse hin, und Isabelle goss aus der Thermoskanne nach. »Was die Suche nach Emma Talbot betrifft ...«

Leon zögerte. Vielleicht war es eine idiotische Idee, das Buch über die Provence zu erwähnen. Was sollte er sagen? Dass es da ein Buch gab, in dem die beiden Fundorte der toten Mädchen erwähnt wurden, und dass es Duchamp geschrieben hatte und dass man deshalb auch die 18 übrigen Orte, die in dem Buch erwähnt wurden, untersuchen sollte? Sie würde ihn für bescheuert halten oder zumindest für merkwürdig. Und wahrscheinlich hätten sie sogar recht damit.

»Was wolltest du gerade sagen?«, fragte Isabelle.

»Ich habe nur laut nachgedacht: Das Mädchen ist seit drei Tagen verschwunden.«

»Heute ist schon der vierte Tag. Und wir haben gar nichts. Nicht den kleinsten Hinweis.«

»Das Mädchen aus Le Muy wurde sechs Tage lang vermisst. Als man es gefunden hat, war es noch keine zwei Tage tot.«

»Du meinst, es wurde irgendwo versteckt?«

»Ich kann es nur vermuten. Leider wurde das damals nicht so genau überprüft.«

»Du glaubst also, dass die kleine Emma noch lebt?«

»Bei dem Mädchen aus Le Muy verging fast eine Woche. Es besteht also eine Chance.«

»Ich bin da nicht so optimistisch. Vielleicht ist das Mädchen längst tot, und wir müssen abwarten, bis wieder jemand zufällig die Leiche findet.«

»So zufällig wie Duchamp?«

»Du glaubst immer noch, dass er damit was zu tun hat?«

»Ich kann immer noch nicht ausschließen, dass er da-

mit nichts zu tun hat«, sagte Leon. »Das ist ein Unterschied.«

»Du weißt, wie Zerna darüber denkt.«

»Trotzdem sollten wir's versuchen. Alles was ich bräuch-
te, wäre eine Probe seiner DNA.«

Isabelle sah ihn an. »Du musst vorsichtig sein, Leon.
Duchamp hat Freunde, sehr einflussreiche Freunde.«

Eine Viertelstunde später saß Leon in seinem Auto auf
dem Weg in die Gerichtsmedizin. Sylvie hatte sich nicht
mehr bei ihm gemeldet, und Leon war froh darüber. Er
spürte, dass diese Frau Probleme in sein Leben bringen
würde. Und von Problemen hatte er erst einmal genug.
Wonach Leon sich sehnte, war Ruhe und ein Leben ohne
Überraschungen. Er hatte immer geglaubt, wenn er älter
würde, dann würden auch die Dinge um ihn herum langsamer fließen. Aber das Gegenteil war der Fall. Die Zeit
wurde immer knapper. Das Leben schien ihm inzwischen
wie ein gewaltiger Sturm, der ihn einfach mit sich riss. Was
er überhaupt nicht brauchen konnte, war jemand, der noch
mehr Chaos in sein Leben brachte. Und genau das hatte
Sylvie bereits erreicht. Denn er wollte sie wiedersehen, obwohl er wusste, dass das keine gute Idee war. Leon drehte
das Radio lauter. Die Hitzewelle würde noch mindestens
eine weitere Woche anhalten. Bei Grimaud hatte es kleinere Brände gegeben. Aber zum Glück hatte die Feuerwehr
die Flammen schnell löschen können. Der Präfekt in Toulon hatte inzwischen für das ganze Var die Gefahrenstufe 5
ausgegeben. Das bedeutete: absolutes Rauchverbot in allen
Parks und Wäldern, außerdem Verbot für das Betreiben
von Holzkohlegrills.

Leon hatte mit einem mulmigen Gefühl die Radiosen-
dung verfolgt, während er mit dem Auto auf einer schma-

len Nebenstraße durch die dichte Vegetation der Provence fuhr. Was wäre, wenn jetzt ein Feuer ausbräche, wenn er von Flammen eingeschlossen würde? Leon stellte sich vor, wie die Flammen über die Straße züngelten und was genau von ihm noch übrig wäre, wenn ihn die Feuerwehr im Wrack seines ausgebrannten Autos bergen würde. Manchmal war es ein Fluch, Gerichtsmediziner zu sein.

Leons Handy klingelte. Er nahm das Gespräch an, aber niemand meldete sich. Im Hintergrund waren Geräusche von Autos zu hören und ein Hundebellen. »Hallo?!«, sagte Leon ein paarmal, dann legte er auf. Er sah auf das Display, aber der Anrufer hatte seine Nummer offenbar unterdrückt. Er steckte das Handy wieder ein.

Auf *Radio Nostalgie* sang Michel Sardou »La Maladie d'Amour«.

41. KAPITEL

Am Empfang der Klinik lächelte Schwester Monique den Gerichtsmediziner an. Aber Leon musste sie enttäuschen, heute kein *Pain au chocolat*. Dafür hatte sie einen Zettel für ihn: Madame König hatte nach ihm gesucht. Colette König war die Sekretärin des Klinikchefs. Eine absolut humorlose Person, mit der Leon bereits wegen der Kosten für den Mietwagen aneinandergeraten war. Dass sie ihn suchte, klang nach Ärger. Leon nahm das Papier, zerknüllte es und ließ es in den Papierkorb fallen.

»Sagen Sie ihr, Sie hätten mich nicht gesehen«, sagte Leon. Monique sah ihn mit einem verschwörerischen Lächeln an.

In der Gerichtsmedizin gab es an diesem Tag nicht viel zu tun. Rybaud hatte fleißig vorgearbeitet. Daher saß Leon in seinem Büro und widmete sich der Bürokratie. Untersuchungsberichte, Materialbestellungen und Dienstpläne. Und dann gab es ja auch noch die wissenschaftliche Arbeit über die Blutspritzeranalyse, die Leon in einem medizinischen Fachverlag veröffentlichen wollte. Die Redaktion machte bereits Druck.

Gegen Mittag klopfte es an die Tür, und Klinikchef Dr. Arnaud stand plötzlich im Zimmer. Leon sah den Mann überrascht an. Vielleicht hätte er doch besser Colette König zurückgerufen.

»Ich wollte doch mal sehen, ob sich unser Gast aus

Deutschland schon eingelebt hat«, sagte der Klinikchef mit falscher Leutseligkeit.

Leon hatte Arnaud bisher nur zwei Mal getroffen. Bei der internationalen Gerichtsmediziner-Tagung in Toulouse vor anderthalb Jahren und bei seinem Einstellungsgespräch am vergangenen Montag. Das Gespräch war sachlich und kurz gewesen. Arnaud war hauptsächlich an Fragen zur Organisation der neuen Gerichtsmedizinischen Abteilung interessiert, die er zügig weiter ausbauen wollte. Medizinische Fragen schienen den Klinikchef nur am Rande zu kümmern. Obwohl er Facharzt für Frauenheilkunde war, arbeitete er inzwischen hauptsächlich an seiner Karriere. Er hatte in den letzten Jahren dafür gesorgt, dass die Klinik den großen Erweiterungsbau bekam, in dessen Keller sich nun die Gerichtsmedizin befand, und einen Hubschrauberlandeplatz für Unfallopfer. Er galt als hervorragend vernetzt, und das Klinikpersonal munkelte, dass Arnaud auf eine Professur und den Ruf an die renommierte Universitätsklinik von Lyon hoffte.

»Schön, dass Sie vorbeischauen«, sagte Leon, »wenn es heute auch sehr ruhig bei uns ist. Liegt bestimmt an der Hitze.«

»Da dürfen Sie sich ja nicht beschweren«, sagte der Klinikchef, »hier unten haben Sie die am besten temperierten Räume im ganzen Haus.«

»Und Patienten, die sich nie beklagen«, sagte Leon. Arnaud sah ihn an, als hätte er einen unanständigen Witz erzählt.

»Wie ich höre, beschäftigen Sie sich intensiv mit dem Fall des kleinen toten Mädchens aus Deutschland.«

»Nun ja, wir haben die Leiche des Mädchens obduziert, aber das wissen Sie ja.«

»Ihr Interesse an diesem Fall scheint ganz besonders groß zu sein.«

»Das täuscht. Alle Fälle, die hier auf unseren Tischen landen, behandeln wir mit der gleichen Sorgfalt.«

»Das höre ich gerne, Doktor Ritter. Wir müssen immer aufpassen, dass wir die Zuständigkeiten strikt getrennt halten. Aber wem sage ich das? Sie sind schließlich der Profi.«

Wieder das falsche Lächeln, dachte Leon. Aber jetzt kommen wir langsam zum Punkt. Offensichtlich hatte sich jemand bei Arnaud über ihn beschwert. Das traute er eigentlich nur Zerna oder dieser Lapierre zu.

»Das klingt so, als wäre jemand mit unserer Arbeit nicht einverstanden, Doktor Arnaud.«

Arnaud legte den Kopf schief und sah Leon einen Moment schweigend an.

»Es geht weniger um Ihre Arbeit, Doktor Ritter, als um Ihr Auftreten ...« Also doch die Lapierre, dachte Leon und wollte schon etwas sagen, hielt sich aber zurück.

»Hier unten im Süden, da lebt man in einer kleineren Welt als bei Ihnen in Frankfurt. Wir kennen uns, und wir respektieren uns. Jeder hat seinen Bereich: Die Polizei, die Justiz und die Gerichtsmedizin. Und so soll es auch bleiben.«

»Ich habe nur meine professionelle Einschätzung zu dem Fall geäußert.«

»Alle schätzen Ihre professionelle Meinung. Aber Sie sollten sich auf die wissenschaftlichen Erkenntnisse Ihrer Arbeit in der Pathologie beschränken. Das große Ganze müssen Polizei und Justiz beurteilen.«

»Ich glaube, jeder Gerichtsmediziner, der seinen Job ernst nimmt, macht sich Gedanken um das große Ganze.«

»Das sollte er auch, so lange seine Theorien die Räume

der Gerichtsmedizin nicht verlassen.« Arnaud stand auf. »Und jetzt will ich Sie nicht länger bei Ihrer Arbeit stören, Doktor Ritter. Einen schönen Tag noch.«

»Wiedersehen, Direktor«, sagte Leon, als Arnaud die Tür hinter sich schloss.

Eine halbe Stunde später wurde Leon von seinem Assistenten mit einer guten Nachricht überrascht. Es war Rybaud endlich gelungen, die Spur an der Socke des ersten Opfers zu entschlüsseln. Es handelte sich eindeutig um Sperma. Die schlechte Nachricht war, dass die Spur so verschmutzt war, dass sich daraus noch keine eindeutige DNA ermitteln ließ. Aber die Bruchstücke des ermittelten DNA-Codes sprachen im Augenblick gegen Fabius. Deswegen konnte dieser natürlich immer noch der Täter sein, räumte Olivier Rybaud ein. Leon wusste, dass sein Assistent recht hatte.

»Sie kennen doch eine Menge Leute in dieser Gegend«, sagte Leon zu seinem Assistenten, »vielleicht könnten Sie mir bei einem Problem helfen.«

»Na klar, Chef. Um was für ein Problem handelt es sich denn?«

»Es geht um eine Telefonnummer. Wahrscheinlich eine gut geschützte Telefonnummer, und ich brauche sie schnell.«

»Überhaupt kein Problem«, sagte Rybaud.

»Sie wissen noch nicht, wessen Telefonnummer ich suche«, sagte Leon.

Leon sah zur Tür, als wollte er sichergehen, dass wirklich niemand Zeuge dieser Unterhaltung wurde. Dann beugte er sich zu seinem Assistenten und flüsterte ihm etwas ins Ohr.

42. KAPITEL

In der sonst so ruhigen Polizeiwache von Le Lavandou ging es zu wie im Kaufhaus *Lafayette* beim Sommerschlussverkauf. Polizisten der Gendarmerie nationale stritten mit den Einsatzleitern der Police municipale, und die stritten mit der Feuerwehr. Und dann war da noch der Kommandant der beiden Militärhubschrauber, der es ablehnte, mit irgendjemand anderem als Zerna persönlich seine Einsätze zu besprechen.

Zwischen dem Schwarm aus Uniformierten und Freiwilligen der einzelnen Suchmannschaften liefen verschüchterte Zeugen herum, auf der Suche nach jemandem, bei dem sie ihre Aussagen machen konnten. In dem ganzen Chaos gab es nur zwei Menschen, die sich überhaupt nicht bewegten. Die Eheleute Talbot saßen auf der einzigen Bank im Flur stumm nebeneinander, als warteten sie auf jemanden, der ihnen sagen würde, dass das alles nur ein großer Irrtum wäre. Die Eltern der kleinen Emma waren seit drei Tagen hier und weigerten sich, die Wache zu verlassen. Dominique Talbot trug ein ärmelloses Kleid. Darüber hatte sie sich eine dünne Strickjacke gezogen, dabei herrschten in der Wache tropische Temperaturen. In einer Hand hielt sie ihre Handtasche, in der anderen ein Taschentuch. Ihre Augen waren rotgeweint, doch sie hatte schon lange keine Tränen mehr. Ab und zu legte ihr Mann die Hand auf ihren

Arm, aber Dominique Talbot schien die Berührung gar nicht mehr wahrzunehmen.

»Schlafen Sie ein paar Stunden. Sie müssen auch an sich denken.« Isabelle hatte sich zu Dominique hinunterge-beugt und ihre Hand auf die Schulter der Mutter gelegt. Dominique Talbot schüttelte den Kopf und griff nach Isa-belles Handgelenk.

»Nicht zu wissen, was mit ihr ist«, sagte die Mutter leise zu Isabelle, »das ist schlimmer, als wenn ich wüsste, dass sie tot wäre.«

Als Isabelle hilfesuchend zu deren Ehemann sah, zuckte der nur mit den Schultern.

Isabelle hatte immer wieder versucht, das Ehepaar zu überreden, die Wache zu verlassen. Sie würde sie sofort persönlich informieren, sowie sich etwas Neues ergäbe. Bürgermeister Nortier hatte für das Ehepaar sogar eine Suite im Vier-Sterne-Hotel *Auberge de la Calanque* reser-vieren lassen, damit sie nicht auf den Campingplatz zu-rückmüssten, wo sie von aufdringlichen Journalisten be-lagert würden – vergeblich. Die Eltern wollten hier in der Gendarmerie bleiben und warten. Masclau hatte zwar vor-geschlagen, die beiden rauszuschmeißen oder im Hotel unter Hausarrest zu stellen, war damit aber auf heftige Ge-genwehr von Isabelle und den anderen gestoßen. So be-schränkte sich die Hilfe der Polizei im Augenblick darauf, dass Isabelle gelegentlich nach dem Ehepaar sah, ihnen Mut zusprach und dafür sorgte, dass sie genug zu trinken und zu essen bekamen.

»Ich muss leider weitermachen. Ich sehe später wieder nach Ihnen.« Isabelle war froh, dass sie sich in ihr Büro zu-rückziehen konnte.

Dort klingelte das Telefon ununterbrochen. Allerdings

waren die Anrufe besorgter Bürger, die das kleine Mädchen die Küste rauf und runter gesehen haben wollten, deutlich weniger geworden. Inzwischen meldeten sich hauptsächlich Einsatzteams, die ein Waldstück, ein Feld oder ein verlassenes Haus durchsucht und wieder nichts gefunden hatten. Isabelle stellte diese Gespräche zu Zerna durch, der dann auf seiner großen Wandkarte das durchsuchte Gebiet rot schraffierte.

Isabelles Bürotür wurde aufgerissen, und eine ältere blondgefärbte Dame stürmte in den Raum, gefolgt von Moma, der vergeblich versuchte, sie aufzuhalten.

»Lassen Sie mich! Ich muss zu Capitaine Morell.« Die Frau befreite sich aus Momas Griff und drängte nach vorne.

»Guten Tag, Madame Bruneau«, sagte Isabelle. »Ist schon in Ordnung, Moma, ich kenne die Dame.« Es klang eher genervt als erfreut.

»Dieser ungehobelte Mensch, dieser … Sie wissen schon.« Die Blonde konnte vor Erregung nicht weitersprechen.

»Sie wollen sich doch nicht über meinen geschätzten Kollegen Lieutenant Kadir beschweren?«, fragte Isabelle.

»Ich, ich muss mit Ihnen reden!« Sie beugte sich zu Isabelle über den Schreibtisch und sagte mit verschwörerischer Stimme: »Ich weiß, wo die Kleine ist, die Sie suchen.«

Isabelle gab Moma mit einem Blick zu verstehen, was sie von dieser Zeugin hielt. »Danke, Moma, ich kümmere mich schon.«

»Ich bin draußen. Falls du Hilfe brauchst«, sagte Moma und lächelte, während er die Tür schloss.

Madame Bruneau hatte ihre Handtasche geöffnet und eine zusammengefaltete Landkarte herausgezogen, mit der sie sich Luft zuwedelte. Ihr Pony reichte bis zu den Augenbrauen, und sie hatte die Haare mit einer blauen Schleife zurückgebunden, wie die Teenager zu Zeiten von Brigitte Bardot. Aber auch das starke Make-up und die grellrot geschminkten Lippen konnten nicht verbergen, dass Madame Bruneau inzwischen auf die siebzig zusteuerte. Sie faltete die Karte auseinander und legte sie vor Isabelle auf den Tisch.

»Sie lebt, und ihre Aura ist stark, sehr stark.«

»Wer lebt?«

»Die kleine Emma natürlich, die, die alle suchen.«

»Was wissen Sie über das Kind?«

»Sie befindet sich ganz in der Nähe von La Mole.« Die Besucherin drehte die Karte so, dass Isabelle sie besser sehen konnte, und deutete auf den kleinen Weiler an der D98, die sich kilometerweit durchs Hinterland zog.

»Woher wissen Sie das?«, fragte Isabelle.

Madame Bruneau zog eine kleine silberne Kugel aus ihrer Handtasche, die an einem dünnen Kettchen hing.

»Gedulden Sie sich nur einen Moment, Madame. Sie werden gleich sehen.«

Die blonde Frau versetzte das Pendel über der Karte in eine leichte Kreisbewegung und summte dabei leise. Das Pendel schwang in eine bestimmte Richtung und schien sich dann an einer Stelle der Karte, gleich neben der Straße, mitten im Nationalpark einzupendeln.

»Da, sehen Sie?!«, sagte Madame Bruneau. »Ich habe noch nie so eine starke Rückmeldung gespürt. Die reine Energie, ein Kraftfeld wie, wie eine Eruption.«

»Wo genau ist dieses Kraftfeld?«

»Hier.« Die Besucherin tippte mit dem Finger auf die Karte. »*Exactement.*«

»Das ist nicht zufällig der Platz, den die Gemeinde den Roma zur Verfügung gestellt hat?«

»Tatsächlich, Sie haben recht.« Madame Bruneau sah auf die Karte, als würden ihr die Zusammenhänge erst jetzt bewusst. »Aber mal ehrlich, wundert Sie das?«

»Und Sie erwarten, dass wir da jetzt anrücken und eine Razzia machen.«

»Aber natürlich. Da wird ein unschuldiges Kind festgehalten. Diese Zigeuner könnten schon Herr-behüte-was mit dem Mädchen gemacht haben.«

»Wenn ich mich recht erinnere, gehört dieses Gelände Ihrem Schwager.«

»Das hat damit absolut nichts zu tun.«

»Aber wenn wir die Roma vertreiben, könnte er dort endlich den Gemüsestand für vorbeifahrende Touristen aufbauen, den er seit Jahren beantragt hat.«

»Bitte, wenn Sie sich nicht helfen lassen wollen.« Madame Bruneau stopfte Pendel und Landkarte wieder in ihre Tasche. »Aber sagen Sie später nicht, ich hätte Sie nicht gewarnt.«

»Moma!«, rief Isabelle laut, und sofort öffnete sich die Tür und ihr Kollege erschien. »Sei doch bitte so nett und bringe Madame Bruneau hinaus.«

»Mit Vergnügen«, sagte Moma und machte eine Handbewegung in Richtung Gang. Ohne sich noch einmal nach Isabelle umzusehen, stampfte die Besucherin aus dem Büro.

43. KAPITEL

Emma hörte wieder die Schritte. In dieser Welt aus Stille und Dunkelheit klangen die Stiefel wie Donnerschläge auf den Stufen. Das Mädchen hatte die ganze Zeit gewusst, dass die Stiefel zurückkommen würden. Die Stiefel, die ihr etwas zu trinken gebracht hatten und den Lutscher. Das Mädchen konnte nicht sehen, wer die Stiefel trug, aber sie wusste, dass sie diesem Menschen nicht trauen durfte. Nicht hier, nicht in diesem dunklen Raum. Tapp, tapp, tapp machten die Stiefel. Sie hatte die letzten Male genau mitgezählt. Zwanzig Mal war das Geräusch zu hören, dann würden sie vor der Tür stehen bleiben, und dann, dann würde der Riegel zurückgeschoben werden.

Vier, fünf, sechs, sieben, zählte Emma stumm mit.

Das kleine Mädchen wusste, dass es sterben würde. Nicht dass es ihr jemand gesagt hätte. Nein, natürlich nicht. Aber Emma war gefangen in einer Schattenwelt ohne Trost und Hoffnung. Und auf alles, was geschehen war, konnte nur noch der Tod folgen. Das wusste sie, das konnte sie körperlich spüren. So, wie sie die kleinen Beine der Insekten spürte, die ab und zu über ihre Hände und Füße krabbelten, weil sie ihnen im Weg lag.

Acht, neun, zehn, elf.

Ich würde euch ja Platz machen, ihr Käfer und Asseln dachte das Mädchen, aber ich kann nicht. Ich kann mich nicht mehr bewegen, kann nur noch denken und hören in der Dunkelheit. Hatte der Unbekannte mit den Stiefeln ihr etwas ins Wasser getan? Es hatte so bitter geschmeckt. Das Mädchen hatte schreckliche Angst. Als die Stiefel das letzte Mal gekommen waren, hatte sie sich vor Angst sogar vollgepinkelt. Das war so schlimm, und sie schämte sich. Und danach hatte sie stundenlang in der Nässe gelegen. Aber jetzt war alles wieder trocken, oder nicht? Sie konnte nichts mehr fühlen, nur noch hören und denken. Ob es weh tut, wenn man stirbt?

Zwölf, dreizehn, vierzehn, fünfzehn, machten die Stiefel.

Als ihr Großvater gestorben ist, hat ihre Mama gesagt, da hätte er gar nichts gespürt. Er sei ganz selig eingeschlafen. Aber Emma wollte nicht einschlafen, nicht selig und überhaupt nicht. Ich will leben, flehte sie in Gedanken. Leben, leben, leben. Papa und Mama wiedersehen, auch wenn sie sich streiten. Sie musste weinen, aber sie wusste nicht mal, ob ihr wirklich Tränen aus den Augen liefen.

Sechzehn, siebzehn, achtzehn, neunzehn, zwanzig!

Die Stiefel waren vor der Tür stehen geblieben. Der Riegel fuhr mit einem schabenden Geräusch zurück. Bitte, dachte Emma, ich will nicht sterben, ich bin doch erst zehn Jahre alt und möchte so gerne zurück an den Strand.

In diesem Moment wurde die Tür aufgestoßen.

44. KAPITEL

»Kommen Sie bitte herein, Sie werden bereits erwartet.«
Die Stimme kam aus der Gegensprechanlage. Dann hörte
Leon ein Summen, und im nächsten Moment schwang das
über zwei Meter hohe schmiedeeiserne Tor nach innen auf.
Im Hintergrund war müdes Hundebellen zu hören. Der
Kiesweg führte auf eine weiße Villa mit Portikus zu. Der
Bau war ein Prachtstück aus der Zeit der Belle Epoque. Ein
üppiges Herrenhaus mit kleinen Balkonen, hohen Fenstern
und einem niedrigen umlaufenden Säulen-Geländer auf
dem Dach. Das Anwesen lag an der äußersten Spitze des
Cap Nègre, hoch über dem Meer. Es war von einem Park
umgeben. Mit Terrassen, Beeten und Brunnen, mit Lau-
bengängen, einem Teehaus und Buchsbüschen, die zu Kugeln und Figuren geschnitten waren, und mit einer Allee
aus Zypressen. Vor den Garagen stand ein alter, grauer
Land Rover.

Aus dem Haus kam Leon ein Angestellter in grüner
Schürze entgegen. Hinter ihm schleppte sich eine betagte
Jagdhündin aus der Tür und sah gelangweilt zu dem Besu-
cher hinüber. Leon ging die Stufen zu der gläsernen Ein-
gangstür hinauf, hielt aber respektvoll Abstand zu dem
Hund.

»*Bonjour*, Doktor Ritter. Keine Sorge, Régine ist alt, sie
kann kaum noch laufen, und halb blind ist sie auch.«

»*Bonjour*, *Monsieur*, hallo Régine«, sagte Leon, was die

Hündin mit einem freundlichen Schwanzwedeln quittierte.

»Monsieur Duchamp erwartet Sie im Kapitänszimmer, Doktor Ritter.«

Leon folgte dem Angestellten. Das Haus war überwältigend. Solche Eingangshallen hatte Leon bisher nur in den alten Grandhotels von Cannes oder Nizza gesehen. Rechts und links gab es je eine breite Treppe, die sich in elegantem Bogen in den ersten Stock schwangen. An der Wand die Ahnengalerie der Familie Duchamp, die allerdings nicht besonders weit zurückzureichen schien. Auf dem Parkettboden standen altmodische Ledersessel. Das ganze Haus, mitsamt seiner Einrichtung schien aus einer anderen Zeit zu stammen. Eine Ausnahme waren die Fotografien an den Wänden, die mehr gute Absicht als Inspiration ausstrahlten. Kitschige Landschaftsbilder und großformatige Natur- und Tieraufnahmen. Ganz offensichtlich vom Hausherren selber aufgenommen.

Leon machte sich bewusst, dass er gleich einem der wohlhabendsten Bürger Frankreichs begegnen würde. Als er seinen Assistenten gebeten hatte, die Telefonnummer von Duchamp zu recherchieren, hätte er nie erwartet, dass er diese schon eine halbe Stunde später auf dem Schreibtisch haben würde. Aber Rybaud hatte einen Schwager, der arbeitete bei *France Télécom*, und schuldete ihm noch einen Gefallen.

Leon hatte einfach in der Villa angerufen. Was hatte er zu verlieren? Und tatsächlich wurde er mit Duchamp verbunden. Er erwähnte kurz einen bekannten Foto-Galeristen in New York und kam so auf die Fotografien von Duchamp in dessen Buch zu sprechen. Leon nannte die Bilder »bewegend« und sagte, dass sie ihn an die Meisterwerke des amerikanischen Landschaftsfotografen Ansel Adams erinnern würden. Es war ein Schuss in den Nebel, aber es wurde ein Volltreffer. Denn wie sich herausstellte, war Duchamp ein großer Verehrer von Adams. Zehn Minuten später hatte Leon eine Einladung zum Aperitif, noch für den gleichen Nachmittag. Und jetzt stand er hier in der Villa der Duchamps und hatte das Buch gleich mitgebracht.

Der Hausdiener öffnete die Tür zu einem großen hellen Raum, der wie ein Adlernest über dem Meer zu schweben schien. An der Fensterfront, die bis zum Boden reichte, stand Duchamp und sah durch ein Fernrohr, das auf ein Stativ montiert war.

»Doktor Leon Ritter«, kündigte der Hausdiener den Gast an.

»An klaren Tagen kann man von hier aus die Berggipfel auf Korsika sehen«, sagte Duchamp und sah vom Okular auf. Er machte ein paar Schritte auf seinen Gast zu. »Aber das ist mir bisher nur im Herbst gelungen, wenn die Luft kalt und kristallklar ist.« Er reichte Leon die Hand.

»Kommen Sie näher, Doktor Ritter.« Duchamp deutete auf die Panoramafenster. »Mein Großvater wollte immer Kapitän werden, aber sein Vater hatte andere Pläne mit ihm. Darum hat er im Jahr 1902 dieses Haus und vor allem diesen Raum bauen lassen. Ein Raum wie die Brücke auf einem Ozeanriesen.«

»Es ist beeindruckend«, sagte Leon. »Da kann man die Träume Ihres Großvaters wirklich gut nachempfinden.«

»Mein Urgroßvater besaß ein kleines Handelshaus in Le Havre. Er importierte Kaffee und Gewürze. Das Schokoladengeschäft hat erst mein Großvater begonnen. Und später kamen dann alle anderen Branchen dazu.«

»Ich habe gelesen, dass erst Ihr Vater daraus die Firma *Marché Sud* gemacht hat?«

»Für ihn war das Unternehmen alles. Aber für mich kam so ein Leben nie in Frage. Das ist für manche Leute schwer zu verstehen.«

»Wann haben Sie mit der Fotografie angefangen?«

»Ich habe Literatur studiert und anschließend noch Design an der *Ecole nationale supérieure des arts décoratifs.* Damals entdeckte ich die Fotografie für mich.«

Leon wusste, dass das nur die halbe Wahrheit war. Er hatte sich im Internet über seinen Gastgeber informiert, bevor er hierhergefahren war. In Wirklichkeit hatte Jean-Baptiste Duchamp nach ein paar Semestern das Literaturstudium aufgegeben und sich vergeblich an der Kunstakademie beworben. Der junge Duchamp war in den Siebzigerjahren eine Weile mit der *Jeunesse dorée,* wie damals die Jugendlichen aus der Oberschicht genannt wurden, durch Paris gezogen. Dann hatte ihn sein Vater auf einen Job im Unternehmen gesetzt, an dem er kein Unheil anrichten konnte. Er wurde Direktor für Public Relations – einer von drei Direktoren. Doch Jean-Baptiste schmiss den Job nach einem halben Jahr und ging für eine Weile ins Ausland. Nach einigen vergeblichen Versuchen, als Fotograf Fuß zu fassen, hatte sich der junge Duchamp mehr und mehr aus der Öffentlichkeit zurückgezogen. Nachdem seine Eltern sich in einem schmutzigen Scheidungskrieg getrennt hatten, war er zuletzt bei seiner Mutter geblieben. Vor zwölf Jahren war sein Vater gestorben. Der Konzern war schon damals in eine Aktiengesellschaft umgewandelt worden, von der Duchamp rund dreißig Prozent der Anteile hielt. Heute verwaltete eine Investmentgesellschaft in Paris und New York sein Privatvermögen, das von *Le Monde* auf

2,5 Milliarden Euro geschätzt wurde, und jedes Jahr kamen etwa hundert Millionen dazu.

»Ich habe Ihre Fotos in der Halle bewundert«, sagte Leon.

»Die Natur, die Kraft des Ursprünglichen fasziniert mich.«

»Die Fotos sind gut«, log Leon und kam sich ein wenig schäbig vor. »Man erkennt sofort, was Sie bewegt.«

»Danke. Sie haben ganz recht, die Landschaften der Provence sind mein großes Thema.«

»Portraits haben Sie nie interessiert? Ich meine, wenn man so fotografieren kann ...«

»Ich fotografiere nie Menschen, also keine Personen, nie.« Die Antwort kam überraschend bestimmt.

»Ich habe Ihr Buch dabei. Ich hoffte, Sie wären vielleicht so liebenswürdig und würden es signieren.«

»Natürlich, gerne.«

Eine Hausangestellte betrat den Raum. Sie trug ein kleines Tablett mit einer Flasche Rosé in einem Kühler, Gläsern und einem kleinen Schälchen mit Oliven.

»Setzen wir uns auf die Terrasse«, sagte Duchamp. Die Angestellte brachte das Tablett nach draußen, wo Korbsessel unter breiten Sonnenschirmen standen. Zum Glück wehte eine leichte Brise über das Cap, sonst wäre die Hitze auf der Terrasse unerträglich gewesen. Leons Gastgeber schien die Temperatur wenig auszumachen. Er trug ein langärmeliges blau-weiß gestreiftes Hemd, an dem nur der oberste Knopf geöffnet war. Dazu hatte er eine helle Leinenhose an, und er trug Socken in seinen Slippern. Duchamp war groß, etwa 1,90, und hatte etwas Übergewicht. Er wirkte nervös und müde, dachte Leon. Die Augen lagen tief in den Höhlen. Seiner Hautfarbe und dem Haarausfall nach zu urteilen, könnte er an einer Unterfunktion der Schilddrüse leiden.

»*Santé*«, sagte Duchamp. »*L'Angueiroun* ist der beste Rosé, den Sie in dieser Gegend bekommen können. Und die Oliven stammen vom Wochenmarkt.« Duchamp nahm ein Holzspießchen, pikte es in eine Olive und steckte sie sich in den Mund.

»Es ist ruhig hier draußen. Nicht dieser Rummel wie in Le Lavandou.«

»Die Leute denken, dass Menschen wie wir den ganzen Tag auf Yachten unterwegs sind und Partys feiern. Aber das ist überhaupt nicht meine Welt.«

In der Tür war eine alte Dame aufgetaucht, die Leon auf Anfang neunzig schätzte. Sie hielt sich betont aufrecht, obwohl sie sich beim Gehen auf einen Stock mit Silberknauf stützen musste. Man konnte sehen, dass sie einmal eine sehr attraktive Frau gewesen sein musste. Leon konnte an ihren Augen die Ähnlichkeit zu ihrem Sohn erkennen. Duchamp stand sofort auf, und auch Leon erhob sich.

»Der Arzt hat doch gesagt, dass Sie ruhen sollen«, sagte Duchamp.

»Sag mir bitte nicht, was ich tun soll.« Die Dame klang nicht so, als würde sie Widerspruch akzeptieren.

»Mutter, darf ich Ihnen Doktor Ritter vorstellen«, sagte Duchamp.

»Sehr erfreut«, sagte Hélène Duchamp, ohne ihren Gast genauer anzusehen.

»Guten Tag, Madame«, sagte Leon höflich. Er wusste, dass es früher in Frankreichs konservativen Kreisen üblich gewesen war, dass Kinder ihre Eltern siezten. Aber er hatte es noch nie miterlebt. Dieses Haus schien wirklich aus einer anderen Zeit zu stammen.

»Ich war überrascht, als ich hörte, dass mein Sohn Sie zu uns eingeladen hat.«

»War ich auch«, sagte Leon freundlich, »aber ich freue mich, dass ich hier sein darf. Ihr Haus ist wirklich prachtvoll.«

»Du wolltest Doktor Marowicz für mich anrufen. Es ist wieder die Arthrose im Knie. Und sag ihm, dass die Tabletten nicht die geringste Wirkung zeigen.«

»Das mache ich, Mama. Aber er wird Ihnen bestimmt wieder zur Operation raten.«

»Natürlich wird er das. Weil er dabei am meisten verdient. Aber das werde ich nicht zulassen. Ärzte!« Das letzte Wort hatte sie wie ein Schimpfwort in Richtung Leon gesagt.

»Doktor Ritter ist Gerichtsmediziner«, sagte Duchamp.

»Du meine Güte, dann lasse ich Sie mal alleine. Und vergiss nicht, diesen Marowicz anzurufen.«

Ohne sich zu verabschieden verschwand Hélène Duchamp wieder im Haus. Man konnte das Tappen ihres Stocks hören, der über den Parkettboden klapperte.

»Ich möchte Sie nicht aufhalten«, sagte Leon.

»Nein, bleiben Sie. Es gibt nicht viele Menschen in dieser Gegend, mit denen man sich, sagen wir mal, auf Augenhöhe unterhalten kann. Sie sagten am Telefon, dass sie Ansel Adams mögen.«

»Meine Eltern hatten das *National Geographic Magazine* abonniert. Da habe ich als Kind zum ersten Mal Fotos von Adams gesehen.«

»Es ist schön, dass es noch Familien gibt, in denen kulturelle Werte vermittelt werden. Kommen Sie, ich möchte Ihnen gerne etwas zeigen.«

Duchamp stand auf und ging ins Haus. Leon folgte ihm, aber nicht ohne schnell eines der benutzten Olivenspießchen mit einem frischen Papiertaschentuch von Duchamps Teller zu greifen und in seiner Sakkotasche verschwinden zu lassen.

Duchamp ging mit Leon die Treppe zur ersten Etage hinauf, wo man von einer Galerie hinab in die Eingangshalle sehen konnte. An der Wand hing ein Glaskasten mit einer Sammlung kostbarer Laguiole-Messer. Leon kannte die berühmten französischen Taschenmesser mit der schlanken Klinge seit seiner Kindheit. Sein Vater hatte ihm ein Laguiole zu seinem 14. Geburtstag geschenkt. Und da es die Tradition verbot, ein Laguiole zu verschenken, hatte Leon damals seinem Vater für das Geschenk den symbolischen Preis von einem Franc gezahlt.

»Das sind sehr schöne Stücke.« Leon betrachtete die Messer mit den polierten Griffen aus Mooreiche und Olivenholz.

»Die meisten stammen aus dem 19. Jahrhundert. Sie verlieren nie ihre Schärfe. Aber ich wollte Ihnen eigentlich etwas anderes zeigen.«

Der Gastgeber öffnete die Tür zu seinem Studio. An zwei der hohen Wände befanden sich Bücherregale, die bis zur Decke reichten. Davor gab es eine Klappleiter, die man wie in einer alten Bibliothek an einer Führungsschiene hin- und herrollen konnte. Auf der gegenüberliegenden Seite stand ein großer Schreibtisch, auf dem die neueste Generation von Apple-Computern aufgebaut war. Daneben Drucker und Scanner. Doch die eigentliche Sensation des Raumes befand sich hinter dem Schreibtisch. Dort an der Wand hing eine weltberühmte Fotografie: *The Tetans and the Snake River* aus dem Jahr 1942 von Ansel Adams. Eines der drei Originale, die es noch auf der Welt gab, wie Duchamp betonte. Eine dramatische Schwarz-Weiß-Komposition aus

Wolken und Sonne, die den Snake River wie ein glitzerndes Band aufleuchten ließ.

»Ein phantastisches Bild.« Leon war überwältigt. Er hatte das Foto oft in Katalogen und Büchern gesehen, aber jetzt, vor dem Original, verspürte er so etwas wie Ehrfurcht. Das Bild schien einen ganz besonderen Zauber zu verbreiten. Es musste ein Vermögen wert sein.

»Es ist mein absolutes Lieblingsfoto«, sagte Duchamp. »Ich habe es vor sieben Jahren in London ersteigert. Aber jetzt müssen Sie mir unbedingt von Ihrer Arbeit erzählen. Woran arbeiten Sie aktuell?«

Leon hatte die ganze Zeit gespürt, dass sein Gastgeber mit ihm über etwas ganz anderes als seine Landschaftsaufnahmen sprechen wollte. Duchamp hoffte offenbar auf Informationen zum Fall Carla Hafner.

Leon hatte gelernt, auf Partys und bei anderen gesellschaftlichen Gelegenheiten seinen wahren Beruf zu verschweigen. Die Menschen wurden hellhörig, wenn das Wort »Gerichtsmediziner« fiel. Sie erwarteten dann blutige Geschichten und ließen ihm keine Ruhe mehr. Darum behauptete er meist, er wäre HNO-Arzt. Niemand wollte Geschichten über verrotzte Nasen oder Ohrenschmalz hören. Aber hier gab es kein Zurück. Duchamp kannte seinen Beruf. Er hatte es gleich bei seinem Anruf erwähnt, denn schließlich waren sie sich ja schon am ersten Tag nach seiner Ankunft begegnet.

»Als Gerichtsmediziner erfahren Sie viel über die dunkle Seite der menschlichen Seele«, sagte Leon.

»Ich dachte, Sie hätten es nur mit Toten zu tun.«

»Tote haben uns eine Menge zu erzählen.«

»So habe ich das bisher nie betrachtet«, sagte Duchamp. »Gibt es etwas Neues im Fall des kleinen Mädchens?«

»Sie sprechen von dem Mädchen, das Sie gefunden haben?« Duchamp sah Leon irritiert an. »Ich frage nur, denn inzwischen ist ja noch ein Mädchen verschwunden.«

»Nein, nein, ich dachte an das Mädchen in den Hügeln. Ich werde diesen schrecklichen Anblick nie vergessen. Kinder sind so fröhlich, wenn sie spielen, besonders die kleinen Mädchen.« Duchamp machte eine Pause und starrte einen Moment wie abwesend vor sich hin. »Meine Mutter hatte sich immer eine Tochter gewünscht.«

»Die Untersuchung am Fall Carla Hafner sind abgeschlossen, zumindest was die Gerichtsmedizin angeht.«

»Und wenn sich später noch etwas Neues ergibt? Vielleicht stoßen Sie ja doch noch auf einen Hinweis.«

»Aus diesem Grund archivieren wir Gewebeproben. Zumindest für einen gewissen Zeitraum. Aber völlig neue Erkenntnisse sind zu einem späteren Zeitpunkt eher selten.«

»Ich habe im Fernsehen gesehen, dass die Polizei nach einem Verdächtigen fahndet.«

»Davon habe ich auch gehört.«

»Und wenn die Polizei einen Verdächtigen festnimmt, können Sie sagen, ob er der Täter war?«

»Ganz so leicht ist es nicht, aber wir können in der Regel feststellen, ob er Kontakt zum Opfer hatte«, sagte Leon. Für ihn klang Duchamp wie ein Mann, der sich Sorgen machte.

»Und da genügt schon die kleinste Spur?«, sagte Duchamp.

»Eine Hautschuppe, ein Haar, ein Stückchen vom Fingernagel, Speichel. Es gibt viele Möglichkeiten, Spuren an einem Opfer zu hinterlassen.«

»Unglaublich, was heutzutage alles möglich ist.«

»Leider stoßen wir auch mit den modernsten Geräten

an Grenzen. Es gibt Fälle, in denen der Täter einfach keine verwertbare DNA hinterlässt.« Leon sagte die letzte Bemerkung in etwas provozierendem Ton, aber Duchamp ging nicht darauf ein.

Sie waren in das Kapitänszimmer zurückgegangen. Duchamp hatte noch ein paar belanglose Fragen gestellt. Und Leon hatte gemerkt, dass es die Aufforderung an ihn war, sich zu verabschieden. Duchamp hatte noch Leons Ausgabe der »Secrets de La Provence« signiert und dann war Leon gegangen.

Schließlich hatte sich das schwere schmiedeeiserne Tor wieder hinter ihm geschlossen, und das Anwesen lag so verlassen da wie bei seiner Ankunft. Nur oben, an einem der Fenster im ersten Stock, glaubte er, für einen Moment das Gesicht von Duchamps Mutter gesehen zu haben. Wie das Schloss von Dornröschen, dachte Leon, als er in seinen Fiat stieg. Bevor er den Wagen startete, zog er vorsichtig das Papiertuch mit dem Holzstäbchen aus der Tasche und steckte es in einen kleinen verschließbaren Asservatenbeutel. Er betrachtete seine Hände, die leicht zitterten. Es war ein Spiel mit hohem Risiko, das ihn den Job kosten konnte. Aber er musste es einfach tun, er konnte nicht anders.

45. KAPITEL

»Ich weiß nicht, Eric. Ich hab einfach ein Scheißgefühl bei der Sache.«

»Halt die Fresse und fahr langsamer, verdammt. Oder willst du, dass er uns hört?«

David nahm das Gas des Außenborders zurück, und das Motorengeräusch ging in ein leises Tuckern über, so dass man jetzt sogar das Kühlwasser hören konnte, das die kleine Maschine ins Meer spuckte. Langsam schob sich das graue Zodiac-Schlauchboot durch die Dunkelheit der Bucht. Es war still bis auf das leise Klingen der Leinen, die in der nächtlichen Brise gegen die Masten der Segelboote schlugen.

»Vorhin im *Miou* hast du noch große Töne gespuckt.« Eric sprach jetzt leise, aber seine Stimme klang gepresst und bedrohlich.

»Ich hab ja nur gesagt, dass ich kein gutes Gefühl hab. Vielleicht hat Véronique auch Mist erzählt. Oder du hast was falsch verstanden, was weiß ich denn.«

»He, dieser Fabius ist ein Scheißkerl. Ein Kinderficker, hast du vorhin selber gesagt.«

»Ich mein ja nur, dass es vielleicht nicht richtig ist, was wir vorhaben.«

»Was ist? Willst du die Drecksau vielleicht den *Flics* überlassen? Die lassen ihn doch sofort wieder laufen, und dann?

»Ich sag's ja nur.«

»David, was wir hier tun, das ist was richtig Gutes für die Gesellschaft.«

»Ich weiß nicht.«

»Du hast doch die kleine Nichte. Wie alt ist die?«

»Elise? Die ist acht.«

»Stell dir vor, eines Tages findest du die kleine Elise mit blutender Muschi, weil so ein Schwein wie Fabius sie totgefickt hat.«

»Hör auf, Eric, du bis so ein perverses Arschloch.«

»Ich, nee, wirklich nicht. Fabius ist der Kinderficker, also hör auf, ihn in Schutz zu nehmen.« Er sah sich in der Bucht um. »Wie heißt der Kahn von Véronique?«

»*Porquerolles.*«

»Da vorne, das ist er. Mach den Scheißmotor aus.«

David kippte den roten Stoppschalter nach unten, und sofort verstummte das Motorengeräusch. Geräuschlos glitt das Schlauchboot auf einen Fischkutter zu, an dessen Heck ein kleines Ruderboot vertäut war. Der Kutter war eine zwölf Meter lange Holzkonstruktion mit blauem Rumpf, wie es sie noch in den Sechzigerjahren zu Hunderten an der Küste gegeben hatte. Mit hell gestrichenem Deck und einem altmodischen Steuerhaus im Heck. Ursprünglich waren mit dem Boot Langustenfallen ausgelegt worden. Aber das Versenken, Markieren und Einsammeln der Fallen war ein mühsames Geschäft, das sich schon lange nicht mehr lohnte. Darum hatte Véronique das alte Boot nach dem Tod ihres Mannes umbauen lassen und vermietete es gelegentlich an Touristen. Im ehemaligen Lagerraum war jetzt eine kleine Kabine mit Kombüse eingebaut worden. Und wo sich früher die Ladeluke befand, führte heute ein Niedergang unter Deck.

Als die beiden Männer mit ihrem Boot auf den Kutter zutrieben, sahen sie, dass aus einem der messingbeschlagenen Bullaugen im Decksaufbau Licht fiel. Der Gummiwulst ihres Bootes quietschte leise, als sie am Kutter längsseits gingen. Eric hob die Hand, und für ein paar Sekunden blieben sie regungslos im Boot sitzen. David hielt die Luft an. Aber nichts rührte sich. Die wenigen Boote in der Bucht lagen verlassen an ihren Bojen und nickten in der leichten Dünung.

»Wir reden mit ihm, okay? Nur reden.« David flüsterte, und Eric konnte die Angst in der Stimme hören.

»Halt das Boot fest!« Mit einem Sprung war Eric über der Bordwand und stand auf dem Deck des Kutters. Er beugte sich zu David herunter. »Mach die Leine fest und komm!«, flüsterte er.

Eric hatte seinen Sprung an Deck abgefedert, so gut er konnte. Trotzdem hatte das zusätzliche Gewicht das kleine Fischerboot ins Schwanken gebracht. Eric hörte ein Klappern unter Deck, und einen Moment später erschien René Fabius, mit einer Taschenlampe in der Hand, auf den Stufen des Niedergangs. Im gleichen Moment traf ihn auch schon die Faust von Eric. René stürzte wie ein Sack die Stufen hinunter. Bevor er sich wieder aufrichten konnte, war Eric schon die Treppe runter und über ihm. Diesmal traf ihn Erics Schlag in den Magen, und René erbrach sich in einem Schwall auf den Boden.

»Wo ist die Kleine? Wo hast du sie versteckt, Arschloch?« Die Stimme von Eric klang laut und wütend. Er spürte die fünf Pastis, die er sich genehmigt hatte, bevor sie in das Zodiac-Boot gestiegen waren.

»Bitte nicht. Ich weiß nichts.« Mühsam und mit schmerzverzerrtem Gesicht versuchte René auf die Beine zu kommen. Der Boden war glitschig, und es roch jetzt nach saurer Kotze in der stickigen Kajüte.

»Wo hast du sie, du beschissener Kinderficker? Wo?« Eric schlug erneut zu. Diesmal traf er Renés Gesicht. Verzweifelt versuchte sich René, vor den Schlägen zu schützen, aber Eric war jünger und schneller als er. Er prügelte erbarmungslos auf sein Opfer ein.

»Lass ihn, Eric, hör auf.« David stand jetzt auf den Stufen des Niedergangs.

Eric hörte ihn nicht, sondern prügelte weiter auf René ein wie auf einen Boxsack.

»Hör auf, du bringst ihn um!« In Davids Stimme klang Panik.

Fabius gab keinen Ton von sich. Er wollte nur diesen Alptraum überleben. Blut stürzte ihm aus Mund und Nase. Er versuchte, den Niedergang zu erreichen. Nur raus aus dieser Hölle aus Prügel, Hitze und Gestank, nur weg von diesem Irren. Raus an die Luft, um Hilfe brüllen.

»Hilfe!«, wollte René schreien, aber seine Stimme gurgelte nur unter dem Blut. Er packte die Füße von David, der noch immer auf der Treppe stand, und klammerte sich an ihnen fest, während Eric versuchte, nach seinem Opfer zu treten. Doch die Kajüte war zu eng, um richtig Schwung zu holen. Verzweifelt zog sich René Stufe um Stufe nach oben.

»Hilf mir«, blubberte René und umklammerte Davids Beine.

In diesem Augenblick griff Eric nach der halbvollen Weinflasche, die auf der Ablage in der Pantry stand, und schlug zu. Die Flasche traf René am Hinterkopf. Sie zersplitterte, und René brach vollends am Boden der Kajüte zusammen und rührte sich nicht mehr. Eric stand mit gespreizten Beinen über seinem Opfer und schien langsam in die Wirklichkeit zurückzudriften.

»Was hast du gemacht? Bist du irre?« David kam den Niedergang herunter. Er kniete sich neben René und versuchte ihn zu bewegen, doch er bewegte sich nicht. »Du hast ihn umgebracht, du hast ihn verdammt noch mal totgeschlagen!«

Eric war eine Spur blasser geworden. Mit der Schuhspitze stieß er dem Opfer ein paarmal in die Seite, aber es kam keine Reaktion mehr.

»Der Wichser ist selber schuld«, sagte er. »Warum hat er nicht gesagt, wo die Kleine ist?«

»Ist dir überhaupt klar, was du getan hast?« David sah auf. »Er ist tot. Begreifst du, was ich sage?«

»Denkst du, ich bin blöd, oder was? Du warst doch genauso dabei wie ich.«

»Spinnst du? Du hast ihn erschlagen, das warst du!«

»Halt die Fresse.«

»Ich hau ab, bei so was mach ich nicht mit. Das hab ich dir von Anfang an gesagt.«

»Du bist ja so eine verdammte Schwuchtel.« Eric sah seinen Kumpel voller Verachtung an. Er wusste, dass er bei dem, was er jetzt vorhatte, nicht auf Davids Unterstützung hoffen konnte.

»Geh hoch und warte im Boot auf mich«, sagte er und David verschwand im Niedergang.

Eric sah sich um. Unter der Bank fand er einen roten Plastikkanister mit Treibstoff für den kleinen Außenborder, den der Kutter als Reservemotor in der Deckskiste mitführte. Eric nahm eine Schüssel aus dem Regal und stellte sie auf den Tisch. Dann entzündete er eine Kerze. Er ließ ein paar Wachstropfen auf den Schüsselgrund fallen und drückte die Kerze hinein. Anschließend löschte er die Flamme und goss vorsichtig Benzin in die Schale, bis es etwa fünf Zentimeter unterhalb der Kerzenspitze stand. Dann zündete er die Kerze erneut an. Zufrieden betrachtete Eric sein Werk. Die Kerze würde langsam nach unten brennen, und irgendwann würde der brennende Docht das Benzin erreichen. Dann würde hier alles in die Luft fliegen, und für die Idioten von der Gendarmerie würde nicht mehr übrigbleiben als ein paar verkohlte Balken. Einen Augenblick später sprang Eric in das Zodiac-Boot.

»Los, lass uns abhauen«, sagte er.

David startete den Motor, und das Boot verschwand in der Dunkelheit.

46. KAPITEL

Leon stand in Isabelles Büro. Die stellvertretende Leiterin der Gendarmerie nationale von Lavandou saß hinter ihrem Schreibtisch und blätterte durch das Buch über die Geheimnisse der Provence. Es war schon nach 22 Uhr, aber in der Gendarmerie lief die Fahndungsmaschine weiter auf Hochtouren. Aus dem Gang waren Stimmen zu hören, Funkgeräte quäkten, und Telefone klingelten ohne Unterbrechung.

»Und du glaubst, dieses Buch könnte uns zu der kleinen Emma führen?« Sie schaute Leon skeptisch an.

»Nicht direkt. Aber es könnte der Schlüssel zu diesem Fall sein. Ich weiß, das klingt verrückt, aber ich habe immer so ein bestimmtes Gefühl, wenn ich merke, dass ich auf dem richtigen Weg bin.«

»Mach dir nichts draus. Ich hatte heute schon eine Frau mit einem Pendel hier. Glaub mir, dagegen ist dein Gefühl eine richtig solide Spur.«

»Es sind die Stellen, an denen die beiden Mädchen gefunden wurden: dieser Keltenstein und der Luftbrunnen. Beides außergewöhnliche, geradezu mythische Orte. In dem Buch werden noch achtzehn ähnliche Plätze beschrieben.«

»Und an einem dieser Plätze finden wir Emma Talbot?«

»Vorausgesetzt wir haben es tatsächlich mit einem Serientäter zu tun, und vorausgesetzt, er weicht nicht von seinen Ritualen ab. Ja, dann besteht eine gewisse Chance.«

»Warum bist du nicht schon früher damit zu mir gekommen?«

»Weil das Mädchen tot sein wird, wenn wir es an einem dieser Orte finden.«

Isabelle hatte die erste Seite des Buchs aufgeschlagen und stutzte.

»Das Buch ist signiert.« Sie sah zu Leon auf. »Du warst bei Duchamp?«

»Ein Mann schreibt ein Buch über geheimnisvolle Plätze in der Provence. An zwei dieser Orte werden tote Mädchen gefunden. Eines davon entdeckt er sogar selber. Ich musste einfach mit ihm sprechen.«

»Er ist ein Zeuge.«

»Ich bin nicht von der Polizei. Es war ein rein privater Besuch.«

»Du weißt, dass Duchamp mächtige Freunde hat. Die warten nur darauf, dass wir Fehler machen.«

»Wir haben uns sehr nett über Fotokunst unterhalten. Das Haus müsstest du sehen, unglaublich.«

»Ich kenn dich, Leon. Du bist doch nicht ohne eine ganz bestimmte Absicht zu Duchamp gegangen«, sagte Isabelle misstrauisch.

»Ich bin nur der Gerichtsmediziner«, sagte Leon unschuldig. Isabelle zeigte ihm mit ihrem Blick, dass sie ihm nicht glaubte.

»An der Socke, die wir beim Fundort der kleinen Carla Hafner gefunden haben, befindet sich Sperma«, sagte Leon.

»Wirklich?« Isabelle war alarmiert. »Was hat der DNA-Abgleich ergeben?«

»Die Probe ist verunreinigt. Bisher konnten wir nur Bruchstücke isolieren, leider. Aber wie es aussieht, gibt es keine Übereinstimmung mit vorhandenen Spuren, auch nicht mit denen von Fabius.«

»Du kannst ihn aber auch nicht als Täter ausschließen?« Isabells Stimme klang trotzig.

»Nein, kann ich nicht«, sagte Leon.

Isabelle wusste genau, dass es tausend Gründe gab, warum ein Täter keine DNA am Opfer hinterlassen hatte. Leon betrachtete die Polizistin. Sie starrte auf die Widmung in dem Buch, und er konnte sehen, wie es in ihr arbeitete. Dann schaute sie ihn an.

»Warst du etwa deswegen bei Duchamp?« Isabelle unterbrach sich und hob die Hände zu einer abwehrenden Geste. »Nein, sag mir nichts. Du weißt, dass du mit einer unüberlegten Aktion unsere ganze Ermittlung gefährden könntest.«

Isabelles Telefon klingelte. Leon stand auf.

»Dann lasse ich dich besser mal weiterarbeiten«, sagte er. »Wenn ich was weiß, bist du die Erste, die ich informiere.«

»Kannst du das Buch hierlassen?«, fragte Isabelle.

»Kein Problem.«

»Sei vorsichtig«, sagte Isabelle und griff zum Hörer. »Morell, ja, ich höre.«

47. KAPITEL

In den engen Gassen, die auch jetzt, nach zehn Uhr abends, hellerleuchtet waren, stand noch immer die Hitze. Die Touristen drängten sich. Alle Geschäfte hatten geöffnet. Auf der Promenade drehte sich das beleuchtete Riesenrad, das die Stadtverwaltung extra für die Hundert-Jahr-Feier hatte aufstellen lassen. Kinder und Liebespaare genossen den Flug durch die Nacht.

Leon beschloss, noch auf einen Wein im *Chez Miou* vorbeizuschauen. Vielleicht würde er ja Le Blanc treffen. Er musste seine Gedanken ordnen. Ein Gespräch mit dem Anwalt wäre jetzt genau das Richtige. In diesem Moment zupfte ihn jemand von hinten am Hemd. Verärgert drehte Leon sich um und sah Jean-Claude in seinem Rollstuhl.

»*Bonsoir*, ich hatte Sie gar nicht gesehen«, sagte Leon.

»Ich muss mit Ihnen reden, sofort«, sagte Jean-Claude, »aber nicht hier. Kommen Sie.«

Er rollte in eine Seitengasse, und Leon folgte ihm. »Ich weiß, wo Fabius ist.«

»Dann müssen Sie zur Polizei gehen.«

»Quatsch. Das geht nicht, ich brauche Ihre Hilfe.«

»Versteh ich nicht.«

»Natürlich nicht, weil Sie keine Ahnung haben, wie das hier läuft. Aber das erklär ich Ihnen ein anderes Mal. Jetzt ist dafür keine Zeit.«

»Was ist denn los?«

»Quatschen oder zuhören?« Er sah Leon einen Moment an. »Eric, dieser Schwachkopf, war vorhin im *Miou* und hat sich einen Pastis nach dem anderen in die Birne gelötet. Später kam David rein, und ich hab gehört, wie Eric zu ihm gesagt hat, dass er René fertigmachen wolle. Er wüsste, wo der sich versteckt, und dann ist David mit ihm weg.«

»Wann war das?«

»Vor einer guten Stunde. Ich hab Sie überall gesucht. Dieser Eric ist ein verdammter Irrer. Hat echt einen an der Waffel. Er ist Belgier, was kann man da erwarten?«

»Und was soll ich jetzt tun?«

»Sagen Sie Le Blanc Bescheid, er vertraut Ihnen. Sagen Sie ihm: René versteckt sich auf dem Kutter von Véronique. Der liegt in der Bucht von Bênat. Vielleicht ist das Ganze ja auch nur Gerede, aber wenn nicht, müssen Sie sich beeilen. Der Belgier ist zwar besoffen, aber wenn er wirklich weiß, wo René steckt, dann Gnade ihm Gott.«

Eine Viertelstunde später fuhr die *Orca* aus dem Hafen von Lavandou. Sowie sie die Leuchtfeuer der Mole hinter sich gelassen hatten, schob Gérard die Gasgriffe nach vorne, und die beiden 450-PS-Motoren trieben die Yacht über die spiegelglatte See.

Nachdem er mit Jean-Claude gesprochen hatte, war Leon sofort zum Yachthafen gelaufen. Gérard hatte es sich schon auf seinem Boot gemütlich gemacht. Leon berich tete, was ihm Jean-Claude gesagt hatte, und sofort machte Le Blanc die Yacht klar zum Ablegen. Er glaube genauso wenig wie Leon, dass René Fabius für die Entführungen verantwortlich war. Aber er wusste auch, dass es viele Leute in Le Lavandou gab, die Fabius längst als Schuldigen ausgemacht hatten.

Le Blanc kannte auch das Strafregister von Eric. Der

Mann hatte bereits drei Mal wegen Körperverletzung vor Gericht gestanden.

Nur Minuten nachdem Leon an Bord gekommen war, hatte die *Orca* abgelegt. Das Boot brauchte vom Yachthafen keine zwanzig Minuten bis in den Bai de Gau. Als sie um den Point de la Ris in die Bucht einbogen, drosselte Gérard das Tempo, und die Yacht schob sich langsam durch das dunkle Wasser. Gérard hatte den Kutter von Véronique schon von weitem ausgemacht. Er lag abseits der anderen Schiffe an einer Boje. Beim Näherkommen bemerkten die Männer einen flackernden Lichtschein hinter den Bullaugen des Deckaufbaus. Konnte das Feuer sein? Gérard brachte die Yacht in Schrittgeschwindigkeit näher an das Boot heran. Mit viel Fingerspitzengefühl dirigierte er die beiden großen Dieselmaschinen. Leon stand am schwenkbaren Scheinwerfer, der auf der Brücke der Yacht montiert war. Als er den Lichtkegel auf das Deck des Kutters lenkte, sah man Rauch aus dem Niedergang quellen. Und auf den obersten Stufen lag ein Mensch, und der bewegte sich.

»Da ist jemand an Deck.«

»Das ist Fabius«, sagte Gérard.

»Bring das Boot näher ran!«, rief Leon.

»Der Kahn brennt! Ich kann da nicht anlegen.«

»Ich ruf die Küstenwache an.« Leon griff nach seinem Handy.

»Vergiss es. Bis die kommen, ist das Ding längst abgebrannt.«

Sie waren jetzt dem Boot so nahe gekommen, dass Leon sah, wie der Mann verzweifelt versuchte, sich aufs Deck zu ziehen.

»Der Mann ist verletzt. Wir können ihn doch nicht so liegen lassen.«

»Okay, ich fahr rückwärts ran, und du springst rüber.«

»Bist du verrückt?«

»Du kannst die Yacht nicht steuern.«

»Verflucht. Ich hasse Boote.« Leon ging ins Heck der Yacht, wo sich eine Badeplattform befand, die bis auf wenige Zentimeter über die Wasseroberfläche hinabreichte. Langsam brachte Le Blanc sein Schiff im Rückwärtsgang näher an den Kutter heran. Jetzt konnte Leon erste Flammen aus dem Niedergang schlagen sehen.

»Beeil dich.«

»Wie weit noch?«, rief Gérard von der Brücke.

Leon schätzte die Entfernung. »Drei Meter, jetzt zwei, langsam, langsam, ein Meter.«

Als Gérard das Heck der *Orca* mit einem lauten Knirschen gegen die Seite des Kutters drückte, sprang Leon. Er schlug hart auf den Holzplanken auf. Seine Knie und das rechte Handgelenk schmerzten. Genau vor ihm lag Fabius. Sein Gesicht war blutig und zugeschwollen. Leon erkannte sofort, dass er brutal zusammengeschlagen worden war.

»Monsieur Fabius ...«

»Aufhören, lasst mich in Ruhe«, stöhnte Fabius und bewegte die Hand, als wollte er nach Leon schlagen.

»Ich bin mit Le Blanc da. Wir müssen Sie hier wegschaffen. Jetzt gleich.«

Fabius blinzelte. Langsam schien er zu registrieren, dass da nicht seine Peiniger zurückgekommen waren, sondern dass Leon ihm helfen wollte.

»Können Sie laufen?«, fragte Leon und sah besorgt zum Niedergang, aus dem jetzt immer mehr Flammen schlugen.

Fabius hob mit einer hilflosen Geste seine Hand, er musste husten, Blut lief aus seinem Mund.

»Ich zieh Sie da raus.« Leon trat hinter den Verletzten, griff ihm unter den Achseln hindurch und packte dann mit beiden Händen dessen Unterarm. Knistern und Bersten war aus dem Schiffsrumpf zu hören. Meterhoch schossen plötzlich einzelne Flammen aus der ehemaligen Ladeluke. Die Hitzewelle, die Leon entgegenschlug, machte es schwer, zu atmen. Mit einem Ruck wuchtete er Fabius von den Stufen aufs Deck. Der Verletzte stöhnte auf. Rückwärts zog Leon den Mann bis zur Reling. In diesem Augenblick war ein lautes Fauchen unter Deck zu hören.

»Die Tanks gehen hoch!«, brüllte Gérard von der Yacht herüber. »Das schaffst du nicht – spring!«

In einer verzweifelten Kraftanstrengung riss Leon den schweren Mann nach oben und stürzte sich mit ihm rückwärts über die Reling ins Meer. Im selben Moment hörte er die Motoren der Yacht losbrüllen, als Gérard versuchte, sein Schiff in Sicherheit zu bringen. Als Leon mit dem Verletzten auf dem Wasser aufschlug, war das Letzte, das er über sich sah, eine gewaltige Flamme, die sich wie eine leuchtende Blüte ausbreitete. Dann schlug das Meer über ihm zusammen.

48. KAPITEL

Leon war nur ein durchschnittlicher Schwimmer, aber er fürchtete sich nicht vor dem Meer. Im Gegenteil, als Kind war er oft stundenlang mit Schnorchel und Taucherbrille an den Felsen entlanggeschwommen und hatte die Unterwasserwelt beobachtet. Und auch heute ging er gelegentlich ins Wasser und schwamm eine Runde. Aber es war ein gewaltiger Unterschied, ob man bei Sonnenschein am Strand entlangplanschte oder mitten in der Nacht kopfüber ins tintenschwarze Meer stürzte und in eine bodenlose Finsternis sank.

Für einen kurzen Moment dachte Leon, wie friedlich es wäre, gar nichts zu tun und einfach nur dem Meeresgrund entgegenzusinken, tiefer und tiefer. Doch dann erwachte plötzlich sein Überlebenswillen. Weit über sich sah er Licht glitzern. Mit dem rechten Arm umklammerte er immer noch den Verletzten, der sich nicht mehr rührte. Leon schwamm nur mit dem linken Arm und dem Schlag seiner Beine. Er musste hinauf, höher, viel höher, nach oben, zu dem Licht. Der Verletzte hing wie ein Anker an ihm. Leon merkte, wie ihm die Luft ausging. Er kämpfte gegen den Reflex, den Mund zu öffnen. In seinem Kopf setzte ein Dröhnen ein, und er glaubte, sein Herz zu hören, das das Blut in seine Lungen presste, auf der verzweifelten Suche nach Sauerstoff. Er sah nach oben, das Licht über ihm wurde heller. Nur noch drei, vier Armzüge, und er durchbrach die

Wasseroberfläche und nahm einen tiefen Atemzug, der ihn zurück ins Leben holte.

Wenige Meter vor ihm brannte der Kutter, oder das, was die Explosion von ihm übriggelassen hatte. In seinem Arm trieb Fabius bewegungslos im Wasser. Es kostete Leons ganze Kraft, dafür zu sorgen, dass Mund und Nase des Mannes über Wasser blieben. Leon wusste, dass er sich so nicht lange würde halten können.

In diesem Moment hörte er das tiefe Blubbern der gro-ßen Diesel-Motoren der *Orca*. Er drehte sich um, und da schob sich die weiße Yacht wie ein Eisberg heran. Gérard hatte die Motoren auf Leerlauf gestellt und vertraute auf den richtigen Schwung seines Bootes, das jetzt rückwärts und steuerlos auf Leon und den Verletzten zutrieb. Auf der Badeplattform kniete Gérard und klappte die Bordleiter herunter, die gut einen Meter tief ins Wasser ragte.

»Halt dich an der Leiter fest!«, schrie er Leon zu.

Näher und näher kam die Yacht auf Leon zu. Endlich sah Leon die verchromte Leiter und griff zu. Der Schwung des Bootes zog Leon noch ein paar Meter weiter durchs Wasser, aber er ließ nicht los. Nicht die Leiter und nicht Fabius, den er noch immer von hinten umklammert hielt. Endlich stand das Boot. Gérard griff nach Fabius, und gemeinsam gelang es ihnen, den Mann auf die Badeplattform zu bugsieren. Leon war völlig ausgepumpt. Sein Puls raste, die Lunge brannte. Er versuchte, sich zu beruhigen und ein paarmal tief und gleichmäßig durchzuatmen. Dann beugte sich über den Verletzten, drückte ihm den Handballen aufs Brustbein und begann rhythmisch das Herz zu stimulieren. Nach zwanzig endlos langen Sekunden hustete Fabius. Wasser und Blut liefen aus seinem Mund – er atmete. Leon drehte den Mann in die stabile Seitenlage und hielt ihn fest, während Gérard die Yacht Richtung Lavandou steuerte und mit dem Handy die Polizei informierte.

Als die *Orca* im Yachthafen einlief, konnten Leon und Le Blanc schon von weitem die Blaulichter von Polizei und Krankenwagen sehen. Zerna hatte es sich nicht nehmen lassen, persönlich im Yachthafen zu erscheinen, um den Entführer und Kinderschänder Fabius in Empfang zu nehmen. Er hatte Masclau und seine Stellvertreterin gleich mitgebracht, die dafür sorgten, neugierige Touristen zu vertreiben und den Weg für den Krankenwagen frei zu halten. Leon vermutete, dass Zerna auch gleich noch die Medien informiert hatte. Denn die *Orca* hatte noch nicht festgemacht, als bereits ein Team von *Canal+* auftauchte.

Die Rettungssanitäter legten Fabius noch an Bord des Schiffes eine Infusion mit Schmerzmittel und zur Stabilisierung des Kreislaufes. Zerna agierte inzwischen gestenreich zwischen Ärzten und Polizisten, gab Anweisungen und achtete darauf, dass der Kameramann ihn dabei im Bild hatte. Anschließend gab er der Journalistin von *Canal+* ein kurzes Interview, während im Hintergrund Fabius auf einer Trage vom Boot zum Krankenwagen gebracht wurde.

»Commandant Zerna, Sie sind der Leiter der hiesigen Polizei. Wie haben Sie den Verdächtigen gefunden, nach dem in ganz Frankreich gefahndet wurde?«

»Dieser Erfolg ist vor allem der professionellen Arbeit der Frauen und Männer der Gendarmerie nationale zu verdanken. Schon nach unseren ersten Ermittlungen hatten wir einen konkreten Verdacht, der eine intensive Fahndung ausgelöst hat. Und dieser Verdacht hat sich ja auch bestätigt, wie wir gerade gesehen haben.«

»Aber nicht die Polizei, sondern zwei Zivilisten mit einer privaten Yacht haben den Verdächtigen gefunden.«

»Lassen Sie es mich so sagen: Die Polizei hatte die ganze Zeit die hundertprozentige Kontrolle über die Fahndung. Die Yacht war rein zufällig vor Ort, und die Männer haben den Verdächtigen aus dem Wasser geborgen – wofür wir ihnen alle sehr dankbar sind.«

»Sie haben den Verdächtigen. Aber alle fragen sich: Wo ist das entführte Mädchen, Commandant Zerna?«

Zerna sah die junge TV-Journalistin mit einem siegessicheren Lächeln an. »Er wird es uns sagen, da bin ich ganz sicher. Und jetzt entschuldigen Sie mich. Es gibt noch viel zu tun.«

Die Journalistin hatte noch weitere Fragen, aber Zerna drehte sich um und ließ das Fernsehteam stehen.

Le Blanc hatte Leon eine Jogginghose und einen Pullover geliehen, damit er aus seinen nassen Klamotten kam. Trotzdem war Leon noch immer kalt, die Rettung von Fabius hatte ihn völlig erschöpft. Er saß in einem Korbsessel auf dem Achterdeck und hatte sich eine Decke umgelegt. Hier auf dem Boot wurden sie wenigstens von der Presse in Ruhe gelassen. Le Blanc bot ihm ein Glas Rosé an, aber Leon lehnte ab. Er trank lieber große Gläser Mineralwasser, um den Salzgeschmack loszuwerden, den das Meer in seinem Mund zurückgelassen hatte, als Isabelle bei den beiden Männern auftauchte.

»Fabius wird nach Saint Sulpice gebracht«, sagte sie.

»Sie müssen dringend jemanden vor seiner Tür postieren«, sagte Le Blanc.

»Das haben wir bereits veranlasst, Monsieur Le Blanc.«

»Die Notärzte sollen gleich Abstriche machen«, sagte Leon, »vielleicht können wir noch Täter-DNA sicherstellen.«

»Ich werde das gleich weitergeben.« Isabelle griff nach dem Funkgerät, das an ihrem Gürtel hing.

In diesem Moment erschien Zerna auf dem Achterdeck.

»Wie fühlen Sie sich, Doktor Ritter?«

»Danke, es geht schon wieder.«

»Sehr gut. Ich möchte mich mit Ihnen auf der Wache unterhalten, jetzt gleich.«

»Ich wollte mich noch umziehen.«

»Das können Sie hinterher machen.«

»Die paar Minuten werden bestimmt keinen Unterschied machen«, sagte Le Blanc. »Schließlich wollen Sie Doktor Ritter als Zeugen vernehmen, oder gibt es etwas, das Sie ihm vorwerfen?«

Zerna sah den Rechtsanwalt mit wütendem Blick an. Er konnte diesen eingebildeten Le Blanc nicht leiden. Mehr noch, er hasste ihn. Le Blanc stand für alles, was Zerna niemals erreichen würde. Er stammte aus gutem Haus, hatte die besten Universitäten besucht, war erfolgreich, intelligent und wohlhabend. Aber was Zerna am meisten an Le Blanc hasste, war die Tatsache, dass der Anwalt seinerzeit Fabius zum Freispruch verholfen hatte. Ausgerechnet Fabius, den Zerna damals gestellt, festgenommen und dem Staatsanwalt übergeben hatte. Und jetzt hatte ihm Le Blanc ein weiteres Mal die Show gestohlen, hatte diesen Dreckskerl Fabius mit seiner fetten weißen Yacht aus dem Meer gefischt und Zerna bei den Medien wie einen Idioten dastehen lassen.

»*Maître avocat*, mit Ihnen würde ich mich natürlich auch sehr gerne unterhalten«, sagte Zerna, und es fiel ihm sichtlich schwer, höflich zu bleiben.

»Aber mit Vergnügen, Commandant. Ich helfe der Polizei immer gerne, das wissen Sie doch.«

Zerna hätte den Anwalt am liebsten ins Hafenbecken gestoßen.

49. KAPITEL

Leon, Le Blanc und Zerna saßen am großen Besprechungstisch des Polizeichefs. Neben Zerna saß Masclau und betrachtete den Doktor und den Anwalt argwöhnisch. Moma
stand in der Tür und wollte eigentlich längst gehen, hatte
aber die letzten fünf Minuten fasziniert den Schilderungen
von Leon zugehört.

Leon hatte über die Rettung von Fabius berichtet und
dabei die Gefahren der Aktion bewusst heruntergespielt.
Um das Ganze weniger heldenhaft erscheinen und die Polizei nicht allzu schlecht dastehen zu lassen. Aber Le Blanc
unterbrach Leon immer wieder, um dramatische Augenblicke in allen Einzelheiten auszubreiten, und sorgte so dafür, dass Leon zuletzt als Mischung aus James Bond und
Superman dastand.

»*Mon Dieu*«, sagte Moma von der Türe aus, »da hätten
Sie beide glatt draufgehen können.«

»Der *Maître* hat ein wenig übertrieben«, meinte Leon
bescheiden.

»Aber nein«, sagte Moma, »das war echt stark. Da wird
sich die Presse draufstürzen.«

»Würden Sie uns jetzt alleine lassen, Lieutenant Kadir«,
sagte Zerna und machte ein Gesicht, als hätte er gerade
von einer Steuernachzahlung erfahren. »Und sehen Sie zu,
dass Sie die beiden Täter finden, diesen Eric und Daniel.«

Moma verließ den Raum.

»Ich sage nicht, dass es sich bei den Männern um die Täter handelt«, sagte Leon. »Uns wurde nur gesagt, dass sie hinter René Fabius her waren.«

»Wer hat das gesagt?«

»Unser Informant, ich möchte ihn nicht in Schwierigkeiten bringen.«

»Sie wären gesetzlich verpflichtet gewesen, diese Information sofort der Polizei zu melden. Das ist Ihnen doch klar? Also: Wer ist Ihr Informant?«

»Sie müssen darauf nicht antworten«, sagte Le Blanc.

»Wer hier was sagen muss, entscheiden immer noch wir«, blaffte Masclau den Anwalt an.

Le Blanc ließ sich nicht provozieren und wendete sich an Zerna. »Ich möchte noch einmal festhalten, dass Doktor Ritter sein Leben riskiert hat, um einen Mann zu retten, der von der gesamten Polizei Frankreichs gesucht wurde. Aber statt uns auf einen Wein einzuladen, sitzen wir hier und müssen uns Vorhaltungen von Subalternen anhören.«

Masclau wusste zwar nicht genau, was das Wort *Subalterne* bedeutete, aber es klang in seinen Ohren ziemlich abfällig.

»Sie sollten vorsichtig sein, was Sie hier von sich geben«, sagte Masclau.

»Sonst geschieht was? Wollen Sie uns vielleicht auch noch einsperren?«

»Sie bewegen sich auf sehr dünnem Eis, Monsieur«, sagte Zerna. Le Blanc sah ihn mit einem Lächeln an. »Für mich geht es hier nicht nur um die Verschleierung einer Straftat und um Behinderung der Polizei, sondern möglicherweise sogar Mittäterschaft. Und das gilt für Sie beide.«

»Das meinen Sie jetzt aber nicht im Ernst?«, sagte Leon.

»Noch so eine Bemerkung, Commandant, und ich reiche

Beschwerde in der Präfektur von Toulon ein«, sagte Le Blanc mit betont gleichgültiger Stimme. »Sie versuchen, einen Zeugen unter Druck zu setzen.«

»Was sind Sie?« fragte Masclau. »Sein Anwalt?«

»Nein, ich denke Doktor Ritter braucht keinen Anwalt. Aber ich vertrete René Fabius.«

»Seit wann denn das? Das wird ja immer toller!« Masclau sah zu seinem Chef.

Zerna spürte, wie er langsam die Kontrolle über seinen Zorn verlor. Schon mehrfach hatte es wegen seiner aufbrausenden Art Dienstaufsichtsbeschwerden gegen ihn gegeben. Die wurden zwar alle abgewiesen, hatten aber schließlich dazu beigetragen, dass er von Toulon nach Le Lavandou zurückversetzt wurde. Er wusste, dass er sein Temperament unter Kontrolle halten musste. Aber diesmal ging dieser Le Blanc zu weit.

»Sie denken, Sie könnten hier machen, was sie wollen, weil Sie Jura studiert haben und ein paar wichtige Leute in Paris kennen.« Zernas Stimme bebte. »Sie glauben, Sie könnten uns vorführen wie ein paar dumme Provinztrottel. Aber da irren Sie sich, Monsieur Le Blanc. Ich will Ihnen etwas sagen. Ich scheiß auf Ihre Verbindungen, ich scheiß auf Ihre Diplome und auf Ihr Geld. Und wenn Sie sich mir in den Weg stellen, mache ich Sie platt.«

Einen Moment sagte niemand mehr etwas in dem Raum. Selbst Masclau erstarrte. Er hatte seinen Chef noch nie so in Fahrt erlebt. Dann brach Leon die peinliche Stille.

»Es ist spät geworden, und wir hatten alle einen anstrengenden Tag. Ich schlage vor, wir gehen jetzt nach Hause«, sagte Leon.

»Ich tu einfach mal so, als hätte ich Ihre letzte Bemerkung nicht gehört, Monsieur Zerna.« Dabei sah Le Blanc den Polizeichef mit einem Blick an, der bedeutete, dass er geradezu darauf brannte, Zerna bei nächster Gelegenheit an seine unbedachten Worte zu erinnern. Le Blanc erhob sich. Masclau stand ebenfalls auf und stellte sich in die Tür.

»Wenn es keine weiteren Fragen mehr gibt …«, sagte Le Blanc.

Zerna sah den Anwalt mit verunsichertem Blick an. Er wusste, dass er mit seiner letzten Bemerkung zu weit gegangen war. Ein Wort von Le Blanc oder Dr. Ritter an die Präfektur in Toulon, und Zerna hätte jede Menge Ärger am Hals.

»Ich träume seit Stunden von einer Dusche.« Leon stand ebenfalls auf.

Zerna nickte Masclau kurz zu, der gab die Tür frei, und Leon und Le Blanc verließen das Präsidium.

50. KAPITEL

Leon stand auf der Terrasse und genoss die Ruhe. Er hatte eine Viertelstunde unter der Dusche gestanden, das heiße Wasser auf seinen Rücken prasseln lassen und das Salz und die Schrecken der letzten Stunden weggespült. Dann hatte er sich frische Klamotten angezogen, war in die Küche gegangen und hatte sich ein Glas Rosé eingeschenkt. Es war weit nach Mitternacht. Die Hitze hatte etwas nachgelassen, ein leichter Ostwind kam übers Meer und trieb den Geruch von Salzwasser vor sich her. Leon atmete tief ein und genoss den Augenblick der Ruhe.

Dann hörte er die Haustür gehen, das Geräusch, als jemand in die Küche ging, eine Flasche aus dem Kühlschrank nahm und sich ein Glas einschenkte. Isabelle erschien auf der Terrasse.

»Der Held des Tages«, sagte Isabelle.

»Fang bloß nicht auch noch an.«

»Ich hab gehört, du und Le Blanc habt Zerna ordentlich aufgemischt.«

»Sagen wir: Zerna hatte keinen leichten Abend.«

»Zu schade, dass ich nicht dabei war.« Isabelle lachte. »Dass du Fabius geschnappt hast, verzeiht er dir nie.«

»Wir haben Fabius nicht geschnappt, wir haben ihn gerettet.«

»Du hast ihn gerettet. Sag mal, ist das Boot wirklich unter euch in die Luft geflogen?«

»Wir sind vorher über Bord gefallen, und ich hab keine besonders gute Figur dabei gemacht.«

Isabelle kam näher. Sie musste jetzt zu Leon hinaufschauen, damit ihn ihr Lächeln erreichte.

»Hat mir gefallen, dein Stunt auf hoher See«, sagte sie. »Darauf möchte ich anstoßen.«

»*Santé*«, sagte Leon und prostete ihr zu. »Habt ihr diesen Eric und seinen Komplizen erwischt?«

»David Drisaux. Ja, das war nicht schwer. Die beiden hingen im *Bora Bora* an der Bar und haben sich zugeschüttet.«

»Und, haben sie gestanden?«

»Sie behaupten, sie waren es nicht. Zerna hat sie laufen lassen.«

»Er hat sie laufen lassen?«

»Sie sind beide verheiratet, haben einen festen Wohnsitz, und der Wirt hat ihnen ein Alibi gegeben. Solange Fabius im Koma liegt, haben sie nichts zu befürchten.«

»Dieser Zerna ist unglaublich.«

»Das hier ist der Süden, Leon. Weißt du, was die Leute denken? – Ein Kinderschänder hat Prügel bezogen, na und? – Keinem tut es wirklich leid um Fabius. Am liebsten würden sie den beiden Schlägern noch einen Orden verleihen.«

»Du weißt genau so gut wie ich, dass Fabius nichts mit den Entführungen zu tun hatte.«

»So sicher wie du bin ich mir da nicht. Du kennst seine Vorgeschichte. Und wir haben von beiden Mädchen Spuren bei ihm gefunden.«

»Und wo ist das entführte Mädchen? Auf dem Kutter bei Fabius war sie jedenfalls nicht.«

»Fabius ist unser einziger Verdächtiger.«

»Was ist mit Duchamp?«

»Du lässt nicht locker.« Isabelle lachte und schüttelte den Kopf. »Ich muss schon sagen, schneller als du kann man sich hier keine Feinde machen.«

»Ich bin manchmal vielleicht etwas undiplomatisch. Wolltest du das sagen?« Leon lächelte Isabelle an. Er hatte seine Hand auf ihren Arm gelegt, und sie ließ es sich gefallen.

»Auf dich muss man echt aufpassen.«

»Ich dachte, wenn ich bei einer Polizistin wohne, kann mir nichts passieren.«

»Versuchen Sie etwa mit mir zu flirten, Doktor Ritter?«, sagte Isabelle mit gespieltem Vorwurf und lehnte sich sanft an Leon.

»Mit einem weiblichen *Flic*? Würde ich mich nie trauen. So was kann übel ausgehen.«

»Verdammt übel«, sagt Isabelle sanft und sah ihn mit ihren braunen Augen an.

In diesem Moment tauchte Lilou auf der Terrasse auf. Sie war barfuß und hatte ein XXL-T-Shirt an, das sie als Nachthemd trug. Offensichtlich hatte sie schon im Bett gelegen. Isabelle trat schnell einen Schritt von Leon zurück.

»Stör ich?«, fragte Lilou frech.

»Ich dachte, du schläfst längst«, sagte Isabelle.

»Und verpasse die ganze Show? Auf keinen Fall.«

»Guten Abend, Lilou«, sagte Leon.

»Ich hab dich im Fernsehen gesehen. Alle reden von dir. Du bist ein Star.«

»Nur weil ich jemanden aus dem Wasser gefischt habe?«

»Nein, du hast den Entführer geschnappt. *Canal*+ hat schon tausendmal hier angerufen. Die wollen dich unbedingt für eine ihrer News-Shows haben – das ist so was von geil.«

»Du hast denen hoffentlich nicht meine Handynummer gegeben?«

»Ich bin doch nicht doof.«

»Danke, Lilou.«

»Wofür?«

»Dass du mich vor den Fernsehleuten gerettet hast.«

»Zu schade. Stellt euch vor, wir kämen ins Fernsehen, das wäre so was von irre.« Lilou hob die Faust vor den Mund, als ob sie in ein Mikrofon sprechen würde. »Heute Abend live aus Lavandou: Der Mann, der den Kinderschänder geschnappt hat. Bei ihm: die charmante Polizistin Isabelle Morell und ihre überaus entzückende Tochter Lilou – das bin ich.«

»*Merci*«, unterbrach Isabelle, »und jetzt verschwindet die Fernsehmoderatorin ins Bett.«

»Schon mal was von Pressefreiheit gehört?«

»Abmarsch!«

»Wir wären alle in der News-Show. Meine Freundinnen würden platzen vor Neid.«

»Ins Bett, Mademoiselle.«

Lilou stolzierte davon. An der Tür drehte sie sich noch einmal mit dramatischer Pose um. »Gute Nacht, mein Held«, sagte sie.

»Ich glaube, deine Tochter sieht zu viel fern«, meinte Leon zu Isabelle.

Leon und Isabelle standen noch ein paar Minuten auf der Terrasse und sprachen über Belangloses. Beide warteten, dass irgendetwas geschehen würde. Aber der kurze Augenblick der Nähe war verweht und wollte sich auch nicht wieder einstellen. Leon spürte plötzlich, wie sehr der Tag ihn erschöpft hatte. Er verabschiedete sich von Isabelle und ging ins Bett.

Gerade als er die Nachtischlampe ausschalten wollte, brummte sein Handy. Hatten die TV-Leute doch noch seine Handynummer recherchiert?

»Ja?«, sagte Leon unwirsch. Aber es meldete sich niemand. Leon glaubte, am anderen Ende der Leitung jemand atmen zu hören. »Hallo?! Sie müssen lauter sprechen, ich kann Sie nicht verstehen«, sagte er. Keine Reaktion, und trotzdem war sich Leon sicher, dass da jemand war. Jemand hatte ihn angerufen und war noch immer in der Leitung. Im Hintergrund hörte Leon eine Lautsprecherstimme, dann Musik, ein elektronisches Heulen und Gelächter. Das Riesenrad, dachte Leon. Der Anrufer steht beim Riesenrad.

»Was wollen Sie von mir?«, sagte Leon. In diesem Moment legte der Unbekannte auf. Leon sah auf das Display. »Anonym« stand da. Wer um alles in der Welt würde mitten in der Nacht bei ihm anrufen, ohne sich zu erkennen zu geben?

Leon löschte das Licht. Wenige Minuten später war er vor Erschöpfung eingeschlafen.

51. KAPITEL

Leon benutzte gerne die Treppe. Erstens musste er dann nicht im Lift auf engstem Raum mit Menschen zusammenstehen, denen er nichts zu sagen hatte, und zweitens konnte er beim Treppensteigen hervorragend seine Gedanken ordnen. Und die waren in den letzten 24 Stunden ziemlich durcheinandergeraten, was nicht nur an der lebensgefährlichen Rettung von Fabius lag. Isabelle beschäftigte ihn. Was sollte das gestern Abend? Die Frau war doch gar nicht sein Typ. Gut, dass er rechtzeitig schlafen gegangen war. Leon entschied, dass er sich intensiver mit den Aufgaben der Gerichtsmedizin beschäftigen sollte. Das würde ihn davor bewahren, sich in Abenteuer zu stürzen, die er eigentlich gar nicht erleben wollte.

In der Klinik herrschte Aufregung. Auf dem Parkplatz standen die Übertragungswagen mehrerer TV-Stationen. Die Story von der Jagd auf den Kinderschänder hatte es an diesem Morgen zum Aufmacher in fast allen französischen Medien geschafft. Schließlich sah sich Klinikleiter Dr. Arnaud sogar genötigt, vor dem Eingang von Saint Sulpice zusammen mit Zerna eine improvisierte Pressekonferenz abzuhalten. Die Informationen, die die beiden Männer lieferten, waren allerdings karg und unbefriedigend für die Medienvertreter: Solange Fabius noch im Koma lag, konnte man weder etwas über die Hintergründe seiner Verletzungen sagen, noch eine Prognose über seine Genesung abgeben.

Zerna hatte einen Polizisten in der Eingangshalle und einen weiteren vor der Tür zur Intensivstation in der vierten Etage stationiert. Trotzdem war es einem TV-Team gelungen, in weißen Kitteln bis zur Tür von Fabius' Zimmer vorzudringen, bevor sie von der Gendarmerie und einem Sicherheitsmann der Klinik an die Luft gesetzt wurden.

Leon folgte Dr. Menez auf die Intensivstation. Leon mochte den jungen Arzt. Dr. Théo Menez arbeitete in der Unfallchirurgie. Der Mediziner war erst vor einem halben Jahr nach Hyères gezogen, nachdem er seine Freundin geheiratet hatte, die in Saint Sulpice als Anästhesieschwester arbeitete. Ein sehr engagierter Mediziner, mit dem sich Leon schon ein paarmal in der Cafeteria unterhalten hatte.

Fabius lag in Sektion drei. Er war an zwei Infusionen angeschlossen, über die auch das Betäubungsmittel verabreicht wurde, mit dem der Patient im künstlichen Koma gehalten wurde. Das Ärzteteam um Dr. Menez hatte auf den Bildern des Computertomographen zwar keinerlei Brüche oder Risse im Schädelknochen gefunden, trotzdem war man auf Nummer sicher gegangen. Um Komplikationen durch eine mögliche Hirnschwellung zuvorzukommen, hatte Menez entschieden, Fabius ins künstliche Koma zu legen. Neben dem Bett befand sich der Ständer mit den Perfusoren, die dafür sorgten, dass Medikamente und Schmerzmittel den Infusionen gleichmäßig beigemischt wurden. Auf der anderen Seite des Bettes stand der Computer, der die künstliche Beatmung regelte und die vitalen Körperfunktionen überwachte. Der Raum war klimatisiert und fensterlos, und das gedimmte Licht ließ Fabius' Körper mit den Schläuchen und Kabeln wie ein Wesen aus einer anderen Welt erscheinen.

Die Ärzte hatten Fabius den Schädel rasiert, die Platzwunde am Hinterkopf genäht und einen Verband gelegt.
Im Gesicht war Fabius gleich drei Mal genäht worden. Über
den beiden Augen, wo die Schläge des Angreifers ihn besonders heftig getroffen hatten, hatte er Cuts, aufgeplatzte
Augenbauen und Blutungen in den Augenhöhlen davongetragen. Außerdem war die Haut über dem linken Wangen-
knochen aufgerissen. Er hatte laut Diagnosebericht zwei
Rippenbrüche auf der linken Brustseite, daneben zahllose
Prellungen und Hämatome an Armen und Beinen. Außerdem hatte das Feuer für Verbrennungen an Fabius' rech-
tem Unterschenkel und den beiden Füßen gesorgt.

Dr. Menez informierte Leon, dass Zerna an diesem Morgen bereits um acht Uhr in der Klinik aufgetaucht sei, um
Fabius zu befragen. Der Arzt hatte versucht den Polizeichef
daran zu hindern, die Intensivstation zu betreten. Aber
Zerna hatte erst aufgegeben, nachdem er sich persönlich
vom Zustand des Verletzten überzeugt hatte.

»Dieser Zerna hat angeordnet, ihn sofort zu informieren, wenn der Patient aufwacht«, sagte Dr. Menez. »Angeordnet – für wen hält der Mann sich?«

»Machen Sie sich nichts draus«, antwortete Leon, »mich
hätte er vergangene Nacht am liebsten verhaftet, weil ich
ihm nicht gesagt habe, was er hören wollte.«

»Ich hab den Bericht im Fernsehen gesehen, Sie haben
eine Menge riskiert, um diesen Mann zu retten.«

»Im Fernsehen kommt alles immer viel bedrohlicher rü
ber, als es in Wirklichkeit ist.«

Dr. Menez sah seinen älteren Kollegen mit einem freundlichen Blick an. Ihm gefiel Leons ruhige Art, die sich so
wohltuend vom hektischen Umgangston unterschied, der
sonst den Klinikalltag beherrschte.

»Glauben Sie, dass Monsieur Fabius die beiden Mädchen entführt hat?«, fragte Dr. Menez.

»Die Polizei ist davon überzeugt.«

»Mich würde aber interessieren, wie Sie darüber denken.«

»Wenn Fabius es wirklich getan hat, ist er entweder unglaublich gerissen oder ein Idiot, der bisher einfach nur Glück hatte.«

Nach dem Besuch auf der Intensivstation ging Leon in die Gerichtsmedizin und sah sich die neuesten Laborberichte an. Um 09.40 Uhr erreichte ihn ein Anruf von Isabelle auf dem Handy. Die Polizei hatte Emma Talbot gefunden.

52. KAPITEL

Wenn es je einen »gottverlassenen Ort« gegeben hat, dann waren das diese Hügel des Forêt des Maures, dachte Leon. Von weitem schienen dichte Wälder kühlen Schatten zu versprechen. Aus der Nähe betrachtet waren die Bäume aber niedrig und bestanden zum großen Teil aus Nadelhölzern. Dazwischen gab es überall freie Flächen, auf denen dornige Büsche wuchsen; und kein Windhauch vertrieb die Hitze, die sich über dieser Landschaft staute. Ein schmaler Pfad führte zwischen Rosmarin, Zistrosen und mannshohen Ginstersträuchern über die festgebrannte Erde. Immer entlang am Lauf der Verne, die man zu dieser Jahreszeit nur an den rundgespülten Felsen und Kieseln erkennen konnte. Ansonsten war das Bachbett knochentrocken. Nur in den Senken und den schattigen Mulden sammelte sich Wasser zu kleinen Pfützen.

Die Verne war in der regnerischen Jahreszeit zwischen Dezember und Mai ein reißender Bach, der in den Golf von St. Tropez mündete. Sie wurde von zahlreichen kleinen Wasserläufen gespeist, die alle irgendwo in den Hügeln und Tälern des Forêt ihren Ursprung hatten. Die Leute der Gegend waren sich uneinig darüber, welcher dieser vielen Zuläufe der eigentliche Ursprung der Verne war. Die *Source du Diable* war auf jeden Fall die geheimnisvollste Quelle von allen.

»Immer am Bachbett entlang«, hatte Masclau über Funk

gesagt, dann könne man die Grotte nicht verfehlen. Leon folgte Isabelle erst seit fünfzehn Minuten durch die Hügel, aber es kam ihm jetzt schon so vor, als wären sie seit Stunden unterwegs. Normalerweise vertrug er die Hitze gut, aber inzwischen klebte ihm das Hemd am Körper, und er verfluchte sich, dass er nicht Isabelles Angebot angenommen und die Polizeikappe aus ihrem Auto aufgesetzt hatte. Und dann musste er auch noch seine lederne Aktentasche mit den Instrumenten durch die Hitze schleppen.

Im Schatten einer Pinie trafen sie auf Moma. Er hatte die Aufgabe, den Pfad gegen Neugierige abzusperren. Aber nicht einmal die Vertreter der Presse hatten sich bisher an diesem einsamen Flecken sehen lassen.

»Was für eine Hitze«, stöhnte Moma, »und wir müssen hier arbeiten. Bin ich vielleicht eine Eidechse, oder was?«

»Wie weit ist es noch?«, fragte Leon

»Fünfzig Meter den Pfad hinauf. Können Sie gar nicht verfehlen. Der Patron erwartet Sie schon sehnsüchtig.«

»Meine Sehnsucht nach ihm hält sich in Grenzen«, sagte Leon, und Moma grinste breit, ohne darauf zu antworten.

»Na los«, sagte Isabelle, »wir sind ja schon auf der Zielgeraden«.

Vier Tage hatte die Polizei vergeblich nach Emma Talbot gefahndet. Bis Isabelle gestern Abend doch noch zu dem Buch von Leon gegriffen hatte. »Les Secrets de la Provence« verzeichnete zwanzig ungewöhnliche Plätze, die kreuz und quer über die Provence verstreut lagen. Isabelle hatte in einem plötzlichen Impuls entschieden, sie alle auf einmal überprüfen zu lassen. Zerna hatte sie nicht über ihr Vorhaben informiert. Er hätte wohl kaum Verständnis für ihren Plan gezeigt, der nur auf Leons Bauchgefühl und dem Heimatkundebuch eines schrulligen Milliardärs basierte. Wenn sie ehrlich war, hatte sie selbst nicht wirklich an den Erfolg dieser Aktion geglaubt. Es war eine reine Verzweiflungsmaßnahme von jemandem, dem alle anderen Optionen ausgegangen waren. Isabelle hatte sich zu dem Schritt entschieden, nachdem sie Emmas Mutter einmal mehr sagen musste, dass die Polizei noch immer keine Spur von ihrer Tochter hatte. Danach war die Mutter mit einem Kreislaufkollaps in Isabelles Büro zusammengebrochen. Vielleicht lag es aber auch an dem Traum, den Isabelle in der Nacht zuvor geträumt hatte. Darin war Lilou unheilbar erkrankt. Isabelle war weinend aufgewacht. Anschließend hatte sie den Rest der Nacht wach gelegen und über das verschwundene Mädchen nachgedacht.

Noch gestern Abend hatte Isabelle dreißig Polizisten in Bereitschaft versetzt und die Police municipale, die Verkehrspolizei, um Unterstützung gebeten. Heute Morgen Punkt 5.00 Uhr hatte die Überprüfung der Orte aus dem Buch begonnen. Die meisten Plätze waren leicht zu checken. Bei Kirchen, Klöstern und Kapellen musste man in der Regel nur an den Türen der zuständigen Priester läuten. Komplizierter war es bei Orten, die sich auf Privatgelände befanden, wo erst Besitzer oder Verwalter aufgespürt werden mussten. Am schwierigsten zu kontrollieren waren aber die Orte, die tief in der Provence versteckt lagen. Und die *Source du Diable* war von all diesen Plätzen der entlegenste.

Leon fiel auf, dass auf den letzten Metern vor dem Eingang zur Grotte die Vegetation plötzlich dichter und grüner wurde. Hier wuchsen Farne, Wacholder und Thymian und ein ganzer Wald von Korkeichen. Und ein paar Meter weiter floss auch wieder Wasser im Bachbett. Ein Dutzend Polizisten wartete im Schatten einiger Zedern. Die Stimmung war gedrückt, was nicht nur an der Hitze lag. Die Polizisten unterhielten sich gedämpft, kein Lachen, keine zynischen Bemerkungen wie sonst waren zu hören. Alle sahen zu den Neuankömmlingen herüber. Isabelle begrüßte einige der Männer. Zerna kam auf Leon zu. Hinter ihm, wie sein Schatten, folgte Lieutenant Masclau.

»Gut, dass Sie's geschafft haben, *Docteur*«, sagte Zerna und reichte Leon die Hand. »Die Kleine liegt da drüben, in der Höhle.«

»Diesmal sieht's echt übel aus«, meinte Masclau. »Der Typ fängt an, völlig auszurasten.«

»Wie viele Leute waren schon bei ihr?«, fragte Leon.

»Nur einer von der Police municipale, der das Mädchen entdeckt hat.«

»Hat er sie angefasst?«

»Bestimmt nicht«, meinte Masclau. »Er hat sie gesehen und dann den ganzen Eingang vollgekotzt.«

»Der Mann von der Forstverwaltung, der die Beamten hierhergeführt hat, war auch in der Höhle«, sagte Zerna, »er sitzt dahinten.«

Zerna zeigte auf einen Mann, der auf einem Stein im Schatten der Bäume saß und eine Flasche Wasser in der Hand hielt. Er trug den Hut der Forstverwaltung. Der Mann sah blass aus und starrte stumm vor sich auf den Boden.

»Wo genau liegt das Opfer?«, fragte Leon.

»Fünf, sechs Meter hinter dem Eingang«, sagte Masclau. »Ich kann es Ihnen zeigen.«

»Nein, ich gehe erst mal alleine rein. Ich rufe Sie dann.«

Leon streifte sich die Plastiküberzüge über seine Schuhe und zog Latexhandschuhe an. Dann nahm er eine kleine LED-Lampe aus seiner Tasche und betrat die Höhle. Im Inneren der Grotte war es feucht und mindestens sieben

Grad kühler als draußen. Durch den Eingang fiel zwar etwas Licht, aber als Leon aus der grellen Sonne in den steinernen Raum kam, erschien er ihm wie eine dunkle Gruft. Er musste einen Moment stehen bleiben, um sich an die Dunkelheit zu gewöhnen. Dann schaltete er die Taschenlampe ein. Direkt neben ihm plätscherte die Quelle. Leon registrierte den Geruch von faulen Eiern. Die *Source du Diable* hatte ihren Namen von dem schwefelhaltigen Wasser, das hier aus dem Felsen trat. Aber darüber lag noch ein anderer Geruch. Leon roch den Tod.

Nur ein paar Meter weiter, und Leon stand vor der Leiche des Mädchens. Und noch bevor er den Schein seiner Lampe auf die Tote richtete, spürte er, wie sich ihm die Nackenhaare aufstellten. Das Böse schien in diesem Raum zu hängen wie verpestete Luft. Das Atmen fiel ihm auf einmal schwer. Und plötzlich waren da diese Bilder in seinem Kopf. Kamen wie aus dem Nichts und rauschten an ihm vorbei wie die Landschaft am Fenster eines dahinrasenden Zugs: Ein Mädchen auf einem Fahrrad, ein Kind am Boden eines dunklen Raumes, ein Messer, das durch glatte Haut schnitt, und das Gesicht eines Mädchens, das ihn ansah. Aber die Augen, was war mit den Augen?

Es dauerte nur ein paar Sekunden, dann hatte sich Leon wieder gefangen. Er ließ den Schein der Lampe über den Körper des toten Kindes gleiten. Es konnte noch nicht lange hier liegen, das wusste er sofort. Die Wildschweine hatten die Leiche zwar noch nicht gefunden, aber die Fliegen hatten sie längst entdeckt und summten um den toten Körper. Das Mädchen lag auf dem Rücken. Wie aufgebahrt, dachte Leon. Die Kleidung schien makellos. Die Hände waren über der Brust verschränkt und die langen blonden Haare wie ein Heiligenschein um den Kopf gebreitet. Dann richtete

Leon den Schein seiner Lampe auf das Gesicht. Der Täter musste ein sehr scharfes Messer benutzt haben. Die Schnitte reichten vom Kinn bis zur Nasenwurzel und von den Ohren bis zur Stirn. Die Wunden hatten sich geöffnet und sahen aus wie schmale Münder. Sie bildeten ein Muster auf dem Gesicht, wie von einem expressionistischen Maler aufgetragen. Aber das Erschreckendste waren die Augenhöhlen, die Leon anzustarren schienen. Sie waren leer. Jemand hatte dem Kind die Augen herausgeschnitten.

Leon rief Zerna und Masclau in die Grotte, während er sich zu dem Mädchen hinunterbeugte.

»Was für eine perverse Sau«, murmelte der Polizeichef, während er zusah, wie Leon den Körper des Mädchens untersuchte.

»Der Leichenstarre nach zu urteilen, ist sie etwa ein bis zwei Tage tot.«

»Warum würde sich einer so eine Gegend aussuchen, um einen Mord zu begehen?«

»Ich denke nicht, dass er sie hier getötet hat«, sagte Leon.

»Woher wollen Sie das wissen?«, fragte Masclau.

»Ist nur so ein Gefühl. Als ihr die Schnitte beigebracht wurden, war sie jedenfalls bereits tot.«

»Dann hat er sie eben tot hierhergeschafft«, sagte Masclau. »Jetzt verstümmelt der Kerl die Kinder auch noch – was für ein Arschloch.«

»Wir wissen noch nicht, ob es derselbe Täter war wie im Fall von Carla Hafner«, sagte Zerna.

Leon deutete auf einen kleinen Strauß, der neben der Toten lag. Er bestand aus trockenen Stielen, die am Ende zartblaue Blüten trugen.

»Glauben Sie mir. Es war derselbe Täter. Sehen Sie die Blüten?«

»Was ist das für ein Zeug?«, fragte Zerna.

»Jakobskreuzkraut«, sagte Masclau sofort.

»Sind Sie jetzt Gärtner, oder was?«, sagte Zerna und sah seinen Mitarbeiter an.

»Lieutenant Masclau kennt sich gut aus.« Leon musterte den Polizisten. »Ich musste das erst nachschlagen: Jakobskreuzkraut gilt als sehr giftig für Menschen und Tiere und wird daher von den Bauern auch ›Todeskraut‹ genannt. Bei jedem der drei toten Mädchen wurden ein paar dieser Blüten gefunden«.

»Und warum erfahre ich erst jetzt davon?« Zerna ärgerte sich. Gab es da vielleicht noch mehr, was ihm Dr. Ritter vorenthielt?

Wegen der Fliegen hatten die Männer nicht auf das Brummen über ihren Köpfen geachtet, das jetzt ganz plötzlich lauter wurde und in ein scharfes Summen überging. Leon richtete die Lampe nach oben.

Direkt über ihnen, in etwa vier Metern Höhe, hing ein Hornissennest groß wie ein Fußball, aus dem mehr und mehr Insekten quollen und sich auf die Eindringlinge stürzten.

»Raus hier«, schrie Masclau sofort und stürzte aus der Höhle. Zerna und Leo liefen ihm nach. Ein paar Meter vom Grotteneingang entfernt blieben die Männer stehen. Leon hatte eigentlich keine Angst vor Insekten, aber er war als Kind von einer Hornisse gestochen worden, und er erinnerte sich gut, wie schmerzhaft das gewesen war.

»Verdammte Mistviehcher«, sagte Zerna und schlug nach einer der Hornissen, die ihn umkreiste.

»Keine hektischen Bewegungen«, sagte Leon, »das macht sie nur noch aggressiver.«

Der Spuk dauerte keine zwei Minuten. Dann waren die

Hornissen genau so schnell wieder verschwunden, wie sie aufgetaucht waren.

»Wir brauchen hier jemanden von der Feuerwehr«, meinte Zerna, »die sollen das Nest ausräuchern, bevor die Tote da rausgeholt wird. Masclau, kümmern Sie sich darum.«

Masclau antwortete nicht. Zerna sah sich nach dem Polizeileutenant um, der eben noch neben ihm gestanden hatte. Masclau hatte sich ein paar Meter entfernt und schwankte hin und her. Mit beiden Händen riss er sein Hemd auf, während er vornübergebeugt stand und nach Atem rang. Dann taumelte er, stürzte auf die Knie und kroch wie ein Betrunkener auf dem Boden herum, während man seinen pfeifenden Atmen hören konnte. Isabelle lief zu ihm.

»Didier, was hast du?«

Masclau sagte gar nichts und stieß sie weg. Sein Körper begann unkontrolliert zu zucken.

»Leon, er bekommt keine Luft mehr!«, rief Isabelle panisch.

Leon schnappte die Tasche, die neben ihm stand, und lief zu Didier. Das Gesicht des Polizisten war jetzt schweißnass. Die Sehnen am Hals waren angespannt, die Adern prall, die Haut hatte eine bläuliche Färbung angenommen – ein deutliches Zeichen für den Sauerstoffmangel. Didier rang verzweifelt nach Luft und verdrehte die Augen, dass nur noch das Weiße zu sehen war.

»Wahrscheinlich ein Schock«, sagte Leon zu Isabelle, »weißt du, ob er gegen irgendetwas allergisch ist?«

»Wespen«, sagte Isabelle, »er hat mir mal gesagt, dass er auf Wespenstiche allergisch reagiert.«

Leon war sofort klar, was passiert sein musste. Eine der Hornissen hatte Didier erwischt. Das Gift hatte einen

Schock ausgelöst, und jetzt blockierte eine Schwellung im Rachen die Atmung. Leon tastete den Hals ab, ihm blieben nur wenige Minuten, dann würde Didier ersticken.

»Nimmt er irgendeine Medizin gegen seine Allergie?«

»Ich weiß es nicht, keine Ahnung. Bitte, tu doch was!«, sagte Isabelle, und ihre Stimme klang jetzt verzweifelt, während sie fieberhaft die Taschen des Polizisten nach Medizin durchsuchte.

»Wir brauchen den Helikopter.« Zerna griff nach seinem Funkgerät.

»Bis die hier sind, ist es zu spät«, sagte Leon.

»Nichts, er hat nichts dabei.« Isabelle hielt die Hand von Didier, der sich nicht mehr bewegte. Nur der Brustkorb zuckte noch beim verzweifelten Versuch, den Körper mit Sauerstoff zu versorgen.

Leon hatte keinerlei Notfallmedikamente, um Didier zu helfen. Keine Antihistaminika, kein Asthmaspray, keine Adrenalinspritze, gar nichts. Die einzige Möglichkeit, die ihm blieb, war ein Luftröhrenschnitt. So etwas hatte Leon zum letzten Mal vor über zwanzig Jahren gemacht. Aber damals arbeitete er in der Notfallambulanz der Frankfurter Universitätsklinik. Da herrschten OP-Bedingungen, perfekte Wundversorgung, und er hatte professionelle Assistenz. Hier war er ganz auf sich alleine gestellt.

»Ich mache einen Luftröhrenschnitt«, entschied Leon. »Wir müssen ihn auf den Rücken drehen, schnell.«

Moma war vor der Grotte aufgetaucht und packte sofort mit an. Leon öffnete seine Tasche. Er klappte ein Etui auf und nahm eine kleine, etwa zwölf Zentimeter lange, spitze Schere heraus. Dann griff er nach einer Plastikflasche mit Desinfektionsmittel und gab sie Isabelle.

»Über die Schere und meine Hände«, sagte er. Isabelle

sprühte Leons Hände und die kleine verchromte Schere ein.

Leon sah auf den Hals von Didier und konzentrierte sich. Du kennst seine Anatomie genau, sagte er sich. Er fühlte mit dem Finger den Hals des Patienten entlang: Luftröhre, Kehlkopf, Schildknorpel, Ringknorpel und dazwischen eine feine Membran. Hier setzte er die Spitze der Schere an. Mit einem leisen Knirschen stach er die Schere etwa anderthalb Zentimeter tief durch die Membran in die Luftröhre. Dann öffnete er mit Daumen und Zeigefinger die Schere, so dass sie die Einstichöffnung einen guten Zentimeter weit aufspreizte. Sofort war ein Zischen zu hören, als sich die Lungen wieder mit Luft füllten.

»Ich brauch etwas, um die Luftröhre offen zu halten«, sagte Leon. Ein paar Meter entfernt stand ein Beamter, der einen Fruchtsaft in der Hand hielt, aus dem ein dicker Trinkhalm ragte.

»Der Trinkhalm da«, sagte Leon und deutete auf den jungen Polizisten.

Moma riss dem verblüfften Kollegen den Trinkhalm aus dem Fruchtsaft und reichte ihn Leon.

»Desinfizieren«, befahl Leon, und Isabelle sprühte die desinfizierende Flüssigkeit über das Plastikröhrchen.

Leon schob den Trinkhalm vorsichtig einen halben Zentimeter tief in die Öffnung, dann zog er die Schere heraus und fixierte den provisorischen Zugang mit Wundpflaster am Hals. Didier kam wieder zu sich. Er atmete jetzt schnell, aber regelmäßig. Isabelle beruhigte ihn. Andere Kollegen hielten eine Rettungsfolie über Didier, um ihn vor der glühenden Sonne zu schützen.

Es dauerte noch fünfzehn Minuten, bis endlich der Hubschrauber mit Notarzt und Sanitäter auf einer Lichtung in der Nähe landete. Didier wurde versorgt und in die Klinik geflogen. Die Feuerwehr schickte fünf Mann, die das Hornissennest entsorgten, und drei Stunden später konnte endlich die Leiche von Emma Talbot in die Gerichtsmedizin transportiert werden.

53. KAPITEL

Leon war froh, wieder alleine zu sein. Er hatte die Küstenstraße nach Hyères genommen. Die Strecke war schmal und kurvenreich und zwang ihn langsam zu fahren, genau das, was er sich im Augenblick wünschte. Einfach nur hinterm Steuer zu sitzen, die Fenster und das Schiebdach geöffnet, und gemütlich an Lavendelfeldern, Weinbergen und Olivenplantagen vorbeizurollen und seinen Gedanken nachzuhängen, während Desireless im Autoradio »*Voyage, voyage*« sang. Für ein paar Minuten konnte er sich einbilden, er müsste gar nicht in die Gerichtsmedizin, sondern wäre zum Urlaub hier. Er könnte zum Strand fahren, eine Runde im warmen Meer schwimmen und anschließend unter den Pinien ein Schweppes mit Eis und Zitrone in der Strandbar trinken. Hatte er sich solche Momente nicht verdient?

Von der Grotte aus war Leon mit Isabelle direkt zum Rathaus von Lavandou gefahren. Dort hatte Zerna eine Pressekonferenz abgehalten, an der auch Leon teilnehmen musste. Die Medien stürzten sich auf die Story vom Serienkiller wie verdurstende auf die letzte Flasche Wasser. Inzwischen gab es in Frankreich keinen TV-Sender mehr, der nicht groß über den Tod der Mädchen berichtete.

Zerna und Kommissarin Lapierre versuchten den Fall als weitgehend gelöst darzustellen: Man hatte zwei Opfer zu beklagen, was natürlich eine entsetzliche Tragödie war, aber dafür hatte man bereits den Täter festgenommen.

Wenn der sich im Augenblick auch noch nicht zu seiner Tat bekennen konnte. Allerdings erwartete die Klinikleitung, dass Fabius jede Stunde aus seinem Koma erwachte. Zerna, der Bürgermeister und Kommissarin Lapierre taten ihr Möglichstes, um ihren Fahndungserfolg der Presse möglichst eindrucksvoll zu verkaufen und gleichzeitig sachlich zu bleiben, was nicht so einfach war. Viele Medien waren an Sachlichkeit nicht besonders interessiert. Was sie hören wollten, waren möglichst blutige Einzelheiten. Und diese Story besaß alles, wovon ein Journalist während der ereignislosen Sommermonate nur träumen konnte. Für die Boulevardmedien war der Fall offensichtlich: Mitten in den Ferien war ein irrer Serienkiller an der Küste unterwegs, um kleine, blonde Mädchen von Campingplätzen zu entführen. Diese Kinder missbrauchte und folterte er auf übelste Weise, um sie schließlich an unheimlichen Orten zu ermorden und aufzubahren.

T V-Stationen aus ganz Frankreich hatten ihre Übertragungswagen nach Lavandou geschickt. Journalisten stürmten den Ort und interviewten jeden, den sie vors Mikrofon bekamen. Natürlich wusste niemand wirklich etwas zu sagen, aber das spielte keine Rolle. In einem Ort, wo jeder jeden kannte, konnte auch jeder irgendwas erzählen, und so schwirrten nach kürzester Zeit die wildesten Gerüchte durch die Medienlandschaft· Dass die Polizei, mit Rücksicht auf die Eltern der Kinder, grauenhafte Einzelheiten des Verbrechens zurückhielt. Dass der Killer noch weitere Mädchen entführt hatte, was die Behörden jedoch verschwiegen, um eine allgemeine Panik zu vermeiden. Dass schon seit Jahren Mädchen von einer korsischen Zuhälterbande entführt wurden. Dass die algerischen und marokkanischen Zuwanderer hinter allem steckten. Und dass

René Fabius mit dem ganzen Fall überhaupt nichts zu tun hatte, sondern von der Polizei nur vorgeschoben wurde, um den wahren Täter zu schützen. Wie immer hatte zumindest dieses Gerücht einen wahren Kern, dachte Leon. Schließlich hatte er selber größte Zweifel an René Fabius' Täterschaft.

Da nichts, was die Gendarmerie nationale ermittelte, vor Tony und Madame Menez verborgen blieb, wurden die beiden Reporter des *Var-Matin* in diesen Stunden die ergiebigste Informationsquelle der Journalisten – und sie verdienten mehr Geld als sonst im ganzen Sommer. Sie gaben nur allzu gerne jedes Gerücht weiter und schmückten dabei ihre Informationen immer weiter aus. Und so kam es, dass noch bevor die Leiche der kleinen Emma in der Gerichtsmedizin lag, bereits die News-Show von *Canal+* berichtete, dass dem letzten Opfer vom wahnsinnigen Killer aus den Hügeln die Augen ausgestochen worden seien. Daraufhin hatte die Mutter der kleinen Emma einen erneuten Zusammenbruch erlitten. Und der Vater des Kindes, der von einem TV-Team im Hotel bedrängt wurde, schlug einen Kameramann nieder.

Am Brunnen in der Fußgängerzone, gleich gegenüber dem Rathaus, trafen sich Menschen zum stummen Gebet, stellten Kerzen auf und legten Blumen und Kuscheltiere ab. Zunächst hatte Bürgermeister Notier angeordnet, »diesen Mist«, wie er es nannte, abräumen zu lassen. Doch dabei war es zu Handgreiflichkeiten zwischen Gemeindeangestellten und einer Gruppe von empörten Touristen gekommen. Schließlich wurden von einigen Trauernden sogar Wasserflaschen gegen den Eingang des Rathauses geschmettert. So etwas hatte es in Le Lavandou noch nie gegeben. Nortier musste notgedrungen seine Anordnung widerrufen, so dass Briefe und Kuscheltiere am Brunnen bleiben durften und die aufgestellten Kerzen in der glühenden Julisonne dahinschmolzen.

Aber es sollte für Nortier noch schlimmer kommen. Das Fremdenverkehrsamt meldete Hunderte von Stornierungen bei Hotels und Pensionen in der ganzen Region. Und die Campingplätze riefen an, dass ihre Besucher in Scharen abreisten. Inzwischen standen die Plätze, die normalerweise zu dieser Jahreszeit auf Wochen ausgebucht waren, zu einem knappen Drittel leer. Für die Hundert-Jahr-Feier sah es noch schlechter aus. Die Eltern der Mädchen, die auf den Wagen des Blumenkorsos mitfahren sollten, weigerten sich, ihre Töchter an der Veranstaltung teilnehmen zu lassen. Außerdem war die Sternfahrt der fünfzehn Busse aus ganz Frankreich nach Le Lavandou spontan abgesagt worden. Nortier rief den Gemeinderat zu einer Krisensitzung zusammen. Nach einer dreistündigen lautstarken Debatte, die bis auf die Rue Charles Cazin zu hören war, hatte man einstimmig entschieden, die Hundert-Jahr-Feier um zwei Wochen zu verschieben. Für das Fremdenverkehrsamt eine schier unlösbare Aufgabe. Und jetzt drohte noch ein neues Problem: In den Hügeln hinter Sainte-Maxime war Feuer ausgebrochen.

Leon erfuhr von dem Brand, als *Radio Nostalgie* aus aktuellem Anlass sein Programm unterbrach. Sainte-Maxime lag zwar gut 40 Kilometer von Lavandou entfernt, aber Feuer konnten sich mit erschreckender Geschwindigkeit ausbreiten, wenn der Wind ungünstig stand. Zum Glück lag die gesamte Provence zurzeit unter einem stabilen Hoch, und es war deshalb relativ windstill. Aber das konnte sich jederzeit ändern. Darum löste jedes Feuer bei den Einwohnern der Region allergrößte Besorgnis aus. Es hatte in den vergangenen Jahren zu viele katastrophale Waldbrände gegeben. Manche hatten ganze Landstriche zu Asche verwandelt, andere hatten Häuser und ganze Dörfer vernichtet. Zivilisten, aber vor allem Feuerwehrmänner waren dabei ums Leben gekommen, weil sie mitsamt ihren Löschfahrzeugen innerhalb von Sekunden von den Flammen eingeschlossen worden waren.

Inzwischen waren die Wälder von Hunderten von Versorgungswegen durchschnitten, damit die *Pompiers*, wie die Feuerwehr genannt wurde, möglichst schnell und möglichst nahe an die Brandherde herankamen.

Leon hatte als Sechsjähriger einen Brand in Südfrankreich miterlebt. Er war damals zu Besuch bei seiner Großmutter in Grasse, als die trockenen Wälder rund um den Ort in Flammen aufgingen. Das Feuer war bis an den Rand der mittelalterlichen Stadt herangerückt. Die Feuerwehr hatte zwar alles im Griff, wie Leon später erfuhr, aber in seiner Erinnerung waren die Flammen so hoch wie der Himmel und so bedrohlich wie die Hölle, und er hatte sich völlig hilflos gefühlt. Seit dieser Zeit waren ihm Feuer immer unheimlich geblieben, und als dann auch noch seine Frau ... Leon zwang sich, an etwas anderes zu denken, als er mit dem kleinen Fiat auf den Parkplatz der Klinik einbog.

54. KAPITEL

Es war nicht der Geruch des Todes, den kein Desinfektionsmittel der Welt wirklich vertreiben konnte, und es war
auch nicht der Anblick all der menschlichen Niedertracht.
Der eigentliche Grund, warum so viele Mediziner die Keller der Gerichtsmedizin nicht ertragen konnten, war die
Stille, die hier herrschte. Und eben diese Stille war genau
das, was Leon an seinem Job so schätzte. Diese geradezu
meditative Ruhe, bei der er über Stunden ganz für sich arbeiten konnte. Bei der er mit seinen »Patienten« reden und
ihnen ihre Geheimnisse entlocken konnte.

Der Körper von Emma Talbot wies, außer an Hals und
Gesicht, keinerlei Verletzungen auf. Leon hätte wetten
können, dass das Mädchen nicht sexuell missbraucht worden war. Und er war sicher, dass er es mit demselben Täter
zu tun hatte, der auch schon Carla Hafner und das Mädchen bei Le Muy getötet hatte. Natürlich gab es dafür im
Augenblick noch keine schlüssigen Beweise, aber Leon
wusste es einfach. Diesmal hatte der Täter den Körper so
abgelegt, dass er relativ gut erhalten war. Die feuchte Kühle
der Höhle hatte die Verwesung verlangsamt, und es waren
keine Tiere an der Leiche gewesen, abgesehen von den Insekten, die totes Fleisch immer und überall fanden.

Verwesung gehörte zum Kreislauf der Natur. Dieser Zer-
fall alles Organischen lief seit Jahrmillionen nach den immer gleichen und festen Regeln ab. Wer die Abläufe kannte,

konnte darin lesen wie in einem Fahrplan. Das Absterben der Zellen, das Auflösen des Gewebes war nicht grausam und brutal. Ganz im Gegenteil, es war faszinierend und logisch. Manchmal kam es Leon so vor, als wäre die Natur mit ihren Fliegen, Käfern und Pilzen seine Verbündete. Als hätte er mit der Natur einen geheimen Pakt geschlossen im Kampf gegen das Böse.

Bei der Leiche der kleinen Emma hatten sich die Fliegen zuerst in den Wunden niedergelassen. Die Insekten bevorzugten Körperöffnungen, die feucht waren und an denen sie nicht die Barriere von Haut überwinden mussten. Die trächtigen Weibchen der Caliphonidae, der Schmeißfliege, hatten dann ihre Eier an den Wundrändern abgelegt, und es waren bereits Maden geschlüpft. Der Größe dieser fressgierigen Wesen nach zu urteilen, war das Opfer seit etwa zwei Tagen tot. Wenn Leon jetzt noch die Totenstarre berücksichtigte, die bereits wieder nachließ, und die Totenflecken, die sich nicht mehr wegdrücken ließen, konnte er den Todeszeitpunkt noch genauer bestimmen. Das Mädchen war vor 45 bis 48 Stunden ermordet worden.

»Machen Sie mir Bilder von den Wunden«, sagte Leon zu Rybaud, der schon mit der Kamera bereitstand.

»*Oui, docteur*«, antworte Rybaud diensteifrig.

Die Stimmung zwischen Leon und seinem Assistenten war an diesem Nachmittag etwas angespannt. Als Leon gegen 15 Uhr die Räume der Gerichtsmedizin betreten hatte, stand Rybaud im Muskelshirt im Sektionsraum, vor ihm die unbedeckte Leiche des Mädchens. Natürlich war die Hitze dieses Julitages mörderisch, aber in der Gerichtsmedizin sorgte die Klimaanlage für erträgliche Temperaturen. Rybaud hatte Leon versichert, dass er gerade dabei war, sich ein frisches grünes Kittelhemd aus dem Schrank zu holen, aber das ließ Leon nicht gelten. Es gab Regeln. Und zu diesen Regeln gehörte, dass der Sektionsraum nur in vorschriftsmäßiger Kleidung betreten werden durfte. Dieses Gebot war genauso unumstößlich wie die Regel, dass die Toten immer bedeckt sein mussten, außer die Gerichtsmediziner arbeiteten an ihnen.

Leon war kurz ärgerlich geworden, und Rybaud war seitdem um Schadensbegrenzung bemüht. Leon war kein nachtragender Mensch, aber er hatte gelernt, vorsichtig zu sein. Die Arbeit in der Pathologie erforderte reife und charakterfeste Persönlichkeiten.

Darum betrachtete Leon seinen Mitarbeiter mit besonderer Aufmerksamkeit. Als Rybaud im Unterhemd im Sektionsraum stand, konnte Leon Tätowierungen an dessen Oberarm sehen. Einen großer Totenkopf, aus dessen Augenhöhlen Schlangen züngelten. Natürlich konnte sich jeder auf seine Arme tätowieren lassen, was er wollte. Aber hier unten im Sektionsraum störte es Leon genauso, als ob Rybaud im Smoking zum Dienst erschienen wäre. Es erschien ihm einfach unangemessen. Leon hatte mit Pathologie-Assistenten so seine Erfahrungen gemacht. In der Uniklinik in Frankfurt gab es mal einen jungen Mitarbeiter, der eingelieferte Opfer beklaute und dann die Sachen über eBay verkaufte. Ein anderer wurde dabei erwischt, wie er Fotos von nackten weiblichen Toten mit seinem Handy machte. Leon wollte Rybaud zukünftig im Auge behalten.

Nachdem Rybaud einige der Maden in Glasphiolen für eine genauere Analyse verwahrt hatte, untersuchte Leon die Verletzungen im Gesicht des Opfers. Die Wunden waren mit einem besonders scharfen Messer beigebracht worden. Der Täter hatte an der Stirn angesetzt und dann das Messer mehrfach ohne abzusetzen bis zum Hals durchgezogen.

Leon klappte ein zusätzliches Vergrößerungsglas vor die Lupe und fokussierte auf die Stellen, wo das Messer die Epidermis durchtrennt hatte. Es musste sich um eine Klinge mit Dünnschliff gehandelt haben. Ein aufwendiges Verfahren, das nur bei kostbaren Sammlermessern oder bei Messern aus der Chirurgie angewendet wurde. Dabei wurde die Schneide so stark ausgeschliffen, dass sie scharf und dünn wie eine Rasierklinge wurde. Nur bei besonders veredeltem Stahl war dieser Schliff möglich, ohne dass die Schnittkante ausbrach. Wer das hier getan hatte, kannte sich nicht nur mit Messern aus, er war auch den Umgang mit ihnen geübt, dachte Leon. Es gab jede Menge Berufe, die in Frage kamen, sogar ein Gerichtsmediziner wäre dabei. Aber die Untersuchung war noch nicht zu Ende.

Für einen Moment hatte Leon überlegt, ob er sich erst noch in der Kantine einen Kaffee besorgen sollte, bevor er weitermachte. Aber das wäre nur der sinnlose Versuch gewesen, die Dinge aufzuschieben, denen er sich sowieso stellen musste. An den Anblick von Tod und Verwesung hatte Leon sich schon lange gewöhnt. Aber er hatte dabei die Opfer nie als »Beweismittel« gesehen, so wie es die meisten seiner Kollegen taten. Für ihn waren die Toten immer von der Aura ihres vergangenen Lebens umgeben. Und manchmal schien es so, als wollten sie ihm davon erzählen. Natürlich war das irgendwie verrückt, und darum sprach Leon auch nie darüber. Es war sein Geheimnis und gleichzeitig das Geheimnis seines Erfolges.

Leon atmete tief durch, und dann wand er sich dem Teil des Gesichts zu, an dem er bisher geflissentlich vorbeigesehen hatte: den Augen, oder besser den Stellen, wo sie eigentlich sein sollten. Es traf ihn wie ein kleiner elektrischer Schlag, als er die beiden leeren Augenhöhlen sah. Und für einen Moment hatte er das Gefühl, jemand würde ihm den Brustkorb zusammendrücken, um ihn am Atmen zu hindern. Dann ging er die schwere Aufgabe an. Die Obduktion von toten Kindern gehörte zu den Aufgaben in seinem Beruf, die niemals Routine werden würden.

Die Augenlider der Toten waren halb geschlossen und hatten sich über die Augenhöhlen gespannt. Auch hier hatten die Fliegen ihre Eier abgelegt. Leon nahm ein Otoskop, das eigentlich zur Untersuchung des Gehörgangs gedacht war, und schaltete die winzige LED-Lampe ein. Er schob das Gerät vorsichtig ein Stück in die Augenhöhle und sah dann durch das Okular. Das Auge war mit einem spitzen Gegenstand zerstört worden und dann zum Teil ausgelaufen. Reste von Netzhaut und Hornhaut waren noch vorhanden. Wer immer das dem Opfer angetan hatte, war brachial vorgegangen. Das hier waren keine gezielten Schnitte, das waren Spuren zerstörerischer Gewalt, von jemandem, der aus Wut oder Verzweiflung handelte.

»Fotografieren Sie das auch«, sagte Leon zu Rybaud, »und machen Sie Detailaufnahmen. Ich will, dass man die Schnitte erkennen kann.«

Der Assistent begann mit seiner Arbeit. Leon diktierte inzwischen seine ersten Beobachtungen in das Protokoll-Mikrofon. Die Todesursache war schnell bestimmt. Die typischen Einblutungen hinter den Ohren ließen auf plötzlichen, akuten Sauerstoffmangel schließen, ähnliche Symptome fanden sich auch im Rachen. Die Druckstellen am Hals bestätigten seine Beobachtungen. Das Mädchen war erdrosselt worden.

Ein schrecklicher Tod, dachte Leon. Der menschliche Körper begann einen verzweifelten Kampf, wenn er von der Sauerstoffversorgung abgeschnitten wurde. Menschen wehrten sich, schlugen um sich, Muskeln begannen zu krampfen und unkontrolliert zu zucken. Dieser Todeskampf konnte sechzig Sekunden und länger dauern, bis das Gehirn schließlich versagte und die Ohnmacht einsetzte. Aber auch dann lebten die Opfer oft noch. Das Herz pumpte weiter. Es gab Fälle, da waren noch dreißig Minuten nach dem Erstickungstod mit dem EKG Herzschläge beim Opfer gemessen worden.

Dieses Mädchen hatte nicht ums Überleben gekämpft. Keine Verletzungen an Armen und Beinen, keine abgerissenen Fingernägel, keine auffälligen Hämatome, keine Stauchungen oder Brüche. Das Mädchen hatte sich überhaupt nicht gewehrt. Dafür gab es nur eine Erklärung: Es musste betäubt worden sein, bevor es getötet wurde. Leider hatten Benzodiazepine, sogenannten K.-o.-Tropfen, die Eigenschaft, dass ihre chemischen Bausteine schnell zerfielen. Spätestens 24 Stunden nach dem Tod waren sie nicht mehr nachweisbar. Aber Leon kannte eine Methode, mit der man, mit ein wenig Glück, trotzdem Ergebnisse erzielen konnte. Die Maden, die innerhalb weniger Stunden aus den Fliegeneiern schlüpften, fraßen Körpergewebe und konservierten auf diese Art auch Giftspuren aus ihrem Wirtskörper. Rybaud bekam den Auftrag, Proben der Maden durch das Analysegerät zu schicken, während Leon mit der Autopsie fortfuhr.

Es dauerte noch weitere zwei Stunden, bis die Standarduntersuchungen abgeschlossen waren. Danach ging es um die Feinbestimmungen, etwa der Spuren, die Leon unter den Fingernägeln des Opfers sichergestellt hatte. Er konnte kleine Splitter von Rost erkennen, aber da war auch noch organischer Stoff, der bestimmt werden musste.

Gegen 16 Uhr kam Dr. Menz in der Pathologie vorbei, um

Leon mitzuteilen, dass René Fabius aus dem Koma erwacht sei.

»Wie geht es ihm?«, fragte Leon.

»Er hat ordentlich was abbekommen, aber er scheint ziemlich hart im Nehmen zu sein.«

»Hat er was gesagt? Ist die Polizei bei ihm?«

»Die Polizei weiß noch nicht, dass er wach ist«, sagte Menez, »er wollte erst mit Ihnen sprechen.«

»Mit mir?« Leon sah den jungen Arzt an. »Zerna wird durchdrehen, wenn er das erfährt.«

»Das habe ich auch gedacht«, sagte Menez und lächelte. »Wollen Sie mit Fabius reden?«

»Aber ja doch. Natürlich«, sagte Leon. Er wusch sich und tauschte den grünen Arbeitskittel gegen einen weißen Ärztekittel. Dann folgte er Menez nach oben.

Der Beamte der Gendarmerie, der den Eingang zur Intensivstation bewachte, nickte nur, als Dr. Menez mit Leon an ihm vorbeiging. Alles Personal auf der Abteilung musste grüne OP-Kittel tragen. Auch Menez und Leon streiften sich einen der Kittel über, bevor sie den Aufwachraum betraten. Die Jalousien waren geschlossen. Eine Vorbeugungsmaßnahme gegen aufdringliche TV-Leute, die ihre Kamera sogar an einer Minidrohne befestigt hatten, um Bilder aus der vierten Etage zu bekommen. René Fabius lag in seinem Bett und trug einen Verband um den Kopf. Seine Augen waren von Hämatomen dunkelblau verfärbt und halb zugeschwollen. Auch die Oberlippe war dick geschwollen, und Leon konnte die Naht sehen, die Menez gelegt hatte. Die rechte Hand war verbunden, und in Fabius' Arm mündete eine Infusion.

»Guten Tag, Monsieur Fabius«, sagte Leon. »Wie fühlen Sie sich?«

»Scheiße, als hätt ich mit nem Nashorn gevögelt.« Leon schmunzelte. Fabius sprach langsam, das Reden schien seine ganze Konzentration zu kosten. »Sie war'n das auf dem Schiff, stimmt's?«

»Ja, mein Name ist Leon Ritter. Ich bin froh, dass es Ihnen wieder besser geht, Monsieur Fabius.«

»War ganz schön knapp, oder?« Fabius schloss immer wieder kurz seine Augen.

»Sie sollten sich nicht anstrengen«, sagte Dr. Menez.

»Diese Arschlöcher, einfach losgeprügelt haben die. Und dann ... lagen wir im Wasser«, versuchte sich Fabius zu erinnern.

»Tut mir leid, aber wir mussten so schnell wie möglich runter vom Boot.«

Fabius sagte gar nichts mehr, sondern lag da und sah zur Decke.

»Wir reden später weiter«, sagte Dr. Menez. »Das sind die Nachwirkungen der Narkose. In ein zwei Stunden werden Sie sich schon besser fühlen. Kommen Sie, Doktor Ritter.«

»Ist der Kahn wirklich in die Luft geflogen?«, fragte Fabius plötzlich.

»Kann man so sagen.«

»Scheiße, dann sind Sie ja, sind Sie so ne Art Lebensretter, oder was?«

Leon sah den Verletzten an. In diesem zerschundenen Gesicht war zwar nicht viel an Mimik zu erkennen, aber es schien ihm, als würde Fabius lächeln. Das sollte der Mann sein, der zwei achtjährige Mädchen entführt und ermordet hatte?

»Wissen Sie noch, wer Sie so zugerichtet hat?«, fragte Leon.

»Eric und David, diese Wichser.«

»Sie haben die beiden also erkannt.«

»Scheiße, ja. Eric hat mir die Fresse zerschlagen. Mehr erkennen geht gar nicht.« Fabius machte eine kurze Pause. »Fragen Sie ruhig, Doktor.«

»Was fragen?«, sagte Leon.

»Was alle wissen wollen. Ob ich's getan habe. Ob ich die Kleine ... Sie wissen schon«, Fabius unterbrach sich. Leon sah den Mann an, den er gerettet hatte. »Ich hab's nicht getan«, sagte Fabius leise.

»Wir sollten Monsieur Fabius jetzt etwas Ruhe gönnen«, sagte Dr. Menez.

»Im Radio haben sie gesagt, dass die Kleine verschwunden ist. Da bin ich weg. Einmal verdächtig, immer verdächtig, so läuft das nun mal. Ist wie ein schlimmer Traum, aus dem Sie nicht mehr aufwachen können.«

»Wir kommen später noch mal vorbei, Monsieur Fabius.«

»Ist das hier ein Erste-Klasse-Zimmer?«

»Natürlich, wir wollen doch, dass Sie schnell wieder auf die Beine kommen«, sagte Dr. Menez.

»Da muss ich raus. Ich bin nicht richtig versichert.«

»Ich bin sicher, das übernimmt das Departement.«

»Einfach so? Nichts im Leben gibt's einfach so.«

In diesem Moment ging die Tür auf, und ohne anzuklopfen kam Zerna in den Raum. Er hatte sich nicht mal die Zeit genommen, einen Schutzkittel überzuziehen. Fabius stöhnte vernehmlich in seinem Bett, als er den Polizeichef sah. Er schloss die Augen und drückte den Notrufknopf.

»Doktor Ritter, was machen Sie denn hier oben? Vernehmen Sie etwa einen Verdächtigen?« Zernas Stimme war schneidend.

»Nein, das überlasse ich lieber den Spezialisten der Gendarmerie.«

»Ich hatte angeordnet, dass ausschließlich medizinisches Personal der Klinik Zugang zu diesem Raum hat«, fuhr Zerna Dr. Menez an.

»Doktor Ritter gehört zum medizinischen Personal der Klinik. Ich hatte meinen Kollegen um seinen fachlichen Rat gebeten. Sie tragen keinen Schutzkittel. Bitte, Monsieur ...«, Menez machte ein Geste in Richtung Tür. Doch Zerna beachtete den Arzt gar nicht.

»Welcher Rat sollte das wohl sein? Schließlich lebt der Mann ja noch«, sagte Zerna und steuerte auf das Bett zu. »Wir werden uns jetzt mal ein bisschen unterhalten, Fabius.«

In diesem Moment tauchte Schwester Monique in der Tür auf, marschierte resolut in das Zimmer und schob sich zwischen Bett und Polizeichef. Sie sah Zerna zornig an.

»Was ist hier los? Was machen Sie hier? Das ist eine Intensivstation«, fauchte sie Zerna an.

»Zerna, Kommandant der Gendarmerie«, sagte Zerna.

»Und wenn Sie der Präsident persönlich sind, niemand betritt ohne Schutzkittel meine Krankenzimmer! Haben Sie diesen Mann hereingebeten?«, wandte sie sich an Dr. Menez.

»Nein, Schwester.«

»Dann raus!« die Geste von Schwester Monique war eindeutig und duldete keinen Widerspruch. Sogar ein Mann wie Zerna trat da den Rückzug an. Schwester Monique warf Leon einen verschwörerischen Blick zu. »Und betreten Sie meine Abteilung erst wieder, wenn Sie sich einen Schutzkittel besorgt haben, Kommandant Zerna.«

»Vielleicht reden wir besser draußen weiter«, sagte Leon betont höflich und ging zur Tür, während Schwester Monique mit ausgebreiteten Armen vor dem Krankenbett stand und zusah, wie Zerna und die beiden Ärzte den Raum verließen.

Auf dem Flur gab es noch eine kurze Auseinandersetzung zwischen Zerna und Dr. Menez, der dem Kommandanten mitteilte, dass Fabius frühestens am Abend vernehmungsfähig sei, und auch dann nur für höchstens fünfzehn Minuten und nur in Gegenwart eines Arztes. Leon versprach Zerna einen ersten Untersuchungsbericht bis zum nächsten Morgen. Er würde ihn persönlich bei dem Polizeichef vorbeibringen.

55. KAPITEL

»Monsieur Talbot, seien Sie doch vernünftig, bitte, Monsieur!« Rybaud hielt den Vater des toten Mädchens von vorne umklammert wie ein Ringer, während Talbot verzweifelt versuchte, sich aus dem Griff des Assistenten zu befreien.

»Wo ist er? Ich will ihm in die Augen sehen. Was hat er ihr angetan? Ich mach ihn fertig! Ich bring ihn um!«, schrie Marcel Talbot und drängte zur Tür. Da tauchte ein Pfleger auf, der den tobenden Talbot von hinten in den Polizeigriff nahm und gegen die Wand drückte.

»Lassen Sie mich los!«, stöhnte Talbot.

Leon kam aus dem Autopsieraum gelaufen. Er legte dem Pfleger die Hand auf den Arm, und der lockerte sofort den Griff.

»Geht es wieder, Monsieur Talbot?«, fragte Leon ganz ruhig.

Marcel Talbot gab plötzlich seinen Widerstand auf, stand da, mit hängenden Armen, und sah Leon an, Tränen liefen ihm übers Gesicht.

»Warum hat er das getan?«, fragte Talbot. »Das ist doch kein Mensch mehr, der so was tut.«

Das Ehepaar Talbot war gegen 15 Uhr von der Polizei zur Gerichtsmedizin gebracht worden, um ihre Tochter zu identifizieren. Leon hatte zunächst versucht, die Eltern davon zu überzeugen, dass es nicht zwingend notwendig war,

ihr Kind noch einmal zu sehen, aber der Vater hatte darauf
bestanden.

Während Dominique Talbot draußen im Gang wartete,
wo der Pfleger sich um sie kümmerte, folgte der Vater dem
Gerichtsmediziner in den Sektionsraum. Er lief langsam
und gebückt hinter Leon her und sah zu Boden, wie ein
Mann, der eine schwere Last zu tragen hatte.

Leon hatte das Tuch so über die Leiche gezogen, dass es
den Körper des Mädchens völlig bedeckte. Er hatte schon
erlebt, dass Menschen beim Anblick der nackten Füße die
unter dem Leichentuch hervorstanden, zusammengebrochen waren. Das Tuch, das den Kopf verdeckte, aber die
Füße frei ließ, war für viele Menschen ein unerträgliches
Symbol des Todes.

Leon hatte das Tuch nur kurz aufgedeckt, um dem Vater einen längeren Anblick zu ersparen. Aber Marcel Talbot hatte ihm den Stoff aus der Hand gerissen. Plötzlich
lag das Mädchen vor ihnen, mit dem großen Schnitt der
Sektion und den entsetzlichen Verletzungen im Gesicht.
Einige Sekunden lang hatte der Vater sein Kind nur an-
gestarrt, während er hin- und herschwankte, als würde er
jeden Moment zusammenbrechen. Dann hatte er einen
Schrei ausgestoßen wie ein verwundetes Tier und war aus
dem Sektionsraum gestürmt, Rybaud und Leon hinter
ihm her.

Jetzt führte Leon den Vater zu dem Stuhl, auf dem die
Mutter saß. Marcel legte seiner Frau die Hand auf die Schulter.

»Lass uns gehen, Dominique«, sagte er mit einer Stimme,
die jede Emotion verloren hatte.

»Könnten Sie dafür sorgen, dass die Gendarmerie Madame und Monsieur Talbot zurückfährt?«, fragte Leon.

Der Pfleger nickte und begleitete das Ehepaar nach draußen.

Die Auswertungen der Obduktion dauerten noch bis zum späten Nachmittag. Die Untersuchungen des Mageninhaltes stimmten mit denen des ersten Opfers überein. Emma hatte genau wie die kleine Carla wenigstens 24 Stunden vor ihrem Tod keine feste Nahrung mehr zu sich genommen. Im Magen fanden sich, ebenso wie beim ersten Opfer, Spuren von Zucker und Pfefferminz. Warum gab der Täter den Kindern Bonbons, bevor er sie tötete?

Aufschlussreich war die Untersuchung der Proben, die Leon unter den Fingernägel genommen hatte. Außer Rost ergab die Analyse Spuren von Salpeter und Pflanzenfasern. Aller Wahrscheinlichkeit nach stammte das organische Material von einer Pflanze aus der Gruppe der Vitis Vinifera, der Weinreben. Was für Leon ein Hinweis auf ein mögliches Versteck war. Schließlich schwitzte vor allem altes Backsteingemäuer Salpeter aus. Der Rost könnte auf eine eiserne Tür oder ein Schloss hinweisen. Die Analyse würde den ermittelnden Behörden Hinweise auf das Versteck geben, dachte Leon zufrieden, als er den Bericht fertiggestellt hatte und ausdruckte. Er hatte sich bereits ein Bild gemacht, um welche Art von Versteck es sich handeln konnte.

Als er ging, saß Rybaud noch im Labor. Er hatte nach wie vor Probleme mit den Proben von der Socke des ersten Opfers, die Leon ihm schon vor Tagen gegeben hatte. Aber er wollte es so lange probieren, bis er ein brauchbares Ergebnis hatte.

56. KAPITEL

Die Mädchen vom Segelverein *Port Bormes* hatten die Abendbrise für einen letzten Schlag bis hinaus zum Leuchtfeuer *Formugue* genutzt. Jetzt hatten sie die Katamarane auf den Strand von La Favière gezogen, wo das Clubhaus stand, und die Boote für die Nacht abgetakelt. Lilou hatte zusammen mit einer Freundin Cola für die ganze Gruppe aus der Strandbar besorgt. Die Seglerinnen waren bester Laune. Wenn sie am Samstag genauso gut segelten wie heute, würden sie die Mädchen aus La Lode bei der Regatta alt aussehen lassen.

Als es dämmrig wurde, trennten sie sich. Jede beeilte sich, rechtzeitig zum Abendessen zu Hause zu sein. Lilou hatte den blauen Motorroller am Ende des Bretterstegs abgestellt, wo der Weg zum Strand dicht gesäumt war von Ginster und Hagebutten. Sie merkte nicht, dass sie von einem Auto aus beobachtet wurde. Jemand ließ sie nicht aus den Augen und verfolgte seit Stunden jeden ihrer Schritte: wie sie zum Segeln gefahren war, wie sie mit ihren Club kameradinnen die Boote versorgt hatte und wie die Mädchen vor dem Clubhaus gesessen und gelacht hatten. Als Lilou sich den Helm aufsetzte und auf ihrem Roller davonfuhr, folgte ihr der Wagen. Er ließ dem Mädchen etwas Vorsprung, dann erst schaltete der Fahrer die Lichter ein.

57. KAPITEL

Leon fand, dass er sich zum Abschluss des heutigen Tages den Besuch im *Miou* verdient hatte. Er hatte seinen Wagen auf dem Parkplatz am Hafen abgestellt und genoss es, nach dem anstrengenden Tag in der Rechtsmedizin durch den quirligen Ferienort zu gehen. Doch heute waren deutlich weniger Menschen unterwegs als sonst. Das kleine Karussell mit den Hubschraubern und Feuerwehrautos, auf denen sonst glückliche Kinder im Kreis fuhren, war fast leer. Nur wenige Eltern hatten ein Ticket gekauft. Jetzt saßen sie am Rand des Karussells und ließen ihren Nachwuchs keine Sekunde aus den Augen.

Das *Chez Miou* war lange nicht so gut besucht gewesen wie in den letzten Tagen. Jetzt, am frühen Abend, müsste eigentlich jeder Tisch besetzt sein. Touristen sollten ihren Wein trinken, und die Kinder müssten sich Jérémys Eiskreationen reinlöffeln. Aber heute gab es viele leere Plätze, und die beiden Kellner in ihren langen Schürzen warteten auf Kundschaft. Über dem ganzen Ort schien eine Wolke aus Angst zu schweben. Die Frage, die alle beschäftigte, lautete: Was ist, wenn der Killer noch immer frei rumläuft und sich das nächste Kind holt?

Hinter dem Tresen stand Yolande, zum ersten Mal seit Leon in das Bistro kam, trug sie keine ihrer engen Blusen, sondern ein braves Shirt. Als Leon sich an die Bar stellte, kam sie sofort zu ihm.

»Ich habe von Ihren Heldentaten gehört, Doktor«, sagte sie und sah ihn mit bedeutungsvollem Augenaufschlag an. »Alle sprechen darüber.«

»Ich hatte den Eindruck, dass einige Leute es lieber gesehen hätten, wenn Fabius ertrunken wäre.«

»Ach was, das sind alles Maulhelden. Die sind nur sauer, weil sie ihren Arsch nicht hochbekommen haben. Sie haben ihnen die Show gestohlen.«

»Was wird denn sonst noch geredet?«, fragte Leon.

»Dass Fabius bald wieder raus ist aus dem Krankenhaus. Hat er wirklich die Mädchen entführt?«

»Sie kennen ihn besser als ich.«

»René ist ein einsamer Kerl«, sagte Yolande. »Er ist ein bisschen schrullig, das stimmt. Aber werden nicht alle Männer schrullig, wenn sie keine Frau haben?«

»Glauben Sie wirklich?« Leon wollte das eigentlich nicht fragen, es war ihm so herausgerutscht.

»Natürlich. Sehen Sie sich doch die Kerle an, die alleine leben.« Yolande machte eine ausholende Geste durch das Bistro. »Waschen ihre Jeans nur alle vier Wochen, schneiden sich nicht die Fingernägel und essen kein Gemüse. Wenn Sie zu denen nach Hause kommen – *mon Dieu!* Männer brauchen Frauen, wenn sie ein anständiges Leben führen wollen.«

Irgendwie hatte Yolande recht. Leon hatte sich in den letzten drei Jahren oft überlegt, ob man ihm vielleicht ansah, dass er alleine lebte. Bei so vielen kleinen Dingen fragte er sich: Was hätte Sarah jetzt gesagt? Sie würde bestimmt nicht zulassen, dass das Geschirr vom Vorabend noch in der Küche stand. Dass der Rasen nicht gemäht war. Oder dass er ein Hemd dreimal hintereinander trug. Früher hatte sie ihn mit ihren vielen kleinen Ermahnungen verrückt gemacht, heute vermisste er sie. Er vermisste Sarah sehr, und er hatte Angst, dass er ohne sie zu genau so einem schrulligen Kerl werden könnte, wie ihn Yolande beschrieben hatte.

»Gib mir noch einen, Yolande.« Jean-Claude war an der Bar aufgetaucht und hielt sein Glas hoch.

Leon war überrascht, bisher hatte er Suchon nur im Rollstuhl gesehen. Jetzt stand der Rollstuhl zusammengeklappt an der Wand, und Jean-Claude, der leicht schwankte, hielt sich mit einer Hand am Tresen fest, während er mit der anderen fest sein Glas umklammerte.

»Das ist aber der Letzte«, sagte Yolande, während sie Suchon Rosé nachschenkte.

»Sag niemals einem Legionär, wie viel er trinken darf«, sagte Jean-Claude und hob sein Glas. »Auf Delphine – das Miststück.«

Leon hob sein Glas in Richtung des alten Mannes.

»Wer ist Delphine?«, fragte er Yolande leise, aber Jean-Claude hatte die Frage trotzdem gehört.

»Sie wollen wissen, wer Delphine ist?« Jean-Claude drehte sich zu ihm um. »Na ja, einem Deutschen will ich das mal durchgehen lassen. Delphine ist nämlich meine Frau.«

»Heute ist ihr Todestag«, sagte Yolande.

»Danke, Yolande«, sagte Jean-Claude. »Vielen Dank. Setz es doch gleich in den *Var-Matin*, damit es alle wissen.«

»Hast du doch sowieso schon allen erzählt«, sagte Yolande.

»Tut mir leid, das von Ihrer Frau zu hören«, sagte Leon.

»Ach, Quatsch, Sie kannten sie doch gar nicht. Außerdem ist es lange her«, sagte Jean-Claude. Er hob sein Glas in Richtung Leon. »Auf Delphine und die deutsch-französische Freundschaft.«

»Auf Ihre Frau«, sagte Leon, und es klang mitfühlend.

»Auf Delphine – das Miststück«, sagte Jean-Claude noch einmal und blickte nachdenklich in seinen Rosé.

»Sie war seine große Liebe.« Yolande stellte Leon ein frisches Schälchen Oliven hin. »Aber sie hat ihn enttäuscht«, flüsterte sie.

»Warum?«, flüsterte Leon zurück.

»Darüber spricht er nie.«

»Niemand kann auf Dauer mit einer Frau glücklich werden«, sagte Jean-Claude plötzlich. Er legte zwanzig Euro auf den Tresen, drehte sich um und machte zwei schwankende Schritte zu seinem Rollstuhl. Mit wenigen Griffen klappte er sein Gefährt auseinander und ließt sich in den Sitz fallen.

»Du willst jetzt aber nicht damit nach Hause?«, sagte Yolande.

»Denkst du vielleicht, ich wäre zu betrunken? Ich habe in der Schlacht von Algier die Werte unserer Nation verteidigt«, sagte Jean-Claude. »Also kann ich auch meinen Rollstuhl nach Hause fahren.« Suchon rollte los, blieb aber bereits nach einem Meter an einem Stuhl hängen.

»*Merde, alors*«, fluchte Jean-Claude und versuchte den Stuhl zur Seite zu stoßen.

»Wenn es um die Rettung der Nation geht, helfe ich gerne«, sagte Leon, packte die Griffe des Rollstuhls und lotste Monsieur Suchon im Slalom um die Tische.

»*A l'attaque!*«, rief Jean-Claude, ballte die rechte Faust und stieß sie in die Luft.

Leon parkte den Rollstuhl vor dem Lokal.

»Vielleicht haben Sie ja noch Zeit für eine kleine Wiedergutmachung, Doktor«, sagte Jean-Claude. »Ihr Deutschen wollt doch ständig irgendetwas wiedergutmachen.«

Leon willigte ein und schob den Legionär nach Hause. Das kleine Anwesen, das Jean-Claude Suchon bewohnte, lag hinter der Avenue André Gide. Es ging ein Stück den Hügel hinauf, und Leon wunderte sich, wie Suchon mit seinem Rollstuhl hier zurechtkam, wenn er mal keine Hilfe hatte. Vor dem Haus gab es einen gepflegten Vorgarten mit akkurat gestutztem Rasen, einem großen Busch blühenden Jasmins und einer üppigen Bougainvillea, die sich um die Eingangstür rankte.

Suchon bestand darauf, dass Leon noch auf einen Drink mit ins Haus kam. Also saß Leon bei Suchon im stickigen Wohnzimmer, während sein Gastgeber in der Küche rumorte. An der Wand hing eine große Landkarte von Algerien, auf der verschiedene Orte mit gekreuzten Schwertern markiert waren. Offensichtlich Schauplätze vergangener Schlachten. Daneben hing der Ehrenkodex der Fremdenlegion hinter Glas und ein Säbel. Außerdem gab es ein Poster an der Wand, auf dem eine Möwe, ein Leuchtturm und eine Welle zu sehen war. Es gab einen offenen Kamin, einen durchgesessene Couch, zwei braune Sessel und ein altes Röhren-Fernsehgerät, neben dem sich Videobänder stapelten. Soweit Leon erkennen konnte, hatte der Hausherr ein Schwäche für Kriegsfilme. Jean-Claude kam aus der Küche. An der Seite seines Rollstuhls hatte er ein kleines Tablett eingeklinkt, auf dem zwei Gläser Rosé standen. Eins davon bekam Leon.

»*A votre santé*«, sagte Leon, und sein Gastgeber hob sein Glas.

»Wissen Sie, wie lange wir zusammen waren, Delphine und ich?« Jean-Claude sah Leon traurig an. »31 Jahre.«

»Das ist wirklich eine lange Zeit«, sagte Leon und hob das Glas erneut. »Auf Delphine!«

»Da können Sie aber gleich mal acht Jahre abziehen.«
Leon sah Suchon an. »So lange hat sie mich mit Maurice betrogen. Mit Maurice, dem Briefträger – ist das zu fassen.«

»So was ist bitter.« Leon ahnte schon, dass das noch nicht das Ende der Geschichte war. Also trank er einen weiteren Schluck Rosé und wartete.

»Aber dann hat meine Delphine der Krebs erwischt – die Lunge. Es ging ganz schnell«, sagte Suchon und hatte Tränen in den Augen. »Ganz zum Schluss hat sie mir ihre Affäre mit Maurice gestanden, auf dem Sterbebett.« Er hob sein Glas Richtung Kamin, wo das Foto einer dunkelhaarigen Frau mit langem Rock und strengem Blick hing. »Auf dich *mon amour*, ich habe dir verziehen.«

»Das ist gut«, meinte Leon, »ich meine, dass Sie Ihrer Frau verziehen haben.« Leon sah demonstrativ auf seine Uhr. »Jetzt muss ich aber los.«

Jean-Claude achtete gar nicht auf Leon. Er betrachtete weiter schweigend das Foto an der Wand.

»Sie hat lange genug gebüßt, was denken Sie?«, sagte Jean-Claude.

»Ja, es war wirklich allerhöchste Zeit, ihr zu verzeihen.«

Jean-Claude wendete sich vom Foto ab und sah Leon an. »Jetzt müssen wir Sie aber auch beerdigen.«

Leon sah Duchamp irritiert an. Hatte er ihn richtig verstanden? »Delphine beerdigen? Ich dachte, sie ist schon vor zehn Jahren ...«, Leon unterbrach sich.

»Ihre Urne steht in der Garage.« Jean-Claude schien sich einen Moment in Erinnerungen zu verlieren. »Ich glaube, unter der Bougainvillea würde es ihr gefallen. Sie hat den Garten so geliebt.«

»Die Urne Ihrer Frau war die ganzen Jahre hier im Haus?«

»Nicht im Haus, sie musste in der Garage bleiben«, korrigierte Suchon. »Die Sache mit Maurice hat mich wirklich gekränkt, das müssen Sie mir glauben. Aber heute sage ich: Vergeben und vergessen.« Jean-Claude machte eine gönnerische Geste mit der rechten Hand. Dann drehte er seinen Rollstuhl und bewegte ihn Richtung Tür. »Folgen Sie mir, Leon. Na, kommen Sie. Sie müssen graben, und ich sag Ihnen, wo.«

Und so kam es, dass Dr. Leon Ritter mitten in der Nacht unter der Bougainvillea von Monsieur Suchon ein Loch grub, um dort die sterblichen Überreste der untreuen Delphine zu versenken. Während der Witwer daneben in seinem Rollstuhl saß, kühlen Rosé trank und mit falscher Stimme, aber überraschend viel Gefühl die »Hymne à l'amour« von Edith Piaf intonierte.

»Danke, Leon«, sagte Jean-Claude schließlich, nachdem er noch ein Glas Rosé auf das Grab seiner Delphine gegossen hatte, »dabei hatte ich mir geschworen, dass ich in meinem Leben nie etwas mit einem Deutschen zu tun haben wollte.«

»Gut, dass Sie es sich anders überlegt haben«, sagte Leon, »sonst hätte die arme Delphine noch länger in der Garage warten müssen.«

Die beiden Männer saßen auf Campingstühlen vor dem Haus. Monsieur Suchon hatte eine weitere Flasche Rosé geöffnet, und Leon spürte, wie ihm der Alkohol zu Kopf stieg. Er konnte sich gar nicht mehr erinnern, wann er das letzte Mal in seinem Leben so viel getrunken hatte. Aber es gefiel ihm, in diesem Garten zu sitzen und den Zikaden zuzuhören. Dafür war er sogar bereit, den verrückten Monsieur Suchon zu ertragen.

»Ich muss los«, sagte Leon nach einer Weile, »ich habe morgen früh einen Termin beim Polizeichef.«

»Ich habe gehört, dass Sie bei Duchamp waren«, sagte Suchon, und seine Stimme hatte plötzlich einen erstaunlich nüchternen Klang.

Leon sah ihn überrascht an. »Sie sind gut informiert.«

»Das ist eine kleine Stadt. Hat man Ihnen das nicht gesagt?«

»Ein beeindruckendes Haus haben die Duchamps. Waren Sie mal dort?«

»Nein.« er wartete einen Moment. »Glauben Sie, Duchamp hat etwas zu verbergen?« Jean-Claude legte seinen Kopf schief und sah Leon von der Seite an.

»Wie kommen Sie darauf?«

»Ich sitze zwar im Rollstuhl, aber ich sehe eine Menge.« Suchon lächelte. »Ich erzähle Ihnen eine kleine Geschichte: Im Jahr 1980 hat die Mutter von Duchamp meinem Schwager 50 000 Francs bezahlt. Das wären umgerechnet heute so um die 7000 Euro. Das war damals ne Menge. Und wissen Sie, wofür sie gezahlt hat? Damit mein Schwager nichts gegen ihren wunderbaren Sohn Jean-Baptiste unternimmt.« Suchon machte eine dramatische Pause.

Leon spürte ein Kribbeln auf dem Rücken.

»Jean-Baptiste war damals achtzehn, und er hatte sich an die kleine Michelle herangemacht. Die Tochter meines Schwagers war gerade sechs Jahre alt geworden.«

»Und Ihr Schwager hat das Geld genommen?«

»Es war finanziell für ihn eine sehr schwierige Zeit. Was soll's, er ist lange tot, und die kleine Michelle lebt irgendwo mit ihrer eigenen Familie in Kanada. Niemand weiß von der Sache. Aber ich dachte, die Geschichte könnte Sie vielleicht interessieren.«

Leon bedankte sich, lehnte ein weiteres Glas Rosé ab und machte sich zu Fuß auf den Heimweg. Die frische

Nachtluft half ihm, seine Gedanken zu ordnen. Wenn Suchon ihm die Wahrheit erzählt hatte, und Leon zweifelte nicht daran, sollte die Polizei sich Duchamp dringend genauer ansehen, auch wenn das in Paris für Ärger sorgen würde.

58. KAPITEL

Der Anruf, der alles änderte, riss Leon um 6.05 Uhr aus seinen Träumen. Es war Rybaud.

»Ich hoffe, ich störe Sie nicht, aber wir haben ein Ergebnis«.

»Rybaud? Was ist los? Wissen Sie überhaupt, wie viel Uhr es ist?«, fragte Leon verschlafen.

»Es geht um die Spur im Fall Carla Hafner«, sagte Rybaud und zögerte seinen Triumph noch ein wenig hinaus.

»Was, welche Spur?« Leon klang schon interessierter.

»Die Proben von der Socke und dem Zahnstocher, den Sie mir gegeben haben. Sie sind identisch.«

Leon setzte sich schlagartig auf. Sofort durchlief ihn eine Welle von Kopfschmerz und Schwindel. Er atmete tief durch. »Sagen Sie das noch mal«.

»Die DNA ist deckungsgleich, also zumindest weitgehend«, räumte Rybaud vorsichtig ein.

»Was heißt ›weitgehend‹?«

»Also, wenn ich eine saubere Probe gehabt hätte und wenn wir schon den neuen Sequenzierer hätten, dann ...«

Leon unterbrach seinen Assistenten. »Wie genau ist das Ergebnis, Rybaud?«

»84 Prozent.«

»Nur 84?«, sagte Leon.

»Nur? Ich dachte, Sie freuen sich. Ich hab mir dafür im

Labor die Nacht um die Ohren geschlagen. Wissen Sie was? Ich fahr jetzt nach Hause.«

»Halt, warten Sie«, sagte Leon. »Das war wirklich gute Arbeit, Rybaud. Sehr gute Arbeit. Danke.«

Leon legte auf. Was er jetzt dringend brauchte, war eine heiße Dusche. Zuletzt drehte er den Regler auf Kalt, um noch den allerletzten Rosé aus dem Kopf zu vertreiben. Aber auch das kalte Wasser kam bei diesen Außentemperaturen nur lauwarm aus der Leitung.

Leon ging in die Küche, wo die Nachrichten liefen. Es hatte schon wieder neue Feuer gegeben. Diesmal hinter Toulon, aber die *Pompiers* hatte den Brand im Griff. Die Hitze sollte noch weiter anhalten, wobei im Hinterland mit Rekordtemperaturen von vierzig Grad und darüber gerechnet wurde. Das wäre der höchste Wert seit Aufzeichnung der Wetterdaten, sagte der Radiosprecher. Und Leon hatte den Eindruck, dass der Moderator sich geradezu danach sehnte, dass auch dieser Rekord bald geknackt wurde.

Isabelle stand neben der Spüle, goss Kaffee in einen Becher und hielt ihn Leon entgegen, als er in die Küche kam.

»Guten Morgen«, sagte Leon.

»Hallo. Ich schätze, den kannst du brauchen.«

»Danke, Isabelle«, sagte Leon und nahm den Kaffee.

»Ist spät geworden, letzte Nacht.« Aus Isabelles Stimme konnte Leon leisen Spott heraushören.

»Du hast mich gehört?«

»Wann meinst du? Als du die Haustür zugeknallt hast oder als du über den Garderobenständer gestolpert bist?«

»Oh Gott, war's wirklich so schlimm?«

»Zum Glück hast du nicht gesungen.«

»Ich war bei Jean-Claude.«

»Lass mich raten: Ihr habt über Frauen gesprochen und euch eure Narben gezeigt.«

»So ungefähr.« Leon lächelte. »Aber das ist eine lange Geschichte.«

Lilou kam in die Küche. Sie hatte ihre Haare zu einem Dutt zusammengedreht und obendrauf eine Klammer mit einem hellblauen Schmetterling gezwickt. Über den Ohren ihre Kopfhörer. In der Hand hielt sie ihr Smartphone und tippte auf dem Display.

»Guten Morgen, mein Schatz!«, rief Isabelle.

Lilou antwortete mit einem indifferenten Grummeln, das alles bedeuten konnte.

»Die größten Glücksmomente für eine Mutter sind die vertrauensvollen Gespräche mit ihrer Tochter«, sagte Isabelle zu Leon.

»Wichtige Augenblicke im Leben einer Familie«, sagte Leon.

»Wisst ihr, dass ihr voll nervt, alle beide.« Lilou nahm ein Joghurt und eine Banane aus dem Kühlschrank und steckte sie in den bestickten Beutel, den sie über der Schulter trug.

»Ich könnte sie immer noch zur Adoption freigeben, was denkst du?«, sagte Isabelle zu Leon.

»Ha, ha.« Lilou knallte die Kühlschranktür zu und verschwand, ohne sich noch einmal umzudrehen.

»Sie nabelt sich eben ab. Ich denke, sie wird erwachsen«, sagte Leon. Isabelle sah ihn an und zog eine Augenbraue hoch.

»Hab ich irgendwo gelesen«, erklärte Leon schnell.

»Vielleicht solltest du heute Morgen lieber ein paar Vitamine trinken. Im Kühlschrank ist frisch gepresster Orangensaft.«

»Danke, ich fühl mich schon wieder ganz fit.«

»Wir sehen uns dann später bei Zerna. Ich hoffe, du hast deine Hausaufgaben gemacht?« Isabelle sah ihn an.

»Was ich zu sagen habe, wird deinem Chef nicht gefallen.« Isabelle sah Leon fragend an. »Es geht um die DNA-Proben. René Fabius hat definitiv keine Spuren am Opfer hinterlassen.«

»Das ist doch noch nicht alles, oder?«, sagte Isabelle lauernd.

»Das Sperma auf der Socke des ersten Opfers stammt von Duchamp.«

»Was? Woher willst du das wissen, wir haben doch gar keine Vergleichs-DNA von Duchamp«, sagte Isabelle, und Leon sah übertrieben unschuldig zur Decke.

»Oh nein«, sagte Isabelle. »Dafür wirst du Ärger bekommen«, fügte sie noch hinzu.

Es war jetzt schon drückend heiß in den Gassen von Lavandou, was für den Rest des Tages nichts Gutes erwarten ließ. Leon war zum Hafen gegangen, wo er am Abend zuvor sein Auto abgestellt hatte. Beim Einsteigen bemerkte er einen Zettel hinter dem Scheibenwischer. Auf dem zusammengefalteten Papier, das aus einem kleinen Zeichenblock gerissen war, stand in schwungvoller Schrift: »Warum kommst du nicht mehr? Hast du mich vergessen?« Darunter war ein stilisierter Schmetterling gezeichnet. Leon betrachtete die Botschaft. In den vergangenen Tagen war so viel geschehen, dass er tatsächlich kaum noch an Sylvie gedacht hatte. Vielleicht hatte er den Gedanken an das, was in den Hügeln geschehen war, auch verdrängt. Weil er sich nicht sicher war, ob er sie wiedersehen wollte. Jetzt machte er sich Vorwürfe. Ja, sie hatte merkwürdig reagiert, aber durfte er sie deswegen ignorieren? Vielleicht war er es ja auch gewesen, der sich an diesem Abend falsch verhalten hatte. Vielleicht hatte er einfach zu viel erwartet. Ob sie die anonyme Anruferin auf seinem Handy war? Er sollte in jedem Fall mit ihr reden. Er würde sie besuchen, heute noch, sobald er mit der Besprechung fertig war.

Als Leon kurz darauf das Polizeirevier betrat, stieß er als Erstes auf Moma, der ihm mitteilte, das Didier Masclau schon wieder im Dienst wäre. Leon ging zum Büro von Masclau, bei dem die Tür offen stand, doch das Büro war leer. Er wollte schon wieder gehen, als er sah, dass die oberste Schublade von Masclaus Schreibtisch offen stand. Darin lagen Fotos der beiden toten Kinder – Tatortfotos. Was hatten Tatortfotos im Schreibtisch von Masclau verloren? In diesem Moment erschien Masclau in der Tür. Der Lieutenant trug einen schmalen Verband um den Hals.

»Suchen Sie etwas?«, sagte Didier, ging zu seinem Schreibtisch und drückte die Schublade zu.

»Ich wollte mich nur erkundigen, wie es Ihnen geht, Monsieur Masclau«, sagte Leon.

Moma tauchte in der Tür auf. »Wie ich sehe, hast du deinen Wunderheiler ja schon gefunden, Didier«, sagte Moma.

»Ich muss jetzt ein paar Anrufe machen«, sagte Didier geschäftig, während er in seinen Notizen blätterte.

»Natürlich, ich verstehe«, sagte Leon. »Schön, dass es Ihnen schon wieder besser geht.«

»Geht schon, geht schon.« Didier hatte den Telefonhörer abgenommen und versuchte den Eindruck zu erwecken, als müsste er dringend mit der Arbeit loslegen.

»He, Mann, ist das alles?« Moma sah Didier an und drehte die Handflächen in seine Richtung. »Der Doc hat dir den Arsch gerettet.«

343

»Der Arzt in der Klinik hat gemeint, ein Antihistaminikum hätte es auch getan«, sagte Didier spitz.

»Da hatte der Kollege völlig recht«, meinte Leon, »dummerweise hatte niemand eins zur Hand.«

»Wie redest du denn?« Moma konnte es nicht fassen. »Du hast mitten in der Pampa gelegen und nach Luft geschnappt wie ein Thunfisch am Strand!« Moma drehte sich zu Leon. »Er meint es nicht so, Doktor.«

»Der kleine Schnitt wird schnell heilen«, sagte Leon. »Sie sollten aber immer einen Asthmaspray dabeihaben, nur zur Sicherheit.«

»Ja, ja, danke«, sagte Didier und begann eine Nummer in die Tastatur seines Telefons zu tippen. Leon verließ den Raum, und Moma folgte ihm kopfschüttelnd.

Ein Viertelstunde später saß Leon im Einsatzraum am Besprechungstisch. An der Wand hing die Karte von Le Lavandou und Umgebung. Diverse Markierungen zeigten die Fundorte der entführten Mädchen, der verschiedenen Beweisstücke und aller größeren Campingplätze. Zerna leitete die Besprechung, aber Kommissarin Lapierre, die neben ihm saß, ließ ihn kaum zu Wort kommen.

Zu den übrigen Teilnehmern gehörten Isabelle, Kadir und Masclau. Außerdem Hektor Perez, der Leiter der örtlichen Police municipale, der Verkehrspolizei, die die Leiche der kleinen Emma gefunden hatte. Und dann war da noch Nortier, dem die Police municipale als Bürgermeister unterstand. Die Gendarmerie nationale war der Police municipale übergeordnet – was häufig zu Querelen zwischen den beiden Polizeieinheiten führte. Aber heute herrschte Burgfrieden, schließlich galt es, einen Sieg über das Böse zu feiern und sich gegenseitig die Schulter zu klopfen. Zerna hatte wortreich die Leistungen der unterschiedlichen Abteilungen gewürdigt und alle Anwesenden hatten sich zu ihrem Erfolg gratuliert, als der Polizeichef Dr. Ritter bat, die jüngsten Erkenntnisse der Gerichtsmedizin zusammenzufassen.

Leon war klar, dass er seinen Verdacht gegen Duchamp möglichst diplomatisch verkaufen musste. Besonders vor einem Auditorium, das sich gerade dafür gratuliert hatte, den vermeintlichen Mörder hinter Schloss und Riegel gebracht zu haben. Leon begann mit den Spuren an der Leiche von Emma Talbot. Die gerichtsmedizinische Auswertung hatte ergeben, dass Emma Talbot vor ihrem Tod betäubt worden war, und zwar mit Benzodiazepin, sogenannten K.-o.-Tropfen. Dieses Mittel führte zu einer Lähmung, bei der das Opfer bei vollem Bewusstsein blieb. Allerdings waren dem Opfer die Schnittverletzungen erst nach dem Tod zugefügt worden.

Bei der Auswertung der Schmutzspuren unter den Fingernägeln des Opfers konnten Salpeter und Pflanzenfasern isoliert werden. Da Salpeter häufig aus alten, feuchten Backsteinmauern austrat und die Pflanzenfasern von Weintrauben stammten, lag der Verdacht nahe, dass das Mädchen vor ihrem Tod in einem Keller, möglicherweise einem Weinkeller gefangen gehalten wurde. Dafür sprachen auch die Rostspuren an den Fingern des Opfers, die von einer Metalltür oder einem alten Schloss stammen konnten. Die Polizisten machten sich Notizen.

Als Leon über die Blüten des Jakobskrauts sprach, die auch schon bei Carla Hafner und dem toten Mädchen von Le Muy gefunden worden waren, unterbrach ihn die Kommissarin.

»Nur damit wir uns richtig verstehen«, sagte Madame Lapierre, »die Leiche dieses Mädchens aus Le Muy haben Sie aber nicht obduziert, Doktor?«

Natürlich war die Frage von Lapierre rein rhetorisch. Die Kommissarin wusste genau, dass Leon das Opfer nie gesehen hatte, und wollte ihn nur daran erinnern, dass er sich auf seine eigenen Untersuchungen beschränken sollte.

»Leider liegt der Fall schon vier Jahre zurück, *Madame Commissaire*«, sagte Leon. »Aber ich habe die entsprechenden Berichte gelesen und mich am Fundort umgesehen.«

»Was definitiv nicht zu Ihren Aufgaben gehört. Aber wir danken Ihnen trotzdem«, sagte Zerna jovial. »Wenn Sie recht haben, wird sich Fabius sogar wegen dreifachen Mordes zu verantworten haben.«

»Genau in diesem Punkt wäre von Seiten der Gerichtsmedizin noch eine Einschränkung zu machen«, sagte Leon, während Zerna ihn mit zusammengekniffenem Mund von der Seite ansah. »Wir haben neue Untersuchungsergebnisse, genau gesagt von heute Morgen, die noch auf einen weiteren Tatverdächtigen hinweisen.«

Im Raum war es plötzlich so still, dass man das Summen der Klimaanlage hören konnte.

»Was soll das heißen, Doktor?«, fragte Zerna misstrauisch.

»Haben wir es jetzt vielleicht mit zwei Tätern zu tun?« Die Frage von Lapierre klang so, als hielte sie Leons Bemerkung nur für einen schlechten Scherz.

Nortier sah zum Polizeichef hinüber. »Ich dachte, es wäre alles klar, Thierry. Ich dachte, wir hören hier einen Abschlussbericht«, sagte der Bürgermeister, dem der Schweiß auf der Stirn stand.

»Lassen Sie mich das bitte genauer erklären«, sagte Leon. »An einem der Socken von Carla Hafner fanden sich geringe Spuren von Sperma.«

»Moment«, sagte Zerna, »davon habe ich aber nichts in Ihrem Bericht gelesen.«

»Lassen Sie ihn doch ausreden«, unterbrach Lapierre. »Allerdings wundere ich mich auch, warum wir erst jetzt von dieser Spur hören.«

»Weil es uns erst jetzt gelungen ist, diese Spur so zu isolieren, dass wir daraus eine DNA bestimmen konnten, wenn auch leider nur unvollständig.«

»Ich verstehe Sie richtig, Doktor Ritter: Diese DNA stammt nicht von Fabius?«, fragte Zerna, der spürte, dass Leon gerade dabei war, ihn um seinen Sieg zu bringen.

»Nein, von René Fabius konnten wir überhaupt keine DNA an den Leichen isolieren.«

»Das verstehe ich nicht, Thierry. Fabius ist doch unser Tatverdächtiger.« Nortier wandte sich erneut an den Polizeichef. »Wie kann es da keine Spuren geben?«

»Es wäre nicht der erste Fall, bei dem ein Täter keine DNA an seinem Opfer hinterlässt«, sagte Lapierre.

»Na großartig«, sagte Zerna provozierend in die Runde, »unsere Gerichtsmedizin hat also eine neue DNA-Spur gefunden. Haben die Herren aus dem Labor auch eine Idee, wie wir den Mann finden sollen, der diese Spur hinterlassen hat? Sollen wir jetzt alle Männer des Var zum Speicheltest bitten?«

Didier Masclau fing an zu kichern und machte ein paar Scherze mit Moma. Offensichtlich hielten die beiden nicht viel von den Erkenntnissen der Gerichtsmedizin.

»Das wird nicht nötig sein«, sagte Leon wie nebenbei, und sofort kehrte wieder Ruhe ein, »wir wissen bereits, von wem diese DNA stammt.« Alle Blicke wendeten sich Leon zu. »Von Jean-Baptiste Duchamp.«

Sofort brach lautes Gerede aus. Das war eine unerhörte Nachricht. War es wirklich möglich, dass der Milliardär hinter den Entführungen stand, der Comte? Wie zuverlässig waren die Untersuchungen des neuen Gerichtsmediziners? Oder wollte sich der deutsche Doktor vielleicht nur wichtigmachen?

»Ruhe, bitte«, ging Zerna dazwischen. »Danke, können wir jetzt fortfahren? Doktor Ritter ...«, wollte der Polizeichef sagen, als er erneut von Lapierre unterbrochen wurde.

»Aus meinen Unterlagen geht hervor«, die Kommissarin blätterte zur Unterstreichung ihrer Worte in ihren Papieren, »dass wir bisher keine Speichelprobe von Monsieur Duchamp haben. Es wurde sogar ausdrücklich von der Staatsanwaltschaft auf eine solche Probe verzichtet.«

»Weiß der Mann überhaupt, was er da behauptet?«, fragte Perez in Richtung Zerna. Perez gehörte zu den Bewunderern der Familie Duchamp, was auch damit zusammenhing, dass die Police municipale jedes Jahr zur Weihnachtsfeier mit einer üppigen Spende von Duchamp unterstützt wurde.

»Die Probe von Duchamp landete eher zufällig bei der Gerichtsmedizin«, sagte Leon.

»Ich vermute«, sagte Zerna, »dass Sie uns nicht erklären wollen, auf welche Art und Weise dieser *Zufall* zustande kam? Sie wissen, dass eine illegal beschaffte Probe von der Staatsanwaltschaft bei einem Prozess abgelehnt würde.«

»Der Médecin légiste hat nicht gesagt, dass die Probe illegal beschafft wurde«, korrigierte ihn Madame Lapierre, die plötzlich Gefallen an Leons kleinem Manöver zu finden schien.

»Sie wollen doch nicht wirklich gegen den Comte vorgehen, *Madame Commissaire*?« Perez war entsetzt, zumindest tat er so. »Das würde Paris ganz bestimmt nicht gutheißen.«

»Das zu beurteilen, sollten Sie lieber uns überlassen.«

Der Ton der Kommissarin war scharf, und der Chef der Verkehrspolizei lehnte sich beleidigt in seinem Stuhl zurück.

Leon sagte gar nichts. Er wusste, dass er sich mit seinem Vorgehen außerhalb der Legalität bewegt hatte und dass seine Mitteilung zunächst auf Ablehnung stoßen musste. Aber er hatte auch gelernt, dass es in heiklen Verhandlungen Momente gab, in denen es klug war, zu schweigen. Wenn die allgemeine Aufregung abgeklungen war und alle Parteien ihre Bedenken formuliert hatten, würden die Fragen kommen. Denn jeder im Raum brannte darauf, mehr zu erfahren. Alle spürten: Hier lag ein Skandal in der Luft.

»Doktor Ritter.« Es war Madame Lapierre, die als Erste wieder sprach. »Sie sind sicher, dass die beiden von Ihnen untersuchten Proben identisch sind?«

»Die Übereinstimmung liegt im Moment bei 84 Prozent«, sagte Leon. »Was ein guter Wert ist, wenn man denkt, dass die Spur verunreinigt ist.«

»84 Prozent? Wir brauchen aber 100 Prozent.« Nortiers Gesicht war inzwischen rot angelaufen, und Schweiß lief ihm aus den Haaren den Hals hinunter in den Hemdkragen.

»Sie haben also auf irgendeinem dubiosen Weg eine DNA-Probe beschafft und erwarten jetzt, dass wir einen verdienten Bürger unserer Stadt festnehmen.« Zernas Stimme hatte wieder den bedrohlichen Unterton.

»Ich erwarte gar nichts. Ich präsentiere Ihnen nur die Untersuchungsergebnisse der Gerichtsmedizin, und die sind bei der angesprochenen DNA-Probe leider etwas unscharf. Ich würde daher vorschlagen, zur Absicherung des DNA-Vergleichs eine Speichelprobe des Zeugen zu veranlassen.« Leon hatte sein neutralstes Gesicht aufgesetzt.

Madame Lapierre beugte sich zu Zerna und flüsterte ihm etwas ins Ohr. Der Polizeipräsident räusperte sich.

»Wir werden diese Besprechung jetzt abbrechen«, sagte Zerna. »Ich muss Sie nicht daran erinnern, dass die Untersuchungsergebnisse der Gerichtsmedizin streng vertraulich sind. Das gilt ganz besonders gegenüber der Presse. Sollte trotzdem irgendetwas nach draußen dringen, wird das Konsequenzen für alle haben. Ist das verstanden worden?«

Kurzes Gemurmel setzte ein, doch niemand widersprach.

»Doktor Ritter«, sagte die Kommissarin, »ich möchte gerne Sie und Monsieur Zerna alleine sprechen. Jetzt gleich. Können wir in Ihr Büro gehen, Commandant?«.

Fünf Minuten später saßen sich Madame Lapierre, Leon und Zerna am Schreibtisch gegenüber.

»Ich will nicht wissen, woher Sie Ihre Probe haben«, sagte Madame Lapierre.

»Ich aber schon«, ging Zerna dazwischen.

»Monsieur Zerna, bitte«, antwortete Lapierre scharf. »Mich interessiert nur eines: Kann ich mich auf die Ergebnisse verlassen, die Sie eben vorgetragen haben? Bei dem, was ich jetzt vorhabe, muss ich mich nämlich sehr weit aus dem Fenster lehnen.«

»Sie haben mein Wort, Madame«, sagte Leon. »84 Prozent Übereinstimmung langt vielleicht nicht vor Gericht, aber aus wissenschaftlicher Sicht ist das beinahe so etwas wie ein Volltreffer.«

»Sehr gut. Ich werde jetzt zurück nach Toulon fahren und mit dem Staatsanwalt reden.« Sie wendete sich an Zerna. »Der Haftbefehl gegen Fabius bleibt natürlich bestehen. So wie er transportfähig ist, kommt er nach Saint Roch in Untersuchungshaft.«

59. KAPITEL

Eine halbe Stunde später bog Leon von der kleinen Departement-Straße hinter Bormes zu Sylvies Haus ab. Kommissarin Lapierre war nach ihrem Gespräch sofort nach Toulon aufgebrochen, um sich mit der Staatsanwaltschaft zu
besprechen, und Leon hatte sich noch ein paar Vorhaltungen von Zerna anhören müssen. Es ging um Zuständigkeits-
bereiche und unzulässige Einmischung in eine polizeiliche
Ermittlung. Die Quintessenz war eine unverhohlene Drohung: Sollte Leon sich bei der DNA irren, würde Zerna dafür sorgen, dass Leon seinen Job verliere. Denn dann würde
er den Gerichtsmediziner gerichtlich zwingen, zu erklären,
wie er an die DNA-Probe gekommen sei. Leon wusste, dass
er von jetzt an noch vorsichtiger sein musste ...

Der Weg zu Sylvies Haus erschien ihm noch trockener
als beim letzten Mal. Leon hatte die Fenster geöffnet, und
der feine gelbe Staub der Provence wehte ins Auto und roch
nach Hitze und Sommer. Leon war auf Verdacht zum Haus
in den Hügeln gefahren. Er hatte Sylvie zweimal angerufen,
aber jedes Mal nur auf den Anrufbeantworter ihres Handys sprechen können.

Er stellte seinen Wagen unter den Kastanienbäumen ab.
In der Zufahrt stand ein grüner Renault Twingo mit geöff-
neter Fahrertür. Als Leon auf das Haus zuging, sah er, dass
Sylvie auf der Terrasse stand und mit einer Frau sprach.
Die Besucherin trug einen deutlich zu engen Rock. Mit

ihrer rosa Bluse und den blondgefärbten Haaren, bei denen man am Ansatz erkennen konnte, dass sie von Natur aus dunkelbraun waren, schien sie nicht so recht in diese ländliche Welt zu passen. Leon schätzte die Frau auf Mitte vierzig, obwohl sie sich redlich bemühte, jünger zu wirken. Sie hatte ihre Bluse um mindestens einen Knopf zu weit geöffnet. Um den Hals trug sie ein schmales Lederbändchen mit einem silbernen Kreuz. Auf ihr Gesicht hatte sie eine dicke Schicht Make-up aufgetragen, die der Sommerhitze nicht standgehalten hatte. Die Frau wirkte aufgebracht, gestikulierte mit den Händen, während Sylvie ganz ruhig vor ihr stand.

»Ich hab's Ihnen schon zig Mal gesagt: Wir wollen nicht, dass Patrik seine Zeit bei Ihnen verbringt«, sagte die Frau.

»Er ist immer sehr hilfsbereit«, sagte Sylvie, »und er kommt gerne. Er ist wirklich ein ganz besonders netter Junge.«

»Ja, klar, weil er bei Ihnen Autofahren darf und wer weiß was sonst noch alles.« Die Frau hatte es so betont, dass ihre letzte Bemerkung etwas Anrüchiges bekam.

»Was wollen Sie damit sagen, Madame?« Die Stimme von Sylvie wurde um eine Spur schärfer.

»Das wissen Sie doch ganz genau. Steckt die ganze Zeit mit Ihrer kleinen Tochter zusammen. Ist doch nicht normal, so was.«

»Sie spielen zusammen«, sagte Sylvie. »Also für mich ist das sogar sehr normal.«

»Spielen?«, wiederholte die Besucherin skeptisch, »Woher wollen Sie wissen, was Ihre Tochter wirklich treibt? Das ist nicht gut für Patrik, das hier alles. Bringt ihn ganz durcheinander.«

»Ich glaube, Patrik fühlt sich hier sehr wohl, Madame

Calvet, und er ist gerne mit Eva zusammen.« Sylvies Stimme war anzumerken, dass es ihr schwerfiel, sich zu beherrschen.

»Wo ist sie denn Ihre Eva? Immer versteckt sie sich vor mir. Verfluchte Heimlichtuerei.«

»Es sind Kinder, Madame, die haben ihre eigenen Welten, und die sollten wir ihnen auch lassen.«

»Eigene Welten, Quatsch. Ich weiß ja nicht, was Sie hier veranstalten, aber wenn ich noch einmal sehe, dass Patrik bei ihnen ist, dann ...«

»*Bonjour, Mesdames.*« Leon kam auf die Terrasse, und sofort verstummte die Nachbarin. »Hallo Sylvie, entschuldige, ich wollte nicht stören.«

»Tust du nicht. Madame Calvet ist meine Nachbarin.« Sie wendete sich wieder an ihre Besucherin. »Wenn ich Patrik sehe, schicke ich ihn rüber.«

»Na, hoffentlich, ist nämlich noch ne Menge zu tun.« Mit diesen Worten drehte sich Madame Calvet um und lief zu dem grünen Twingo. Sie stieg ein, knallte die Tür zu und fuhr zu ihrem Hof, wobei der kleine Wagen eine gewaltige Staubwolke aufwirbelte.

»Diese Frau ist verrückt«, sagte Sylvie. »Sie hat mir zwei meiner Feigenbäume abgesägt, kannst du dir das vorstellen?«

»Warum sollte sie so etwas tun?«

»Warum? Aus Eifersucht. Weil Patrik lieber bei uns ist als bei seiner Tante. Wundert dich das?«

»Das ist die Tante von Patrik?«

»Ja, eine unangenehme Person. Sie arbeitet in Pierrefeu in einem Kosmetiksalon. Leider nur halbtags. Den Rest der Zeit ist sie hier und sorgt für Ärger.«

»Hast du sie mal auf die Bäume angesprochen?«

»Sie redet normalerweise nicht mit mir. Aber nachts ruft sie manchmal bei mir an und hängt dann wieder auf.«

»Ich dachte die Handys funktionieren hier nicht.«

»Sie ruft auf der alten Festnetzleitung an. Ich benutze das Telefon nie. Das ist immer nur sie. Ich höre sie dann atmen – wirklich gruselig.«

»Und ich dachte, hier oben wäre das Paradies.«

»Manchmal gibt es auch Ärger im Paradies«, sagte Sylvie und ging ins Haus.

»Geht doch nichts über eine herzliche Nachbarschaft«, meinte Leon. Sylvie sah ihn an, sie lächelte nicht.

Wenig später saß Leon in der Küche, während Sylvie Kaffee machte. Leon wäre lieber auf die Terrasse gegangen, aber Sylvie bestand darauf, im Haus zu bleiben. Sie war der Meinung, dass starke Sonnenstürme für die hohen Temperaturen der letzten Tage verantwortlich waren. Dabei hätten die Sonnenwinde den Ozonschild der Erde beschädigt und damit die Menschen hilflos den UV-Strahlen ausgeliefert.

Leon hatte einen kleinen Scherz über so viel Bedenken gemacht, aber Sylvie zeigte in diesem Punkt keinerlei Humor. Dabei hatte er gehofft, dass sie sich freuen würde, ihn zu sehen. Dass sie beide an die Leichtigkeit und Herzlichkeit ihrer ersten Begegnung anknüpfen könnten. Stattdessen wirkte Sylvie gestresst und ungeduldig. Sie war überempfindlich, und es kam kein richtiges Gespräch zustande, außer über das Wetter und dass die Trockenheit die Pfirsiche zerstören würde, nachdem die Behörden jetzt auch noch das Wasser für die Landwirtschaft rationiert hatten.

Leon ärgerte sich, dass er überhaupt hierhergefahren war. Was hatte er erwartet? Dass Sylvie ihm mit offenen Armen entgegenlaufen würde, dass sie ihn ins Bett zerren würde, sie wilden Sex hätten und im Radio Jane Birkin »Je t'aime« singen würde? Aus dem ersten Stock des Hauses war Kichern zu hören.

»Eva«, rief Sylvie, »kommst du mal runter? Leon ist da.«

Im nächsten Moment hörte man jemanden die Treppe herunterpoltern. Aber es war nicht Eva, sondern Patrik, in seiner Latzhose, deren rechter Träger ihm über die Schulter gerutscht war. Wie immer schien sein Blick irgendeinen entfernten Punkt in der Landschaft zu fixieren.

»Kommt Eva nicht?«, fragte Sylvie, als würde Patrik jemals antworten.

Patrik hatte eine Zeichnung in der Hand, die er Leon hinstreckte, ohne ihn dabei anzusehen.

»Ist das für mich?«, fragte Leon und nahm das Papier. »Danke, Patrik.«

Patrik antwortete nicht und ging wortlos aus dem Haus. Leon sah, wie er in seine Tasche griff und den Stein herausnahm, den er ihm bei seinem ersten Besuch geschenkt hatte. Patrik drehte den Stein zwischen den Fingern und hielt ihn ans Ohr, so als würde der Stein ihm etwas erzählen. Dann stieg er auf sein altes Fahrrad, das an den Bäumen lehnte, und fuhr zum Nachbarhof davon.

»Ich glaube, er ist gerne hier bei euch.«

»Er scheint dich zu mögen«, sagte Sylvie, »mir hat er noch nie etwas geschenkt.«

Leon betrachtete die Zeichnung. Das Bild war mit Buntstiften gemalt und sah aus wie von einem Sechsjährigen: Ein Mädchen mit kurzem Rock stand neben Bäumen, unter denen ein blaues Auto geparkt war, ohne Frage der Wagen von Sylvie. In der Hand hielt das Mädchen etwas, das Leon im ersten Moment für ein Windrad hielt, aber dann erkannte er, was es war – ein Lutscher.

»Könnte das deine Tochter sein?«, fragte Leon und reichte Sylvie das Bild.

»Es könnte jedes Mädchen sein«, sagte Sylvie kurz angebunden, dann rief sie in Richtung Treppe: »Jetzt komm runter, Eva! Wir haben einen Gast.«

»Ich geh hoch und hol sie.« Leon stand auf.

»Nein, lass mich das machen.«

»Keine Sorge, ich mach das schon«, sagte Leon und war schon auf der Treppe. »Du wolltest dich um den Kaffee kümmern, ich fange deine Tochter ein.«

»Sie kennt dich doch gar nicht«, sagte Sylvie.

»Ich werde sie schon nicht erschrecken.« Leon ging die Treppe hinauf.

Im Flur des ersten Stocks hingen Aquarelle an den Wänden. Ein Bild zeigte eine provenzalische Landschaft. Offenbar hatte es Sylvie nicht mehr gefallen, denn es war mit graublauer Farbe übermalt. Jetzt sah es so aus, als würde man die Landschaft durch einen beschlagenen Duschvorhang betrachten. Leon tippte mit dem Finger dagegen, die Farbe war noch feucht. Aus einem Zimmer drang Musik. Er ging zur Tür, die nur angelehnt war, und klopfte.

»Eva? Darf ich reinkommen?«, fragte Leon.

Er drückte die Tür auf. Der Raum war leer. Ein typisches Mädchenzimmer, mit Himmelbett und einer Menge Kuscheltiere. Über dem Stuhl lag eine Jeans. Alles schien seinen Platz zu haben. Es fehlte das übliche Chaos eines Teenagerzimmers. Es gab keine Starfotos an den Wänden wie bei Lilou. Kein Justin Bieber, keine Rihanna, keine zerfledderten Teenie-Magazine am Boden. Nur ein Plakat vom Welt-Tierschutz-Verband, das ein Robbenbaby mit großen Augen zeigte, und ein Kalender mit Pferdebildern. Das Bett war ordentlich gemacht, auf dem Boden lag ein Mühle-

Spiel, einige Steine standen auf ihren Positionen, so als wären die Spieler unterbrochen worden. Daneben lagen ein Malblock und Buntstifte. Alles wirkte auf eine ungemütliche Art ordentlich. Nicht wie das Zimmer einer selbstbewussten Elfjährigen. Auf der Kommode steckte ein iPod zwischen zwei kleinen Lautsprechern. Es lief »Heal the World« von Michael Jackson. Ungewöhnlicher Musikgeschmack für ein junges Mädchen, dachte Leon und ging zurück in den Flur.

Die nächste Tür stand offen. Sie führte zum Schlafzimmer von Sylvie. Leon konnte ihr Parfum riechen. Das Zimmer war penibel aufgeräumt. Er zögerte einen Moment hineinzugehen, aber dann siegte doch die Neugier.

In dem Raum standen alte Möbel, die in hellen Farben gestrichen waren. Ein Messingbett mit angelaufenem Gestänge, ein Schreibtisch mit esoterischen Büchern, davor ein ausgesessener Korbstuhl mit einem dicken Kissen, eine Truhe, auf der ein Glas und eine geschliffene Karaffe standen. Alles wirkte harmonisch und gemütlich. Nur vor dem Schrank, dessen Türen offen standen, lag ein großer, ungeordneter Haufen Kleider am Boden. So als wären sie eben erst von ihrer Besitzerin aus dem Schrank gezerrt worden. Auf der Kommode, in einer Glasschale, lag eine Schachtel Tabletten. Benolazin, ein Medikament, das Leon nicht kannte.

»Leon?!«, Sylvie rief nach ihm. Als er das Schlafzimmer verließ, kam sie ihm im Flur entgegen.

»Was machst du in meinem Schlafzimmer?«, fragte Sylvie, sie ging zu ihrem Zimmer und zog die Tür zu.

»Ich suche deine Tochter«, sagte Leon. »Aber sie ist nirgends zu finden.«

»Sie ist weg«, sagte Sylvie gleichgültig und deutete zum

Ende des Ganges, wo ein Fenster weit offen stand. »Von da geht's aufs Dach vom Schuppen und dann in den Garten. Wahrscheinlich ist sie längst wieder bei Patrik.«

»Sie hält wohl nicht viel von Besuch«, sagte Leon.

»Eva ist nun mal kein Mädchen, das brav am Tisch sitzt und seinen Kakao trinkt«, sagte Sylvie.

Als würde sie über sich selber sprechen, dachte Leon. »Sicher nicht immer einfach mit ihr«, sagte er.

»Falsch, es ist sogar sehr einfach, wenn man sie in Ruhe lässt. Eva lässt sich nun mal keine Vorschriften machen, nicht mal von mir. Lass uns runtergehen. Der Kaffee ist fertig.«

60. KAPITEL

Kommissarin Patricia Lapierre hatte in Toulon eine Stunde lang mit dem Staatsanwalt gesprochen, der wiederum mit dem Oberstaatsanwalt geredet hatte, und der hatte schließlich im Justizministerium in Paris angerufen. Kurze Zeit später war die unausgesprochene Immunität von Jean-Baptiste Duchamp aufgehoben.

Madame Lapierre hatte es sich nicht nehmen lassen, den Comte persönlich in seiner Villa anzurufen und ihn sehr höflich, aber nachdrücklich zu bitten, wegen eines DNA-Abgleichs in die Gendarmerie zu kommen. Eine reine Routineangelegenheit, wie Lapierre betont hatte. Natürlich hätte die Kommissarin auch zu Duchamp fahren können, aber sie wollte ihn ganz bewusst in die Offensive zwingen.

Kommissarin Lapierre pokerte hoch. Wenn diese Sache schiefging, würden Köpfe rollen. Für Lapierre hieße das, sie würde wieder bei der Abteilung für Bagatelldelikte landen und Ladendiebe jagen. Wenn diese Sache aber so verlief, wie sie sich das erhoffte, und es gab für sie keinen Grund an der Aussage von Dr. Ritter zu zweifeln, dann wäre das die Chance ihres Lebens. Die Chance für einen gewaltigen Sprung nach oben auf der Karriereleiter. Jetzt kam es nur noch auf das richtige Timing an. Nachdem Lapierre grünes Licht erhalten hatte, war sie sofort nach Le Lavandou gefahren. Jetzt war es wichtig, Präsenz zu zeigen. Seit über einer Stunde lief sie im Büro des Polizeichefs nervös auf und ab und wartete auf ihren prominenten Zeugen.

Duchamp erschien mit fünfzehn Minuten Verspätung um Viertel nach zwei. Er trug eine helle Hose, ein hellblaues Hemd und ein dunkles Leinensakko trotz der tropischen Temperaturen. Auf die linke Brustseite hatte er sich den kleinen fünfstrahligen Stern mit der Rosette auf dem Band angesteckt, das sichtbare Zeichen seiner Mitgliedschaft bei der französischen Ehrenlegion.

Zerna hoffte insgeheim immer noch, dass sich der DNA-Abgleich als Irrtum erweisen würde. Mit Rene Fabius hatte er einen Tatverdächtigen wie aus dem Bilderbuch, dazu Indizien und jede Menge belastender Zeugenaussagen. Irgendwann würde man auch noch DNA finden. Zerna wusste natürlich genau, warum Kommissarin Lapierre so scharf darauf war, den Comte als Verdächtigen in diesen schmutzigen Fall hineinzuziehen. Sie war scharf auf Publicity. Was ihn aber am meisten irritierte, war, dass die Kommissarin am Ende recht behalten könnte. Dann würde Lapierre die Lorbeeren kassieren, und er und seine Leute wären mal wieder die braven Trottel, die für Toulon die Drecksarbeit erledigt hätten. Das war mehr als unbefriedigend.

Duchamp wurde von Lieutenant Masclau in das Büro von Zerna begleitet. Dort erwarteten ihn bereits der Polizeichef und die Kommissarin. Duchamp war ohne Anwalt erschienen. Er helfe der Polizei immer gerne, meinte der Millionär. Hätte er geahnt, dass sein Beitrag in diesem Fall von solcher Wichtigkeit war, hätte er sich natürlich längst freiwillig für den DNA-Test zur Verfügung gestellt.

Madame Lapierre bat den Comte den Mund zu öffnen, dann strich sie mit einem Wattestäbchen über die Schleim-

häute an der Innenseite seiner Wange, steckte das Stäb-
chen in eine kleine Glasphiole, die sie wieder verschloss
und mit »Duchamp«, dem Datum und ihrer Unterschrift
markierte. Das war alles.

»Bestimmt werden Sie am Körper dieses unglücklichen
Mädchens DNA von mir finden«, sagte Duchamp mit mit-
fühlender Stimme, »ich habe mich schließlich zu ihr hin-
untergebeugt. Ich wollte dem Kind helfen, ich konnte ja
nicht ahnen ...«, er unterbrach sich und machte eine kurze
Pause. »Dieser Anblick wird mich mein Leben lang verfol-
gen.«

Duchamp sah aus dem Fenster hinaus auf den Polizei-
hof, als müsste er die schlimme Erinnerung an das tote
Mädchen erst noch verarbeiten. Dann drehte er sich zu
Zerna um.

»Wenn das alles war, würde ich jetzt gerne wieder gehen, Commandant Zerna.«

»Ich leite hier die Ermittlungen«, sagte Lapierre etwas
schnippisch, und Duchamp sah sie zum ersten Mal an. »Es
gibt da doch noch etwas, Monsieur Duchamp.« Sie machte
eine kleine Pause und ließ dabei den Millionär nicht aus
den Augen. »Wir haben an der Kleidung des Opfers Sper-
maspuren gefunden.«

Für einen Augenblick schien es Duchamp die Sprache zu
verschlagen, er wurde blass und räusperte sich. »Und warum erzählen Sie mir das, *Madame Commissaire*?«

»Es wäre ja möglich, dass Sie uns irgendetwas dazu sagen möchten«, hakte Zerna ein.

»Monsieur Zerna«, der Comte sah den Polizeichef an,
»ich weiß nicht, worauf Sie hinauswollen, aber ich würde
jetzt doch gerne mit meinem Anwalt sprechen.«

»Das steht Ihnen natürlich frei«, sagte Zerna, »obgleich

ich Sie ausdrücklich darauf hinweisen möchte, dass wir Ihnen nichts vorwerfen. Ein totes Mädchen zu finden, ist schließlich keine Straftat. Wir haben Sie nur auf ein Detail unserer Ermittlungen hingewiesen. Das übrigens bis jetzt nur der Gerichtsmedizin und wenigen Untersuchungsbeamten bekannt ist.«

»Wir wissen natürlich nicht, wie lange sich diese Information zurückhalten lässt. Sie kennen ja die Presse. Die hat überall ihre Informanten.« Kommissarin Lapierre konnte sehen, wie es in Duchamp arbeitete, als sie die Medien erwähnte.

»Ich würde dazu gerne etwas erklären, Monsieur Zerna«, sagte Duchamp, »aber nur unter einer Bedingung.«

61. KAPITEL

Leon saß schon wieder in seinem Auto, als sein Handy klingelte. Er zögerte, den Anruf anzunehmen. Falls das Sylvie war, hatte er keine Lust mit ihr zu sprechen. Eigentlich wollte er überhaupt nicht mehr mit ihr reden. Der Besuch im *Le Refuge* war ganz und gar nicht so verlaufen, wie er es sich erhofft hatte. Sylvie war einsilbig gewesen und gereizt. Statt mit ihm einen romantischen Nachmittag zu verbringen, hatte sie einen Draht durch die Küche gespannt. Angeblich konnte nur so der Elektrosmog aus der Luft abgeleitet werden, den die Sonnenwinde in die Atmosphäre geschleudert hatten. Schließlich hatte sie ihn sogar aufgefordert, sein Handy abzuschalten, um gesundheitliche Schäden zu vermeiden. Als er daraufhin ein paar freche Bemerkungen machte, endete alles in einem ebenso überflüssigen wie lächerlichen Streit. Schließlich war Leon gegangen. Sylvie hatte ihn stumm zu seinem Auto begleitet. Als er die Tür öffnen wollte, hatte sie ihn plötzlich umarmt und sich an ihn gedrängt. Sie hatte ihn geküsst, aber er wollte nicht, auch nicht, als sie seine Hand nahm und auf ihre Brust legte. Das Ganze hatte für Leon nichts Erotisches, eher etwas Verzweifeltes. Als er sie zurückwies, lief sie wortlos zurück zum Haus. Leon hatte sich in sein Auto gesetzt und war gefahren. Jetzt klingelte sein Handy zum dritten Mal. Er war sicher, dass sie es war. Vielleicht wollte sie sich entschuldigen, vielleicht hatte er ja auch zu schroff reagiert. Leon stoppte den Wagen am Straßenrand und schaltete sein Handy ein. Es war Isabelle, und ihre Nachricht war kurz. Leon sollte sofort in die Gendarmerie kommen. Duchamp wollte reden, aber nur, wenn Leon dabei war.

Leon brauchte knapp dreißig Minuten über die kurvige D41, bis er auf dem Parkplatz der Polizeistation hielt. Auf der Wache traf er auf eine frustrierte Kommissarin Lapierre. Duchamp weigerte sich zu reden, solange sie im Raum war. Immerhin konnte sie ihn überreden, dass er die Anwesenheit von Zerna akzeptierte.

»Warum will Duchamp unbedingt, dass ich dabei bin?«, wunderte sich Leon.

»Keine Ahnung, Sie scheinen einen bleibenden Eindruck bei ihm hinterlassen zu haben.«

»Aber ich bin nicht von der Polizei, ich bin Gerichtsmediziner.«

»Das habe ich ihm auch gesagt. Aber er will ja auch kein Geständnis ablegen.«

»Will er nicht?«

»Zumindest noch nicht. Duchamp hat gesagt, dass er uns bei der Aufklärung unseres Falles helfen möchte. Es spricht also aus rechtlicher Sicht nichts dagegen, dass Sie dabei sind.«

Duchamp saß am Besprechungstisch. Vor ihm stand eine Cola, die Didier besorgt hatte. Zerna saß in einem Stuhl gegenüber und betrachtete den Millionär. Wie ein Besucher im Zoo, der ein exotisches Raubtier beobachtet. Dass Duchamp Kommissarin Lapierre aus dem Raum geschickt hatte, machte ihm den Millionär beinahe sympathisch.

Leon reichte dem Comte zur Begrüßung die Hand.

Duchamp sah blass aus, und trotz der Hitze im Raum schien er zu frieren. Seine Handflächen waren kühl und feucht. Duchamp verbarg etwas, das ihm auf der Seele lag, das spürte Leon sofort. Aber er rang noch mit sich, ob er sein Geheimnis preisgeben sollte.

Einen Moment schwiegen sich die drei Männer an. Dann bat Leon Duchamp, noch einmal zu erzählen, wie er das Mädchen gefunden hatte. Zerna drückte auf den Knopf des kleinen Aufnahmegeräts, das vor ihm auf dem Tisch lag, dann lehnte er sich zurück und hörte zu. Duchamp erzählte zögernd und machte immer wieder Pausen: dass er am fraglichen Tag ohne Hund unterwegs gewesen war. Er hatte zwar bei der Polizei erzählt, sein Hund hätte das Mädchen entdeckt. Aber das hatte er nur gesagt, um nicht unter falschen Verdacht zu geraten. Er wanderte häufig alleine durch den Nationalpark und besuchte regelmäßig den Keltenaltar und andere markante Punkte, die er auch in seinem Buch beschrieben hatte.

Duchamp sprach über Belanglosigkeiten. Über den Zustand des Parks und die Menschen, die keine Achtung vor der Natur hatten. Er kam Leon vor wie ein Patient, der seinem Arzt nicht erzählen wollte, wo es ihm weh tat, weil er Angst vor der Diagnose hatte. Leo sah, wie Zerna immer unruhiger wurde.

»Und dann sind Sie ganz zufällig auf das Mädchen gestoßen«, Leon versuchte, es Duchamp leichter machen.

»Ich dachte, sie hätte sich verlaufen und würde schlafen«, sagte Duchamp, »wirklich, sie wirkte so friedlich.«

»Die Tiere hatten sie noch nicht gefunden?« Es war mehr eine Feststellung von Leon als eine Frage. Duchamp schüttelte den Kopf.

»Und dann, was haben Sie dann gemacht?« Zerna begann die Geduld zu verlieren. Leon sah den Polizeichef kurz an, und der hob entschuldigend die Hand und schwieg.

»Wie sie so vor Ihnen auf dem Boden lag, was haben Sie da gedacht?« Leon tastete sich vorsichtig voran, aber Duchamp schien um die richtigen Worte zu ringen. Leon ließ ihm Zeit.

»Sie sind nicht so unschuldig, wie sie aussehen«, sagte Duchamp.

»Sie sind schon richtige Frauen, oder …?«, sagte Leon.

»Sie sind nicht klein und harmlos, ganz im Gegenteil.« Duchamp starrte auf seine Hände und rieb sich seine Finger. Dann sah er Leon an. »Sie haben schon die Macht, wussten Sie das?« Leon sah Duchamp nur an und nickte.

»Tun immer so unschuldig … aber in Wirklichkeit …« Duchamp unterbrach sich. Er strich sich mit der Hand über die Haare und sah zu Boden. Dann flüsterte er fast. »Sie bringen einen dazu, Dinge zu tun, schmutzige Dinge.« Dann schwieg er.

Leon konnte sehen, dass Zerna darauf brannte, etwas zu sagen. Leon durfte jetzt nicht die Initiative aus der Hand geben.

»Sie waren ganz alleine«, drängte Leon vorsichtig weiter. »Nur die Kleine und Sie. Niemand würde es je erfahren, niemand konnte Sie sehen. Es war ihr Geheimnis …«

»Ich weiß nicht, was über mich gekommen ist«, unterbrach ihn Duchamp.

In diesem Moment verlor Zerna die Beherrschung. »Sie haben sich einen runtergeholt, vor einem toten Mädchen? Das haben Sie getan?«

Duchamp zuckte zusammen, als hätte Zerna ihn geschlagen. »Ich weiß nicht mehr, was passiert ist«, sagte Duchamp, »ich weiß es wirklich nicht.«

»Was genau haben Sie mit der Kleinen gemacht?« Zerna beugte sich zu Duchamp über den Tisch. »Sagen Sie was los war, Duchamp. Hier und jetzt. Was haben Sie mit ihr gemacht?«

Duchamp wich Zernas Blick aus, und Leon wusste, dass er ihnen ab jetzt gar nichts mehr sagen würde.

»Nichts«, sagte Duchamp, »ich habe gar nichts gemacht. Wie hätte ich ihr etwas antun können?«

Duchamp drehte sich zum Fenster um, und Leon sah, dass er weinte. Mit dem Handrücken wischte er sich die Tränen aus dem Gesicht, die er jetzt nicht mehr zurückhalten konnte. Der große Mann zitterte. Er kam Leon vor wie ein Kind, das endlich die böse Tat gestanden hatte, seine Strafe erwartete und trotzdem Erleichterung verspürte. Leon stand auf und ging zu Duchamp. Er legte ihm die Hand auf die Schulter.

»Atmen Sie tief ein und aus«, sagte Leon, und Duchamp schien auf ihn zu hören. »Gut so, tief und regelmäßig atmen. Sie werden sehen, es geht Ihnen gleich wieder besser.«

Duchamp beruhigte sich. Leon goss ihm Cola in sein Glas. »Trinken Sie einen Schluck«, sagte er, und Duchamp griff dankbar nach dem Glas.

»Ich möchte jetzt bitte gehen«, sagte Duchamp.

»Wir sind noch nicht fertig, Monsieur«, sagte Zerna, »wir wollen alles hören. Die ganze Geschichte. Haben Sie mich verstanden?«

»Könnte ich Sie einen Moment alleine sprechen, Commandant?«, sagte Leon. »Draußen?«

Zerna folgte Leon widerwillig vor die Tür. Wenn es nach ihm gegangen wäre, dann hätten sie diesen Duchamp jetzt so richtig in die Mangel genommen.

»Was soll das?«, sagte Zerna empört. »Sie hatten ihn fast

so weit. Noch eine halbe Stunde, und er hätte gestanden. Glauben Sie mir.«

»Was gestanden? Er hat die Mädchen nicht getötet. Ich glaube ihm.«

»Sie glauben ...? Ich sag Ihnen was: Der Mann hat noch lange nicht alles erzählt.«

»Ich bin kein Polizist, aber ich weiß, dass dieser Mann völlig am Ende ist. Er befindet sich in einer schweren emotionalen Krise. Sie sollten ihn jetzt nicht weiter bedrängen.«

»Na klar, bringen wir ihn doch gleich ins Sanatorium. Sie sind wirklich kein Polizist, Doktor Ritter. Besser, Sie überlassen die Sache jetzt den Profis.«

Doch die Profis sollten sich an Duchamp die Zähne ausbeißen. Duchamp beantwortete keinerlei Fragen mehr und rief stattdessen die renommierte Pariser Kanzlei Hureaux an. Die Staranwälte reagierten sofort und besorgten ihrem prominenten Mandanten das, was er in diesem Augenblick am nötigsten brauchte, nämlich Zeit. Eine halbe Stunde später bekam Zerna einen Anruf von seinem obersten Vorgesetzten aus dem Innenministerium: Duchamp sollte unverzüglich zurück in seine Villa gebracht werden. Dort durfte er sich unter den Auflagen eines Hausarrestes bis auf weiteres frei bewegen. In den nächsten Tagen würde der Haftrichter in Toulon prüfen, ob Jean-Baptiste Duchamp überhaupt als Verdächtiger vernommen werden sollte. Bis dahin mussten alle entsprechenden Indizien und gerichtsmedizinischen Untersuchungsergebnisse dem Richter vorgelegt werden. Kommissarin Lapierre fuhr empört nach Toulon zurück und informierte den zuständigen Staatsanwalt über die jüngsten Entwicklungen. Der Anklagevertreter war sauer, weil sich das Innenministerium in seine Zuständigkeiten einmischte, und setzte alle Hebel in Bewegung, damit Kommissarin Lapierre noch an diesem Tag einen Durchsuchungsbefehl für die Villa von Duchamp bekommen würde.

Von all der Aufregung bekam Leon nichts mehr mit. Er hatte sich nach der Unterredung mit Zerna von Duchamp verabschiedet und noch kurz bei Isabelle im Büro vorbeigesehen. Leon hatte seine Vermieterin gefragt, ob er sie nach all dem Stress der letzten Tage zu einem gemeinsamen Abendessen einladen dürfte, und sie war einverstanden. Isabelle hatte ein Restaurant in Bormes les Mimosas vorgeschlagen, und Leon hatte versprochen, sie pünktlich um sieben am Büro abzuholen.

Jetzt stand Leon im *Chez Miou*, ließ sich seinen ersten Café crème des Tages schmecken und dachte über das Gespräch mit Duchamp nach. Yolande kam aus der Küche und versorgte Leon mit dem neuesten Klatsch. Sie hatte gehört, dass es Fabius besser ging. Le Blanc hatte angeblich seine Verteidigung übernommen. Es wurde sogar gemunkelt, dass René auf freien Fuß gesetzt werden müsste und dass mal wieder der Doktor aus Deutschland für den ganzen Schlamassel verantwortlich wäre.

Im Fernseher über dem Tresen lief der Wetterbericht. Es sollte etwas kühler werden, aber dafür wurde Mistral erwartet. Die Hitze, die Trockenheit und der Wind aus dem Norden waren eine gefürchtete Mischung. Zwar meldeten die Nachrichten, dass die Feuer bei Saint Maxime gelöscht waren. Aber alle wussten, dass die Ruhe trügerisch war. Ein Funke würde genügen, um eine Katastrophe auszulösen.

62. KAPITEL

Bormes les Mimosas war nicht einfach irgendein Ort in der Provence, Bormes war ein Ort wie aus einem Märchen über die Provence. Das mittelalterliche Städtchen lag direkt über Lavandou an den Ausläufern des Massif des Maures. Eine Ansammlung verschachtelter Häuser, gemauert aus den gelbbraunen Steinen des Südens. Bormes bestand aus Dutzenden schmaler Gassen und Hunderten von Treppen, die alle über Durchgänge, Brücken und Arkaden miteinander verbunden waren. Und überall gab es kleine Gärten, aus denen die dichten Blütenwolken von Bougainvilleas und Jasmin hervorschäumten wie überkochende Milch aus einem zu engen Topf.

Vor einigen Jahren hatte die Gemeinde ein Einsehen mit ihren Bewohnern gehabt und über die Straßen des historischen Stadtkerns von Bormes ein Autoverbot verhängt. Seitdem ging es in den engen Gassen deutlich entspannter zu, obwohl der Besucherstrom noch zugenommen hatte. Bormes les Mimosas, *c'est un must* hieß es inzwischen für viele Südfrankreich-Touristen. In dem kleinen Ort schien es nur noch zwei Arten von Geschäften zu geben: Läden, die jede Art von Nippes anboten, und eine ständig wachsende Zahl von Restaurants. Aber der ganze Rummel hatte dem bezaubernden Charme des Städtchens keinen Abbruch getan.

Isabelle hatte ihren Wagen auf dem großen Parkplatz am Ortsausgang abgestellt und war mit Leon am *Hôtel*

Bellevue vorbei in den alten Teil von Bormes gelaufen. Als sie an der Kirche Saint-Trophyme vorbeikamen, dachte Leon, er hätte Patrik gesehen. Später, auf den Treppen der Altstadt, glaubte er, ihn noch einmal zwischen den Touristen entdeckt zu haben. Aber jedes Mal, wenn er nach ihm Ausschau hielt, war er verschwunden.

Leon folgte Isabelle über Treppen und Durchgänge, und er fragte sich schon, ob er jemals wieder aus diesem Labyrinth herausfinden würde, als sie auf einen kleinen Platz stießen, der von einem riesigen Pfefferbaum überschattet wurde. Hier stand ein halbes Dutzend eingedeckter Tische, von denen die meisten bereits besetzt waren. Über dem Eingang, der direkt in die Küche führte, stand der Name des Restaurants: *Lou Poulid Cantoun*. Isabelle kannte die Besitzerin, eine junge Französin, die bei einem Zwei-Sterne-Koch gelernt hatte und jetzt ihr ganzes Können der klassischen südfranzösischen Küche widmete. Leon war vom ersten Augenblick an begeistert von dem Platz. Hier gab es keine Kellner-Show mit überdimensionalen Pfeffermühlen oder quadratische Teller mit winzigen Häppchen und Saucenklecksen. Hier wurden einfache, traditionelle Gerichte auf köstliche Weise zubereitet.

Leon ließ Isabelle auswählen. Als Vorspeise gab es *Délice de Provence*, eine hausgemachte Gemüsepastete mit *Caviar d'Aubergine* und *Tapenade*, einer grünen und schwarzen Olivencreme. Als Hauptspeise wurde *Bœuf en Daube à la Provençale*, ein Rinderschmorfleisch in Olivensauce, serviert. Dazu bestellte Isabelle einen Rosé vom Château de Jasson. Es war ein Abend wie aus einem Werbespot. Als die Sonne unterging, zündeten die Kellner Kerzen auf den Tischen an, und das Haus servierte jedem Gast als Digestif ein Glas vom selbst angesetzten Orangenwein.

»Vielen Dank, dass du mich mit hierhergenommen hast.« Leon hob sein Glas. »Ich trinke einen Schluck auf meine Lieblingsvermieterin.«

»Wird das ein Flirt, oder willst du, dass ich mit dem Zimmerpreis runtergehe?« Isabelle hob ihr Glas und lächelte Leon an.

Er hatte Isabelle noch nie so unbeschwert erlebt. Aber vielleicht hatte er auch bisher nicht richtig darauf geachtet. Seit seiner Ankunft in Lavandou waren Isabelle und er frühmorgens in ihre Jobs gefahren und meist erst am Abend zurückgekommen. Mehr als ein paar Worte in der Küche oder auf der Terrasse hatten sie nicht gewechselt.

Von all dem Stress der letzten Tage war heute nichts mehr zu spüren. Heute verbrachte Leon einen Abend mit einer charmanten, attraktiven Frau in einem romantischen Lokal in Bormes. Warum hatte er sie bisher nie so betrachtet? Er erwischte sich dabei, dass er sogar Isabelles kurze Haare bei näherer Betrachtung ausgesprochen sexy fand.

»Ich wette, dass du bald Zernas Job übernimmst«, sagte Leon.

»Das ist definitiv ein Flirt«, stellte Isabelle betont sachlich fest. »Vorsicht, Doktor, in einer warmen Sommernacht könnte ich meine guten Vorsätze vergessen.«

»Sind warme Sommernächte nicht genau dafür erfunden worden?«

»Willst du mich etwa abschleppen?« Sie sah ihn mit einem provozierenden Lächeln an.

»Ich hab schon immer davon geträumt, eine Polizistin abzuschleppen«, sagte Leon und füllte ihr Glas nach. »Ich denke aber, ich sollte dir vorher noch einen Schluck Rosé geben.«

»Vorsicht, du hast es mit der gestressten Mutter einer fünfzehnjährigen Tochter zu tun. Ich kann ganz schön kompliziert sein.«

»Nein, ich habe es mit der überaus attraktiven Mutter einer fünfzehnjährigenTochter zu tun. Und ich betrachte Schwierigkeiten als Herausforderung.«

Leon sah Isabelle an. Sie hielt seinem Blick stand, und ihre Augen sagten ihm, dass er am Zug war. In diesem Moment klingelte Isabelles Handy. Sie nahm den Apparat aus der Tasche und betrachtete das Display, dann sah sie zu Leon. Er ahnte, was dieser Blick bedeutete. Er hätte am liebsten das Handy genommen und in den Gully geworfen.

»Das Büro«, sagte sie, »da muss ich rangehen.«

Es war Masclau. Zerna wollte Capitaine Morell und den Gerichtsmediziner in der Villa auf dem Cap Nègre sehen. Jetzt gleich. Es war etwas passiert: Duchamp war tot.

63. KAPITEL

»Ich hätte nie zulassen dürfen, dass Sie mit Duchamp reden.« Kommissarin Lapierre zog hastig an ihrer Zigarette und musste husten. Sie wirkte blass und nervös.

Leon sah die Kommissarin an und fragte sich, ob er ihr raten sollte, die Zigarette lieber auszumachen. Ihrem Husten nach zu urteilen, litt sie unter einer akuten Bronchitis.

Lapierre hatte vor der Eingangstür der Villa auf ihn und Isabelle gewartet. In dem sonst so stillen Anwesen der Familie Duchamp ging es zu wie in einem Kongresshotel. Polizisten trugen Kartons aus der Villa und verluden sie in einen Minivan. Dazwischen lief Zerna mit Masclau hin und her und erteilte Anweisungen. Draußen vor dem Tor stand bereits ein Übertragungswagen von *Canal+*, neben dem eine Journalistin in ihr Mikrofon sprach, während Scheinwerfer auf die Villa gerichtet waren. Offensichtlich hatte jemand bei der Polizei nicht dichtgehalten und die Fernsehleute über die Hausdurchsuchung bei Duchamp informiert. Die Story war schon so ein Knüller. Wenn aber auch noch durchsickern würde, dass Duchamp tot war, und es würde durchsickern, da war sich Leon sicher, dann wäre hier der Teufel los.

Zwischen all dem Chaos lief das Personal der Duchamps herum, versuchte irgendwie die Ordnung im Haus aufrechtzuerhalten, und wusste nicht mehr, auf wessen Anweisungen es hören sollte.

»Madame Lapierre, machen Sie sich etwa Sorgen, dass man Sie für den Tod von Monsieur Duchamp verantwortlich machen könnte?«, fragte Leon die Kommissarin.

»Verantwortlich, mich, wieso denn?« Madame schnappte nach Luft. »Ich habe mich absolut korrekt verhalten. Das ist übrigens auch die Meinung von Staatsanwalt Orlandy. Nein, mir kann man nichts vorwerfen, überhaupt nichts.« Die Kommissarin schüttelte den Kopf und zog hektisch an ihrer Zigarette, was einen neuen Hustenanfall auslöste.

»Um so besser. Dann sollten wir uns jetzt das Opfer ansehen«, sagte Leon.

Die Kommissarin warf ihre Zigarette auf die Marmorstufen und trat sie aus. Sofort erschien ein Hausmädchen mit Handbesen und Kehrschaufel, um wenigstens diese Spur der Verwüstung zu beseitigen. Leon folgte der Kommissarin in den ersten Stock. Vor der Tür zu Duchamps Büro lag Jagdhündin Régine und sah Leon aus ihren traurigen Augen an.

»Kann endlich mal jemand den Köter wegschaffen?«, sagte Lapierre in Richtung der Beamten, die auf dem Flur warteten. Aber niemand rührte sich.

»Mich stört sie nicht«, meinte Leon, zog sich seine Latexhandschuhe an und öffnete die Tür zu Duchamps Büro. Er sah, dass Lapierre den Blick abwand.

Ein Selbstmörder, der seinem Leben mit einer Pistole ein Ende gesetzt hat, kann ein ziemlich erschreckender Anblick sein, dachte Leon, besonders wenn er dazu eine Smith & Wesson 9 mm verwendet hat. Duchamp war mit dem Oberkörper auf den Schreibtisch gesunken. Die Waffe lag fast zwei Meter entfernt auf dem Teppich.

Leon bat die Kommissarin, an der Tür zu warten. Er betrat den Raum, umrundete den großen Schreibtisch und betrachtete die Leiche genauer.

Schusswaffen waren für Leon immer von einer Aura aus Tod und Vernichtung umgeben. Es erforderte Entschlossenheit, sich mit einer solchen Waffe das Leben zu nehmen. Der Selbstmörder musste die Pistole laden, sie spannen und sich dann an die Schläfe setzen. Dabei verging Zeit, Zeit, in der der Selbstmörder darüber nachdachte, was gleich geschehen würde. Zeit, in der er von Zweifeln bedrängt wurde. Würde er den Schuss noch hören? Würde er Schmerz spüren, wenn die Kugel mit 800 km/h in seinen Schädel einschlug? Augenblicke der Verzweiflung, der Todesangst und des Zögerns überkamen ihn. Augenblicke, in denen seine Hand zitterte, er die Waffe nicht mehr richtig halten konnte.

Duchamp musste genau diese verzweifelten Sekunden durchlebt haben. Im letzten Moment war ihm der Griff der Waffe nach unten weggerutscht, so dass die Mündung leicht nach oben gewiesen hatte. Das fünf Gramm schwere Stahlmantelgeschoss hatte den Kopf nicht horizontal durchschlagen, sondern sich von schräg unten durch das Schläfenbein gebohrt und dann in einem Orkan aus Knochensplittern und Kugelfragmenten die Schädeldecke weggerissen. Dort, wo jetzt Teile des Gehirns und des Stirnbeins fehlten, hatte sich die Kopfhaut wie eine zu große Maske über den handtellergroßen Ausschuss gelegt. Blut, Knochensplitter und Gewebe hatten eine blutige Spur im Raum hinterlassen. Es war der erbarmungswürdige Anblick eines verzweifelten Mannes, der lieber sein Leben beendet hatte, als sich der Wahrheit zu stellen. Leon fragte sich, ob sich Selbstmörder wohl Gedanken darüber machten, was für einen Anblick sie ihren Hinterbliebenen boten, wenn die sie fanden.

Der Rückschlag hatte Duchamp die Waffe aus der Hand

gerissen und in den Raum geschleudert. Leon maß Körper- und Raumtemperatur. Demnach war der Mann noch keine zwei Stunden tot, was den Angaben des Hausmädchens entsprach, die Duchamp gefunden hatte. Zur Sicherheit nahm Leon noch eine Gewebe- und eine Blutprobe. Zerna war mit Kommissarin Lapierre in den Raum gekommen und hatten zugesehen, wie Leon seine Arbeit machte. Der Gerichtsmediziner packte seine Instrumente ein.

»Von mir aus können wir die Leiche freigeben«, sagte Leon.

»Das ist Jean-Baptiste Duchamp«, sagte Zerna mit Vorwurf in der Stimme, als würde es sich bei dem Toten um eine seltene, aussterbende Spezies handeln.

»Das weiß ich. Und er ist eindeutig an der Schussverletzung gestorben«, sagte Leon.

»Die Staatsanwaltschaft besteht auf einer Obduktion«, sagte Lapierre.

»Na gut, ich lasse ihn in die Rechtsmedizin schaffen«, sagte Leon. »Gibt es irgendetwas, worauf ich besonders achten sollte?

»Was meinen Sie?«, fragte Zerna.

»Menschen begehen häufig Selbstmord, wenn sie an einer unheilbaren Krankheit leiden. Befand sich Duchamp in medizinischer Behandlung?«

»Keine Ahnung. Davon hat bisher niemand etwas erwähnt«, sagte Lapierre, »aber ich werde das überprüfen.«

»Vielleicht gibt es ja einen Abschiedsbrief?«

»Nein«, sagte Zerna, »aber er hatte offenbar einige Tausend kinderpornographische Fotos auf seinem Computer. Von der ultraharten Sorte. Noch haben wir die Festplatte nicht komplett ausgewertet.«

»Er wollte die Bilder löschen«, sagte Lapierre, »aber wir

hatten Glück. In seiner Aufregung hat er den falschen Befehl eingegeben.«

Leon sah auf den Toten und all das Blut. Das war also das Geheimnis dieses eigenartigen Mannes, der sein Leben lang versucht hatte, sein wahres sexuelles Begehren hinter einer Mauer aus Verzweiflung und Zurückgezogenheit zu verbergen.

»Er wusste, dass alles ans Licht kommen würde, wenn Sie eine Hausdurchsuchung machen.« Leon sah Lapierre an.

»Es gibt leider immer jemanden bei der Polizei, der nicht den Mund halten kann«, sagte Lapierre in Richtung Zerna.

»Oder innerhalb der Staatsanwaltschaft«, sagte Zerna, »aber das werden wir schon noch herausfinden.«

Nachdem alle Spuren in der Villa auf dem Cap Nègre gesichert und der Leichnam von Jean-Baptist Duchamp abtransportiert worden war, fuhr Isabelle Leon zu seinem Auto, das er in der Nähe der Gendarmerie geparkt hatte. Es war bereits nach Mitternacht, als Leon und Isabelle endlich zu Hause ankamen. Leon ging sofort ins Bett und fiel in einen traumlosen Schlaf.

Der Morgen dämmerte bereits, als Leon hörte, dass jemand seine Zimmertür öffnete. Er blinzelte ins Halbdunkel und sah Isabelle in einem kurzen Nachthemd mitten in seinem Zimmer stehen. Als sie ihn ansprach, war er schlagartig hellwach.

»Lilou ist verschwunden«, sagte Isabelle.

64. KAPITEL

»Ich habe einfach nicht genug Leute, Hektor.« Zerna hatte das Handy am Ohr und sprach mit dem Chef der Police municipale. »Wenn du auch die Parkplätze in Saint Claire und La Londe für uns checken könntest. Danke, hast was gut bei mir.« Zerna legte auf.

Leon sah zu dem Polizeichef hinüber. Es war inzwischen 8.30 Uhr. Er und Isabelle suchten jetzt seit vier Stunden nach Lilou. Erst hatten sie Lilous Freundinnen aus dem Bett geklingelt, und dann waren sie zum Strand und den Bars gegangen, die bis zum frühen Morgen geöffnet hatten. Ohne Erfolg. Niemand hatte Lilou am vergangenen Abend gesehen. Schließlich hatte Isabelle den Polizeichef angerufen und um Hilfe gebeten. Zerna kam sofort, genauso wie Didier und Moma. Jetzt standen alle in der Küche und tranken den Kaffee, den Leon gemacht hatte. Nur Isabelle wollte nichts. Sie saß auf einem Stuhl und hatte sich einen Wollschal um die Schultern gezogen. Isabelle fror, Leon konnte ihre Angst spüren. Er hielt ihr eine Tasse Kaffee hin.

»Ich habe ihn extra nicht so stark gemacht«, sagte Leon. Isabelle griff zur Tasse und umschloss sie mit beiden Händen, als wäre es eiskalt und sie müsste sich wärmen. Sie hatte sich den ganzen Morgen Vorwürfe gemacht. Warum hatte sie nicht noch mal in das Zimmer ihrer Tochter gesehen, als sie mit Leon nach Hause gekommen war? Warum hatte sie nicht gespürt, dass ihr Kind nicht in seinem Bett

379

lag? Was war sie überhaupt für eine Mutter? Leon hatte versucht, sie zu trösten, aber mit wenig Erfolg. Die Frau, die sonst so souverän ihren Job machte, war verzweifelt und am Ende ihrer Kraft.

»Warum geht sie nicht an ihr Handy?« Isabelle hatte an diesem Morgen schon ein Dutzend Mal die Nummer ihrer Tochter gewählt, ohne Erfolg. Wenn man Lilous Handy anrief, ertönte das Freizeichen, danach schaltete sich der Anrufbeantworter ein. Die Gendarmerie würden nach dem Handy suchen lassen, aber vor 9.00 Uhr war die entsprechende Stelle bei der Telefongesellschaft noch nicht besetzt. Es wäre sowieso die Frage, ob der Provider ihnen unter diesen Umständen helfen würde. Schließlich war eine Fünfzehnjährige, die über Nacht nicht nach Hause kam, noch kein Grund, eine Fahndung zu starten. Wenn es nach den Vorschriften gegangen wäre, hätte sich die Polizei bei der Suche nach Jugendlichen erst nach zwölf Stunden einschalten müssen, es sei denn, es lagen Hinweise für einen Unfall oder ein Verbrechen vor. Aber natürlich kannte jeder bei der Polizei Isabelle und ihre Tochter Lilou, und alle wollten helfen. Und wer weiß, vielleicht würde ja jeden Moment die Haustür aufgehen, und eine verkaterte Lilou käme hereinspaziert.

»Vielleicht schläft sie ja die Nacht woanders.« Didier kam von der Terrasse herein, wo er schnell eine Zigarette geraucht hatte. »Jetzt sieh mich nicht so an, Isabelle. Die Kids machen doch ständig irgendwo Party. Vielleicht hat Lilou zu viel getrunken und liegt jetzt in irgendeinem Bett mit …«

»Spinnst du, Didier?!« Isabelle unterbrach ihn scharf. »Sie ist fünfzehn. Da verschwindet man nicht einfach, ohne Bescheid zu sagen. Und sie liegt auch ganz bestimmt nicht mit einem Jungen im Bett.«

»Vielleicht hat sich Lilou gestern Abend noch mit jemandem getroffen«, mischte Leon sich ein. »Plötzlich kommen
noch ein paar Freunde dazu, und dann vergisst man die
Zeit. Du weißt doch, wie so was läuft.«

»Lilou hätte mich auf jeden Fall angerufen, sie weiß,
dass ich mir Sorgen mache.« Isabelles Stimme klang trotzig. Ihre Tochter würde sie nicht im Ungewissen lassen.
Seit Isabelle sich von Anthony getrennt hatte, war Lilou
noch näher an ihre Mutter herangerückt. Sie stritt zwar
häufig mit ihr wegen irgendwelcher Kleinigkeiten, aber
Leon wusste, dass beide ein enges Verhältnis hatten.

»Jedenfalls wusste Lilou, dass ihr erst spät zurück-
kommt«, versuchte es Didier noch einmal.

Isabelle hatte ihre Tochter abends noch auf dem Handy
angerufen, als sie auf dem Weg zu Duchamp waren. Da war
Lilou angeblich zu Hause gewesen und hatte an einer Sozi-
alkundeaufgabe über Georges Pompidous Rolle während
der Algerienkrise gesessen. Natürlich konnte Isabelle das
nicht überprüfen, aber als sie heute Nacht aufgewacht war,
um nach ihrer Tochter zu sehen, war das Bett leer gewesen
und die Unterlagen und Bücher zu dem Algerienthema lagen aufgeschlagen auf Lilous Schreibtisch. Es sah so aus,
als wäre Lilou nur kurz aus dem Haus gegangen. Außer ihrer Jeansjacke mit den Glitzersternen und ihrem Handy
schien sie nichts mitgenommen zu haben. Sogar der Motorroller stand noch in der Einfahrt.

»Ich weiß, dass etwas passiert ist«, sagte Isabelle, »ich
spür es einfach.« Isabelle versagte die Stimme, sie hatte Tränen in den Augen.

Leon legte die Hand auf ihre Schulter. »Wenn es einen
Unfall gegeben hätte, wüssten wir längst davon«, sagte er.
»Vielleicht hat Didier recht. Vielleicht hat sie ja wirklich bei

einem Freund übernachtet und geniert sich jetzt, nach Hause zu kommen.«

»Ach ja, und wo bitte soll das sein? Wir haben doch jeden ihrer Freunde angerufen«, Isabelle klang gereizt.

»Eltern wissen nicht alles«, sagte Leon, und Isabelle sah ihn an. »Kinder haben ihre Geheimnisse. Hast du selber gesagt.«

»Da bist du ja der Fachmann«, sagte Isabelle bitter.

»Was ist mit den Typen vom Parkplatz?« Didier rührte sich noch mehr Zucker in seine Kaffeetasse. »Haben Sie mit denen auch gesprochen?«

»Wen meinst du?« Isabelle war sofort alarmiert.

»Vor ein paar Tagen hatte Lilou Ärger mit ein paar Jugendlichen«, sagte Leon.

»Was für Ärger?«

»Ein Junge hatte sie an der Mole belästigt, und sie traute sich nicht mehr, ihren Roller zu holen. Da hab ich ihr geholfen.«

»Davon weiß ich ja gar nichts. Warum hast du mir nichts davon gesagt?«

»Ich hab es ihr versprechen müssen. Und es ist ja auch nichts weiter passiert.«

»Nichts weiter passiert. Und wie nennst du das hier? Meine Tochter ist verschwunden, falls du es noch nicht gemerkt hast!« Isabelle war außer sich.

»Isabelle, bitte. Das waren drei Kids, die waren höchstens sechzehn.«

»Die waren aus der Clique um Abbu«, sagte Didier.

»Na klar, jetzt sind's mal wieder die Algerier«, sagte Moma.

Isabelle sah Leon zornig an. »Hast du eine Ahnung, wie alt die Typen sind, die hier die Autos aufbrechen oder

Schüler mit dem Messer bedrohen, damit sie ihnen ihre Handys geben?«

Zerna hatte schweigend zugehört und sich mit Daumen und Zeigefinger die Nasenwurzel gerieben. »Was wollten die Jungs von Lilou?«, fragte Zerna.

»Nichts. Ich habe mit ihnen geredet, und sie sind abgezogen.«

»Na toll, dann ist ja alles geklärt.«

»Kümmerst du dich um Abbu?«, Zerna sah Moma an.

»Geht klar, der wohnt in dem alten Block vor La Londe, ich fahr gleich rüber.«

»Wieso hast du mir das verschwiegen?«, sagte Isabelle zu Leon. »Ich versteh das einfach nicht.«

»Okay, du bist sauer. Aber es gibt nicht den geringsten Hinweis, dass diese Kids mit Lilous Verschwinden zu tun haben.«

»Jetzt verteidigst du diese Arschlöcher auch noch?«

»Isabelle ...«, sagte Leon freundlich.

Isabelle stand auf. »Du kannst mich mal«, sagte sie wütend und marschierte aus der Küche. Die Männer sahen zu Leon. »Ich denke, ich werde besser erst mal hierbleiben«, sagte er.

»Wir informieren Sie, sowie wir etwas Neues wissen«, sagte Zerna. »Und Sie rufen uns an, wenn Lilou sich meldet.«

Leon brachte die Männer zur Haustür. »Wir geben innerhalb der nächsten Stunde eine Suchmeldung raus«, sagte Moma.

Zerna drehte sich noch einmal zu Leon um: »Wir werden Lilou finden, sagen Sie das Isabelle.«

Leon nickte. Draußen trieb ein scharfer Mistral abgerissene Blüten und Staub durch die Straße. Didier sah zum blauen, wolkenlosen Himmel hinauf.

»Der verdammte Mistral hat uns gerade noch gefehlt«, sagte Didier. Dann stieg er zu seinen beiden Kollegen ins Auto, und sie fuhren davon.

65. KAPITEL

Der Junge betrachtete die Zigarette, die er zwischen seinen Fingern hielt und an der sich der Rauch so erwachsen kräuselte. Er zog daran, und wenn es nur aus Trotz war, denn sie schmeckte ihm nicht besonders.

Das nächste Mal würde er diesem arroganten Arsch die Fresse polieren. Der Scheißkerl hatte Glück, dass seine Schwester so verrückt nach ihm war, sonst hätte der Junge die Sache längst geregelt, auch wenn er erst sechzehn Jahre alt war. Was dachte dieser Versager überhaupt, wer er ist? Kam mit seinem geklauten BMW angegondelt und dachte, dass er ihn beeindrucken könnte. Einen Scheiß konnte dieser Loser. Der Junge und seine Schwester kamen sehr gut alleine zurecht. O.k., sie wohnten nur in einem Wohnwagen am Ortsrand von Collobrières, aber der stand auf ihrem eigenen Stück Land. Das war zwar illegal, aber wen kümmert's? Jeder musste sehen, wo er blieb.

Der Wichser mit seinem BMW hatte ihn aus dem Wohnwagen geschmissen, weil er seine Schwester vögeln wollte. Hatte ihm einen Schlag in den Nacken versetzt wie einem Karnickel und ihm dann einen Zwanziger in die Hand gedrückt. Scheiße, ja, er hatte die Kohle genommen. Zwanzig Euro sind Zwanzig Euro. Dann hatte der Idiot blöd gelacht, seiner Schwester an den Arsch gefasst, und er war draußen.

Der Junge hatte sich auf sein Mountainbike geschwun-

gen und war in der sengenden Hitze durch die Hügel gefahren. Immer die Wege entlang, die die *Pompiers* überall
durch die knochentrockene Vegetation geschlagen hatten.
Als er oben auf dem Hügel angekommen war, lief ihm der
Schweiß herunter. Er hatte sich auf den Felsen gesetzt und
eine Zigarette angezündet, direkt unter dem Schild: *Rau-
chen im Nationalpark bei Strafe untersagt!* Scheiß auf Ver-
bote, scheiß auf die *Flics.* Die konnten ihm gar nichts.

Der Junge war in Gedanken, darum hörte er auch zu
spät den Geländewagen der Feuerwehr. Der rote Land
Rover kam langsam den Weg herauf, und die Männer hatten den Jungen längst gesehen. Er konnte gerade noch die
Zigarette am Felsen ausdrücken und unauffällig hinter
sich fallen lassen. Der Wagen stoppte genau vor ihm, und
der Fahrer sah ihn durch das offene Fenster missbilligend
an. Der Junge versuchte cool zu wirken.

»Was machst du hier oben?«, fragte der Mann im Auto.

Der Junge kannte den Feuerwehrmann. Er war schon
öfter bei seiner Schwester und ihm auf dem Grundstück
aufgetaucht. Hatte jedes Mal erklärt, dass das Gesetz es
verbieten würde, im Wohnwagen zu leben, so nahe am Nationalpark. Und Grillen im Garten war auch verboten und
der Gasbrenner sowieso. Aber seine Schwester hatte dann
den Typ immer kurz in den Wohnwagen geholt, und danach hatte er sie in Ruhe gelassen.

»He du, ich rede mit dir!«

»Ich bin mit dem Mountainbike gefahren. Wollte bisschen trainieren.«

»Trainieren. Schwachsinn. Sieh zu, dass du hier ver-
schwindest. Ich will euch Typen nicht im Wald sehen, nicht
solange alles so trocken ist. Hast du mich verstanden?«

Der Junge nickte. In diesem Moment erkannte er zu seinem Schrecken, dass die Zigarette, die er hinter sich geworfen hatte, keineswegs verloschen war. Die Glut war in ein paar trockene Gräser gekrochen, und jetzt kräuselte sich bereits verräterischer Rauch über dem Boden. Wenn er nicht schnell etwas unternahm, würde das ganze beschissene Gras Feuer fangen. Und dann wüssten die Wichser von der Feuerwehr, dass er geraucht hatte, und sie würden ihn fertigmachen.

In diesem Moment setzte sich der Land Rover wieder in Bewegung und verschwand über die Kuppe, wo der Weg steil hinunter ins Tal führte. Die Männer sahen nicht zu ihm zurück.

Der Junge sprang auf und sah hinter den Felsen. Der Wind hatte die Glut angefacht, und jetzt stieg nicht nur Rauch auf, kleine Flammen züngelten und entzündeten immer mehr trockenes Gras. Mehr Rauch, mehr Flammen. Der Junge starrte einen Moment ungläubig auf das Drama, das sich da vor ihm entwickelte. Dann stürzte er sich auf die Flammen und trampelte mit seinen brandneuen Sneakers auf dem Feuer herum. Versuchte die Flammen totzutreten. Doch mit jedem Fußtritt wirbelte eine kleine Glutwolke auf, und der Wind, dieser verdammte Wind, trieb die Funken weiter, mitten hinein in die trockenen Büsche. Mit einem Knistern erfassten die Flammen die Blätter. Sie flackerten und fauchten und leckten nach dem nächsten Busch, höchstens noch ein Dutzend Meter von den Bäumen entfernt.

Der Junge stampfte und trampelte, aber er wusste, dass er den Kampf verlieren würde. Er hatte keine Chance, niemand hatte eine Chance gegen das Feuer. Der Junge wusste auch, dass der Borkenkäfer in den letzten Jahren über die Landschaft hergefallen war. Dass Abertausende dieser In-

sekten die Kiefern angebohrt hatten, bis Harz hervorge-
quollen war wie Blut, an den Stämmen heruntergelaufen
und in hellen Klumpen getrocknet war. Und dass sich auf
diese Weise Hunderte Hektar dichter Nadelwald in totes
Holz verwandelt hatten. Es würden dem Feuer gewaltige
Nahrung geben. Die ganze Gegend würde sich in eine einzige riesige Fackel verwandeln.

Der Junge rannte zu seinem Fahrrad. Er musste hier
weg. So schnell wie möglich, zurück nach Collobrières. Er
stieg auf sein Fahrrad und trat so fest in die Pedale, wie er
nur konnte.

Das Feuer wurde eine halbe Stunde später von einem
britischen Wanderer entdeckt, der mit dem Handy den
Notruf wählte. Die Frau gab die Meldung sofort weiter an
den SIDS, den Service Départemental d'Incendie et de Se-
cours du Var in Draguignan.

Knapp fünfzehn Minuten nach dem ersten Notruf rück-
ten die ersten Löschzüge aus Gonfaron, Le Luc und Pierrefeu an. Aber da hatte sich der Brand bereits auf eine Länge
von 400 Meter ausgebreitet, und der Mistral trieb die Flammen wie ein gewaltiger Blasebalg weiter vor sich her. Die
Behörden rechneten mit dem Schlimmsten, und das SIDS
orderte Feuerlöschflugzeuge in das Massif des Maures. Allerdings waren nur zwei der gelben Canadair CL-215, die
die Leute hier *Jette d'eau* nannten, im Var verfügbar. Weitere drei Flugzeuge befanden sich zurzeit im Einsatz über
Korsika und wurden sofort zurückbeordert. Eine der größten Feuerwehreinsätze der letzten Jahre hatte begonnen.

66. KAPITEL

Zerna hatte Isabelle gebeten, zu Hause zu bleiben. Doch gegen Mittag hielt sie es nicht mehr aus. Sie erschien in ihrem Büro in der Gendarmerie nationale, dort, wo alle Informationen zusammenliefen. Der Polizeichef und sein Team waren davon wenig begeistert. Denn, so herzlos es auch klingen mochte, es gab auch noch eine Menge andere Probleme, mit denen sich die Polizei von Lavandou herumschlagen musste. In der vergangenen Nacht hatte es drei Autoaufbrüche gegeben, ein Fünfzehnjähriger war mit einem gestohlenen Motorroller verunglückt, und zwei Betrunkene hatten sich vor einem Bistro so geprügelt, dass einer in der Notaufnahme von Saint Sulpice landete. Außerdem kämpfte die Feuerwehr südwestlich von Collobrières mit einem großen Waldbrand, und dort mussten möglicherweise schon bald Straßen gesperrt und Einwohner evakuiert werden.

Dafür war Kommissarin Lapierre endlich zurück nach Toulon beordert worden, was Zerna zumindest im Fall des »Campingplatz-Killers«, wie er von den Zeitungen inzwischen genannt wurde, etwas Zeit verschaffte. Die ganzen Ermittlungen waren festgefahren.

Fabius lag nach wie vor in der Klinik und bestritt die Tat. Duchamp wäre ein wichtiger Zeuge gewesen, und nach Meinung von Lapierre kam er sogar als Täter in Frage. Aber es würde verdammt schwer werden, den Fall zu knacken, wenn sich einer der Hauptverdächtigen das Leben genommen hatte.

Der Tod von Duchamp war den Morgennachrichten zunächst nur eine Meldung wert. Doch dann waren erste Gerüchte über den Selbstmord und die Kinderpornos aufgetaucht. Der Anwalt der Familie Duchamp dementierte die Vorwürfe, was die Journalisten als klares Eingeständnis werteten. In den Mittagsnachrichten aller TV-Sender war Duchamps Selbstmord der Aufmacher. Erste Journalisten spekulierten über eine Verbindung zwischen dem Millionär und den Morden an den kleinen Mädchen vom Campingplatz. Spätestens ab diesem Zeitpunkt läutete Zernas Telefon ohne Unterlass.

Isabelle hatte vergeblich versucht, die lokalen TV-Sender zu überreden, ein Foto ihrer vermissten Tochter zu zeigen. Alle interessierte nur noch ein Thema: die Story vom perversen Milliardär. Wer wollte da schon über eine fünfzehnjährige Schülerin berichten, die nachts nicht heimgekommen war?

Gegen 13.00 Uhr versuchte Isabelle zum hundertsten Mal, ihre Tochter über Handy zu erreichen. Und diesmal nahm jemand das Gespräch an. Isabelle war im ersten Moment so verblüfft, dass ihr die Stimme versagte. Am anderen Ende war eine pensionierte Lehrerin, die das läutende Handy hinter ihrer Gartenmauer gefunden hatte. Sie hatte schon den ganzen Morgen einen Klingelton aus dem Garten gehört, konnte sich aber nicht erklären, wo der hergekommen war. Jetzt hatte sie sich auf die Suche gemacht.

Es dauerte keine zehn Minuten, dann hielt ein Einsatzfahrzeug der Gendarmerie nationale vor dem Haus der Lehrerin in der Voie Romaine, einer schmalen Straße, die in die Altstadt von Bormes führte. Isabelle und Didier stiegen aus und bestürmten die Frau mit ihren Fragen. Aber die Lehrerin konnte den Polizisten nicht helfen. Sie lebte alleine, hatte keine Kinder und war zeitig ins Bett gegangen.

Es hatte den Anschein, als hätte jemand Lilous Handy in der vergangenen Nacht bei der Lehrerin über die Mauer geworfen. Die Untersuchung des Handys brachte wenig neue Erkenntnisse. Nach dem Gespräch mit ihrer Mutter, das Lilou um 21.57 beendet hatte, gab es nur noch ein kurzes Gespräch mit ihrer Freundin Inès. Danach war das Handy nicht mehr benutzt worden.

Zerna ließ die Fingerabdrücke auf dem Handy sichern, bevor er es Isabelle zurückgab. Inzwischen glaubten auch Isabelles Kollegen bei der Gendarmerie nicht mehr, dass Lilou nur bei irgendeiner Freundin übernachtet hatte. Lilou war schließlich kein Kind mehr. Wenn sie sich nicht mehr meldete, musste etwas Schlimmes passiert sein.

67. KAPITEL

Es war stockdunkel. Eine Weile lang hatte Lilou geglaubt, dass sie in einem dieser fiesen Träume steckte, aus denen man nicht aufwachen konnte, obwohl man wusste, dass man träumte. Aber dann hatte sie versucht, sich umzudrehen, und war mit dem Gesicht gegen eine Wand gestoßen. Und diese Wand war hart und feucht, und sie roch wie die Wände zu Hause im Keller.

Gedanken rasten Lilou durch Kopf. Wo war sie? Was war geschehen? Hatte sie einen Unfall mit dem Roller gehabt? War sie vielleicht tot? Sie stieß erneut ihren Kopf gegen die Wand. Nein, diese Wand war aus Stein und riss ihr die Haut auf, wenn sie dagegenstieß. Aber wenn es kein Traum war, wie war sie hierhergekommen? Warum konnte sie sich nicht erinnern? Ruhig, sagte sie sich, du musst ganz ruhig bleiben. Lilou erinnerte sich noch, dass sie an dieser blöden Hausarbeit über Pompidou gesessen hatte. Und dann war da so ein Klingeln. Das war nicht ihr Handy, das war die Haustür gewesen. Jemand hatte an der Haustür geläutet! Lilou erinnerte sich, wie sie die Treppe nach unten gegangen war. Und was war dann? Dann war da nur noch dieses Rauschen und alles war dunkel.

Lilou versuchte sich aufzusetzen. Ein Schwindelgefühl erfasste sie, und ein scharfer Schmerz rollte durch ihren Kopf wie eine Welle und drückte von innen gegen ihren Schädel. Es war wie nach der schlimmen Party, als sie bei

Inès alle Gin getrunken hatten und sie hinterher so schrecklich kotzen musste. Aber diesmal hatte sie nichts getrunken. Bestimmt nicht.

Plötzlich erinnerte Lilou sich an die Hände, die ihren Kopf festhielten und etwas Feuchtes auf ihr Gesicht drückten, und dann war da wieder das schwarze Rauschen.

Betäubt, dachte Lilou, sie haben mich betäubt. Lilou versuchte sich zu bewegen, aber ihre Arme und Beine waren schwer wie Blei. Langsam, sagte sie sich, du musst Kraft sammeln, und du brauchst einen Plan. So wie der Graf von Monte Christo in dem Roman, den sie kürzlich in der Schule gelesen hatten. Lilou rollte sich auf die Seite und zwang sich auf alle viere. Ihr wurde sofort wieder schwindlig, und sie musste würgen, aber sie fiel nicht um. Langsam und vorsichtig tappte sie durch die Dunkelheit. Der Boden fühlte sich kühl an unter den Händen, wie festgetretene Erde. Und plötzlich stieß sie mit dem Kopf gegen etwas Kaltes. Sie tastete sich nach vorne. Die Wand war zu Ende, und es gab eine eiserne Fläche – eine Tür. Sie konnte den Rost fühlen, als sie mit den Fingern darüberfuhr, und am oberen Ende der Tür, dort, wo sie nicht mehr richtig schloss, sah Lilou ein wenig Licht schimmern.

Plötzlich hörte sie ein Geräusch. Da kam jemand. Panik ergriff sie. So schnell sie konnte, kroch sie zurück in die Dunkelheit und ließ sich auf die Seite fallen. Sollten sie den ken, dass sie noch betäubt war. Sie würde hier rauskommen, irgendwie. Sie würde die Sonne wiedersehen, und sie würde morgens mit ihrer Mutter frühstücken und wieder zur Schule gehen. Lilou merkte, wie ihr die Tränen kamen.

Dann hörte sie, wie ein Riegel zurückgeschoben wurde.

68. KAPITEL

Leon hatte noch vor Isabelle das Haus verlassen. Er konnte nicht länger herumsitzen und Isabelles vorwurfsvolle Blicke ertragen. Okay, vielleicht hätte er ihr schon früher sagen sollen, dass Lilou Ärger mit einem Jungen gehabt hatte. Dass der Junge sogar zudringlich geworden war. Aber meine Güte, letztlich war nichts passiert, und er hatte Lilou versprochen, die Sache nicht an die große Glocke zu hängen. Leon glaubte auch jetzt noch nicht, dass Lilous Verschwinden irgendetwas mit den Jugendlichen vom Parkplatz zu tun hatte.

Moma und Didier waren der gleichen Meinung. Sie waren noch am Vormittag zu den heruntergekommenen Häusern am Rand von La Londe gefahren und hatten sich Abbu und die anderen Kids vorgeknöpft. Aber es hatte nichts gebracht. Sie hatten ein paar verschreckten Jugendlichen eine Handvoll Joints abgenommen, das war's. Moma hatte die Beute anschließend in die Kanalisation geworfen und die Kids laufen lassen. Diese Jungs hielten bestimmt keine Fünfzehnjährige versteckt, aber man würde Abbu zur Sicherheit eine Weile beobachten.

Leon wusste, dass Isabelle ihm eine Mitschuld am Verschwinden ihrer Tochter gab. Das war natürlich Unsinn, aber irgendwie fühlte er sich tatsächlich mitverantwortlich für Lilou. Er mochte das Mädchen mit seiner frechen, selbständigen Art, und zum ersten Mal in seinem Leben spürte er so etwas wie väterliche Zuneigung. Wo konnte eine Fünfzehnjährige sein, die zur Hochsaison in einem Ferienort verschwunden war? Leon wusste, dass es dafür keine harmlose Erklärung mehr gab, nicht nach zwanzig Stunden. Die Polizei hatte alle Unfallberichte der vergangenen Nacht überprüft und die Krankenhäuser der weiteren Umgebung gecheckt, ohne Ergebnis. Es gab für Leon inzwischen nur noch eine Erklärung, und sie auch nur in Betracht zu ziehen, ließ ihm einen Schauder über den Rücken laufen: Jemand hatte die Fünfzehnjährige entführt. Bestand vielleicht sogar ein Zusammenhang mit den Morden vom Campingplatz? Er weigerte sich, diesen Gedanken zu Ende zu denken.

Leon konnte nur ahnen, was Isabelle durchleiden musste, und er wollte ihr helfen. Zunächst sprach er mit den Nachbarn, die rund um Isabelles Haus wohnten. Aber keinem war etwas aufgefallen. Danach lief Leon hinunter nach Lavandou. Er sprach mit Michel im Zeitungsladen und mit der schönen Bäckerin von der Boulangerie *Lou*. Im *Miou* redete er mit Jérémy, Yolande und der alten Véronique. Niemand wusste etwas, alle versprachen sich umzuhören und Leon anzurufen, sowie sie etwas erfuhren, aber Leon hatte wenig Hoffnung. Zuletzt läutete Leon auch noch bei Suchon, dessen Haus von Isabelle aus nur etwa hundert Meter die Straße hinauf lag. Und der Alte hatte tatsächlich etwas in der Nacht beobachtet.

»Der Wagen stand genau vorm Haus von Madame Morell. Das war um 0.15 Uhr«, sagte Suchon.

»Sie erinnern sich an die genaue Zeit?«

»Ich hab mir »Die Hölle von Dien Bien Phu« angesehen. Ist mein Lieblingsfilm.« Er machte eine Pause und sagte nachdenklich: »Das hätte alles nicht passieren dürfen.«

»Was meinen Sie?«

»General Navarre hätte die Finger von Dien Bien Phu lassen müssen, so einfach ist das. Ho und seinen vietnamesischen Schlitzaugen konnte man nicht trauen, das wusste jeder.«

»Wir suchen Lilou.«

»Ja, ja, entschuldigen Sie, ich weiß ... Aber die Franzosen hätten niemals in Vietnam ...«

»Können wir vielleicht ein anderes Mal über Indochina reden, Monsiuer Suchon?«, unterbrach ihn Leon. »Also, haben Sie das Auto vor dem Haus von Madame Morell erkannt?«

»Fettes Teil, hat den Motor laufen lassen. Diesel, alte Maschine, ziemlich laut.«

»Und die Marke?«

»Bin ich eine Eule? Hab nur die Scheinwerfer gesehen. Der Wagen hat da vielleicht zwei oder drei Minuten rumgestanden, dann hat er gewendet und ist wieder weg.«

Leon rief Isabelle auf dem Handy an und erzählte ihr, was er erfahren hatte. Sie bedankte sich. Ihre Stimme klang matt. Er spürte, wie sie mit den Tränen kämpfte. Die Gendarmerie hatte inzwischen die Küstenwache eingeschaltet. Sie würden die Uferbereiche der Strände und der Felsküste absuchen. Leon und Isabelle wussten, dass die Polizei jetzt nach einer Toten suchte.

»Das ist nur Routine«, sagte Leon, »sie werden nichts finden, Isabelle.« Als er auflegte, kam er sich vor wie ein Betrüger. Woher wollte er denn wissen, dass die Polizei kein totes Mädchen aus dem Meer fischen würde? Er würde Isabelle später noch einmal anrufen.

Leon musste dringend zurück in die Gerichtsmedizin. Er konnte die Obduktion von Duchamp nicht länger aufschieben. Staatsanwalt Orlandy in Toulon hatte bereits angerufen und Druck gemacht. Und er hatte in dem Gespräch ganz unverhohlen durchblicken lassen, dass er für Leons Taschenspielertrick mit der DNA nicht das geringste Verständnis hatte. Diese Sache würde für den Doktor aus Deutschland auf jeden Fall noch ein Nachspiel haben.

69. KAPITEL

Leon fuhr die Nationalstraße in Richtung Hyères. Im Radio brachten sie den Wetterbericht. Die Hitze hatte etwas nachgelassen, und der Mistral war abgeflaut. Die Feuerwehr schien den Brand in den Hügeln in den Griff zu bekommen. Aber die Ruhe war trügerisch. Bereits für den nächsten Tag war eine neue Hitzewelle angesagt, und der Mistral würde in den Böen sogar Sturmstärke erreichen. Wenn es der Feuerwehr heute Nacht nicht gelang, auch noch die letzten Brandherde zu löschen, stand den kleinen Orten im Nationalpark das Schlimmste erst noch bevor.

Später würde Leon nicht mehr genau sagen können, was ihn dazu gebracht hatte, bei der alten Glaserei die Nationalstraße zu verlassen, zwei Kilometer der Nebenstraße zu folgen und dann in den unbefestigten Weg einzubiegen, der ausschließlich für die Feuerwehr reserviert war. Es war die Abkürzung, die zu Sylvies Haus führte. Der Weg mitten durch die dichte Vegetation des Nationalparks, den Sylvie kürzlich beschrieben hatte. Es war ein innerer Impuls, der Leon auf diesen Weg schickte. Natürlich war es verrückt, aber vielleicht hatte Sylvie eine Idee, wo er noch nach Lilou suchen konnte. Und irgendetwas sagte ihm, dass er das Richtige tat.

Der Weg wurde immer schmaler und war von tiefen Spurrinnen durchzogen. Die Vegetation schien undurchdringlich wie ein Dschungel. Ginsterbüsche, Wacholder und Zistrosen standen so eng am Wegrand, dass sie eine regelrechte Wand bildeten, durch die höchstens noch Wildschweine brechen konnten. Auf den warmen Felsen lagen Smaragdeidechsen in der Sonne. Es gab endlose Mengen von Schmetterlingen, die sich an den feuchten Stellen des Bodens niedergelassen hatten und wie kleine bunte Wolken aufstoben, wenn Leon an ihnen vorbeifuhr. Und über allem lag das Konzert von Millionen Zikaden, die für den unvergleichlichen Sound der Provence sorgten.

Als Leon die Höhe erreichte, erkannte er hinter den Hügeln dunkle Rauchschwaden am Himmel. Die Feuerwehr hatte also doch noch nicht geschafft, den Brand zu löschen. Der Weg senkte sich in ein Tal, und dann sah Leon das Bauernhaus von Sylvie direkt vor sich liegen. Ihr Auto war nirgends zu entdecken. Leon parkte unter den Kastanien und ging zum Haus.

An der Terrasse neben dem Eingang lehnte Patriks Fahrrad. Als Leon näher kam, sah er etwas, was ihn den Atem anhalten ließ. Er spürte, wie ihm die Knie weich wurden, und er musste sich zwingen, weiterzugehen. In der offenen Holzkiste, die auf dem Gepäckträger festgeklemmt war, lagen ein paar Werkzeuge und eine Jeansjacke mit Glitzersternen. Leon zog sie vorsichtig aus der Kiste. Auf der linken Seite war ein Patch aufgenäht. »Bad girls have more fun« stand da. Keine Frage, die Jacke gehörte Lilou. Leon sah sich um. Er war alleine. Sylvies Haustür stand offen, und aus einem Fenster im oberen Stockwerk kam Musik

Leon nahm sein Handy aus der Tasche. Er musste hundert Meter den staubigen Weg hinauflaufen, den er gekommen war, bis das Display endlich eine Verbindung anzeigte. Er rief Isabelle an und erzählte ihr von seinem Fund. Sie stellte nur eine Frage.

»Kannst du ihn aufhalten, bis wir da sind?«

»Ich weiß noch nicht mal, ob er im Haus ist«, sagte Leon.

»Wir sind in spätestens 25 Minuten bei dir.« Dann hatte Isabelle aufgelegt.

Leon ging zurück und betrat das Haus. In der Hand hielt er die Jeansjacke. Die Musik war immer noch zu hören, ansonsten wirkte das Haus wie ausgestorben. Auf dem Schreibtisch im Wohnzimmer lag Sylvies Nikon und ein Umschlag, aus dem ein paar Fotos gerutscht waren. Leon schob die Bilder mit den Fingern auseinander. Sie zeigten die Sandskulpturen am Stand, das Haus und das Grundstück aus allen Perspektiven. Die Terrasse, das Auto im Schatten der Bäume. Die Schaukel, die an einem dicken Ast befestigt war, und die Bank vor der Hauswand. Aber kein einziges Foto von Eva. Überall dort, wo man erwartet hätte, dass Sylvie ihre Tochter fotografierte, war nur Patrik zu sehen. Patrik, der schaukelte, Patrik, der am Steuer des Toyota saß oder der mit einem Glas Eistee auf der Terrasse stand – und der niemals in die Kamera sah. Leon hörte im ersten Stock Schritte. Er ging die Treppe hinauf.

»Patrik, Eva?«, rief Leon. »Seid ihr da? Ich bin's, Leon!«

Keine Antwort. Als Leon den Flur betrat, tauchte Patrik in der Tür zu Evas Zimmer auf. Überrascht blieb er stehen. Dann sah er die Jacke, die Leon in der Hand hielt. Patrik stürzte nach vorne und riss Leon die Jeansjacke aus der Hand. Leon bekam den Arm des Jungen zu fassen und versuchte ihn festzuhalten. Aber Patrik wehrte sich, er war stark und kämpfte verzweifelt.

»Patrik, ganz ruhig, ganz ruhig«, sagte Leon, »niemand will dir was tun.«

Aber Patrik ließ sich nicht beruhigen. Er schlug nach Leon und versuchte ihn zur Seite zu drängen. Dabei gab er

kurze spitze Schreie von sich. Leon blockierte den Flucht-
weg über die Treppe. Er ignorierte die Schläge, hielt Patrik
fest und sprach weiter ruhig auf den Jungen ein. Plötzlich
riss sich Patrik los und rannte mit der Jacke in der Hand in
Sylvies Schlafzimmer.

»Es ist alles in Ordnung, Patrik«, sagte Leon betont
gleichgültig. »Hast du den Stein noch, den ich dir geschenkt
habe?« Er folgte Patrik in das Schlafzimmer. »Von denen
habe ich noch viel mehr. Wenn du willst, schenke ich dir
noch einen.«

Patrik hatte sich in die schmale Lücke zwischen Kleider-
schrank und Zimmerecke gedrängt. Er kauerte dort am
Boden wie ein panisches Tier, das weiß, dass seine Flucht
zu Ende ist. Patrik wippte mit dem Oberkörper vor und zurück und stieß dabei Klagelaute aus. Leon redete ununterbrochen auf ihn ein. Er wusste nicht, wie man einen Autisten ansprechen konnte und wie lange Patrik in seinem
Versteck bleiben würde. Nur eines war Leon klar, dieser
Junge brauchte keine Polizei, sondern professionelle Hilfe.
Auf dem Schreibtisch stand das alte Telefon, von dem Sylvie gesprochen hatte. Leon hob den Hörer ab, um die Polizei zu informieren, doch die Leitung war tot.

Es dauerte dreißig endlos lange Minuten, bis die Polizei
endlich mit zwei Streifenwagen und einem Krankenwagen
eintraf. Sie brauchten drei Beamte, um Patrik zu bändigen.
Schließlich gab der Sanitäter dem wild um sich schlagen-
den Jungen eine Beruhigungsspritze. Danach saß Patrik in
Handschellen völlig apathisch auf der Rückbank des Polizeiautos. Die Beamten durchsuchten Sylvies Haus. Es war
leer.

Zerna und Didier sprachen mit Patriks Tante, die die Polizei laut beschimpfte und schwor, dass Patrik mit all dem,

was ihm da vorgeworfen wurde, nichts zu tun hatte. Neben ihr stand ihr Mann und versuchte vergeblich seine Frau zu beruhigen.

Zerna hatte Isabelle zunächst verboten, mit zum Bauernhof zu kommen. Aber Isabelle hatte gedroht, den Kollegen mit dem eigenen Auto hinterherzufahren. Schließlich hatte Zerna zugestimmt. Bisher hatte sie sich zurückgehalten, aber jetzt, wo Patrik alleine im Polizeiauto saß, musste sie einfach mit ihm reden. Isabelle hockte sich an die offene Tür des Einsatzwagens und sah den Jungen an.

»Bitte, sag mir, wo Lilou ist«, sagte Isabelle. Patrik pendelte mit dem Oberkörper und summte vor sich hin. »Wohin hast du sie gebracht, Patrik? Bitte sag es mir. Ich bin ihre Mutter, verstehst du, Lilous Mama.«

Patrik sah an Isabelle vorbei, legte den Kopf schief und sah aus dem Fenster. Sie nahm seine Hände und zerrte daran um seine Aufmerksamkeit zu erringen.

»Sie ist mein Kind, Patrik.« Lilou griff in die Brusttasche ihrer Uniformbluse und zog ein Foto heraus. Es war ein Bild von Lilou. Sie hielt das Foto in Patriks Blickrichtung, aber der schien das Bild gar nicht wahrzunehmen. Es fiel Isabelle schwer, ruhig zu bleiben. Tränen standen ihr in den Augen.

»Das ist meine Tochter Lilou, mein kleines Mädchen!« Der Junge sah sie nicht an, sondern summte lauter. Dabei drückte er sich die Handflächen auf die Ohren, als wollte er verhindern, dass Isabelle ihn erreichte.

»Schau sie dir doch wenigstens an, verdammt noch mal!«, sagte sie wütend und zerrte an den Handschellen, so dass sie Patrik schmerzhaft in die Gelenke schnitten. Der Junge stöhnte und wimmerte, aber Isabelle ließ nicht locker.

»Sie ist mein Kind, verstehst du? Und sieh mich gefälligst an. Mein Kind, Patrik, meine Tochter«, schrie sie den Jungen an, »was hast du mit meinem Kind angestellt? Verflucht, rede endlich!«

»Er kann dich nicht hören.« Leon stand plötzlich neben ihr und legte seine Hand auf ihren Arm. »Er schottet sich ab, wahrscheinlich bekommt er gar nicht mit, was hier vor sich geht.«

»Aber er hat sie doch ...«, Isabelle konnte nicht weitersprechen. Leon nahm sie am Arm und führte sie zu den Kastanienbäumen. Sie weinte jetzt. Er nahm sie in den Arm, und sie war froh, dass er da war.

»Was hat er mit ihr gemacht, Leon? Was hat er ihr angetan?«, sagte Isabelle unter Tränen.

»Das wissen wir nicht. Wir wissen ja nicht einmal, ob er überhaupt etwas damit zu tun hat. Die Jacke kann er irgendwo gefunden haben.«

»Und wenn er es doch getan hat? Ich habe Angst, dass sie irgendwo gefangen ist. Und der einzige Mensch, der weiß, wo sie ist, spricht nicht mit uns. Ich halte das nicht aus, Leon.«

»Wir werden Lilou finden, ganz sicher«, sagte Leon.

70. KAPITEL

Der Bauernhof, der von Patriks Onkel Simon und seiner Tante Françoise bewohnt wurde, wirkte heruntergekommen. Vor der Scheune standen zerlegte Maschinen, und in einer Badewanne, an der das Emaille abgeplatzt war, lagen Zahnräder, Federn und andere ölige Motorteile. Neben dem Eingang stapelten sich leere Kisten. An vielen Stellen war der Putz von den Hauswänden gebröckelt. Dort, wo die Dachziegeln fehlten, hatte jemand die Lücken notdürftig mit Teerpappe repariert. Von den Fensterläden hatten Sonne und Wind die Farbe abgeschält.

Simon Calvet war ein schmaler Mann von Anfang vierzig, der Cowboystiefel, Jeans und eine speckige Lederweste über dem T-Shirt trug. Sein Gesicht war schmal und hatte eine ungesunde graue Farbe. Monsieur Calvet hatte eine ausgeprägte Stirnglatze. Trotzdem ließ er die wenigen Haare, die ihm geblieben waren, bis über den Kragen wachsen. Die Frisur gab seiner Erscheinung etwas Tragisches. Vor vielen Jahren hatte Simon als Gitarrist in einer Rockband gespielt. Irgendwann hatte sich die Band zerstritten. Danach war Simon noch eine Zeitlang im Sommer als Straßenmusiker unterwegs gewesen. Aber nach fast drei Jahrzehnten exzessiven Rauchens und Trinkens hatten die Ärzte vor zwei Jahren bei ihm eine fortgeschrittene Lungenfibrose diagnostiziert. Kurz darauf hatte Simon einen leichten Schlaganfall erlitten. Seitdem konnte er zwei Finger der rechten Hand nicht mehr richtig bewegen. Mit dem Gitarrespielen war endgültig Schluss.

Inzwischen restaurierte Simon alte landwirtschaftliche Geräte, und gelegentlich kamen Sammler vorbei und kauften sie ihm ab. Daneben verkaufte Simon noch selbstgezogene Feigen und Oliven auf dem Wochenmarkt, ansonsten lebten er und seine Frau von Sozialhilfe und dem was Françoise im Kosmetiksalon verdiente.

Als Zerna und seine Leute das Bauernhaus durchsuchen wollten, stellte sich ihnen Françoise in den Weg.

»Keiner kommt hier rein«, sagte sie entschlossen und sah zu ihrem Mann, der bei den Polizisten stand.

»Jetzt machen Sie doch keine Schwierigkeiten, Madame«, sagte Zerna erstaunlich geduldig und ging einen Schritt auf Françoise Calvet zu.

»Das hier ist mein Haus. Und da sag ich alleine, wer reindarf und wer nicht!« Sie sah wütend zu ihrem Mann hinüber. »Jetzt sag endlich auch mal was, Simon.«

»Ich weiß nicht, *Chérie*«, sagte Simon verunsichert und wendete sich an Zerna. »Haben Sie so ein Durchsuchungsdings ... Ich meine was vom Gericht?«

Zerna begann die Geduld zu verlieren. »Hören Sie, entweder Sie lassen uns auf der Stelle ins Haus, oder ich nehme Sie fest. Wegen Vertuschung einer Straftat.«

Zerna packte Françoise am Ellenbogen und sah Didier auffordernd an.

»Er hat mich angefasst!«, schrie Françoise, als hätte Zerna versucht sie zu vergewaltigen. »Simon, hilf mir, der Mann tut mir weh!«

»Lassen Sie meine Frau in Ruhe ...«, wollte Simon protestieren, aber ein Hustenanfall unterbrach ihn. Er beugte sich zur Seite, spuckte Schleim und rang nach Luft.

»Und das gilt genau so für Sie«, fuhr Zerna den Ehemann an.

Simon wich zurück, als hätte Zerna nach ihm geschlagen. »Ich weiß gar nicht, was sie von uns wollen«, stieß er hervor, während er nach Atem rang.

»Du bist ja so ein Versager«, blaffte Françoise. Zerna lies sie los, und sie gab widerwillig die Tür frei.

Patrik hatte kein Zimmer im Haus. Sein Onkel hatte ihm einen Raum hinter den ehemaligen Ställen eingerichtet. Der Platz hatte früher einmal als Abstellkammer gedient. Ein schmales düsteres Loch, durch dessen verdecktes Fenster nur spärlich Licht fiel.

»Er hat niemanden mehr. Meine Schwester ist vor sieben Jahren gestorben, und sein Vater ...« Madame Calvet zuckte mit den Schultern. »Da haben wir Patrik bei uns aufgenommen. Man ist ja kein Unmensch.«

Isabelle war überzeugt, dass die Tante und der Onkel ihren Neffen nur deshalb aufgenommen hatten, weil sie auf diese Weise die Sozialhilfe für den autistischen Jungen kassieren konnten. Es war nur allzu offensichtlich, dass Patrik von diesen Zahlungen nicht profitierte.

Die Durchsuchung des Bauernhauses, der Keller, der Schuppen und der Scheune hatte nichts ergeben. Doch dann fand Didier einen bemalten Schuhkarton unter Patriks Bett. Darin befand sich billiger Plastikschmuck, wie ihn kleine Mädchen tragen. Zwei einzelne Ohrringe, einer mit einem Delphin und einer mit einem kleinen Elefanten, eine Kette aus roten Plastikperlen, ein Armband mit Sternen, ein Kinderring mit einem Herzen und eine Hello Kitty-Uhr mit rosa Armband.

Leon stand mit Zerna und Isabelle vor dem Karton, den Didier auf die Motorhaube des Einsatzwagens gestellt hatte. Einen Moment starrten alle sprachlos auf den Fund.

»Die kleine Carla hatte solche.« Zerna deutete auf den Elefantenohrring.

»Und einer fehlte, als wir sie gefunden haben«, sagte Didier.

»Die Uhr gehörte Emma Talbot.« Isabelle sah Leon an. »Glaubst du immer noch, dass dieser Patrik die Jacke zufällig gefunden hat?«

»Ich weiß es nicht«, sagte Leon.

Isabelle sah Zerna an. »Er hat es getan. Er hat die Mädchen entführt, und er weiß auch, wo Lilou ist. Wir müssen ihn dazu bringen, dass er es uns sagt!«

Sie sah zu Patrik, der im Auto saß. Als sie zu ihm gehen wollte, hielt Zerna sie sanft am Arm fest. »Warte, Isabelle. Jetzt sei vernünftig.«

»Lass mich«, sagte Isabelle und riss sich los, blieb aber bei Leon und Zerna stehen.

»Wir brauchen jemanden, der sich mit Autismus auskennt«, sagte Leon. »Es muss doch eine Schule geben, auf der dieser Junge war. Da gibt es speziell geschulte Lehrer.«

»Großartige Idee, und wie lange wird das dauern?« Isabelle hatte Tränen in den Augen, und Leon fragte sich, ob sie aus Wut oder aus Verzweiflung weinte. »Na los, sag schon, wie lange? Einen Tag, zwei Tage, eine Woche? Und was wird bis dahin aus Lilou? Denkst du auch mal an sie?«

»Verflucht«, sagte Didier und sah zu dem Einsatzwagen, in dem Patrik saß, »wir werden diesen verdammten Scheißkerl doch irgendwie zum Reden bringen.«

In diesem Moment hielt ein blauer Toyota-Geländewagen bei der Gruppe, und Sylvie stieg aus. Als sie Patrik in dem Polizeiauto sitzen sah, lief sie zu ihm.

»Patrik!« Sie blieb an der Tür stehen und strich ihm über den Kopf. »Was ist los? Was haben sie mit dir gemacht?«

»Lassen Sie das«, rief Zerna, »treten Sie von dem Polizeifahrzeug zurück, sofort. Wer sind Sie überhaupt?«

»Sylvie Roman«, sagte Sylvie und stand auf, »ich bin die Nachbarin. Was machen Sie mit dem Jungen?« Dann sah sie Leon. »Du bist auch hier?«

»Guten Tag, Sylvie. Die Polizei hat bei Patrik Gegenstände der entführten Mädchen gefunden«, sagte Leon.

Sylvie zögerte. Sie sah zu Patrik, dann wieder zu Leon. »Und jetzt denkt ihr, dass er ...? Das ist doch Unsinn. Wie sollte Patrik jemanden entführen? Du kennst ihn, er ist Autist.«

»Danke, das wissen wir bereits«, sagte Zerna. »Wo wohnen Sie?«

»Gleich da drüben.« Sie deutete auf ihr Haus. »Ich kenne den Jungen seit Jahren. Er ist harmlos. Er ist oft bei uns. Bei mir und meiner Tochter.«

»Wo ist Ihre Tochter?«, fragte Zerna.

»Auf dem Weg nach Nantes. Ich habe sie gerade in Toulon ins Flugzeug gesetzt. Sie musste zurück, zu ihrem Vater.«

»Wann haben Sie Patrik gestern zuletzt gesehen?«, fragte Zerna.

»Irgendwann am späten Nachmittag. Das weiß ich wirklich nicht mehr so genau. Hören Sie: Warum lassen Sie den Jungen nicht einfach aussteigen? Das wird sich bestimmt alles aufklären.«

»Er hat mein Kind entführt«, sagte Isabelle, »meine Tochter, sie ist fünfzehn Jahre alt.«

»Tut mir leid«, sagte Sylvie kühl, »aber Patrik ist das mit Sicherheit nicht gewesen.«

»Bitte, helfen Sie uns«, sagte Isabelle.

»Wie denn? Patrik spricht mit niemandem.« Sylvie sah Isabelle an. »Und mit Ihnen wird er ganz bestimmt auch nicht reden.«

71. KAPITEL

Lilou hatte sich in ihrem Verließ aufgesetzt und lehnte mit dem Rücken an der Wand. Inzwischen konnte sie sich vorsichtig bewegen, ohne dass ihr schlecht wurde. Aber in der Finsternis und ohne jeden Orientierungspunkt wurde ihr immer noch schwindelig. In der Dunkelheit strahlte ihre Armbanduhr mit den Leuchtziffern wie eine kleine Lampe. Es war jetzt sechs Uhr abends. Mehr als acht Stunden waren vergangen, seit sie zum ersten Mal in diesem Raum aufgewacht war. Lilou hatte schrecklichen Durst und Hunger. Den Hunger konnte sie verdrängen, aber der Durst war echt übel. Ihre Zunge fühlte sich dick und trocken an wie ein altes Handtuch und klebte an ihrem Gaumen. Und wenn sie schlucken wollte, war da kaum noch Spucke übrig.

Seit sie in diesem Raum war, hatte sie niemanden mehr gesehen. Nur einmal gab es ein Geräusch, als würde jemand einen Riegel zurückschieben, aber die rostige Tür hatte sich nicht gerührt. Lilou hatte gehört, wie jemand eine Treppe hinauflief. Erst war sie erleichtert, dass sich die Tür nicht geöffnet hatte, aber inzwischen würde sie alles dafür geben, dass irgendjemand nach ihr sah. Die Stille fühlte sich an, als wäre sie aus dickem schwarzem Samt, und Lilou hatte Angst, dass sie sie einatmen und daran ersticken könnte. Das war gruselig. Was war, wenn man sie vergessen hatte? Lilou versuchte, die schlimmen Gedan-

ken zu verdrängen, sie ganz tief in ihrem Kopf zu verschließen. Aber sie kamen immer wieder hoch, als würden die
Gedanken ein Eigenleben führen, als würden sie von jemand anders gedacht, der sich in ihrem Gehirn breit-
machte. Wie fühlt es sich an, wenn man verdurstet? fragte
die fremde Stimme. Tut es weh, wenn man sterben muss?
Und würde sie ihre Mama wieder sehen? Lilou wollte tapfer
sein, aber sie spürte, wie ihr die Tränen in die Augen stiegen. Sie rollte sich auf dem harten Boden zusammen wie
ein Baby, und zum ersten Mal seit sie in der Dunkelheit
aufgewacht war, fing sie hemmungslos an zu weinen.

Als sie mit dem Weinen aufhörte, war es wieder genau
so still wie vorher. Vielleicht ist es schlecht zu weinen,
dachte Lilou, vielleicht bekommt man ja nur noch mehr
Durst vom Weinen, weil einem das Wasser aus den Augen
läuft. In diesem Moment hörte sie zum ersten Mal das Geräusch. Möglicherweise war es ja schon die ganze Zeit da
gewesen, und sie hatte es nur nicht wahrgenommen, aber
jetzt konnte sie es ganz deutlich hören. Es war ein leises,
regelmäßiges Schmatzen. Es hörte sich an wie Wassertrop-
fen, die irgendwo aufschlugen. Lilou stand auf und machte
ein paar unsichere Schritte zur Raummitte. Ihr Herz
schlug vor Aufregung, so dass sie das Blut in den Ohren
rauschen hören konnte. Sie musste sich beruhigen, damit
sie das leise Geräusch wieder lokalisieren konnte. Da war
es, weiter rechts, noch einen Schritt, da kam die Wand, und
da war eine nasse Spur auf dem Stein. Während Lilou noch
tastete, fiel ein Tropfen Wasser auf ihre Hand. Er kam irgendwo von oben aus der Dunkelheit, prallte auf einen
kleinen Vorsprung in der Mauer und verspritzte auf den
Boden. Lilou leckte ihre Hand ab. Das Wasser schmeckte
gut und sauber. Sie hielt ihr Gesicht in die Richtung, aus

der die Tropfen fielen, und dann spürte sie auf einmal Wasser auf ihren Lippen. Sie öffnete den Mund, und da kam der nächste Tropfen. Jede Sekunde fiel ihr ein Tropfen in den Mund. Noch nie hatte ihr Wasser so gut geschmeckt.

72. KAPITEL

Patrik war so schnell aufgesprungen, dass Zerna ihn nicht festhalten konnte. Er hatte sich zwischen die beiden stählernen Aktenschränke gezwängt und kauerte jetzt dort auf dem Boden, während er unablässig summte. Die drei Männer im Vernehmungsraum der Gendarmerie waren mit ihrem Latein am Ende.

»Komm da raus, Patrik.« Zerna stand vor den Aktenschränken und war kurz davor handgreiflich zu werden, beherrschte sich aber, schließlich war er mit Patrik nicht alleine im Raum. »Jetzt hör schon auf mit dem Theater, verflucht noch mal.«

»Wenn Sie Patrik Angst machen, wird er sich völlig zurückziehen. Wir sollten wirklich warten, bis der Psychologe hier ist«, sagte Leon, den Zerna gebeten hatte, als Beobachter dabei zu sein, wenn sie mit Patrik redeten.

»Sie haben's doch gehört!« Didier knallte seine Handschellen auf den Tisch und stand auf. »Der Psychoheini vom Jugendamt steckt bei Gonfaron auf der Autobahn fest.«

»Das kann ja nicht ewig dauern«, sagte Leon.

»Solange die das Feuer nicht unter Kontrolle haben, bleibt die Strecke geschlossen.« Zerna sah zu Leon, der als Einziger ruhig sitzen geblieben war.

»Warum versuchen wir's nicht auf meine Art?« Didier war von Anfang an der Meinung gewesen, dass man bei Patrik mit der sanften Tour nicht weiterkäme.

»Was haben Sie vor?«, fragte Leon. »Wollen Sie ihn verprügeln?«

»Wenn er uns dann sagt, wo er die Kleine versteckt hat? Warum denn nicht?«

»Das ist nicht Ihr Ernst?« Leon hatte plötzlich ein mieses Gefühl. Waren diese Männer wirklich bereit, einen Autisten zusammenzuschlagen, um an Informationen zu kommen? Das konnte er unmöglich zulassen. »Ich frage mich, was der Staatsanwalt sagt, wenn Sie auf der Wache einen psychisch gestörten Minderjährigen zusammenschlagen!«

»Jetzt kommen Sie mir bloß nicht mit Folter und dem ganzen Scheiß.« Didier hatte sich zu Leon umgedreht.

»Langsam, Didier, komm mal wieder runter.« Zerna gab den Vermittler, aber Leon wusste, dass der Polizeichef nur zu gerne selber zugeschlagen hätte.

»Da wir in diesem Fall weder mit Drohung noch mit Gewalt weiterkommen, lassen Sie uns überlegen, wie wir weiter vorgehen wollen«, versuchte es Leon diplomatisch.

Didier stellte sich genau vor ihn und stemmte die Hände aggressiv auf den Tisch. »Irgendwo da draußen wird eine Fünfzehnjährige gefangen gehalten, Doktor. Und ich geh mal davon aus, dass sie weder was zu essen noch was zu trinken hat. Der Einzige, der weiß wo sie ist, ist dieses kleine Arschloch da hinten.« Didier deutete auf Patrik, der noch immer zwischen den Schränken kauerte. »Was denken Sie also, wie wir vorgehen sollten?«

»Ich denke, wir sollten anfangen, nach dem Versteck zu suchen«, sagte Leon.

»Wir brauchen aber nicht zu suchen«, unterbrach Didier. »Wir haben den Entführer. Wir müssen nur dafür sorgen, dass er redet.«

»Lass ihn aussprechen«, sagte Zerna scharf. »Bitte, Doktor.«

»Die Spuren haben Hinweise auf einen Keller gegeben, einen alten Keller, wahrscheinlich aus Backstein, der früher zur Herstellung oder Lagerung von Wein benutzt wurde.«

»Wir haben den Hof von der Familie doch schon durchsucht, genau wie das Haus von der Nachbarin. Da war nichts.«

»Es gibt noch eine Menge anderer Höfe in der Gegend«, sagte Leon, »verlassene Gebäude, leerstehende Lager, Keller.«

»Vergessen Sie's, das sind wahrscheinlich Hunderte.« Didier winkte ab.

»Aber welche davon kämen wohl für einen Autisten in Frage, der eine Fünfzehnjährige verstecken will?«, fragte Leon. »Er müsste das Versteck genau kennen. Er müsste sich dort sicher fühlen. In der Nähe seiner Schule zum Beispiel, oder von seinem Elternhaus.«

»Doktor Ritter hat recht. Das scheint mir im Augenblick auch unsere beste Option zu sein.« Zerna sah Didier an. »Also Einsatzbesprechung in zehn Minuten bei mir im Büro. Und sagen Sie Moma, dass er auf diesen, diesen Kerl da aufpassen soll.«

Bevor er die Gendarmerie verließ, ging Leon noch bei Isabelle im Büro vorbei. Sie sah blass und müde aus. Er wollte sie überreden, mit ihm nach Hause zu gehen, aber das kam für sie nicht in Frage. Sie wollte weiter mit den Kollegen nach ihrer Tochter suchen, und wenn sie die ganze Nacht unterwegs wäre, sagte sie.

»Du musst dich dringend ausruhen.« Leon klang besorgt. »Es nützt keinem etwas, wenn du schlappmachst.«

»Kannst du diesem Patrik nicht irgendwas geben?« Isabelle sah Leon an.

»Was meinst du?«

»Du weißt genau, was ich meine: eine Spritze, Tabletten, irgendwas, damit er endlich anfängt zu reden«, sagte sie. Leon hatte Isabelle noch nie so verzweifelt gesehen.

»Das kann ich nicht, Isabelle. Außerdem gibt es so was wie eine Wahrheitsdroge nur im Film.«

Isabelle hatte den Kopf gesenkt und rieb sich mit den Fingern die Schläfen. Dann sah sie ihn an. »Natürlich. Entschuldige, Leon, tut mir leid.«

»Ist schon in Ordnung.«

»Ich weiß nicht, ob ich das durchstehe, Leon. Ich weiß nicht einmal mehr, welchen Tag wir heute haben.«

Leon nahm Isabelle in den Arm, und sie weinte.

»Ruf mich an, wenn du mich brauchst«, sagte er. Isabelle nickte, und er verließ das Präsidium. Er wollte noch einmal in Ruhe über alles nachdenken. Vielleicht hatten sie etwas übersehen.

Leon lief durch den Ort nach Hause. Eine gespannte Stimmung lag über Le Lavandou. Am Abendhimmel stand eine braungraue Wolke, die bis tief ins Hinterland reichte, und die Luft roch nach Rauch. Immer wieder jagten Einsatzfahrzeuge der Feuerwehr die Hauptstraße entlang. Es war den *Pompiers* nicht gelungen, den Brand am nördlichen Rand des Nationalparks unter Kontrolle zu bringen. Inzwischen hatte der Mistral noch an Kraft zugelegt, und es war deutlich kühler geworden. Leon zog sich das Sakko über, das er um die Schultern gehängt hatte. Immer wieder fuhren scharfe Böen durch die Gassen, die vor den Restaurants Servietten und Gläser von den Tischen fegten und Ständer mit Postkarten umwarfen.

Die Menschen beobachteten besorgt die dunkle Wolke am Himmel, die von Stunde zu Stunde größer wurde. Das Feuer rückte näher, daran bestand inzwischen kein Zweifel mehr. Zuerst würden die Flammen die Häuser und landwirtschaftlichen Betriebe am Rand von Lavandou erreichen, was danach geschehen konnte, wagte sich niemand vorzustellen. Am Rand von Bormes war mit Evakuierungen begonnen worden. Als Leon nach Norden sah, war bereits der Feuerschein hinter den Hügelketten zu erkennen. Noch weit entfernt, aber bedrohlich und beunruhigend. Jeder im Ort sprach über das Feuer, für eine verschwundene Fünfzehnjährige interessierte sich an diesem Abend kaum jemand.

73. KAPITEL

Leon saß in seinem Zimmer und hatte vor sich auf dem Schreibtisch die Karte von Le Lavandou und Umgebung ausgebreitet. Als er in die Tasche seines Sakkos griff, fand er die Notiz, die er sich in Sylvies Zimmer gemacht hatte: *Berolazin 50*. Es dauerte einen Moment, dann hatte es das Medikament im Internet gefunden. Ein Neuroleptikum, mit dem Wirkstoff Phenotiazin, zur Eindämmung schwerer schizophrener Schübe. Wer musste ein so stark dosiertes Neuroleptikum nehmen? Sylvie, ihre Tochter oder Patrik? Leon nahm das Bild in die Hand, das ihm Patrik bei seinem letzten Besuch geschenkt hatte.

Keine Frage, die Zeichnung sollte Sylvies Bauernhaus darstellen. Das blaue Auto unter den Bäumen war unverkennbar der alte Toyota von Sylvie. Das blonde Mädchen auf dem Bild trug Ohrringe. Konnten das Fische sein? Und der Lolly, den sie in der Hand hielt, sah aus wie die Lutscher, die Monsieur Fabius verkaufte. Und hatte Leon nicht bei der Autopsie Spuren von Süßigkeiten in den Mägen der Opfer gefunden?

Leon konnte spüren, dass er der Lösung dieses Puzzles langsam näher kam, aber die Teile wollten noch nicht zusammenpassen. In seiner Erinnerung tauchten Bilder auf: Patrik, der mit Sylvies Auto fuhr. Patrik, der ihn und Isabelle in Bormes beobachtete. Patrik, den er mit Eva spielen hörte. Patrik, der ihn angriff, als Leon mit Lilous Jacke auftauchte.

Konnte ein siebzehnjähriger Autist eine Neunjährige von einem Campingplatz locken, ohne mit ihr sprechen zu müssen? Wie war das möglich? Autisten waren unsicher und hielten sich krampfhaft an feste Tagesabläufe. Ihnen fehlte meist die Fähigkeit zu improvisieren. Sie besaßen nur ein geringes Maß an Empathie und taten sich schwer, ihr Gegenüber zu begreifen.

Oder war es vielleicht so, dass Patrik in Wirklichkeit allen nur etwas vorspielte? Leon hatte selber gehört, wie der Junge ein paar Worte mit Sylvie gewechselt hatte. Wusste Sylvie mehr über Patrik, als sie zugab? Und warum hatte sie kein einziges Mal ihre Tochter fotografiert, von der sie immer so begeistert erzählte?

Leon klappte erneut sein MacBook auf und startete den Browser. Einer der Vorteile von Familien mit Teenagern bestand darin, dass es in ihren Wohnungen immer eine schnelle Internetleitung gab, dachte er, während er den Namen Sylvie Roman bei Google eintippte. Es erschienen ein knappes Dutzend Eintragungen auf dem Display. Nicht eben viel für eine Künstlerin, wenn sie von ihrem Beruf leben wollte. Offensichtlich wurde Sylvie von ihrem Mann unterstützt.

Die frühsten Eintragungen im Web betrafen eine Ausstellung in La Croix-Valmer im Jahr 2009, über die sogar der *Var-Matin* in seinem Lokalteil berichtet hatte. Dann gab es noch Gruppenausstellungen zusammen mit anderen regionalen Künstlern in Hyères, Brignoles und Le Luc. Außerdem waren da noch ein paar Einträge über lokale Veranstaltungen des Fremdenverkehrsvereins von Lavandou, bei denen der obligatorische Sandfiguren-Wettbewerb am Strand nicht fehlen durfte. Zweimal hatte Sylvie in der Jury gesessen. Das war alles. Sylvie war vor fünf Jahren in Lavandou aufgetaucht, als eine Künstlerin ohne Vergangenheit.

Leon rief das elektronische Telefonverzeichnis, die *Pages Blanches* auf. In Nantes gab es tatsächlich eine Sylvie Roman, die dort allerdings einen Frisiersalon betrieb. Von den übrigen zwanzig Eintragungen mit dem Nachnamen Roman waren etwa die Hälfte Männer. Unter ihnen gab es zwei Ärzte, die Leon beide sofort anrief. Aber keiner hatte je von einer Sylvie Roman gehört.

74. KAPITEL

Die Gendarmerie in der Avenue Paul Valérie war an diesem
Abend nur noch mit einem Notdienst besetzt. Die meisten
Beamten waren unterwegs auf der Suche nach Lilou oder
mussten beim Kampf gegen das Feuer helfen. Die wenigen
Polizisten, die unter dem Kommando von Mohamed Kadir
in der Wache geblieben waren, hatten alle Hände voll zu
tun. Die Telefone klingelten und summten ununterbrochen. Ständig riefen beunruhigte Menschen an, um sich zu
erkundigen, was sie wegen des Feuers unternehmen sollten.
Die Beamten ließen sich die jeweilige Adresse geben, gli-
chen sie mit ihrer Karte ab und rieten den Anrufern in der
Regel, in ihren Häusern zu bleiben und Türen und Fenster
zu schließen. Nur diejenigen, deren Häuser außerhalb, in
waldigem Gelände oder gar direkt im Nationalpark lagen,
mussten sofort ihr Zuhause verlassen. Waren die Anrufer
alt, gebrechlich oder nicht in der Lage, Auto zu fahren,
schickte Moma einen Streifenwagen. Inzwischen rückte das
Feuer näher auf die Küste zu, und die Atmosphäre auf der
Polizeiwache wurde zunehmend hektischer.

Als Leon die Wache betrat, hatte niemand Zeit für ihn.
Isabelle, Zerna und Didier waren unterwegs im Einsatz.
Moma musste sich gerade um ein verstörtes Ehepaar kümmern, dem das Feuer den Wohnwagen zerstört hatte. Sie
konnten sich in letzter Minute mit ihrem Auto retten und
besaßen nur noch das, was sie am Leibe hatten. Sie sollten

nicht die einzigen Gestrandeten in dieser Feuernacht bleiben.

Während eines kurzen Augenblicks der Ruhe bat Leon Moma um seine Hilfe. Er suchte den Namen der Leute, die Sylvie vor fünf Jahren den Hof bei Collobrières vermietet hatten. Moma rief das Verzeichnis des Grundbuchamtes auf, und Sekunden später hatte Leon einen Namen und eine Telefonnummer. Der Eigentümer des Anwesens war eine 78-jährige Dame in Lyon. Als Leon ihr am Telefon erklärte, dass er von der Gendarmerie aus anrufe, half die alte Dame gerne. Der Name ihrer Mieterin war Dr. Brigitte Dequidt. Eine reizende Künstlerin, wie die Eigentümerin betonte, die nie mit der Miete in Verzug war.

Leon spürte, wie sich ihm bei dieser Nachricht die Nackenhaare aufstellten. Jetzt war er sicher, dass er auf der richtigen Spur war. Er versuchte Isabelle zu erreichen, aber das Feuer hatte zahlreiche Sendemasten beschädigt, so dass weite Gebiete inzwischen ohne Netzabdeckung waren.

Moma überließ Leon seinen Computer. Der Name Dequidt brachte 217 000 Einträge bei Google. Mit Vornamen und Doktortitel waren es immer noch einige Hundert. Leon überflog die ersten Einträge. Am Ende der Seite stieß er auf den Verweis über eine Meldung im *Le Quotidien de la Réunion*, der einzigen Tageszeitung des französischen Übersee-Departements La Réunion im indischen Ozean. Leon klickte den Link an. Eine Meldung vom 16. Februar 2009 sprang auf, sie war nur kurz:

Saint-Denise: In der Nacht auf den 15. Februar verunglückte Professor Cyril Dequidt, 44, der neue Leiter der medizinischen Fakultät an der »Universität de Réunion« tödlich. Offensichtlich verlor Professor Dequidt die Herrschaft über seinen Wagen und stürzte südlich von Piton Saint-Rosé von den Klippen ins Meer. Mit ihm starben seine Ehefrau und seine kleine Tochter.

Natürlich konnte das alles ein Zufall sein, dachte Leon. Warum sollte eine Künstlerin in der Provence die Identität einer Frau annehmen, die vor fünf Jahren auf einer Insel im Indischen Ozean gestorben war? Es kostete Leon einige Überzeugungskraft, bis er Moma überredet hatte, für ihn den Namen Professor Cyril Dequidt durch die Unfalldatei des zentralen Polizeicomputers laufen zu lassen. Aber zuletzt ließ sich Kadir doch überzeugen, schließlich wollten sie alle, dass Isabelles Tochter gefunden wurde. Nach wenigen Sekunden meldete der Polizeicomputer einen Treffer. Es gab sogar ein Protokoll des Unfalls, das Moma für Leon ausdruckte. Er könne es auf der Wache lesen, sagte Moma, dürfe es aber auf keinen Fall mitnehmen.

Leon dankte dem Schicksal, dass Réunion ein vollwertiges Departement des französischen Mutterlandes war. Folglich galten dort die gleichen Rechtsvorschriften wie auf dem französischen Festland. Unfälle wurden von der örtlichen Verkehrspolizei aufgenommen. Wenn es sich wie im vorliegenden Fall um einen Unfall mit Todesfolge handelte, wurde die Meldung an die Gendarmerie weitergeleitet und dort weiterbearbeitet. Das Unfallprotokoll umfasste nur wenige Seiten.

Am Abend des 14. Februar waren die Dequidts von einer Einladung gekommen und auf einer schmalen und für ihre Steilabfälle berüchtigten Küstenstraße nach Hause gefahren. Dabei musste der Professor die Kontrolle über sein Fahrzeug verloren haben und war 25 Meter tief in die Klippen gestürzt, wo das Auto im Meer versank. Der Unfall wurde erst am späten Nachmittag des folgenden Tages entdeckt. Taucher fanden das Unfallfahrzeug in acht Metern Tiefe, es war leer. Die Strömung hatte die Insassen, die sich offenbar nicht angeschnallt hatten, mitgerissen. Die Leiche des Professors und seiner neunjährigen Tochter Eva wurden fünf Tage später an einem wenige Kilometer entfernten Strand angespült. Die Leiche der Ehefrau des Professors, der Ärztin Dr. Brigitte Dequidt, tauchte bedauerlicher Weise nicht mehr auf. Die Polizei von Réunion war sich aber sicher, dass die Ehefrau mit im Fahrzeug gesessen hatte, da zwischen dem verbogenen Metall des rechten Türholms und des Bodenblechs ein abgerissener kleiner Zeh gefunden wurde. Laut gerichtsmedizinischem Gutachten konnte er Madame Dequidt zugeordnet werden.

Am Ende des Protokolls gab es drei PDF-Dateien mit Fotos der Unfallopfer. Auf den beiden ersten waren die angeschwemmten Leichen des Professors und seiner Tochter zu sehen. Fische und Krabben hatten den Körpern übel zugesetzt, aber es hatte für eine Identifizierung gereicht. Das dritte Foto war eine Vergrößerung des Passfotos von Brigitte Dequidt. Leon erkannte die Frau sofort: Es war Sylvie Roman.

75. KAPITEL

Eine Viertelstunde später befand sich Leon mit seinem Fiat auf der Straße nach La Londe. Das Feuer war wieder näher gerückt. Vor den Ortschaften hatten sich Verkehrsstaus gebildet. Tausende versuchten, sich vor den Flammen in Sicherheit zu bringen. Die Straßen, die durch den Nationalpark führten, waren von der Feuerwehr geschlossen worden. Aber das würde Leon nicht von dem abhalten, was er jetzt vorhatte.

Bevor er von der Gendarmerie aufgebrochen war, hatte er noch einmal versucht, Isabelle auf dem Handy zu erreichen – ohne Erfolg. Daraufhin hatte er ihr auf den Anrufbeantworter gesprochen und sie über alles informiert, auch darüber, wohin er jetzt fahren wollte. Spätestens als er Sylvies Foto in der Polizeiakte gesehen hatte, war Leon alles klar geworden. Sylvie hatte ihm die ganze Zeit etwas vorgespielt: der Name, die Tochter, die Geschichten über ihre Ehe. Es waren alles Lügen. Lügen einer Frau, die alles verloren hatte? Die sich in eine Phantasiewelt zurückgezogen hatte? Warum hatte sie sich all die Jahre versteckt? Hatte sie den Autounfall selber inszeniert? War Sylvie tatsächlich schizophren? Welche Geheimnisse verbargen sich sonst noch in dem Haus in den Hügeln?

Kurz vor La Londe, bei der alten Glaserei, verließ Leon zum zweiten Mal an diesem Tag die Nationalstraße. Wieder folgte er der schmalen Landstraße und erreichte einen halben Kilometer weiter den Feuerwehrweg, der direkt in den Nationalpark hineinführte. Leon hielt an, stieg aus und blickte nach Norden. Über ihm schwebte drohend die riesige Wolke, die sich inzwischen schwarzgrau verfärbt hatte. Jetzt, in der Dunkelheit, wurde sie vom Feuer erhellt wie von fernen Blitzen bei einem aufziehenden Gewitter. Und auch wenn Leon die Flammen noch nicht sehen konnte, roch er den Rauch, und er konnte ihn auf der Zunge schmecken.

Der Mistral hatte sich zu einem regelrechten Sturm ausgewachsen, der Wolken von Ascheflocken vor sich hertrieb. Plötzlich waren da kleine Flammen, die aus dem Himmel zu fallen schienen und auf Leon zutrieben wie brennendes Laub. Sie flackerten, trudelten und taumelten im Wind. Es waren Hunderte, und sie schienen ein Eigenleben zu führen und ständig ihre Richtung zu ändern. Als sie direkt auf ihn zuschwebten, erkannte Leon, dass es kein Laub war. Es waren Schmetterlinge, brennende Schmetterlinge, die um ihr Leben flatterten und zappelten und dort, wo sie mit ihren Flammen-Flügeln das trockene Gras berührten, neue Brände setzten.

Leon sprang zurück in sein Auto. Das Feuer hatte den Weg in den Park noch nicht erreicht. Der Wind trieb die Flammen jetzt nach Osten. Der kleine Fiat arbeitete sich die steile Trasse hinauf. Plötzlich jagte eine Gruppe von Wildschweinen durch die Lichtkegel der Scheinwerfer. Die Tiere flohen in heller Panik. Der Rauch wurde dichter, Glutflocken stieben durch die Luft und zerplatzten wie Wunderkerzen an Leons Windschutzscheibe. Fünf Minuten später hatte er die Höhe erreicht, und dann sah er es zum ersten Mal. Die Feuerwalze war nur noch wenige Hundert Meter entfernt. Die Flammen schlugen zwanzig, dreißig Meter hoch in den Nachthimmel und erhellten, was sie im nächsten Moment verschlingen würden. Die mächtigen Pinien explodierten regelrecht in der Gluthitze und wurden zu gigantischen Fackeln. Es war ein Blick in die Hölle.

Vor sich erkannte Leon das Haus von Sylvie. Das Feuer hatte das Anwesen noch nicht erreicht, der Wind schob es in eine andere Richtung – noch. Leon fuhr nach unten und stoppte vor dem Bauernhaus. Unter den großen Kastanien stand Sylvies Toyota, vor der Tür stand ein Koffer.

Als Leon ausstieg, konnte er die Hitze des nahen Feuers spüren. Der Sturm, den die Flammen entfachten, hatte sich mit dem Mistral zu einem regelrechten Orkan vereint. Der Lärm war furchteinflößend. Das Feuer fauchte und brüllte wie ein wildes Tier, das durch die Macchia raste und alles verschlang, was sich ihm in den Weg stellte.

Leon lief zum Eingang des Hauses und rief Sylvies Namen, aber niemand antwortete. Das Haus schien verlassen zu sein. Als Leon sich umdrehte und zur Scheune sah, erkannte er gegen das Licht der Flammen eine Person, die in das Gebäude lief. Leon rannte zu Sylvies Atelier. Der Rauch machte das Atmen schwer, und seine Augen tränten. Die Tür der Scheune war offen. In der Halle stand Sylvie. Sie hielt einen Hammer in der Hand, mit dem sie wie rasend auf ihre Skulpturen einschlug. Dutzende von Figuren lagen bereits zertrümmert am Boden.

»Sylvie, was machst du?« Leon lief zu ihr.

»Er hat es gesagt.« Sylvie redete ganz emotionslos, sie kam Leon wie ferngesteuert vor. Dann schlug sie weiter auf ihre Kunstwerke ein. »Ich muss fertig werden, hat er gesagt. Ich muss.«

»Wer? Wer hat das gesagt?« Leon hielt Sylvies Hand mit dem Hammer fest.

»Das weiß ich nicht, er nennt nie seinen Namen.« Sie sah sich kurz um, dann flüsterte sie Leon verschwörerisch ins Ohr: »Er ruft mich immer an, auf dem alten Telefon.« Sie wendete sich ab und schlug wieder auf eine Gipsfigur ein.

»Sylvie, bitte. Hör mir zu. Dein Telefon funktioniert nicht mehr. Da kann niemand anrufen.«

»Du hast ja keine Ahnung.« Wieder knallte der Eisenkopf des Hammers auf die Skulpturen nieder. »Ich muss sie zerstören, um sie zu retten, hat er gesagt. Vor dem Untergang.«

»Es gibt keinen Untergang.«

»Nein? Schau doch nach draußen. Was ist das wohl?« Sie lachte und deutete auf die Flammenwand, die keine vierzig Meter mehr entfernt war. »Das ist die Apokalypse. Aber du musst keine Angst haben, ich hab sie gerettet.«

»Wen hast du gerettet?«

»Die Schmetterlinge.« Wieder schlug sie mit dem Hammer zu.

»Welche Schmetterlinge, Sylvie? Jetzt hör auf.«

»Die kleinen blonden Schmetterlinge.«

»Du meinst die Mädchen?«

»Es ist gefährlich da draußen in der Welt. Ich muss ihnen helfen, muss sie retten.«

»Das hast du gut gemacht.« Leon versuchte ruhig zu bleiben. »Und wo sind sie jetzt?«

»Keine Angst, Leon. Sie sind alle in Sicherheit«, sagte Sylvie verschwörerisch und deutete mit dem Hammer zur Decke, »da oben, im Himmel.«

»Was ist mit der kleinen Lilou? Hast du die auch gerettet?«

»Natürlich.« Sie starrte nach draußen, wo das Feuer jetzt wie eine glühende Wand stand.

»Wo ist sie?« Er packte sie am Arm. »Wo ist Lilou?«

»Sie wartet auf die Erlösung.« Sylvie sah ihn mit einem entrückten Lächeln an.

In diesem Moment entdeckte Leon, dass der Arbeitstisch in der Mitte des Raumes zur Seite geschoben war. Darunter befand sich eine breite Luke, deren Abdeckung nach oben offen stand und den Blick auf Stufen frei gab, die steil nach unten führten.

»Ist sie da unten?«, fragte Leon. »Ist Lilou im Keller?«

»Nimm dieses Mädchen und erlöse sie, hat er gesagt, denn ihre Mutter hat die dunkle Energie, die böse Aura.«

Leon ließ Sylvie los. »Du wartest hier oben«, sagte er, »ich bin gleich wieder da.« In diesem Moment lief Sylvie nach draußen.

»Sylvie, warte!« Leon zögerte einen Moment, ob er sie aufhalten sollte, dann lief er zur Treppe und stieg die Stufen hinab.

Leon drehte an einem alten Porzellanschalter, und über der Steintreppe sprang eine Neonröhre an. Sie summte und flackerte in grünlichem Licht. Die Treppe beschrieb einen Bogen und endete in einem gewölbeartigen Kellergang, in dem eine weitere Neonlampe flackerte. In alten Backsteingewölben stapelten sich verstaubte Flaschenregale.

»Hallo?«, rief Leon. Es war still hier unten, wie in einem Grab.

Ganz am Ende des Ganges befand sich eine Eisentür, die von einem schweren Riegel verschlossen wurde. Als Leon näher kam, glaubte er ein leises Rufen zu hören.

»Lilou?«, rief Leon. »Lilou, kannst du mich hören?!«

Wieder hörte Leon ein Rufen, diesmal lauter. Es kam ganz offensichtlich aus dem Raum hinter der eisernen Tür. Leon schob den Riegel zurück und stieß die Tür auf. Vor ihm auf dem Boden lag Lilou. Hände und Füße waren mit Klebeband gefesselt. Sie blinzelte ins Licht, das jetzt aus dem Gang in den stockdunklen Raum fiel.

»Lilou, warte, ich helfe dir.« Leon bückte sich zu dem Mädchen hinunter und versuchte, ihr das Klebeband von den Händen zu reißen. Aber es war zäh und in vielen Schlingen um ihre Handgelenke gewickelt.

»Geh nicht weg, Leon«, stammelte Lilou, »bitte, bitte, bleib bei mir.«

»Keine Angst, ich bin bei dir, und ich geh auch nicht wieder weg. Versprochen.«

Leon legte seinen Arm um Lilou. In diesem Moment sah er in ihrem Blick, dass etwas nicht stimmte. Panik stand in ihren Augen. Sie waren fixiert auf einen Punkt hinter ihm. Leon drehte sich um und sah Sylvie, die direkt über ihm stand. Sie sah ihn an, wobei sie den Kopf schief hielt. Wie ein Forscher, der ein seltenes Tier betrachtet, dachte Leon. In diesem Moment sah er, dass Sylvie eine kurze Schaufel hochriss, und ließ sich instinktiv nach vorne fallen. Fast im gleichen Augenblick spürte er einen scharfen Schmerz im Kopf, und alles wurde dunkel.

Leon konnte nur ein paar Minuten ohnmächtig gewesen sein. Als er wieder zu sich kam, lag er auf dem Boden der Kammer. Die Tür stand einen Spalt offen, und von der Neonröhre im Gang fiel noch immer Licht in den Raum. Neben ihm kauerte Lilou und rief leise seinen Namen.

»Leon, Leon, wach auf, bitte!« Lilou rüttelte ihn leicht an der Schulter, Angst lag in ihrem Blick.

»Alles okay.« Leon setzte sich vorsichtig auf. Sein Schädel dröhnte, und er konnte mit der Hand fühlen, dass Blut aus einer Wunde an seinem Hinterkopf drang. Vorsichtig untersuchte er mit den Fingern die Wunde. Der Schlag hatte ein Stück Haut losgerissen, aber offenbar nicht den Schädel verletzt.

»Du blutest.«

»Ist nicht so schlimm«, sagte Leon. »Alles okay bei dir?«

»Ich dachte, sie bringt dich um.« Lilou beugte sich zu ihm und betrachtete seine Wunde. »Tut das sehr weh?«

»Geht schon.« Leon sah sich nervös um. »Wo ist die Frau, die hier war?«

»Ich weiß nicht, sie ist rausgelaufen«, sagte Lilou und machte eine vage Geste Richtung Tür, die offen stand. »Du musst ins Krankenhaus.«

»Später«, sagte Leon, während er Lilou von dem Klebeband befreite. In diesem Moment flackerte das Licht der Neonröhre. Sie brannte noch einmal hell auf, und dann verlosch sie endgültig. Von draußen war lautes Rauschen und berstendes Krachen zu hören.

»Was ist das?«, sagte Lilou voller Panik und klammerte sich an Leons Arm.

»Das Feuer ist da«, sagte Leon.

Der Feuersturm, der jetzt über der Scheune wütete, riss den Sauerstoff an sich und presste Rauch in den Kellergang. Leon streifte sein Sakko ab, zog sich das T-Shirt über den Kopf und riss es auseinander. Er gab Lilou ein Stück.

»Versuch, durch den Stoff zu atmen.«

»Müssen wir jetzt sterben?« Lilous Stimme war klein und voller Angst.

»Nein, müssen wir nicht. Aber wir müssen hier unten bleiben, bis das Feuer vorbei ist. Ich werde jetzt die Tür zumachen.« Lilou ließ Leons Hand nicht los, als er vorsichtig die Eisentür zudrückte.

Jetzt saßen sie in der Falle. Über ihnen tobte die Hölle, während sie in dem stockdunklen Verlies kauerten und hustend um Atem rangen. Leon betete, dass er recht behalten würde und dass sie wirklich hier wieder lebend herauskämen. Er spürte, dass der Sauerstoff knapp wurde, und dann wurde ihm schwarz vor Augen.

76. KAPITEL

Leon wusste nicht, was ihn geweckt hatte. Vielleicht war es die Ruhe, die plötzlich eingekehrt war. Durch die angelehnte Kellertür drang blasses Tageslicht. Die Luft schien sich wieder leichter atmen zu lassen, und es gab kaum noch Rauch. An seiner Schulter lehnte Lilou, sie hatte beide Arme um ihn geschlungen. Er schüttelte sie leicht, sie sah ihn an.

»Was ist?«, fragte Lilou, sie hustete.

»Komm, wir gehen nach oben.«

Leon zog sich sein verdrecktes Sakko über und lief durch den Kellergang, in dem Ascheflocken wie frisch gefallener Schnee lagen. Lilou hielt seine Hand, während sie die Treppe hinaufstiegen. Als sie den Keller durch die Luke verließen, war es, als würden sie in einer anderen Welt auftauchen. Die Scheune existierte nicht mehr. Nur noch ein paar qualmende Balken am Boden erinnerten daran, dass hier vor kurzem ein Gebäude gestanden hatte.

Der Wind hatte aufgehört, und im Osten wurde es langsam hell. Die Landschaft sah aus, als wäre eine Atombombe explodiert. Bäume, Büsche, Blumen, der ganze Nationalpark war verschwunden. Der Blick reichte jetzt weit über kahle Hügel. Alles war grau und schwarz. Nur hier und da ragten verkohlte Baumstümpfe aus der Asche, und dort, wo noch immer Strünke und Wurzeln glühten, sah Leon kleine Rauchsäulen aufsteigen. Das Land hatte seine

433

Farben verloren, und es herrschte Totenstille. Keine Zikade zirpte, und kein Vogel zwitscherte. Leon und Lilou standen in einer toten Welt.

»Es ist alles weg, alles.« Lilou liefen die Tränen runter.

»Weißt du was, nächstes Jahr ist hier alles schon wieder grün«, sagte Leon und fragte sich, ob das wirklich möglich war.

In diesem Augenblick waren Motorgeräusche zu hören. Auf dem Weg, zwischen verkohlten Bäumen, tauchten zwei Löschfahrzeuge der Feuerwehr auf. Ihnen folgten ein Geländefahrzeug der Gendarmerie und ein Krankenwagen. Die Kolonne hielt vor den Trümmern von *Le Refuge*. Isabelle und Zerna stiegen aus dem Polizeiauto. Leon kam ihnen mit Lilou an der Hand entgegen. Erst als sie nur noch ein paar Meter entfernt waren, ließ das Mädchen seine Hand los und rannte zu ihrer Mutter, die sie in die Arme schloss. Isabelle sah Leon mit einem dankbaren Blick an, dann ging sie mit ihrer Tochter zum Krankenwagen.

Die Feuerwehrmänner löschten den qualmenden Rest von Leons Fiat. Zwanzig Meter weiter stand der Renault Twingo von Madame Calvet, Sylvies Nachbarin. Besser gesagt das, was das Feuer von dem Kleinwagen übriggelassen hatte. Das Auto, dessen Karosserie zu großen Teilen aus hellgrünem Kunststoff bestanden hatte, war unter dem Gluthauch der Flammen wie ein buntes Kinderspielzeug zusammengeschmolzen und nur noch an der Farbe zu erkennen. Vor dem Wagen lag eine Schaufel, die das Feuer anscheinend besser überstanden hatte.

Die Feuerwehrmänner durchsuchten das Gelände. In den Händen hielten sie Löschpistolen, die über Druckschläuche mit Feuerlöschgeräten verbunden waren, die sie auf dem Rücken trugen. Es war wichtig, kleine Brände zu bekämpfen und dafür zu sorgen, dass sich die Glutherde nicht von neuem entzündeten. Der Leiter des Teams forderte über Funk ein Wasserflugzeug an. Mit ohrenbetäubendem Lärm schwebte wenige Minuten später eine gelbe Canadair im Tiefflug über den Hügeln ein und warf ihre fünf Tonnen Wasser ab, die in einer Kaskade sprühender Tropfen auf das Bauernhaus und den Stall der Calvets niederregneten. Aus irgendeinem Grund hatte das Feuer das Anwesen der Calvets verschont, und die Feuerwehr wollte sicherstellen, dass das Haus nicht noch nachträglich in Brand geriet. Von den Nachbarn selbst fehlte allerdings jede Spur.

Kurz darauf fanden die Feuerwehrmänner die Leiche von Sylvie. Sie hatte versucht, mit ihrem Auto über die Abkürzung zur Hauptstraße zu fliehen. Aber schon in der ersten Kurve war sie offenbar im dichten Rauch vom Weg abgekommen, hatte sich mit ihrem alten Toyota überschlagen und war im Straßengraben liegen geblieben. Das Feuer hatte ganze Arbeit geleistet. Von dem Geländewagen waren nur noch das Geripper und verbogene Bleche übrig. Die glühende Hitze hatte die Leiche der Fahrerin regelrecht mit dem Sitz verschmolzen. Zerna ordnete an, die Tote zusammen mit dem Sitz aus dem Wrack zu bergen und dann erst die Leiche vom Polster zu lösen. Schließlich legten die Feuerwehrmänner die sterblichen Überreste in einen dunkelgrauen Leichensack und zogen den Reißverschluss zu.

Leon sah den Männern bei ihrer Arbeit zu. Wie hatte er sich von dieser Frau so täuschen lassen können? Er war fasziniert von ihr gewesen, darum hatte er nicht auf seine innere Stimme gehört. Dabei hatte er vom ersten Moment an gespürt, dass Sylvie etwas quälte, dass sie einen großen

Verlust erlitten hatte. Er konnte nicht ahnen, dass sie sich selbst verloren hatte.

Die gesamte Polizei von Südfrankreich hatte vergeblich nach dem Mörder der kleinen Mädchen gesucht. Zuletzt war es das Feuer, das für Gerechtigkeit gesorgt hatte. Das Feuer hatte diese Frau für ihre entsetzlichen Taten büßen lassen.

77. KAPITEL

In den darauffolgenden Tagen hingen der Schrecken und die Angst noch immer wie eine dunkle Wolke über Le Lavandou. Die Menschen unterhielten sich mit gedämpften Stimmen, und sogar das Riesenrad und das Karussell standen still. Die Einwohner waren damit beschäftigt, ihren Ort von der Asche und den schlimmen Erinnerungen zu reinigen und die Schäden zu beseitigen. Doch die Trauer und Fassungslosigkeit um die Opfer der Flammen ließ sich nicht so einfach wegkehren. Nach Patriks Tante wurde noch immer gesucht. Ihr Mann hatte der Polizei erklärt, dass seine Frau in der Brandnacht noch einmal zum Haus gefahren war, um den Hof vor den Flammen zu retten – aber sie war nicht wieder zurückgekehrt. Monsieur Calvet lag seit der Nacht mit einer Rauchvergiftung in der Klinik.

Für große Betroffenheit in der Bevölkerung sorgte der Tod von vier jungen Feuerwehrmännern, die beim Einsatz in den Flammen ums Leben gekommen waren. Bürgermeister Nortier hatte alle größeren Veranstaltungen zum Nationalfeiertag am 14. Juli abgesagt, und der Stadtrat hatte beschlossen, für die verstorbenen Feuerwehrleute am Ort der Tragödie ein Denkmal zu errichten.

Lilou war drei Tage zu Hause geblieben und hatte es genossen, sich von ihrer Mutter verwöhnen zu lassen. Die Untersuchung in der Klinik hatte nichts ergeben. Lilou hatte, bis auf einige Schürfwunden an Knien und Händen und eine rauchbedingte Reizung der Bronchien, keine bleibenden gesundheitliche Schäden davongetragen. Die traumatischen Stunden ihrer Gefangenschaft würden sie noch lange beschäftigen, aber Lilou ging das Leben optimistisch an und war inzwischen wieder in der Schule. Immer wieder musste sie ihre Geschichte von der Entführung und der Nacht in den Flammen erzählen. Die Story wurde von Mal zu Mal abenteuerlicher, aber im Kern entsprach sie der Wahrheit: Sylvie war in der Nacht, als Leon und Isabelle auf das Anwesen von Duchamp gerufen wurden, zum Haus von Isabelle gefahren und hatte Lilou herausgeklingelt. Sie hatte dem Mädchen erklärt, dass Isabelle unten im Ort eine Panne mit dem Roller gehabt hätte. Nichts Schlimmes, aber ihr Handy sei dabei auch kaputtgegangen, und darum hätte sie sie gebeten, Lilou zu holen, um ihr zu helfen. Isabelle wartete angeblich unten im Ort. Lilou war nicht misstrauisch, weil sie die Künstlerin vom Strand kannte. Als sie sich zu der Frau in den Wagen setzte, hatte Sylvie dem Mädchen einen mit Äther getränkten Lappen auf das Gesicht gepresst und sie entführt. Erst im Kellerverließ war Lilou wieder zu sich gekommen.

Leon hatte sich von Dr. Menez seine Kopfwunde versorgen lassen und sofort die Arbeit wieder aufgenommen. Er hatte zunächst die Leiche von Duchamp obduziert und den Bericht nach Toulon gemailt. Die Untersuchung hatte keine entscheidenden neuen Erkenntnisse gebracht, was auch nicht zu erwarten gewesen war. Duchamp war, bis auf eine gravierende Unterfunktion der Schilddrüse und einer damit zusammenhängenden Herzvergrößerung, weitgehend gesund gewesen, als er sich erschoss.

Inzwischen lag die Brandnacht sechs Tage zurück, und Staatsanwalt Orlandy machte Druck. Er wollte so schnell wie möglich den »Fall Dequidt« abschließen. Dazu fehlte der Justizbehörde nur noch das Gutachten über die Leiche von Dr. Brigitte Dequidt und damit auch die offizielle Bestätigung über die wahre Identität der toten »Sylvie Roman«.

78. KAPITEL

Leons Tag war anstrengend gewesen. Es war eine Menge Arbeit liegen geblieben. Gutachten, Laborberichte, Dienstpläne hätten längst bearbeitet werden müssen. Darum war er heute extrafrüh in die Gerichtsmedizin gefahren. Jetzt, acht Stunden später, hatte er den Papierberg auf seinem Schreibtisch immer noch nicht abgearbeitet. Leon wollte unbedingt bis 19 Uhr aus der Klink wegkommen, denn Isabelle und Lilou hatten eine Überraschung für ihn vorbereitet, wie sie geheimnisvoll angekündigt hatten. Es sollte eine kleine verspätete Feier anlässlich des gemeinsam überstandenen Abenteuers werden, und sie würde pünktlich um 20 Uhr auf der Terrasse beginnen. Leon sah auf die Uhr. Es war erst drei Uhr nachmittags, und es stand noch die Obduktion bevor, die er den ganzen Tag vor sich hergeschoben hatte.

Wenig später hatte Leon sich umgezogen und stand vor dem stark verbrannten Körper, der einmal ein Mensch gewesen war, und der jetzt zusammengekrümmt vor ihm auf dem Seziertisch lag.

Inzwischen hatte die Kriminalpolizei zusammen mit der Gendarmerie die Nachforschungen zum »Fall *Dequidt*« abgeschlossen. Manche Details würden wohl nie restlos aufgeklärt werden können. Zum Beispiel, welche Rolle Patrik in dem Fall spielte, dessen Fingerabdrücke an der Metalltür des Verlieses sichergestellt worden waren. War der

Autist mit Sylvies Wissen zu den gefangenen Mädchen in den Keller hinabgestiegen, um ihnen Kettchen und Ohrringe abzunehmen? Oder hatte er das heimlich getan, weil er entdeckt hatte, wo Sylvie die entführten Mädchen versteckte? Patrik war inzwischen in einem Heim bei Hyères untergebracht und hatte bis heute kein Wort gesprochen.

Die Staatsanwaltschaft betrachtete den Fall trotzdem als gelöst: Die Ärztin Brigitte Dequidt hatte unter paranoider Schizophrenie gelitten. Die Krankheit war bei ihr erst in einem relativ späten Stadium erkannt worden, da sie als Ärztin die Symptome lange geschickt verschleiern konnte. Brigitte hatte als Fünfjährige miterleben müssen, wie ihre Mutter zu Hause an Leukämie starb. Eine traumatische Erfahrung. Danach heiratete ihr Vater erneut. Brigitte wurde von ihrer Stiefmutter, die schon bald eine eigene Tochter bekam, abgelehnt und misshandelt. Als Brigittes Halbschwester vier Jahre alt war, ertrank sie in einem Weiher in der Nähe des Hauses. Wie die Psychiater Jahrzehnte später herausfinden sollten, hatte die zehnjährige Brigitte ihre Halbschwester ertränkt. Nachdem bei Dr. Dequidt paranoide Schizophrenie diagnostiziert worden war, verbrachte die Ärztin insgesamt zwei Jahre in der Psychiatrie. Bei ihrer letzten Entlassung galt sie als »gut eingestellt«, und ihr Mann, Leiter der medizinischen Fakultät an der Universität von Réunion, hatte keine Bedenken, sie wieder zu sich und der gemeinsamen achtjährigen Tochter Eva nach Hause zu holen.

Aber die Unterdrückung schizophrener Schübe funktionierte nur, wenn die Patientin ihre Neuroleptika regelmäßig einnahm. Leon kannte diese Problematik. Viele schizophrene Patienten fühlten sich gut mit ihrer Medizin und glaubten irgendwann, dass sie auch ohne Medikamente zurechtkamen. Da die Einnahme von Neuroleptika in vielen Fällen auch zur Gewichtszunahme führte, waren gerade weibliche Patienten nur allzu schnell bereit, die Medikation abzubrechen – natürlich ohne ihren behandelnden Psychiater zu informieren. Auch Brigitte Dequidt hatte heimlich die Tabletteneinnahme abgebrochen, und ihre schizophrenen Schübe wurden immer heftiger, bis sie sie nicht mehr kontrollieren konnte. Am 13. Februar 2009 amputierte sie sich ihren rechten kleinen Zeh. Ein Apotheker erinnerte sich, dass Madame Dequidt noch kurz zuvor Verbands- und Desinfektionsmaterial bei ihm gekauft hatte. Einen Tag später verbarg die Ärztin ihren Zeh im Auto, betäubte ihren Mann und ihre Tochter und ließ die beiden nachts mit dem Wagen über die Klippe stürzen. Da die Polizei bei dem vermeintlichen Unfall auch vom Tod von Madame Dequidt ausging, verlor sich von diesem Zeitpunkt an ihre Spur.

Leon betrachtete die Leiche, bei der die Flammen einen großen Teil der Haut und der Kleidung weggefressen hatten. Zum Teil waren auch Muskeln und Knochen verbrannt, das galt auch für das Gesicht und einen Teil des Kopfes. Wobei es den Anschein hatte, als wäre der Schädel, wahrscheinlich beim Überschlag des Wagens, im Bereich des Scheitelbeins eingedrückt worden. Leon begann ins Mikrofon zu sprechen, während Rybaud Proben von der Leiche für den DNA-Abgleich nahm.

»Es handelt sich um den Körper einer etwa vierzigjährigen Frau«, begann Leon in das Aufnahmegerät zu diktieren. Warum sagte er nicht 38-jährige Frau? Er wusste doch ganz genau, wie alt Sylvie war.

Es fiel Leon schwer, die Tote mit der professionellen Distanz zu betrachten, die er sonst für seine Arbeit aufbrachte. Er hatte mit niemandem über seine kurze Affäre mit Sylvie gesprochen. Das hätte nur zu Komplikationen geführt. Er wäre plötzlich zum Zeugen geworden. Er hätte bei der Gendarmerie aussagen müssen, vor Zerna, vor Didier, vielleicht sogar vor Isabelle. Es hätte peinliche Untersuchungen gegeben. Gewiss hätte man ihn von diesem Fall abgezogen. Nach kürzester Zeit hätten alle Bescheid gewusst. Leon hätte sich vor vielen Menschen rechtfertigen müssen, besonders vor Isabelle. Manchmal war es besser, die Dinge zu verschweigen, auch wenn man sich dabei mit Schuld belud.

Im Feuersturm hatte der Innenraum des Geländewagens wie ein Brennofen gewirkt. Die ungeheure Hitze hatte nicht nur Stoff, Haare und Gewebeschichten verbrannt, sondern auch Muskeln, Bänder und Sehnen der Toten schrumpfen lassen, so dass sie jetzt in Fötushaltung auf dem Seziertisch lag. Sie erinnerte Leon an eine der Mumien, die er auf einer Reise durch Peru gesehen hatte. Nur dass diese Tote noch ihre verkohlten Schuhe trug. Dadurch waren die Füße zum Teil von den Flammen verschont worden. Leon nahm eine Schere, schnitt vorsichtig den rechten Schuh auf und setzte das Protokoll fort.

»Am rechten Fuß, der weitgehend unversehrt ist, fehlt der kleine Zeh, der in Höhe des Phalanges proximales abgetrennt wurde ...« Leon brach ab. Für einen Moment war er so irritiert, dass er einfach nur dastand und auf das Opfer starrte. Der Fuß war zwar im Bereich der Ferse verbrannt, aber alle Zehen, auch der kleine, waren deutlich zu erkennen. Hatte er die Körperseiten des Opfers verwechselt? Verwirrte ihn der Tod dieser Frau so sehr, dass er einen Anfängerfehler beging?

»Korrektur«, sagte Leon in das Mikrofon. »Ich entferne jetzt den Schuh am linken Fuß. Der Fuß weist im Bereich des Mittelfußes und der Ferse sehr starke Verbrennungen auf ...« Er unterbrach die Aufzeichnung erneut. Auch dieser Fuß besaß noch alle fünf Zehen.

Leon spürte, dass seine Hände zitterten. Er zwang sich zur Ruhe. Er hatte in seinem Leben über tausend Obduktionen vorgenommen. Er wusste genau, was zu tun war, wusste, wie man mit Systematik, Logik und Erfahrung Probleme löste. Was hier vor ihm lag, war die Leiche von Sylvie Roman, und er würde dafür den gerichtsmedizinischen Nachweis erbringen. Vielleicht war ja der Polizeibericht aus Réunion fehlerhaft gewesen. Vielleicht hatte einer der örtlichen Polizisten zu viel Phantasie entwickelt, und es hatte nie einen Zeh im Autowrack gegeben. Vielleicht war es nur ein Fetzen Haut gewesen, der damals gefunden wurde. Genug für einen DNA-Abgleich – aber das war alles. Leon wusste, wie schnell Gerüchte entstehen können. Meine Güte, der Unfall lag fünf Jahre zurück und hatte sich 9000 Kilometer entfernt auf einer Insel im Indischen Ozean zugetragen.

Leon beugte sich erneut über die Tote und klappte die beleuchtete Lupe herunter. Das Feuer hatte ganze Arbeit geleistet. Typische Merkmale wie Hautfarbe, Haare oder Augenfarbe waren nicht mehr feststellbar. Selbst Alter und Größe der Toten konnte Leon zunächst nur grob schätzen. Im Bereich des rechten Unterbauchs, zwischen Hüftknochen und Schambein, erkannte er leichte Farbveränderungen in der Haut. Leon schob eine Vergrößerungslinse vor die Lupe und schaltete eine Gruppe winziger LED-Leuchten ein. Im grellen Kunstlicht ließen sich jetzt die Konturen einer Tätowierung erkennen: ein rotes Herz, das von einem Pfeil durchbohrt und von einem Band mit einem Namen umschlungen war. Hätte Sylvie, oder Brigitte Dequidt, wie sie in Wirklichkeit hieß, wirklich ein Tattoo getragen?, fragte sich Leon. Wie wenig er doch über diese Frau wusste. Die Buchstaben waren auch mit der Vergrößerung nicht mehr zu entziffern, Leon ließ seinen Assistenten trotzdem eine Aufnahme machen.

Laut dem Geburtsdatum im Polizeibericht aus Réunion war Brigitte Dequidt heute 38 Jahre alt. Leon ging nach nebenan in sein Büro und rief im Computer den Ordner »Dequidt« auf. Rybaud hatte bereits am Vormittag Röntgenaufnahmen von Kopf und Händen des Opfers gemacht und in das System eingelesen. Leon brachte die Detailaufnahme der rechten Hand auf den Flatscreen und vergrößerte sie. Die Gerichtsmedizin kannte viele Möglichkeiten, um das Alter eines Verstorbenen zu bestimmen. Leon ging am liebsten nach der Greulich-und-Pyle-Methode vor. Diese Methode verglich die Handwurzelknochen und die Abstände in den Gelenkspalten mit einer Skala von Musterbildern, die von den Ärzten William Greulich und Idell Pyle vor über siebzig Jahren entwickelt worden war. Leon blätterte durch die Vergleichsbilder. Nach seiner Messung war das Opfer 47 bis 48 Jahre alt. Leon lehnte sich auf seinem Stuhl zurück und starrte auf die Röntgenbilder. Es wurde von Minute zu Minute unwahrscheinlicher, dass es Sylvie Roman war, die da auf dem Seziertisch lag.

Leon ging zurück in den Obduktionsraum. Diesmal begann er mit der Kopfverletzung. Das hätte er von Anfang an tun sollen. Er war sich so verdammt sicher gewesen, um wen es sich bei dem Opfer handelte, sagte er sich, während er unter der Lupe mit einer Pinzette die Wunde am Kopf des Opfers präparierte. Nach einigen Minuten konnte Leon eine gerade Bruchkante von etwa 13 Zentimetern erkennen. Der Schädel war ganz offensichtlich nicht durch den

Autounfall eingedrückt worden. Das hier sah nach einem Schlag mit einem scharfen, schweren Gegenstand aus. Er starrte auf die Schädelverletzung, und dann erinnerte er sich. Für den Bruchteil einer Sekunde tauchten Bilder aus seinem Gedächtnis auf: der Keller, Sylvies irrer Blick und die Schaufel, die sie auf ihn herabsausen ließ. Wie er sich nach vorne warf, und dann der Schmerz, als ihn das Metallblatt doch noch erwischte. Leon griff sich an den Hinterkopf. Der Unfallarzt hatte die Wunde ausrasiert, mit drei Stichen genäht und ein Pflaster darübergeklebt.

Ein Schlag mit einer eisernen Schaufel würde genau eine solche Schädelverletzung wie bei diesem Opfer verursachen. Leon betrachtete die Tote. Wer war sie? Sie würde ihm ihr Geheimnis verraten. Leon zog die Lupe heran und ließ sie ganz langsam, Millimeter für Millimeter über den Körper wandern. Eine Handbreit unter dem Kinn, in Höhe des oberen Randes des Brustbeins fand Leon die Spur, die er suchte: eine Brandwunde in der Haut, in Form eines etwa vier Zentimeter großen Kreuzes. Der Abdruck eines Schmuckstücks, das die Flammen in die Epidermis gebrannt hatten. Leon erinnerte sich, wie er Sylvies Nachbarin zum ersten Mal begegnet war. Françoise Calvet trug ein dünnes Lederbändchen um den Hals, mit einem silbernen Kreuz.

Zwanzig Minuten später liefen Leon und Dr. Menez durch die Männerstation »Abteilung Innere Medizin« des Klinik-Neubaus von Saint Sulpice. Simon Calvet war in der Nacht des großen Feuers mit heftigen Atemproblemen von der Ambulanz in der Notfallaufnahme eingeliefert worden. Der lungenkranke Mann hatte versucht, mit dem Auto eines Freundes seiner Frau zu Hilfe zu kommen. Doch schon nach einigen Hundert Metern im dichten Rauch musste

Calvet aufgeben. Feuerwehrmänner fanden den Mann mit einer Rauchvergiftung neben seinem Wagen auf der Straße liegen. Als Calvet in der Notaufnahme landete, kämpfte Dr. Menez über eine Stunde um das Leben des Patienten, bis er ihn stabilisiert hatte. Leon hätte den Nachbarn von Sylvie fast nicht wiedererkannt, als sie das Zimmer von Simon Calvet betraten. Der Mann lag wie tot in seinem Krankenbett. Seine Haut war fast weiß, er hatte seine Augen geschlossen, und die Lider zuckten. Elektroden übertrugen Herz- und Kreislaufwerte auf einen Monitor. In der linken Armvene war ein Zugang gelegt worden, an dem eine Infusion hing. Über Mund und Nase trug der Patient eine Sauerstoffmaske. Leon konnte das leise Klicken des Sauerstoffventils hören.

Dr. Menez trat an das Krankenbett und berührte den Patienten sanft am Arm.

»Monsieur Calvet, Sie haben Besuch. Doktor Ritter ist da. Er möchte mit Ihnen reden.«

Calvet war sofort wach. Er schlug die Augen auf und sah Leon an.

»Haben Sie meine Frau gefunden?«, fragte er mit einer Stimme, die so heiser klang, dass Leon ihn kaum verstehen konnte.

»Doktor Ritter ist Gerichtsmediziner«, erklärte Dr. Menez.

»Wir sind uns schon begegnet. Als die Polizei wegen Patrik bei Ihnen auf dem Hof war«, sagte Leon.

Calvet musste husten. Es klang, als würde ein Feuer ganz tief in seiner Lunge brodeln. Dr. Menez drehte die Sauerstoffzufuhr herauf und legte die Hand auf Calvets Schulter.

»Ganz ruhig, Monsieur Calvet, versuchen Sie ganz ruhig und gleichmäßig zu atmen.« Der Anfall dauerte nur wenige

Sekunden, dann war wieder das regelmäßige Geräusch der Ventile in der Sauerstoffmaske zu hören.

»Was ist mit meiner Frau ...?«, presste Calvet heraus.

»Ich hätte nur eine Frage«, sagte Leon. »Hat Ihre Frau ein Tattoo?«

Calvet sah Leon einen Augenblick an, als würde er abwägen, wie seine Antwort seine eigene Zukunft verändern könnte. Dann nickte er ganz vorsichtig mit dem Kopf.

»Wo befindet sich dieses Tattoo?«

»Am Bauch«, sagte Calvet leise.

»Können Sie das Tattoo beschreiben?«

»Ein Herz, mit einem Pfeil. ›Simon‹, steht darunter.« Leon sah, wie Tränen in Calvets Augen traten. »Bitte, sagen Sie mir, wo ist meine Frau?«

»Sie ist tot«, sagte Leon. »Es tut mir sehr leid. Sie ist im Feuer umgekommen.«

Calvet wendete den Kopf zum Fenster und sah seine Besucher nicht mehr an.

79. KAPITEL

Isabelle hatte groß eingekauft, schließlich wollten sie und ihre Tochter für Leon eine ganz besondere Überraschung vorbereiten – ein Dinner wie im Sternerestaurant. Isabelle war keine große Köchin, aber sie wusste, wo man die besten Leckereinen der Gegend bekam. Also hatte sie beim Traiteur *La Girelle* Hechtklößchen mit Senfsauce besorgt. Hinterher würde es eine Ratatouille geben, ebenfalls vom Traiteur extra für sie zubereitet. Als Nachtisch hatte sie frische Brombeeren geplant, die sie im Obstladen *Pomme d'Amour* am Resistance-Brunnen besorgt hatte. Sie musste jetzt eigentlich nur noch den Rosé für den Aperitif kalt stellen. Zum Essen würde es dann einen roten L'Angueiroun *Prestige* geben.

Isabelle war mit Tüten bepackt, als sie den Schlüssel umdrehte und mit dem Fuß die Tür zu ihrem Haus aufstieß. Im Eingang lag Lilous Rucksack auf dem Boden, daneben ihre neue Jeansjacke. Während sie ihre Einkäufe in die Küche trug und auf der Arbeitsfläche abstellte, tröstete sich Isabelle mit dem Gedanken, dass Lilou sich eines Tages über die Unordnung ihrer eigenen Kinder ärgern würde.

»Lilou!«, rief sie laut. »Ich bin da.« Wobei sie das daaaa in die Länge zog, um ihm mehr Nachdruck zu verleihen. Es kam keine Antwort. Wie jeden Tag, wenn sie nach Hause kam, zog Isabelle das Klemmholster mit der Sig Sauer 9 mm vom Gürtel und legte die Waffe in die Schublade der

449

Kommode im Gang. Aus dem oberen Stockwerk tönte Musik.

»Lilou, komm bitte runter und hilf mir«, rief sie, und ihre Stimme klang schon weniger freundlich. Isabelle ging zurück in die Küche. Es war gleich 19 Uhr. In einer Stunde würde Leon nach Hause kommen, und dann sollte alles vorbereitet sein. Isabelle stellte die Hechtklößchen und den Rosé in den Kühlschrank und wollte gerade die Brombeeren abspülen als sie ein mechanisches Klicken hörte. Irgendetwas stimmte daran nicht. Es war ihr, als würde ein kühler Windhauch durch den Raum wehen, obwohl es in der Küche warm und stickig war.

»Lilou?«, sagte sie und drehte sich um. Vor ihr stand Sylvie und hielt Isabelles Pistole in der Hand. Isabelle sah die Frau an wie eine Erscheinung aus dem Jenseits. Einen Augenblick sagte sie gar nichts. Panik und Verzweiflung stiegen in ihr auf, und sie merkte, wie ihre Knie anfingen zu zittern.

»Wo ist Lilou?« Isabelle wollte energisch und selbstbewusst klingen, aber sie brachte nur ein heiseres Flüstern heraus.

»Leg das hin«, sagte Sylvie und sah Isabelle kalt an. »Wir gehen zu deiner Tochter.« Isabelle stellte die Sachen ins Waschbecken und zögerte. »Mach schon«, sagte Sylvie scharf, »nach unten.«

Sylvie zeigte mit der Waffe in Richtung der Seitentür, hinter der sich eine Treppe befand. Da das Haus an den Hang gebaut war, führten die Stufen in einen Abstellraum, der direkt unter der Terrasse lag und der noch einen zweiten Eingang vom Garten aus besaß.

»Was ist mit Lilou? Was haben Sie mit ihr gemacht?«, fragte Isabelle in wachsender Panik.

»Sie wartet schon auf dich«, lächelte Sylvie, »na los!«

Isabelle öffnete die Seitentür. Die Angst schnürte ihr fast die Luft ab. Sie begann die Treppen hinunterzusteigen, während Sylvie mit der Waffe in der Hand dicht hinter ihr blieb. Was hatte diese Irre ihrem Kind angetan? In diesem Moment begann Isabelles Handy zu läuten, das sie auf dem Küchentisch zurückgelassen hatte.

80. KAPITEL

Leon versuchte schon zum vierten Mal, Isabelle auf ihrem Handy zu erreichen. Wieder meldete sich nur der Anrufbeantworter. Er hatte es auch schon bei Lilou versucht, vergeblich. Bis ihm eingefallen war, dass Isabelle ihrer Tochter ein neues Handy gekauft hatte und er die neue Nummer noch nicht eingetragen hatte. In der Gendarmerie hatte man ihm am Telefon gesagt, dass Isabelle bereits ihr Büro verlassen hätte und dass sie im Ort noch etwas einkaufen wollte. Leon wusste, dass Isabelle mit ihrer Tochter ein Abendessen vorbereitete, aber warum ging keine der beiden ans Handy? Sie müssten doch auf dem Display erkennen, wer sie da anrief.

Leon ließ die Scheiben seines neuen Mietwagens herunterfahren und atmete die kühle Abendbrise ein. Wahrscheinlich regte er sich ganz umsonst auf. Selbst wenn Brigitte Dequidt ihre Nachbarin getötet hatte, musste das noch lange nicht bedeuten, dass die Mörderin auch das Feuer überlebt hatte. Und wenn, dann hatte sie sich wahrscheinlich längst ins Ausland abgesetzt, versuchte Leon sich zu beruhigen. Aber er spürte, wie ihm die Angst den Rücken hinaufkroch. Jede Frage, die er sich stellte, vergrößerte seine Sorge.

Eine Viertelstunde später hielt er vor Isabelles Haustür. Es war Punkt 20 Uhr. Im Haus brannten die Lichter. Er öffnete die Tür, und das Erste, was er hörte, war ein Chanson von Jaques Brel, das von der Stereoanlage im Wohnzimmer herüberklang. Er legte seine Aktentasche auf die Kommode und ging zur Küche. Durch die offene Terrassentür konnte er den Tisch sehen, der unter der Bougainvillea gedeckt war und der von einem Dutzend Kerzen erleuchtet wurde. In einem Eiskühler wartete ein Flasche Rosé. Leon lächelte. Die beiden hatten sich so viel Mühe gegeben. Er war ein unverbesserlicher Schwarzseher. Leon wollte gerade nach Lilou rufen, als er etwas sah, das die Angst wie einen Stromschlag durch seinen Körper jagte. Direkt neben ihm, an einem Splitter der Türfüllung, hing ein hauchdünner bunter Seidenfaden. Er hatte so einen Faden schon einmal gesehen. Das war in der Nähe des Menhirs gewesen, dort, wo die Leiche der kleinen Carla entdeckt worden war. In diesem Augenblick wusste Leon, dass sein Alptraum Wirklichkeit geworden war.

»Hallo«, sagte er laut und versuchte möglichst ungezwungen zu wirken. Er griff leise nach Lilous Hockeyschläger, der unter der Garderobe an der Wand lehnte. »Was sehe ich denn da auf der Terrasse?«, sagte Leon laut und deutlich. »Werden hier vielleicht Gäste erwartet?«

Leon spürte, wie sich seine Nackenhaare aufstellten. Sie war hier, er konnte ihre Anwesenheit regelrecht spüren, Sylvie war ganz in der Nähe. Er hielt den Schläger mit der rechten Hand dicht an seinen Körper gepresst und ging auf die Terrassentür zu. »Ich glaube, ich sehe mal nach, was da so alles Leckeres auf dem Tisch steht ...«

In diesem Augenblick trat Sylvie in die offen stehende Verandatür. In der Hand hielt sie Isabelles Pistole und zielte damit auf Leon.

»Guten Abend, Leon«, sagte sie und machte einen Schritt in die Küche.

In diesem Moment riss Leon blitzschnell den Hockeyschläger hoch und zog voll durch. Die abgewinkelte Holz-Schaufel traf Sylvies Kopf direkt hinter dem Ohr. Sie wurde zur Seite gerissen, knallte gegen den Kühlschrank und stürzte zu Boden. Ohne sich zu rühren, blieb Sylvie liegen. Leo starrte sie ein paar Sekunden an, dann bückte er sich, griff sich die Pistole, die ihr aus der Hand gefallen war, und rannte in den ersten Stock. Er rief Isabelles und Lilous Namen, aber niemand antwortete. Die Zimmer waren leer.

Als Leon wieder heruntergelaufen kam, lag Sylvie noch immer regungslos auf dem Boden. In diesem Moment entdeckte Leon die Tür zur Treppe, die nur angelehnt war. Er lief die Stufen hinunter, und da fand er sie. Isabelle und Lilou saßen auf dem Boden, Hände und Füße mit Klebeband gefesselt. Sylvie hatte ihnen auch den Mund zugeklebt. Vorsichtig entfernte Leon das Klebeband vom Mund, dann begann er Isabelles Fesseln zu lösen.

»Wo ist sie?«, fragte Isabelle.

»Ich hab sie mit dem Hockeyschläger erwischt. Die steht nicht mehr auf.«

»Ist sie tot?«, fragte Isabelle und nahm die Pistole an sich.

»Ich weiß es nicht«, sagte Leon und löste fieberhaft Lilous Fesseln. Das Mädchen stürzte sich in die Arme ihrer Mutter.

»Sie hat gesagt, sie will mich ...«, sagte Lilou. »Sie hat ein Messer.« Lilou begann zu weinen.

»Keine Angst, mein Schatz. Jetzt bin ich ja da.« Isabelle drückte Lilou sanft in Richtung Leon, der die Geste verstand und Lilou in den Arm nahm. Isabelle nickte Leon zu und deutete mit der Waffe nach oben, dann setzte sie den Fuß auf die erste Stufe.

»Nein, Mama. Bitte, geh nicht hoch. Die Frau ist verrückt, bitte«, flehte Lilou.

Isabelle legte den Finger auf die Lippen, damit Lilou schwieg.

»Komm, wir gehen hier unten raus, jetzt gleich«, sagte Lilou und zog Leon in Richtung der Tür, die in den Garten führte. »Da kann sie uns nicht sehen. Wir können durch den Garten weglaufen.« Als Leon stehen blieb, riss sich Lilou von ihm los und lief zur Tür.

»Lilou, nicht«, sagte Leon.

»Nicht die Tür aufmachen«, rief Isabelle, aber es war zu spät.

»Ich will hier weg«, schluchzte Lilou. Sie schob den Riegel zurück und riss die Tür auf. Davor stand, wie ein böser Geist, Sylvie und hielt ein Messer in der Hand.

Lilou schrie entsetzt auf und machte einen Schritt rückwärts, stolperte und fiel zu Boden. In diesem Moment schoss Isabelle zweimal schnell hintereinander. Die Schüsse dröhnten ohrenbetäubend in dem kleinen Abstellraum. Sylvie wurde von der Wucht der Geschosse nach hinten gerissen und stürzte auf den Kiesweg. Leon lief zu ihr. Mit dem Fuß stieß er das Messer zur Seite, das ihr aus der Hand gefallen war. Isabelle hatte gut gezielt. Ein Schuss hatte Sylvie die Halsschlagader zerfetzt, und die zweite Kugel hatte wohl ihren Herzbeutel getroffen. Blut schoss aus der verletzten Schlagader auf den Kies des Gartenweges. Leon beugte sich zu Sylvie hinab. Sie sah ihn an und bewegte die Lippen, als wollte sie ihm etwas sagen. Er legte die Finger an ihren Puls und spürte nur noch ein leichtes Zucken, als ihr Leben verlosch. Leon sah zu Isabelle, die noch immer mit gezogener Waffe vor der Treppe stand. Er schüttelte den Kopf.

81. KAPITEL

Drei Stunden später waren Polizei und Staatsanwalt wieder aus Isabelles Haus verschwunden. Orlandy war mit Kommissarin Lapierre im Helikopter aus Toulon gekommen. Als müsste er die Tote mit eigenen Augen sehen, um zu glauben, dass die Jagd auf die Mörderin wirklich zu Ende war. Zuletzt hatte Moma mit dem Schlauch die Blutspuren vom Kiesweg im Garten weggespült. Und Zerna hatte Masclau dazu verdonnert, den Rest der Nacht im Streifenwagen vor Isabelles Haus zu verbringen und jeden zu kontrollieren, der sich auch nur in die Nähe seiner Stellvertreterin wagte.

Leon nahm eine ausgiebige Dusche. Dann ging er auf die Terrasse, setzte sich auf die Bank unter der Bougainvillea und genoss die Stille. Isabelle erschien und rückte schweigend neben ihn. Leon legte ihr den Arm um die Schulter, und sie lehnte sich an ihn. Schließlich tauchte Lilou im Bademantel auf und kuschelte sich an ihre Mutter.

Niemand sprach ein Wort. Alle drei sahen auf die nächtliche Bucht hinaus, über der der Mond wie ein fetter Lampion hing und einen silbernen Lichtstreifen auf das dunkle Meer warf.

Alexis Ragougneau

Die Madonna von Notre-Dame

Ein Fall für Pater Kern

Kriminalroman.
Aus dem Französischen von
Tobias Scheffel und Max Stadler.
Taschenbuch.
Auch als E-Book erhältlich.
www.ullstein-buchverlage.de

Mord in Notre-Dame. Der erste Fall für Pater Kern.

Notre-Dame an einem Sommermorgen. Die Messe hat kaum begonnen, als eine ganz in Weiß gekleidete junge Frau leblos zu Boden sinkt. Ein Verdächtiger ist schnell gefunden, doch Pater Kern lässt der Fall keine Ruhe: Wer ist der Unbekannte, den der Clochard Kristof in der Mordnacht beobachtet hat? Mit der Staatsanwältin Claire Kauffmann macht Pater Kern sich auf die Suche nach der Wahrheit — und kommt in den Gewölben von Notre-Dame einem unglaublichen Geheimnis auf die Spur ...

*»Perfekte Dramaturgie und bis ins Detail überzeugende
Figuren – ganz großes Kino!«*
L'Express

Philippe Georget

Dreimal schwarzer Kater

Ein Roussillon-Krimi

Kriminalroman.
Aus dem Französischen von
Corinna Rodewald.
Taschenbuch.
Auch als E-Book erhältlich.
www.ullstein-buchverlage.de

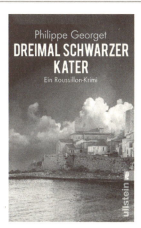

Mordshitze im Roussillon

Inspecteur Gilles Sebag befindet sich in der schönsten Sommerlethargie. Bis zwei rätselhafte Vermisstenfälle und eine Leiche ihn aus der Idylle mit seiner Frau Claire reißen. Bald findet Gilles sich in Ermittlungen ungeahnten Ausmaßes wieder. Denn der Inspecteur muss sich nun auch noch mit einem extra eingeflogenen profilneurotischen Kollegen aus Paris herumschlagen. Die gemütlichen Abende mit kühlem Wein sind genauso dahin wie die Harmonie mit Claire. Und im sommerlich ausgestorbenen Perpignan ist jede Form der Ermittlung einfach nur schweißtreibend – und gefährlich!

Die hinreißende Krimiserie aus Südfrankreich: Heiß und mörderisch gut – wie der schönste Frankreichurlaub.

Deutschlands größte Testleser Community

Jede Woche präsentieren wir Bestseller, noch bevor Du sie in der Buchhandlung kaufen kannst.

Finde Dein nächstes Lieblingsbuch

vorablesen.de
Neue Bücher online vorab lesen & rezensieren

Freu Dich auf viele Leseratten in der Community, bewerte und kommentiere die vorgestellten Bücher und gewinne wöchentlich eins von 100 exklusiven Vorab-Exemplaren.

Wollen Sie mehr von den Ullstein Buchverlagen lesen?

Erhalten Sie jetzt regelmäßig
den Ullstein-Newsletter
mit spannenden Leseempfehlungen,
aktuellen Infos zu Autoren und
exklusiven Gewinnspielen.

www.ullstein-buchverlage.de/newsletter